A rosa e a adaga

RENÉE AHDIEH

A rosa e a adaga

RENÉE AHDIEH

Tradução

Fabienne Mercês

GLOBO Alt

Título original: *The Rose and the Dagger*

Editora responsável **Eugenia Ribas-Vieira**
Editora assistente **Sarah Czapski Simoni**
Capa **Diego de Souza Lima**
Imagens da capa **HiSunnySky/Shutterstock**
Diagramação **Diego de Souza Lima**
Projeto gráfico original **Laboratório Secreto**
Preparação **Laila Guilherme**
Revisão **Jane Pessoa, Tomoe Moroizumi e Elisa Martins**

Texto fixado conforme as regras do Acordo Ortográfico da Língua Portuguesa (Decreto Legislativo nº 54, de 1995).

CIP-BRASIL. CATALOGAÇÃO NA FONTE
SINDICATO NACIONAL DOS EDITORES DE LIVROS, RJ

A285f
Ahdieh, Renée
A rosa e a adaga / Renée Ahdieh ; tradução Fabienne Mercês. - 1. ed. - São Paulo: Globo Alt, 2017.
368 p. ; 23 cm.

Tradução de: The rose and the dagger
ISBN 978-85-250-6036-5

1. Ficção infantojuvenil americana. I. Mercês, Fabienne. II. Título.

16-37686
CDD: 028.5
CDU: 087.5

1ª edição, 2017

Direitos de edição em língua portuguesa para o Brasil
adquiridos por Editora Globo S. A.
Av. Nove de Julho, 5229 – 01407-907 – São Paulo-SP
www.globolivros.com.br

Para as minhas irmãs: Erica, Elaine e Sabaa...
Este livro não seria possível sem cada uma de vocês.
E para Victor, sempre.

A essência mais rara de uma rosa vive em seus espinhos.

Jalal al-Din Rumi

Glossário

abagha — forma de tratamento.

Al-Khamsa — um cavalo árabe criado no deserto; conhecido como o melhor de cinco; o cavalo de Tariq; Ardeshir.

Amardha — a maior cidade da Parthia; é a cidade onde Salim Ali el-Sharif reside.

Badawi — tribo nômade do deserto, comandada por um xeque.

baba — pai.

barbari — tipo de pão.

chagatai — uma língua morta originária da Ásia Central.

dinar — moeda de ouro.

effendi — um sufixo usado para indicar respeito.

emir — um nobre de Khorasan, semelhante a um duque; um dos aliados do califa; Nasir al-Ziyad.

faquir — um estudioso da magia e do misticismo.

Fida'i — mercenários marcados pelo sinal do escaravelho na parte interna dos antebraços.

jan — um termo carinhoso que significa "minha querida", "meu querido".

joonam — um termo carinhoso que significa "meu tudo".

khanjar — tipo de adaga.

Khorasan — um rico reino governado por um califa de dezoito anos com um passado assassino.

mankalah — luva de couro que vai até o cotovelo, usada em falcoaria.

Parthia — um reino menor ao lado de Khorasan, governado por Salim Ali el-Sharif.

qamis — camisa unissex larga, tipicamente feita de linho.

Rajput — membro de um grupo guerreiro; Vikram.

Rey — a maior cidade de Khorasan; a cidade onde Sherazade nasceu.

rida' — capa usada sobre os ombros para esconder a camisa; pode também ter um capuz para esconder o rosto.

sahib — título de reverência, muito associado a um cargo.

sangak — tipo de pão.

sayyidi — título de respeito para com o califa; traduzido como "meu senhor" ou "meu amo".

***shahrban* de Rey** — o mais alto posto entre os generais de Khorasan, atrás apenas do próprio califa; general Aref al-Khoury.

shamshir — um sabre delgado com a ponta recurva; a espada de Khalid.

sirwal — calça larga unissex, tipicamente apertada nos tornozelos e presa à cintura por uma faixa.

souk — mercado a céu aberto.

sultão — governante da Parthia; título semelhante a um rei; Salim Ali el-Sharif.

Taleqan — a fortaleza do emir Nasir al-Ziyad; o quarto condado mais rico de Khorasan; lar de Tariq.

talwar — espada curva originária do Hindustão; a espada do Rajput.

tikka — uma longa faixa usada no quadril, unissex e de natureza decorativa.

vizir — um conselheiro do califa.

xeque — o líder da tribo dos Badawi; Omar al-Sadiq.

Prólogo

A menina tinha onze anos e nove meses.

Nove meses muito importantes.

Eles sentiram as consequências quando seu pai a deixara encarregada, nesta manhã, de dar conta de uma importante tarefa. Por isso, com um pesaroso suspiro, ela arregaçou as mangas e começou a juntar o entulho em um carrinho de mão próximo.

— É tão pesado! — seu irmão de oito anos reclamou, enquanto lutava para mover um destroço da casa deles. Tossiu quando uma nuvem de fuligem subiu dos escombros.

— Deixe-me ajudar. — A garota largou sua pá, provocando um baque metálico.

— Eu não disse que precisava de ajuda!

— Precisamos trabalhar juntos ou não terminaremos de limpar antes que o *baba* volte para casa. — Ela pôs as mãos na cintura enquanto olhava de cima para ele.

— Olhe em volta! — Ele ergueu as mãos para o ar. — *Nunca* terminaremos de limpar tudo. — Os olhos dela seguiram as mãos dele.

As paredes de barro de sua casa estavam destruídas. Quebradas. Escurecidas. O telhado, aberto para o céu. Para um céu pálido e triste.

Para o que havia sido uma cidade magnífica.

Um sol a pino se esgueirava através dos telhados destroçados de Rey. Recortando sombras nas pedras lascadas e no mármore queimado. Aqui e ali, pilhas fumegantes de escombros serviam de duro lembrete do que acontecera havia pouco tempo.

A jovem endureceu o olhar e se aproximou do irmão.

— Se não quer trabalhar, espere lá fora. Mas eu vou continuar trabalhando. Alguém tem que fazer isso. — E ela pegou novamente a pá.

O garoto chutou uma pedra próxima. Ela saltou pela terra compactada até bater nos pés de um estranho encapuzado que estava parado no que restara da porta.

Apertando o cabo da pá, a menina escondeu o irmão atrás de si.

— Posso ajudá-lo...? — Ela hesitou. A *rida'* negra do estranho era bordada em ouro e prata. A bainha de sua espada era belamente esculpida e tinha pedras delicadamente encravadas, e suas sandálias eram de couro de boi da melhor qualidade.

Ele não era um mero salteador.

A menina se endireitou.

— Em que posso ajudar, *sahib*?

Como ele não respondeu de imediato, a menina levantou a pá um pouco mais, franzindo o cenho, enquanto seu coração batia mais forte no peito.

O estranho saiu de debaixo do portal. Jogou o capuz para trás e ergueu as mãos em súplica. Seus gestos eram cautelosos, e ele se movia com graça.

Ao alcançá-lo uma réstia de luz, a garota viu seu semblante pela primeira vez.

Era mais novo do que ela esperava. Não tinha mais do que vinte anos. Seu rosto era quase bonito. Mas as feições eram muito duras, e sua expressão, demasiado severa. O raio de sol em suas mãos revelava algo que contrastava com sua imagem delicada; a palma de suas mãos estava vermelha, rachada e descamando — prova de trabalho pesado.

Seus olhos cansados eram de uma cor dourada. Ela já vira olhos assim antes. Na pintura de um leão.

— Não quis assustá-la — o estranho falou com suavidade. Seus olhos correram pelas ruínas da casa de um cômodo só. — Posso falar com seu pai?

A menina apertou a pá novamente com desconfiança.

— Ele não está aqui. Foi para a fila do material de construção.

O estranho aquiesceu.

— E sua mãe?

— Está morta — o irmão falou, saindo de trás dela. — O teto caiu sobre ela durante a tempestade. Ela morreu no dia seguinte.

Havia um tom impessoal nas palavras dele que a garota não percebeu. Porque, para seu irmão, as palavras ainda não eram reais. Depois de quase perderem tudo no ano anterior com a seca, a tempestade tinha se abatido com força sobre sua família.

E o irmão ainda teria de absorver este último golpe.

O ar sério do estranho ficou ainda mais sério por um instante. Ele desviou o olhar, e suas mãos penderam ao lado do corpo. Depois do aturdimento, ele voltou a olhar para eles, seus olhos inabaláveis, ainda que os punhos estivessem cerrados com força.

— Tem outra pá?

— Para que *você* precisa de uma pá, homem rico? — Seu irmãozinho marchou até o estranho, uma ameaça em cada passo com seus pés descalços.

— Kamyar! — a irmã gritou puxando-o pela *qamis* esfarrapada.

O estranho piscou para o garoto antes de se acocorar no chão de terra batida.

— Kamyar, não é? — ele perguntou, o vestígio de um sorriso enfeitando os lábios.

O irmão nada disse, apesar de mal ter altura para olhar nos olhos do estranho.

— Me... me desculpe, *sahib* — a garota gaguejou. — Ele é um pouco insolente.

— Por favor, não se desculpe. Prefiro a insolência quando ela vem da pessoa certa. — Dessa vez o estranho sorriu, e suas feições se suavizaram.

— É — seu irmão interrompeu. — Meu nome é Kamyar. E o seu?

O estranho estudou o garoto por um instante.

— Khalid.

— Para que quer uma pá, Khalid? — seu irmão novamente interpelou.

— Gostaria de ajudar a consertar a sua casa...

— Por quê?

— Porque, quando ajudamos uns aos outros, conseguimos fazer as coisas mais depressa.

Kamyar assentiu lentamente, então inclinou a cabeça.

— Mas não é a sua casa. Por que se importa?

— Porque Rey é a minha casa. E Rey é a sua casa. Se você pudesse me ajudar quando eu precisasse, não ia querer me ajudar?

— Claro que sim — Kamyar falou sem hesitação.

— Então está combinado. — O estranho ficou de pé. — Você divide a sua pá comigo, Kamyar?

Pelo resto da tarde, o trio trabalhou para limpar o chão da madeira carbonizada e dos destroços encharcados. A menina nunca disse seu nome ao estranho e se recusou a se dirigir a ele de outra forma que não fosse *sahib*, mas Kamyar o tratou como se fosse um amigo de longa data com um inimigo comum. Quando o estranho lhes deu pão pita e água, a garota curvou a cabeça e tocou a testa com a ponta dos dedos em agradecimento.

Suas bochechas ficaram vermelhas quando o estranho quase bonito retribuiu o gesto, sem nada dizer.

Logo o dia foi cedendo o lugar à noite, e Kamyar se alojou em um canto, o queixo sobre o peito e os olhos fechando devagar.

O estranho terminou de arrumar os últimos pedaços de madeira reaproveitável perto da porta e, sacudindo a poeira de sua *rida'*, puxou o capuz de volta sobre a cabeça.

— Obrigada — a garota sussurrou, sabendo que era o mínimo a fazer.

Ele olhou para ela por cima do ombro. Então enfiou a mão na capa e tirou um saquinho amarrado com uma tira de couro.

— Por favor, aceite.

— Não, *sahib* — ela recusou. — Não posso aceitar seu dinheiro. Já abusamos bastante de sua generosidade.

— Não é muito. Gostaria que aceitasse. — Os olhos dele, que antes pareceram cansados, agora estavam exaustos. — Por favor.

Havia algo em sua expressão naquele instante, apesar de escondida pelas sombras, nos traços restantes de fuligem e poeira...

Algo que significava um sofrimento maior do que a garota jamais conseguiria imaginar.

Ela pegou o saquinho de sua mão.

— Obrigado — ele sussurrou. Como se ele fosse o necessitado.

— Shiva — ela falou. — Meu nome é Shiva.

A descrença cobriu as feições dele por um instante. A expressão de seu rosto se suavizou.

— É claro que é. — Ele fez uma profunda reverência com a mão na testa.

Apesar de sua confusão, ela conseguiu responder à altura, os dedos correndo sobre a testa. Quando ela olhou novamente, ele havia dobrado a esquina.

E desaparecera na escuridão da noite.

A água repousa

Era apenas um anel.

Mas significava muito para ela.

Muito a perder. Muito pelo que lutar.

Sherazade elevou a mão para um raio de sol. O anel de um dourado polido faiscou duas vezes, como que para lembrá-la de seu par, longe, do outro lado do Mar de Areia.

Khalid.

Seus pensamentos vagaram até o palácio de mármore em Rey. Até Khalid.

Ela esperava que ele estivesse com Jalal ou com o tio, o *shahrban*.

Ela rezava para que ele não estivesse sozinho. Vagando. A esmo.

Por que não estou com ele?

Apertou os lábios.

Porque, da última vez que estive em Rey, milhares de pessoas inocentes morreram.

E Sherazade não poderia retornar até que encontrasse uma maneira de proteger seu povo. Seu amado. Uma maneira de pôr fim à terrível maldição de Khalid.

Do lado de fora de sua tenda, um bode começou a balir, feliz.

Com a raiva se acumulando, Sherazade jogou longe seu cobertor e pegou a adaga ao lado do colchão. Uma ameaça vazia, mas ela sabia que devia ao menos aparentar ter o controle.

Como para zombar dela, os barulhos além de sua tenda ficaram mais fortes e incessantes.

O que é isso... um sino?

A pequena besta do lado de fora da tenda tinha um sino no pescoço! Agora o sino e os berros do bode asseguravam a impossibilidade de ela continuar dormindo.

Sherazade sentou, segurando o cabo cravejado da adaga...

Então, com um grito exasperado, deixou-se cair novamente no colchão que pinicava.

Não que eu estivesse conseguindo dormir.

Não quando estava tão longe de casa. Tão longe de onde seu coração gostaria de estar.

Ela engoliu imediatamente o nó que se instalou na garganta. Seu polegar roçou o anel com as duas espadas cruzadas — o anel que Khalid colocara em sua mão direita havia apenas quinze dias.

Chega! Isso não vai levar a nada.

Ela tornou a sentar, seus olhos avaliando o entorno. O colchão de Irsa estava dobrado e guardado com cuidado de um lado da pequena tenda. Parecia que sua irmã mais nova já estava acordada havia horas, assando pão, fazendo chá e trançando a barbicha do bode.

Sherazade quase sorriu, apesar de tudo.

Com a desconfiança se avolumando na penumbra, ela enfiou a adaga na faixa da cintura, depois se esticou até os pés. Todos os músculos do corpo doíam dos dias da difícil viagem e das noites maldormidas.

Três noites de preocupação. Três noites de fuga de uma cidade em chamas. Uma fonte infinita de perguntas sem resposta. Aquelas três longas noites de preocupação com seu pai, cujo corpo maltratado ainda precisava se recuperar dos danos infligidos pelo que acontecera nos morros fora de Rey.

Sherazade respirou fundo.

O ar ali era estranho. Mais seco. Mais frio. A luz suave entrava em barras pelas frestas da tenda. Uma fina camada de poeira grudava em tudo. E fazia seu diminuto mundo parecer como que pintado pela poeira escura de diamante.

De um lado da tenda, havia uma pequena mesa com uma jarra de porcelana e uma bacia de cobre. Os parcos pertences de Sherazade estavam dispostos ao lado, enrolados no tapete desgastado que Musa Zaragoza lhe dera havia muitos meses. Ela se ajoelhou diante da mesa e encheu a bacia de água para se lavar.

A água estava morna, porém limpa. Seu reflexo parecia estranhamente calmo ao olhar de volta para ela.

Calmo, mas distorcido.

O rosto de uma garota que perdeu tudo e nada em uma única noite.

Ela mergulhou as mãos na água. Sua pele parecia pálida e suave abaixo da superfície. Não sua habitual coloração bronzeada. Ela fixou o olhar onde a água encontrava o ar, na estranha curva que fazia parecer que suas mãos estavam em um outro mundo sob a água...

Um mundo que se movia mais devagar e contava histórias.

A água repousa.

Ela jogou um pouco da água no rosto e passou os dedos úmidos por entre os cabelos. Então levantou a pequena tampa da caixa de madeira próxima e pegou uma pitada de hortelã, pimenta-branca e sal de rocha moído para tirar o gosto de sono da boca.

— Você está acordada! Depois que você chegou tão tarde ontem à noite, não pensei que fosse acordar cedo.

Sherazade se virou para ver Irsa de pé na entrada da tenda. Um triângulo da luz do deserto emoldurava a silhueta delicada da irmã.

Irsa sorriu, sua silhueta esguia entrando em foco.

— Você não costumava acordar para tomar café. — Ela entrou na tenda, certificando-se de que ficara fechada atrás de si.

— Quem pode dormir com um bode maldito berrando do lado de fora? — Sherazade salpicou água em Irsa para distraí-la de seu inevitável interrogatório.

— Você está falando do Farbod?

— Você batizou a pequena besta? — Sherazade sorriu enquanto começava a juntar as ondas do cabelo em uma trança.

— Ele é bem dócil. — Irsa franziu a testa. — Você precisa dar uma chance a ele.

— Por favor, avise a Farbod que, se ele insistir em fazer recitais matinais, a minha refeição favorita passará a ser bode assado, servido com molho de romã e nozes picadas.

— Ha! — Irsa tirou uma fita comprida do bolso da *sirwal*. — Suponho que não devemos nos esquecer que estamos diante da realeza. — Ela amarrou a ponta da trança de Sherazade com a fita. — Vou avisar a Farbod que não deve mais ofender a ilustre califa de Khorasan.

Sherazade olhou por cima do ombro para os olhos pálidos de Irsa.

— Você ficou tão alta! — ela falou baixinho. — Quando ficou tão alta?

Irsa envolveu a cintura da irmã com os dois braços.

— Senti saudade sua. — A ponta de seus dedos tocou o punho da adaga, e ela recolheu os braços assustada. — Por que está usando...

— O *baba* já acordou? — Sherazade sorriu de forma esfuziante. — Pode me levar para vê-lo?

Na noite da tempestade, Sherazade fora com Tariq e Rahim até o topo das colinas próximas de Rey, em busca do pai.

Ela não estava preparada para o que encontraram.

Jahandar al-Khayzuran estava abraçado a um velho livro encadernado em couro.

Seus pés descalços e suas mãos estavam queimados. Vermelhos, esfolados e em carne viva. Os cabelos caindo em tufos. A chuva os juntara na lama, esmagando os fios contra a pedra molhada, como acontece com tantas coisas descartadas.

O cavalo malhado da irmã estava morto havia algum tempo. A garganta cortada. O sangue, que saíra da ferida em seu pescoço, secara em veios. Veios de lama e cinzas se juntavam ao carmim para formar um rendilhado sinistro na encosta da colina.

Sherazade não esqueceria jamais a imagem do corpo de seu pai encolhido contra a encosta vermelha e cinza.

Quando tentou soltar os dedos de Jahandar do livro, ele gritara em uma língua que ela nunca tinha ouvido ele falar antes. Seus olhos reviraram e suas pálpebras se fecharam, para não mais se abrirem, nem uma única vez nos últimos quatro dias.

E, até que se abrissem, Sherazade se recusava a deixá-lo.

Ela precisava saber que seu pai estava a salvo. Precisava saber o que ele havia feito.

Não importava o que, ou quem, ela tivesse deixado para trás em Rey.

— *Baba*? — Sherazade disse baixinho, ao se ajoelhar ao lado dele em sua pequena tenda.

Ele estremeceu em seu sono, os dedos apertando mais forte o livro agarrado em seus braços. Mesmo em seu delírio, Jahandar se recusara a soltar o objeto. Nem uma alma havia conseguido lhe tirar o livro.

Irsa suspirou. Parou ao lado de Sherazade e lhe entregou um copo de água.

Sherazade levou o copo aos lábios rachados do pai. Aguardou até sentir que ele engolia. Ele murmurou algo e se virou de lado, enfiando o livro ainda mais fundo entre as cobertas.

— O que pôs nisso? — Sherazade perguntou a Irsa. — Cheira bem.

— Apenas hortelã fresca e mel. Além de um pouco de ervas de chá e leite. Você disse que ele não comeu nada nos últimos dias. Achei que podia ajudar. — Irsa deu de ombros.

— É uma boa ideia. Eu devia ter pensado nisso.

— Não se culpe. Não lhe cai bem. E... você já fez mais do que o necessário. — Irsa falou com uma sabedoria além dos seus catorze anos. — *Baba* vai acordar logo. Tenho certeza. — Ela mordeu o lábio, sua voz sem convicção. — É preciso ter calma para curar as feridas dele. E tempo.

Sherazade ficou calada, estudando as mãos do pai. As queimaduras tinham feito bolhas além dos roxos e dos vermelhos vivos.

O que será que ele fez *na noite da tempestade?*

O que fizemos?

— Você deve comer. Não comeu quase nada quando chegou ontem à noite. — Irsa interrompeu os pensamentos de Sherazade.

Antes que pudesse protestar, Irsa tirou o copo das mãos de Sherazade, içando-a e arrastando-a para as dunas além da tenda do pai. O aroma de carne assando impregnara o ar do deserto, a fumaça acima delas era uma nuvem disforme. Grãos finos de areia passaram por entre os dedos dos pés de Sherazade, quase quentes demais para aguentar. Os raios intensos de sol desfocavam tudo o que tocavam.

Enquanto caminhavam, Sherazade olhou em volta do acampamento Badawi com os olhos estreitados, estudando a agitação da maioria dos rostos risonhos; pessoas carregando sacas de grão e embrulhos de mercadorias de um canto para o outro. As crianças pareciam bem alegres, apesar de ser impossível ignorar o armamento reluzente, as espadas, os machados e as flechas, dispostos na sombra das peles de animais. Impossível ignorá-los e o seu indiscutível significado...

Preparativos para a guerra que se aproximava.

E lhe subtrairei essas vidas, milhares de vezes.

Sherazade se endireitou, pôs os ombros para trás, recusando-se a sobrecarregar a irmã com esses problemas. Tais problemas eram destinados àqueles com habilidades únicas.

Como Musa Zaragoza, o mago do Templo de Fogo.

Com muito esforço, Sherazade tirou o peso interminável da maldição de seus ombros. Andou com Irsa através do círculo de tendas em direção à maior delas, ao centro. Era uma construção impressionante, apesar de feita de retalhos: uma miscelânea de cores desbotadas pelo sol, um galhardete pálido no topo, flamulando na brisa. Uma sentinela encapuzada numa capa de linho guardava a entrada da tenda.

— Sem armas. — A mão do soldado segurou o ombro de Sherazade, com a força de quem gosta de seu papel bem mais do que deveria.

Apesar de normalmente pensar antes de agir, a resposta de Sherazade foi imediata e automática. Ela retirou a mão dele e fechou a cara.

Não estou disposta a aguentar homens grosseiros. Ou sua belicosidade.

— Armas não são permitidas na tenda do xeque. — O soldado tentou pegar sua adaga, os olhos com um velado brilho ameaçador.

— Toque em mim de novo, e eu...

— Shazi! — Irsa se adiantou, tentando apaziguar o soldado. — Por favor, perdoe a minha...

O soldado empurrou Irsa. Sem pensar nem por um instante, Sherazade golpeou o peito dele com os dois punhos. Ele cambaleou para o lado, as narinas dilatadas. Atrás dela, homens começaram a gritar.

— O que está fazendo, Sherazade? — Irsa gritou, o choque com o feito impensado da irmã estampado em seu rosto.

Enraivecido, o soldado segurou o antebraço de Sherazade. Ela se preparou para a luta, os pés curvados e os punhos cerrados.

— Solte-a imediatamente! — Uma sombra alta caiu sobre o soldado.

Perfeito.

Sherazade estremeceu, uma pontada de arrependimento se misturando à sua fúria.

— Não preciso de sua ajuda, Tariq — ela falou entre dentes.

— Não estou ajudando você. — Ele chegou mais perto, lançou um olhar breve e contido em sua direção. A dor tão aparente e vívida dele acabou com toda sua coragem.

Será que ele algum dia me perdoará?

O soldado se virou para Tariq com uma deferência que, em circunstâncias normais, teria irritado Sherazade imensamente.

— Perdão, *sahib*, mas ela se recusou a...

— Solte-a imediatamente! Não quero desculpas. Siga as ordens ou enfrente as consequências, soldado.

O soldado a soltou com relutância. Sherazade afastou a mão dele com violência. Respirou fundo e se preparou antes de olhar em volta.

Rahim estava atrás de Tariq; vários homens jovens estavam em seu lado oposto. Um era bem magrelo e tinha o olhar de um homem bem mais velho. Sua barba crescia irregular no rosto fino, e suas sobrancelhas de formato cômico emolduravam olhos gelados.

Olhos que a observavam com ódio abjeto.

Os dedos dela se moveram para junto da adaga.

— Obrigada, Tariq — falou Irsa, uma vez que Sherazade ainda não demonstrara um fiapo de gratidão.

— De nada — ele respondeu com um trejeito esquisito.

Sherazade mordiscou a própria bochecha.

— Eu...

— Não se preocupe, Shazi. Estamos além desse tipo de coisa. — Tariq jogou o capuz de sua *rida'* para trás e entrou na tenda, evitando estar por mais tempo em sua companhia. O rapaz de olhos gelados a fitou demoradamente antes de segui-lo. Rahim parou por um instante a seu lado, a expressão séria, como se tivesse esperado algo melhor dela. Ele então se aproximou de Irsa, inclinando a cabeça inquisitivamente. Sua irmã lhe deu um meio sorriso. Suspirando levemente, Rahim seguiu adiante e entrou na tenda, sem dizer uma palavra.

Irsa deu uma cotovelada nas costelas de Sherazade.

— O que há com você? — ela ralhou num sussurro. — Somos convidadas aqui. Você não pode se comportar dessa forma.

Repreendida, Sherazade concordou secamente antes de atravessar o buraco cavernoso.

Levou algum tempo para se acostumar com a súbita escuridão. Uma série de candeeiros de latão pendia em intervalos grandes das vigas do teto, sua luz fraca e pálida diante do sol do deserto. No canto mais distante da tenda, havia uma mesa baixa trabalhada em teca rústica. Almofadas de lã bem gastas estavam empilhadas aqui e ali. Crianças gritando passaram correndo por Sherazade, focadas apenas na disputa pelo melhor lugar à mesa do café.

Sentado no centro desse tumulto enervante estava um homem mais velho, de olhar arguto e barba desgrenhada. Quando viu Sherazade, sorriu para ela de forma surpreendentemente amigável. À sua esquerda estava uma mulher de idade semelhante, com uma longa trança entrelaçada com um fio de cobre. À sua direita estava o pai de Shiva, Reza bin-Latief. O estômago de Sherazade se encolheu, sua culpa se fazendo sentir novamente. Ela o vira na noite anterior, mas no clamor de sua chegada o contato havia sido breve, e ela não estava certa de já estar pronta para encarar o pai de Shiva.

Tão pouco tempo depois de falhar em vingar a sua filha.

Tão pouco tempo depois de se apaixonar pelo mesmo rapaz que a assassinara.

Decidindo que seria melhor evitar chamar a atenção, Sherazade manteve a cabeça baixa e sentou-se na almofada ao lado de Irsa, em frente a Tariq e Rahim.

Ela evitou os olhares daqueles que a cercavam, especialmente o do rapaz de olhar frio, que aproveitava todas as oportunidades para fuzilá-la com o olhar. O desejo dele de ostentar seu comportamento estava bem presente em sua mente, mas a repreensão de Irsa continuava sendo verdadeira: ela era uma convidada aqui.

E não podia se comportar de maneira descuidada.

Não podia arriscar o bem-estar de sua família.

Uma perna de cordeiro assada foi colocada no centro da mesa gasta. Estava numa enorme bandeja de prata martelada, com inúmeras mossas adquiridas pelo uso e pelo tempo. Fatias grossas de pão iraniano, passadas na manteiga com sementes de gergelim preto, foram servidas em cestos, juntamente com cuias lascadas de rabanetes e cubos de queijo de cabra salgado. Crianças inquietas alcançaram os rabanetes e rasgaram o pão pela metade antes de pegar a carne com as mãos. Os mais velhos amassaram galhos de hortelã fresca sobre as folhas aromáticas, antes de servir rios de chá preto.

Quando Sherazade se arriscou a levantar os olhos, encontrou o velho de olhar arguto observando-a, outro sorriso simpático formando-se em seus lábios. A falha entre os dois dentes da frente era pronunciada, e de relance o fazia parecer quase tolo.

Mas Sherazade não se deixou enganar nem um pouco.

— Então, meu amigo... *esta* é Sherazade — disse o velho.

Com quem ele está falando?

— Eu estava certo... — O velho cacarejou. — Ela é muito bonita.

Os olhos de Sherazade percorreram os dois lados da mesa. E pararam em Tariq.

Seus ombros largos estavam contraídos; o queixo cinzelado estava rijo. Ele expirou pelo nariz e olhou para ela.

— Ela é — Tariq concordou com a voz resignada.

O velho inclinou a cabeça para Sherazade.

— Você criou um bocado de problemas, lindeza.

Apesar da mão de Irsa sobre a sua, Sherazade sentiu a ira sendo atiçada como carvão em brasa.

Ciente de seu mau humor naquele momento, preferiu permanecer calada. Enrolou a língua dentro da boca. E mordiscou o lábio inferior.

Sou uma convidada aqui. Não posso me comportar como gostaria.

Não importa quanto me sinta só ou com raiva.

O velho tornou a sorrir. Um sorriso maior. Ainda mais banguela.

Enfurecedor.

— Você vale tudo isso?

Sherazade pigarreou.

— Desculpe? — falou, segurando com rédeas curtas as próprias emoções.

O rapaz do olhar gelado observava com a atenção de uma ave de rapina.

— Você vale tudo isso, lindeza? — repetiu o velho em uma cantilena enlouquecedora.

Irsa envolveu os dedos de Sherazade num pedido mudo, suando frio e lhe alisando a palma da mão.

Sherazade não podia arriscar a segurança da irmã. Não num acampamento cheio de incertezas. Desconhecidos que poderiam simplesmente largá-la com sua família no deserto na primeira palavra errada.

Ou lhe cortar o pescoço a um olhar interpretado de maneira equivocada. Não. Sherazade não podia pôr em perigo a saúde abalada de seu pai. Por nada neste mundo.

Ela sorriu lentamente, a fim de ganhar tempo para domar sua fúria.

— Acredito que beleza raramente vale o trabalho. — Sherazade segurou a mão de Irsa com força em solidariedade fraterna. — Mas tenho um valor maior do que pode ver. — Seu tom de voz era suave, apesar da censura insinuada.

Sem hesitação, o velho jogou a cabeça para trás e riu.

— Com certeza! — Seu rosto estava iluminado de alegria. — Bem-vinda à minha casa, Sherazade al-Khayzuran. Sou Omar al-Sadiq, e você é minha convidada. Enquanto estiver em meu território, será sempre tratada como tal. Mas não se esqueça: uma califa em seda ou uma pedinte nas ruas não faz diferença para mim. Seja bem-vinda. — Ele fez uma profunda reverência e roçou a testa com a ponta dos dedos com um grande floreio.

Sherazade suspirou aliviada, liberando a tensão dos ombros e do estômago. Séria, retribuiu a reverência tocando a testa com a mão direita.

O pai de Shiva assistiu ao diálogo sem emoção, com os cotovelos apoiados na borda da mesa.

— Shazi *jan*... — começou com um tom pesaroso.

Ele a chamou quando ela pegava um pedaço de pão.

— Sim, tio Reza? — Ela levantou as sobrancelhas inquisitivamente, sua mão pairando acima da cesta de pães.

Com expressão pensativa, Reza prosseguiu:

— Estou muito contente que esteja aqui. Que esteja em segurança.

— Obrigada. Estou muito agradecida a todos por manter a minha família a salvo. E por dispensar excelentes cuidados ao *baba*.

Ele concordou, depois se inclinou para a frente, colocando as mãos sob o queixo.

— Claro. Sua família sempre foi a minha família. Como a minha sempre foi a sua.

— Sim — Sherazade falou baixinho. — Da mesma forma.

— Então — Reza falou com linhas de consternação vincando sua boca —, me dói imensamente lhe dizer isso, porque pensei que talvez pudesse estar esquecida ao chegar ontem à noite, mas já engoli seu insulto por mais tempo do que posso aguentar.

O corpo todo de Sherazade congelou, sua mão ainda sobre a cesta de pães. A tensão mais uma vez presente em seu corpo, a culpa lhe contorcendo o estômago com a selvageria de cobras.

— Sherazade... — A voz de Reza bin-Latief perdera qualquer traço de gentileza; toda a cordialidade desaparecera do homem que ela considerava seu segundo pai. — Por que está sentada a esta mesa, dividindo o pão comigo, usando o anel do rapaz que assassinou a minha filha?

Era uma acusação direta, cortante.

Cortando através das pessoas ali presentes como uma foice debastando um mar de grãos.

Os dedos de Sherazade apertaram o brasão das espadas cruzadas. O suficiente para causar dor.

Ela piscou uma vez. Novamente.

Tariq pigarreou. O som ecoou no súbito silêncio.

— Tio. Tio Reza...

Não. Ela não podia permitir que Tariq a salvasse. Não outra vez. Nunca mais.

— Eu... eu sinto muito — ela falou, a boca seca.

Mas não sentia. Não por isso. Ela sentia por centenas de coisas. Milhares delas.

Uma cidade inteira merecia desculpas. Mas ela nunca se desculparia por isso.

— Não se desculpe, Sherazade — Reza prosseguiu na mesma voz fria. A voz de um estranho. — Decida.

Resmungando seu arrependimento, Sherazade se levantou.

Não parava de pensar. Agarrando-se ao que sobrou de sua dignidade, saiu da mesa tropeçando, em direção ao sol escaldante do deserto.

Suas sandálias se enchiam de areia quente, golpeando sua panturrilha a cada passo.

Uma grande mão calejada segurou seu ombro, fazendo-a parar. Ela olhou para cima, protegendo os olhos da luz cegante.

O soldado. O que tinha histórico de agressor.

— Saia do meu caminho — ela falou baixo, tentando controlar sua fúria. — Já.

Os lábios dele se curvaram para cima, com prazer carregado de maldade. E ele se recusou a se mexer.

Sherazade lhe agarrou o pulso para afastá-lo.

O tecido áspero de sua *rida'* se enrolou até o cotovelo, revelando uma tatuagem no lado interno de seu antebraço.

A marca do escaravelho.

A marca dos assassinos de Fida'i que invadiram seus aposentos em Rey e tentaram matá-la.

Tomada de surpresa, Sherazade correu. Desajeitada, sem pensar, seu único pensamento era fugir.

Ao longe ela escutou a voz de Irsa chamando por ela. Mesmo assim, se recusou a parar.

Correu para dentro de sua diminuta tenda, fechando o pano da entrada com força, fazendo-o estalar.

Sua respiração curta ressoava nas três paredes. Sherazade levantou a mão direita e a colocou numa réstia de luz que entrava pela costura da tenda. Viu como refletia o ouro pálido de seu anel.

Não pertenço a este lugar. Uma convidada numa prisão de sol e areia.

Mas preciso manter minha família a salvo. Preciso achar uma maneira de quebrar a maldição.

E voltar para casa, para Khalid.

Mas ela não sabia em quem confiar. Até que conhecesse melhor esse xeque Omar al-Sadiq e soubesse por que um assassino de Fida'i se escondia em seu acampamento, precisava permanecer alerta. Pois estava claro que Reza bin-Latief não era seu aliado como já fora um dia. E Sherazade não queria preocupar Tariq. Não era o papel dele manter a ela ou à sua família a salvo. Não. A obrigação era dela, e apenas dela.

Seus olhos percorreram rapidamente o interior da tenda, até se fixar na água da bacia de cobre.

Viva sob a água.

Movimente-se devagar. Conte histórias.

Minta.

Sem sentimentalismo, Sherazade arrancou o anel do dedo.

Respire.

Ela fechou os olhos e escutou o grito mudo de seu coração.

— Aqui.

Irsa abriu a lona da porta e se aproximou de Sherazade. Não precisava que lhe dissesse nada. E também não a repreendeu. Num instante ela soltou o fio entrelaçado na trança de Sherazade. As irmãs se entreolharam enquanto Irsa fazia um colar com o fio para colocar o anel de Sherazade.

Sem dizer nada, Irsa amarrou o colar no pescoço de Sherazade e escondeu o anel dentro da *qamis* dela.

— Sem mais segredos.

Alguns segredos são mais seguros atrás de fechaduras e cadeados.

Sherazade concordou com a irmã, as palavras de Khalid sendo sussuradas em seus ouvidos. Não como um aviso. Apenas um lembrete.

Ela faria o que fosse preciso para que sua família permanecesse a salvo.

Até mentir para a própria irmã.

— O que quer saber?

Sempre

Ele estava só.

E precisava aproveitar esse tempo, antes que as demandas do dia roubassem seus momentos de solidão.

Khalid atravessou as areias do campo de treinamento.

Assim que pegou sua *shamshir*, soube que suas mãos sangrariam.

Não importava. Isso não era nada.

Minutos gastos no ócio eram minutos para pensar. Minutos para recordar.

A espada separada de sua bainha com o roçar suave de metal contra metal. Suas mãos queimadas. Seus dedos doídos. Mesmo assim, apertou o punho com mais força.

Quando se virou na direção do sol, a luz bateu em seus olhos, fazendo a vista arder. Khalid praguejou baixinho.

Sua crescente sensibilidade à luz era um problema recorrente nos últimos tempos. Um efeito infeliz de sua contínua falta de sono. Em breve, os que o cercavam ficariam cientes desse problema. Ele ficava confortável demais no escuro — uma criatura com visão noturna que deslizava e se esgueirava pelos corredores devastados do que fora um palácio majestoso.

Como o faquir o avisara, seu comportamento seria percebido como loucura.

O louco menino-rei de Khorasan. O monstro. O assassino.

Khalid fechou os olhos com força. Contrariando seu bom senso, permitiu que a mente vagasse pela memória.

Lembrou-se de quando tinha sete anos, em pé nas sombras, olhando seu irmão, Hassan, aprender a arte da esgrima. Quando o pai finalmente lhe permitira aprender junto com o irmão, Khalid ficou surpreso; seu pai sempre ignorara seus pedidos anteriores.

"Você pode muito bem aprender alguma coisa de valor. Imagino que até um bastardo deva aprender a lutar." O escárnio do pai parecia não ter fim.

Estranhamente, a única vez que seu pai demonstrara orgulho dele havia sido no dia, muitos anos depois, em que Khalid vencera Hassan com uma espada.

Na tarde seguinte, porém, seu pai o proibira de continuar estudando na companhia de Hassan.

Ele mandara Hassan estudar com o melhor. E deixou Khalid por conta própria.

Naquela noite, o príncipe de Khorasan, furioso em seus onze anos de idade, jurara se tornar o melhor espadachim do reino. Uma vez que conseguisse isso, talvez seu pai entendesse que o passado não lhe dava o direito de negar ao filho um futuro.

Não. Isso exigiria muito mais.

E no dia em que segurasse uma espada contra a garganta do pai, este entenderia.

Khalid sorriu para si mesmo quando a lembrança trouxe o gosto amargo da fúria infantil.

Mais uma promessa que ele não conseguira cumprir. Mais uma vingança sem sucesso.

Ele não sabia por que estava se lembrando dessas coisas nesta manhã em particular. Talvez por causa do irmão e da irmã no dia anterior.

Kamyar e Shiva.

O que quer que fosse que o levara à porta deles também o fizera ficar para ajudar. Não fora a primeira vez que fizera isso. Desde a tempestade, Khalid se aventurava várias vezes em trechos de sua cidade, anônimo, encapuzado, no silêncio e na sombra.

No primeiro dia, vagara num quarteirão sitiado de Rey, que não ficava longe do mercado. Enquanto esteve lá, deu comida aos feridos. Dois dias depois, ajudou a consertar um poço. Suas mãos — sem o costume do atrito do trabalho braçal — haviam sangrado e ganhado bolhas com o esforço.

No dia anterior, fora a primeira vez que passara algum tempo na companhia de crianças.

Inicialmente, Kamyar o lembrara de Sherazade. Tanto que, mesmo agora, brotava outro sorriso no rosto de Khalid. O menininho era ousado e insolente. Destemido. O melhor e o pior de Sherazade.

Depois, com o passar das horas, foi a garota que o fez lembrar do jeito de Shazi.

Porque não confiara nele. Nem um pouco.

Ela observava Khalid pelo canto dos olhos. Esperava que ele a traísse — que aparecesse em pele de cobra e desse o bote. Como um animal ferido, ela aceitara comida e bebida com cautela, sem baixar a guarda, nem por um instante.

A garota era esperta e amava o irmão com uma ferocidade que Khalid quase invejou.

Ele apreciara sua franqueza acima de tudo. E quisera fazer mais por sua família. Muito mais do que limpar sua minúscula casa dos destroços e deixar para trás uma ninharia em um saquinho de couro. Mas ele sabia que nada seria suficiente.

Porque nada poderia jamais repor o que tinham perdido. Khalid abriu os olhos.

Com o sol às suas costas, começou a treinar.

A *shamshir* varreu o céu, cortando-o em arcos. Brilhos de prata e golpes de luz branca. Ela assobiava à sua volta enquanto ele tentava aplacar o clamor de seus pensamentos.

Mas não era o suficiente.

Ele pôs ambas as mãos no punho, torceu-o e separou as duas lâminas.

As lâminas eram de aço damasceno, temperado nas forjas de Warharan. Ele as encomendara pessoalmente. Não havia nada igual.

Com uma espada em cada mão, Khalid continuou a avançar pelo campo.

Agora, o som do metal se entrechocando soava em torno de sua cabeça como a fúria de um siroco do deserto.

Ainda não bastava.

Um fio de sangue desceu pelo seu braço.

Não sentira nada. Apenas o vira.

Porque nada doía tanto quanto a saudade dela.

Ele suspeitava que nada chegaria perto.

— Chegamos a esse ponto?

Khalid não se virou.

— Os cofres de Khorasan estão tão empobrecidos assim? — Jalal continuou a zombar, apesar de sua voz soar um tanto forçada.

De costas para o primo, Khalid limpou as mãos ensanguentadas na ponta de sua *tikka carmim*.

— Me diga, por favor, que o califa de Khorasan, o Rei dos Reis, ainda pode pagar por um par de luvas, ou pelo menos por uma. — Jalal entrou em seu campo de visão, uma escura sobrancelha bem levantada.

Khalid recolocou sua *shamshir* na bainha e olhou para o capitão de sua Guarda Real.

— Se precisa de uma luva, posso mandar comprar para você. Mas apenas uma. Não sou feito de ouro, capitão Al-Khoury.

Rindo, Jalal colocou as mãos no punho de sua cimitarra, segurando-o com força.

— Compre uma para si mesmo, *sayyidi*. Parece que está precisando muito. O que aconteceu? — Ele apontou com a cabeça para as mãos manchadas de sangue de Khalid.

Khalid puxou a *qamis* por sobre a cabeça.

— Tem algo a ver com seu novo desaparecimento de ontem? — Jalal insistiu, sua inquietude tornando-se mais evidente.

Quando Khalid deixou de responder novamente, Jalal se pôs diante dele.

— Khalid. — Toda a ilusão de brincadeira havia desaparecido. — O palácio está uma bagunça. A cidade está um desastre. Você não pode continuar desaparecendo por horas, especialmente sem um destacamento de guarda-costas. Meu pai não pode continuar mentindo para todo mundo sobre seu paradeiro, e eu... não posso continuar mentindo para ele. — Jalal correu os dedos por seus cabelos cacheados, bagunçando-os ainda mais.

Khalid parou para observar o primo.

E se assustou com o que viu.

Sua aparência presunçosa de autossatisfação sumira. Uma barba irregular lhe sombreava a linha do queixo. A capa imaculada estava amassada e suja, e suas mãos pareciam não cessar de buscar algo para segurar — o punho de uma espada, o nó da faixa, a volta de um colar... qualquer coisa.

Em todos os seus dezoito anos, Khalid nunca vira Jalal inquieto.

— Qual é o seu problema?

Jalal gargalhou. Muito alto. Soou tão falso que apenas conseguiu alarmar Khalid ainda mais.

— Está falando sério ou é ironia? — Jalal cruzou os braços.

— Sério. — Khalid respirou com cautela. — Por enquanto.

— Quer que eu confie em você? Preciso confessar, estou pasmo com a ironia.

— Não quero que confie em mim. Quero que me diga o que está errado e pare de desperdiçar meu tempo. Se precisa de alguém para segurar sua mão, procure uma das muitas jovens que se apinham do lado de fora da porta de seu quarto.

— Ah, aí está. — Um ar desolado tomou conta do rosto de Jalal. — Até você.

Ao ouvir isso, a irritação de Khalid chegou ao limite.

— Vai um tomar banho, Jalal. Um bem longo. — E começou a se afastar.

— Vou ser pai, Khalid *jan*.

Khalid estancou. Virou-se sem sair do lugar, o calcanhar afundando na areia.

Jalal deu de ombros. Um sorriso pesaroso surgiu no canto de seus lábios.

— Seu... inconcebível idiota! — Khalid falou.

— Isso é gentil.

— Está pedindo permissão para se casar com ela?

— Ela não me quer. — Ele enfiou os dedos no cabelo de novo. — Parece que você não é o único a perceber o harém de mulheres do lado de fora da porta do meu quarto.

— Já gostei dela. No mínimo, ela sabe aprender com os próprios erros. — Khalid se encostou na sombra da parede de pedras e lançou um olhar fuzilante ao primo.

— Isso também é gentil.

— Gentileza não é uma das minhas celebradas virtudes.

— Não. — Jalal riu secamente. — Não é. Sobretudo ultimamente. — Sua risada morreu num silêncio comedido. — Khalid *jan*, você acredita em mim quando digo que a única coisa em que pensei foi em manter Shazi a salvo quando disse para aquele garoto...

— Acredito. — A voz de Khalid era baixa, porém seca. — Como já disse antes, não é preciso dizer mais nada.

Os dois jovens ficaram em um silêncio constrangedor por algum tempo, olhando para a areia.

— Diga a seu pai. — Khalid afastou-se da parede para ir embora. — Ele providenciará que ela e a criança sejam amparadas. Se precisar de algo mais, é só pedir. — Ele começou a se distanciar.

— Eu a amo. Acho que quero casar com ela.

Novamente, Khalid estancou. Desta vez não se virou. As palavras o pungiram — a facilidade com que saíram dos lábios do primo. A consciência das muitas lacunas no que se referia a Sherazade. A lembrança de todas as oportunidades perdidas.

Com o peito apertado, Khalid deixou que as palavras se fossem com a brisa... aguardando para ver se carregavam alguma verdade.

— Você acha? — Khalid finalmente falou. — Ou você tem certeza?

Uma pequena hesitação.

— Acho que tenho certeza.

— Não se engane, Jalal. É insultante. Para mim e para ela.

— Não quero insultá-lo. É minha tentativa de ser honesto... uma coisa que sei que você preza muito — Jalal respondeu. — Neste momento, sem saber o que ela pensa sobre o assunto, é o máximo que consigo. Eu a amo. Acho que quero estar com ela.

— Cuidado, capitão Al-Khoury. Essas palavras significam coisas diferentes para diferentes pessoas. Certifique-se de que elas significam as coisas certas para você.

— Não seja chato. Eu disse o que sinto.

— E quando sentiu?

— Agora. Não é o que importa?

Os músculos do queixo de Khalid se moveram.

— Agora é fácil. É fácil dizer o que quer neste instante. É por isso que um harém o aguarda do lado de fora de sua porta, e por isso a mãe de seu filho não o aceita. — Ele caminhou de volta ao palácio.

— Então qual é a resposta certa, *sayyidi*? O que eu devia ter dito? — Jalal gritou para o céu em desespero.

— Sempre.

— Sempre?

— E não fale mais desse assunto comigo até que assim seja!

Histórias e segredos

Irsa cobriu a boca com as duas mãos, sufocando um grito.

Observou a irmã arrastar o pequeno tapete desgastado para o centro da tenda, usando nada além do que a ponta dos dedos para guiá-lo.

O tapete mágico rodopiou no ar com a lânguida graça de uma folha caindo. Então, com uma pequena torção de pulso, Sherazade fez com que o tapete flutuante voltasse ao chão.

— E aí? — Sherazade falou, olhando para a irmã com um olhar preocupado.

— Deus misericordioso! — Irsa se largou ao seu lado. — E o mago do Templo de Fogo foi quem te ensinou isso?

Sherazade fez que não.

— Ele simplesmente me deu o tapete e disse que eu herdara as habilidades de *baba*. Mas preciso falar com ele sobre isso, muito em breve. Tenho... muitas perguntas importantes para Musa *effendi*.

— Você então pretende procurar por ele?

— Sim. — Ela anuiu com firmeza. — Assim que eu descobrir qual a melhor maneira de viajar para o Templo de Fogo sem ser vista.

— Talvez... — Irsa hesitou — ... talvez quando você for, possa falar com Musa *effendi* sobre o *baba* também? No caso dele... — Ela se calou, sem coragem para terminar a frase que, sabia, representava o que mais preocupava a ambas nesse momento.

A ideia de o pai delas jamais se recuperar dos efeitos do que lhe acontecera na noite da tempestade.

O que aconteceria a elas se *baba* morresse? O que aconteceria a *ela*?

Irsa abraçou os joelhos e se repreendeu pelos pensamentos egoístas em meio a tanto sofrimento. Não era a hora nem o lugar para se preocupar consigo mesma. Não quando havia tantos com quem se preocupar. Em especial com o *baba*.

Quando Sherazade se abaixou para guardar o tapete mágico entre suas coisas, o cordão de seu pescoço escorregou e se fez visível.

O anel estava guardado em segurança, mas sua história suplicava para ser contada. E Irsa não pôde deixar de pedir.

— Como pôde perdoá-lo, Shazi? — Irsa perguntou baixinho. — Pelo que fez a Shiva? Por... tudo?

Sherazade prendeu a respiração. Num movimento rápido, se virou para Irsa.

— Você confia em mim, *Jirjirak*? — Sherazade pegou as mãos de Irsa entre as suas.

Grilo. Desde pequenininha, Irsa odiava esse apelido. Ele a levava de volta a um tempo em que tinha pernas finas e uma voz que combinava com isso. Sherazade era a única que podia usar esse apelido sem provocar uma reação violenta ou algo pior.

Pela décima vez nos últimos dez minutos, Irsa observou o rosto da irmã, procurando uma resposta que ela esperava compreender. Sherazade estava mais linda do que nunca, mas sua expressão havia mudado nos poucos meses em que estivera no palácio. Não muito, e não de uma forma que a maioria das pessoas notasse. Suas bochechas estavam menos redondas, e o bronze de sua pele perdera um pouco do seu brilho. Felizmente, o queixo continuava astuto, e o nariz, inquisitor. Mas havia uma sombra em seu rosto. Algum tipo de preocupação que ela se recusava a compartilhar. Os olhos cor de avelã pareciam luzentes próximo da lamparina. Sua cor sempre mudando. De modo imprevisível. Tal e qual os humores da irmã. Uma hora estava brilhante e cheia de riso, pronta para fazer alguma traquinagem. No momento seguinte, estava dura e séria, pronta para lutar até a morte.

Irsa nunca sabia o que esperar de Sherazade. Mas confiança nunca havia sido um problema. Pelo menos não para Irsa.

— Claro que confio em você. Mas não pode me contar?

— O segredo não é meu para revelar, Irsa *jan*.

Irsa mordeu o lábio inferior e desviou o olhar.

— Desculpe — Sherazade falou. — Não quero esconder essas coisas de você. Mas se alguém descobrir que você sabe disso, pode machucá-la para arrancar a verdade, e... eu jamais poderia sobreviver a isso.

Irsa se afastou.

— Não sou tão fraca quanto você pensa.

— Eu nunca disse que você era fraca.

Irsa deu um sorriso tímido e fugaz.

— Algumas coisas não precisam ser ditas. Não precisou me dizer que está apaixonada por Khalid Ibn al-Rashid. E eu não precisei lhe dizer que adormeci chorando por semanas depois que partiu. O amor fala por si só.

Sherazade recolheu os joelhos até o peito e piscou para Irsa em silêncio. Suspirando, Irsa pegou seu saco de ervas para o chá e procurou um galho de hortelã.

— Você vem comigo ver o *baba*?

Com um gesto rápido de cabeça, Sherazade anuiu e se levantou.

Um vento seco do deserto varria o acampamento Badawi. Soprava espirais de areia em torno das tendas enfunadas, dispostas em círculo. Irsa enfiou a trança para dentro de sua *qamis*, para evitar que chicoteasse seu rosto.

Sherazade praguejou vivamente quando a ponta de sua trança lhe chicoteou a face e soltou seus cabelos. Ondas negras e cacheadas se levantaram numa teia medonha.

— Ai, ai. — Irsa fechou a cara ao linguajar da irmã. — Quem ensinou você a dizer essas coisas? O califa?

— Odeio isto aqui!

Apesar de Sherazade não responder a nenhuma das perguntas, Irsa ignorou a provocação.

— Espere um pouco. Vai descobrir que não é tão ruim. — Ela passou o braço pela irmã e a puxou para perto.

— De todos os lugares, por que estamos neste deserto esquecido por Deus? Por que o velho xeque nos acolheu? — Sherazade perguntou no tom mais baixo que a ventania permitia.

— Não conheço os detalhes. Só sei que ele vendeu os cavalos e as armas do tio Reza. Sua tribo comercializa ambos. Talvez seja a razão por que nos permitem ficar. — Ela parou, pensativa. — Ou talvez seja consequência de sua proximidade com Tariq. O xeque o trata como se fosse um filho.

— Então ele não se juntou a Tariq e os demais soldados? Não está envolvido no esforço de guerra? — Sherazade franziu o cenho.

— Acho que não — Irsa respondeu. — Mas quando comparecer ao próximo conselho de guerra vou me certificar de pegar mais detalhes para você.

Sherazade ajeitou os cachos de cabelo atrás da orelha e revirou os olhos.

Enquanto cruzavam as areias em direção à tenda do pai, Irsa percebeu que a irmã olhava em torno com atenção. Seus olhos seguiram os de Sherazade até cair sobre uma figura esguia à distância, que retribuía o olhar.

Irsa levou uma cotovelada.

— Quem é esse garoto?

— Ai! — Irsa devolveu a cotovelada. — O Aranha?

— O quê?

— Ah, eu o chamo de Aranha por conta de seus membros longos e sua tendência a se curvar. Chegou com o emir de Karaj. Acredito que seja um parente distante dele. Acho que seu nome é Teymur, ou Tajvar, ou algo do gênero. — Ela abanou a mão.

— Ele tem... um olhar desconcertante.

Irsa franziu a testa.

— Ele é meio estranho, mas inofensivo, Shazi.

Sherazade cerrou os lábios e não disse nada.

Irsa puxou o pano, e elas entraram na tenda do pai. No clima árido da tarde, a escuridão ali dentro se tornara ainda mais sufocante. Acenderam a lamparina e prepararam outro copo de água, hortelã e chá de ervas. Seu pai engoliu a mistura como fizera pela manhã, ainda murmurando algo abraçado ao ridículo livro.

Sherazade se abanou com as duas mãos.

— Ele está encharcado de suor. Devíamos lhe trocar a roupa e lavar o rosto e o pescoço.

Irsa despejou a água em uma bacia de barro e pegou tiras de linho limpo em sua sacola. Abaixou-se para molhar as bandagens na água fria.

— Vai contar ao *baba* sobre o tapete mágico? Ele vai ficar bem animado ao saber que você herdou as habilidades dele. — Sorrindo para si mesma, Irsa retirou a bandagem da água.

— *Ba-baba?* — Sherazade gaguejou. Estava debruçada sobre ele, olhando-o perplexa. Uma sombra passou por seu rosto. Alarme?

Irsa largou as bandagens e correu para o lado do pai.

— O que há de errado? — Irsa perguntou. — Ele abriu os olhos?

Sherazade sacudiu a cabeça.

— Eu... Não. Achei que tinha escutado alguma coisa lá fora, mas devo ter me enganado. — Os cantos de sua boca começaram a formar um sorriso. — Sei que o deserto adora pregar peças numa mente cansada. Se começar com o rosto do *baba*, eu lavo os braços dele.

— Você tem certeza? — Irsa insistiu.

— Tenho. — Era uma confirmação confiante, que não podia ser ignorada.

E Irsa começou a trabalhar em silêncio com Sherazade para limpar a pele do pai do suor e da sujeira...

Sabia que a irmã estava mentindo.

***

— O que aconteceu? — Irsa sussurrou, no instante em que fechou a lona da tenda atrás de si. — Me diga a verdade, Shazi, ou eu...

Sherazade pegou o pulso de Irsa e a puxou para perto.

— Pensei ter ouvido alguma coisa do lado de fora da tenda — ela respondeu depressa. — E não queria que ninguém nos escutasse falando alguma coisa importante.

— Acha que alguém está nos *espionando*? — Irsa não conseguia imaginar por que alguém haveria de querer escutar a conversa delas.

— Não sei. Mas é possível.

Puxando a alça da bolsa contra o corpo, Irsa apressou o passo. Seu olhar se movia de um lado para o outro. Nas poucas semanas em que estivera ali, nunca se sentira insegura. Nem por um segundo. Passara a maior parte das manhãs com Aisha e as crianças, e à tarde Rahim a ensinava a montar a cavalos de maneira mais eficiente.

Quem ameaçaria duas garotas comuns?

Quando Irsa olhou a irmã de esguelha, se lembrou.

Sherazade não era mais apenas a filha de um bibliotecário qualquer.

Ela era a califa de Khorasan.

Valiosa para qualquer inimigo de Khalid Ibn al-Rashid. E havia muitos.

No mesmo instante em que Irsa entendeu isso, ela baniu a ideia.

Sherazade só estava ali havia um dia. Sua irmã estava sendo ridícula. Paranoica. Resultado evidente do convívio com um monstro e do temor constante pela vida.

Irsa se abaixou para entrar na tenda delas.

Uma mão pegajosa a agarrou pelo pescoço e a puxou para dentro. Ela gritou.

Dedos longos lhe agarravam a nuca. Um hálito quente percorreu sua pele.

— Não era para ser você — uma voz baixa falou ao seu ouvido. — Desculpe.

Ela piscou forte e rapidamente, forçando a vista a se ajustar à pouca luz.

Aranha?

— O que está fazendo? — Irsa gritou.

— Largue ela! — Sherazade estava de pé na entrada, uma mão na adaga cravejada em sua cintura. O rosto impassível. Mas algo selvagem se movia na profundeza de seus olhos. Como se ela esperasse por essa ameaça.

A ideia fez Irsa gelar até a medula.

— É uma ordem, minha senhora? — Aranha cuspiu na direção de Sherazade.

— Não. É uma promessa.

— Uma promessa de quê?

Sherazade inclinou a cabeça ligeiramente.

— De que, se largar minha irmã, ficarei aqui com você. Ouvirei suas reclamações. Farei o que puder para atendê-las. Prometo.

Ele resfolegou no pescoço de Irsa.

— Não acredito em você. — Irsa podia senti-lo tremer atrás dela.

— Pois devia. — Sherazade deu um passo à frente. — Porque eu não terminei. É também uma promessa de que, se não largar minha irmã, será você a ouvir as *minhas* reclamações. E as minhas não são palavras, mas punhos e aço.

Aranha deu uma risada.

— Adequado. Já que é a prostituta daquele monstro maldito.

Sherazade estremeceu. E, naquele pequeno instante, Irsa viu um mundo de dor.

Furiosa, Irsa começou a lutar contra ele, que apertou os braços ainda mais em torno de sua cintura e de seu pescoço. Ela começou a ficar sem ar.

— Irsa! — Sherazade levantou as mãos para se entregar. — Largue ela!

— Me dê sua adaga.

— Largue ela, e lhe darei minha adaga. — Sherazade puxou a lâmina da faixa na cintura.

— Sua adaga primeiro! — Aranha disse, seus dedos afundando na carne macia abaixo da orelha de Irsa.

— She... Sherazade! — Irsa gritou com a voz rouca.

Uma gota de suor desceu pela testa de Sherazade.

— Eu a darei. Apenas largue Irsa. Sua briga é comigo.

— Largue sua adaga primeiro, e ela poderá ir embora. Mas se ela for buscar ajuda... ou se... eu escutar o Falcão Branco do lado de fora desta tenda, eu mato você.

— Ela não vai buscar o Tariq. — A adaga caiu com um estrondo aos pés de Irsa. — Ela não fará nada.

Irsa sentiu ele relaxar a pressão no mesmo instante em que seu coração ficou apertado.

Sherazade achava-a incapaz de *qualquer coisa*.

Completamente inútil.

E, na verdade, o que ela fizera para provar o contrário?

Aranha afrouxou a mão em seu pescoço.

— Chute a adaga para perto de mim, e eu a solto.

Sherazade deu a Irsa um pequeno sorriso confiante e chutou a adaga na direção dele.

Ele soltou Irsa e a atirou na direção da entrada.

Quando Irsa olhou hesitante para trás, para Sherazade, a irmã a mandou seguir com um olhar de advertência.

Irsa queria ficar. Queria suplicar ao Aranha que reconsiderasse.

Mas estava com medo. Ela já custara a Sherazade sua adaga e não sabia como ajudar além de suplicar.

Então saiu para o sol do deserto, seu coração acelerado no peito e seu orgulho por terra.

Frenética, começou a buscar por ajuda. Os olhos de que ela mais precisava pertenciam a um rapaz alto, com sorriso e ombros largos como uma tarde de verão. Um rapaz que amava sua irmã desde que eram crianças.

Um rapaz que bateria primeiro para fazer perguntas depois.

Tariq saberia o que fazer. Torceria o pescoço do Aranha.

Irsa tropeçou pela areia até a tenda de Tariq, o sangue martelando suas têmporas.

— Irsa?

Ela tentou ignorar a voz conhecida. A voz do garoto que ela mais *queria* encontrar. O garoto cujo rosto ela mais de uma vez procurou. Não. Irsa não precisava de Rahim. Ela precisava de Tariq — o garoto de ação.

— Irsa? — Rahim acelerou para acompanhá-la. — Por que está correndo pelo...

— Onde está Tariq? — ela perguntou alto.

— Numa expedição de reconhecimento até um emirado próximo. — Ele atravessou seu caminho, os olhos contraídos. — Por quê? Alguma coisa errada?

Irsa sacudiu a cabeça, seu medo no auge.

— Não, eu apenas... preciso dele! — Irsa olhava freneticamente para todos os lados.

— Por quê?

Uma golfada de ar saiu de seus lábios.

— Porque preciso fazer... *uma coisa*. — Ela o empurrou para fora do caminho. — Você não entende. Shazi...

Ele a segurou pelos ombros, seu toque estranhamente calmante. Fortalecedor.

— Me diga, você precisa do quê?

Não. Nenhum dos dois era um líder. Ela sempre vira Rahim como um seguidor. Assim como ela era a garota que fugia. A garota que não conseguia fazer nada além de salvar a própria pele.

Ela devia ter pegado a adaga de Sherazade. Ou feito alguma coisa. A culpa embrulhava seu estômago. Irsa começou a tremer, mesmo debaixo do sol escaldante. Sentiu as mãos de Rahim pressionando seus ombros. Oferecendo mais coragem.

Irsa se endireitou, cerrando os punhos.

Shazi não desistiria. Não se deixaria domar pelo medo. Nem vagaria pela areia como uma boba. Ela agiria. Lutaria até a morte. E seria esperta, como ela só.

Apesar de Irsa continuar tremendo, conseguiu manter a voz firme enquanto arquitetava um plano.

— Tariq levou o falcão com ele?

— Não. — Rahim ficou intrigado. — Zoraya reconheceu o terreno mais cedo, esta manhã, então ele a deixou para trás, para descansar.

— Rahim — Irsa tomou fôlego —, faz uma coisa para mim?

Ele nem se deu ao trabalho de responder. Só esticou a mão.

E Irsa a pegou.

Uma linha indelével

Sherazade se recusou a se acovardar diante do rapaz delinquente à sua frente.

Em outro mundo — em outra vida —, ela poderia ter sentido pena dele. Mas ele ameaçara Irsa. Uma linha indelével riscada no chão.

E, apesar do esforço dele em esconder, ela podia ver os seus dedos tremendo na adaga dela.

Mova-se devagar.

— Qual é o seu nome? — ela perguntou com aparente tranquilidade.

Ele tomou um fôlego rápido.

— Sou eu que faço as perguntas aqui. — Ela ficou parada enquanto ele dava a volta.

Ele estava ficando mais nervoso.

— Como? — A cada passo vacilante, raios de luz iluminavam seu rosto, jogando uma sombra sinistra sobre sua barba irregular.

Sherazade juntou as mãos diante dela.

— Perdão?!

— Como você sobreviveu?

Ela escolheu suas próximas palavras com cuidado.

— Contei histórias.

Ele interrompeu a passada. O desprezo era evidente antes mesmo que ele falasse.

— Você contou *histórias*? Você espera que eu acredite que aquele monstro manteve você viva porque você o *divertia*?

Sherazade olhou para ele com desalento.

— Acredite no que quiser acreditar. Mas a prova está diante de você.

Incrédulo, ele pareceu sem ar. Ela se encolheu diante de sua reação.

— Está tentando me provocar? Você é tão idiota assim?

Pela segunda vez, Sherazade levantou as mãos pedindo calma.

— Não estou tentando provocá-lo... — Esperou pacientemente para ver se ele engolia a isca.

— Teymur. Meu nome é Teymur.

— Teymur. — Sherazade curvou os lábios num sorriso cauteloso. — Não estou tentando provocá-lo. Estou tentando compreendê-lo.

Uma escolha de palavras pouco feliz. Sherazade percebeu assim que foram ditas.

— Me *compreender*? — Teymur rosnou. — Você não pode me compreender!

— Por favor, me conte apenas...

Ele a atacou. Os dedos compridos envolveram sua garganta como um garrote. Sherazade pôs as duas mãos no pulso dele, tentando evitar que continuasse apertando. Olhou em seus olhos flamejantes, determinada a não piscar.

Ela não tinha medo. Esse rapaz, esse garoto mirrado, estava bem mais amedrontado do que ela jamais ficaria. O suor escorria abundante de suas têmporas.

— Como você poderia compreender? — Ele tremia tanto que sua voz falhou. — Você está *viva*. O monstro a deixou viver!

Com a outra mão, ele encostou a ponta da adaga no pescoço dela. A lâmina ainda estava coberta pela bainha cravejada de pedras.

— Onde arranjou esta adaga? — Teymur examinou as incrustações delicadas da bainha, passando a mão na linha de pérolas cultivadas e nas minúsculas granadas incrustadas no punho. As esmeraldas na base faiscavam uma luz cruel.

— Teymur...

— É dele? — Seu olhar deixou a adaga para fitá-la novamente. — Ele a deu para você?

Sherazade não respondeu.

— Me responda! — Ele a sacudiu pelo pescoço. — Você me prometeu respostas!

— Sim. Ele a deu para mim.

— E se eu te matar com ela? — Sua voz virou um sussurro. — Como ele matou a minha Roya.

Sherazade engoliu com dificuldade. Ela conhecia aquele nome. Um entre tantos. Um num mar de cartas espalhadas. Numa tempestade de lembranças.

— Sinto muito.

— Não ouse se desculpar! — A ponta dos dedos dele penetrara na pele dela.

A dor dele a atravessava, da mão dele para o coração dela, tocando uma velha ferida que nunca fecharia totalmente.

Shiva.

— O que quer de mim? — perguntou ela com os olhos bem fechados, isolando-se da dor que sentia, pelo menos por um instante.

— A verdade.

Ela tornou a engolir em seco.

— O que quer saber?

— A quem você é leal. Khalid Ibn al-Rashid se importa com você? — Ele cuspiu o nome como se fosse amaldiçoado. — Ele gosta de você?

— Não posso falar dos sentimentos dele. Ele os guarda para si. — Uma meia verdade. Ela daria conta disso, se fosse mais pressionada. O sangue voltava a correr veloz em seus dedos apertados.

— Então fale por você. Se importa com ele?

Minta.

— Não. — Sherazade travou o queixo. — Não me importo.

— Então ainda pertence ao Falcão Branco?

— Pertenço a *mim mesma*.

— Onde está seu coração, Sherazade al-Khayzuran? — Sua voz estava rouca e insistente.

Numa viela perto do mercado. Numa noite de esquecimento.

Na promessa de um amanhã.

— Com...Tariq Imran al-Ziyad. — A mentira lhe queimava a língua. — Onde sempre estará. — Ela mantinha os olhos cerrados, sabendo que poderiam traí-la.

Teymur respirou fundo. O ar roncava em seu peito, preenchendo o espaço entre eles, fétido e quente. Inspirando e expirando. Mais duas vezes.

Com o silêncio dele, uma sensação de desconforto tomou conta de Sherazade.

Ele a puxou para perto. Perto demais. Seu hálito quente comichava a testa dela.

— Esse monstro... machucou Roya?

Em sua súbita proximidade, ela entendeu a pergunta. E ficou horrorizada.

Abriu os olhos imediatamente.

— Ele não a tocou.

Ele a estudou numa imobilidade horrível. Tão perto... A pulsação dela na garganta rufando em incessante inquietude.

— Você contou histórias para ele. Da mesma forma que está contando histórias para mim agora.

Sua decisão se firmava à medida que falava. E Sherazade sabia que não poderia mais ficar parada. Empurrando-lhe o braço para longe, chocou-se com o ombro dele e saiu correndo.

Com grande precisão, Teymur agarrou-a com força, tirando-lhe o apoio do pé e fazendo Sherazade desabar no chão. Todo o ar saiu de seu peito de uma só vez. Sentiu o pulmão queimar enquanto tentava respirar com dificuldade.

Pela primeira vez, a onda fria do medo passou pelas suas costas. O garoto mirrado era mais forte do que ela. Era mais alto e mais astuto. E ela não poderia lutar com ele para sempre. E também não havia como contra-argumentar.

Mas talvez houvesse outro jeito. Um feito de distrações e mentiras.

Uma onda de fúria seguiu à do medo. Sherazade segurou a mão que estava em sua garganta, cravando as unhas na pele dele.

Qualquer pena que tivesse sentido dele se derretera em raiva.

A linha indelével tornou-se um fosso profundo.

Ele estava se alimentando de seus medos mais arraigados. Um medo que Sherazade havia escondido nos recessos mais escuros de sua mente.

— O que está fazendo, Teymur? — Ela se esforçou para manter a voz firme.

O homem-criança lutava para manter o controle enquanto olhava para baixo, para ela. Ele estava com muito, muito medo, vociferando e tremendo em seu triunfo conquistado com esforço.

Ela não ficaria ali deitada em silêncio enquanto ele impunha suas convicções.

— Vai me violentar, ou só está tentando me assustar com a ideia? — ela perguntou. — E o que espera alcançar com essa torpeza estúpida?

Teymur se encolheu diante do seu atrevimento. Da coragem de trazer à tona suas vergonhosas intenções.

Sherazade sabia que seus insultos eram bobagem. E que poderiam provocá-lo ainda mais. Mas ela não podia, não iria aceitar tal covardia.

Não enquanto seu corpo ainda respirasse.

Por um instante, Teymur pareceu hesitar. Ele segurou o queixo e cruzou o braço acima dela. Com surpreendente destreza, desembainhou a adaga e a encostou novamente em seu pescoço.

— Ele deve se importar com você, senão não estaria viva. — O toque frio do aço na pele não a assustou.

Ela se agarrou na raiva em vez disso.

— Khalid Ibn al-Rashid não dá valor a muita coisa na vida. Eu o entretive por algum tempo. Não procure uma razão além disso. Você mesmo disse: ele é um monstro. — Ela falou com clareza, sua raiva, contida a custo, sublinhando cada sílaba.

— Você ainda está mentindo para mim. Quer me dizer que o califa de Khorasan não se importaria se algo lhe acontecesse?

— Como disse antes, não posso falar dos sentimentos dele.

Teymur rosnou sobre ela.

— Você espera que eu acredite que o Rei dos Reis não ficaria com raiva pelo que aconteceu hoje?

Não.

Khalid quebraria cada osso de seu corpo pelo que fez.

Sherazade o encarou com frieza.

— Se acha que Roya concordaria com suas ações, nada que eu possa fazer ou falar vai importar. — Ela engoliu a bile que subia. — Mas não posso imaginar nenhuma garota, com amor verdadeiro no coração, aprovando uma coisa dessas.

A mão na garganta dela afrouxou, e o rosto transpareceu um desespero. Cada um de seus traços murchando aos poucos. Naquele instante, Sherazade viu quanto Teymur amara Roya.

Quanto ele perdera de si mesmo ao perdê-la.

Mas isso não era desculpa. Não haveria jamais uma desculpa para isso.

Bem-sucedida em distraí-lo, Sherazade agora procurou como desarmá-lo.

Com extrema cautela, tirou uma das mãos que segurava o pulso dele. Enquanto Teymur lutava com seus demônios interiores, Sherazade deixou a mão cair para vasculhar o chão por uma arma em potencial. Uma pedra, uma cuia, uma vara, qualquer...

Enquanto seus dedos buscavam avidamente por algo, encontraram...

Um pedaço de carne-seca?

Teymur continuou absorto em seus pensamentos, os dedos relaxados na garganta dela, então Sherazade passeou o olhar rapidamente por toda a tenda.

Mesmo à luz difusa, podia ver que várias tiras de carne-seca tinham sido deslizadas pelo fundo da tenda, em sua direção. Eram do tipo que Tariq usava para alimentar Zoraya.

Tariq não pode querer que eu alimente o falcão dele...

Isso não parecia algo que o rapaz planejaria. Se soubesse o que estava acontecendo dentro da tenda, ele a teria cortado em pedaços e usado suas cordas para pendurar Teymur ao vento. Tariq — impetuoso até a raiz dos cabelos — teria relutado em armar um ataque furtivo de qualquer tipo. E jamais o faria envolvendo Zoraya.

Se não foi Tariq, quem planejou um esquema tão desmiolado?

Sherazade olhou com cuidado para as paredes da tenda.

E onde está o maldito falcão?

Uma coisa era certa: se esse plano visava criar uma distração, era muito interessante.

Sherazade curvou os dedos em torno da tira de carne-seca.

Como o ataque de um mangusto numa cobra, levou a mão até o colarinho da *qamis* de Teymur. Ela colocou a carne em sua nuca. Surpreso, ele soltou a adaga e estapeou a nuca com ambas as mãos, como se estivesse tentando esmagar um gafanhoto.

Numa explosão de penas e garras faiscantes, Zoraya entrou guinchando na tenda, voando direto para o colarinho de Teymur. Ele gritou e largou Sherazade. O falcão fêmea continuou atacando, as asas bem abertas. Sherazade pegou outro pedaço de carne-seca enquanto Teymur tentava em vão escapar do ataque de Zoraya.

Antes que Sherazade pudesse formar um raciocínio coerente, Rahim al-Din Walad irrompeu na tenda, com Irsa em seu encalço. Irsa tinha as mãos cheias de tiras de carne-seca. Rahim agarrou Sherazade pelo braço e a fez ficar de pé.

— Fora! As duas. — Ele sacou sua cimitarra da bainha, a expressão sisuda.

— Não vou — respondeu Irsa, a voz surpreendentemente alta e firme. — Não até eu saber que você e Shazi ficarão a salvo.

Sherazade, o olhar fuzilante, também se recusou a sair. Quando Rahim começou a reclamar, ela lhe fez ouvidos de mercador. Ele resmungou uma praga e se moveu para um lado, a cimitarra a postos.

— Zoraya. Pare com isso, já!

O falcão fêmea ignorou a ordem, então Sherazade assobiou baixinho.

Zoraya grunhiu em resposta, mas parou o ataque. Abaixando-se para pegar sua adaga caída, Sherazade se adiantou na direção de um Teymur acovardado. O pescoço e as mãos estavam arranhados e sangravam, e a frente de sua calça estava molhada. Um cheiro acre encheu o ar. Totalmente indiferente, Sherazade segurou o pedaço de carne-seca diante de si. O falcão o pegou com as garras e pousou ao lado dos pés de Sherazade, suas penas cinza-azuladas abertas, projetando uma sombra protetora.

Sherazade olhou de cima para Teymur.

— Se você algum dia encostar em mim novamente, eu corto fora a sua desculpa envergonhada para ser homem e a dou de comida para o falcão.

Então deu um passo à frente, brandindo sua adaga desembainhada.

— Mas se você ousar *olhar* para a minha irmã novamente, eu o mato sem titubear.

Um portal entre dois mundos

Sherazade sabia que estava sonhando.

Sabia e não se importava. Porque estava em casa.

Seus pés descalços pisavam nas pedras frias enquanto caminhava pelos corredores cavernosos que levavam até as portas de seus aposentos. Com o coração na boca, ela segurou uma das maçanetas e a abriu.

Estava escuro. Uma escuridão azul-escura. Do tipo que traz o frio junto, não importa a temperatura que esteja fazendo.

O mármore do chão estava coberto por uma neblina grossa e ondulada. Que ia até a cintura, parecendo fumaça branca, de um lado a outro. Quando ela deu um passo à frente, a neblina se rasgou como um mar assombrado, cortado pela proa de uma embarcação fantasma.

Uma luz cálida começou a brilhar no centro dos aposentos. Pendurada acima de seu dossel — sentinela silenciosa, cercada por um véu diáfano de seda.

No centro da plataforma alcochoada estava sentada uma figura solitária, escondida pelas sombras.

— Khalid?

Sherazade acelerou os passos através da neblina, seus olhos contraídos atravessando a escuridão azul e o véu rendado.

Lutando para distinguir o rosto que tanto ansiava ver. A figura se moveu. Afastou um fio do véu rendado.

— Não, Shazi *jan*. Não sou ele. Mas espero que perdoe a minha invasão. — O vulto sorriu para ela como quem conhece os segredos do passado, do presente e do futuro.

E Sherazade tropeçou, mal contendo um grito.

Uma risada eclodiu das almofadas em tons de pedras preciosas, tão conhecida e radiante que partiu o coração de Sherazade.

Quantas vezes desejara ouvir aquele som mais uma vez?

Ela estaria disposta a matar por esse privilégio.

— Shiva? — Sherazade sussurrou, descrente, ao contornar os pés da cama e se aproximar da cortina de seda.

— Venha! — Shiva falou, dando palmadas leves no espaço a seu lado.

As mãos de Sherazade tremiam quando puxou a cortina de renda e se ajoelhou nas almofadas. Como num transe, ela olhava para sua melhor amiga, esperando que desaparecesse.

Esperava pelo vazio dilacerante que certamente se seguiria.

Shiva sorriu, travessa e cheia de vida. Uma única covinha na bochecha esquerda, tão perfeitamente imperfeita como sempre.

A visão partiu ainda mais seu coração. Porque, assim como Sherazade sabia que era apenas um sonho, sabia também que teria que acordar mais cedo ou mais tarde.

E encarar que isso não passava de uma mentira.

A covinha apareceu novamente quando Shiva ajeitou um cacho de cabelo preto atrás da orelha.

— Boba. Só porque estamos num sonho, não significa que é uma mentira.

— Então você está na minha cabeça? — Sherazade perguntou.

— Claro! Sempre estive aqui. — Shiva apoiou o queixo em um joelho. — Estava só esperando que precisasse de mim.

— Mas — Sherazade se surpreendeu com a onda de raiva que sentiu — precisei de você tantas vezes, Shiva...

— Não, você não precisou. Estive te observando. Você se virou sozinha de maneira magnífica. — Os olhos de Shiva brilharam de orgulho.

— Não foi assim — continuou Sherazade. — Cometi muitos erros. Me apaixonei pelo rapaz responsável por sua morte!

— De fato. E a isso às vezes foi difícil de assistir. Especialmente na manhã em que você quase morreu.

— Eu te traí.

— Não, boba. Você não me traiu. Já disse: estive aqui o tempo todo. E tenho uma coisa a confessar... — Shiva desviou o olhar, que cintilava ligeiramente cauteloso. Cheio de uma luz vibrante. — Desde o momento em que o vi correndo na sua direção naquela manhã, soube que você o salvaria, tal como ele a salvou. — Quando Shiva esticou a mão em sua direção, Sherazade se sobressaltou com seu calor.

Parecia tão real. Tão dolorosamente viva...

De novo, Shiva sorriu, seus ombros esguios, ligeiramente para a frente, graciosos.

— Parece real porque é assim que você se lembra de mim. E é adorável ser lembrada quente e perfeitamente imperfeita. — Shiva entrelaçou os dedos com os de Sherazade e os segurou com força. Por um minuto, a garganta de Sherazade se contraiu e dificultou-lhe a fala.

— Eu... sinto muito por amá-lo, Shiva *jan*. Sinto muito por não resistir.

— Que coisa mais ridícula para se desculpar! — As feições finas e ossudas de Shiva pareciam de boneca em sua indignação. — Você sabe muito bem. Nunca mais se desculpe por essa maluquice. Você melhor do que ninguém devia saber o que acontece com quem me desobedece. — Ela brandiu o punho, rindo provocadoramente enquanto se lembrava de tantas desavenças infantis. Sherazade não pôde deixar de rir com ela, até que o coro delas encheu o espaço ao redor.

— Não quero acordar. — A risada morreu nos lábios de Sherazade, o eco voltando para ela de algum lugar além das portas duplas. De um portal entre os dois mundos.

— E eu não quero que você acorde — disse Shiva. — Mas mesmo assim você acordará quando chegar a hora.

— Talvez pudéssemos apenas ficar aqui.

— Acho que não. — A boca de Shiva se torceu num sorriso melancólico. — Afinal, você não estava procurando por mim quando chegou aqui. Estava procurando por ele. Não é uma acusação. Apenas uma observação. — Shiva sempre fora assim: incapaz de ocultar a verdade, porém também incapaz de ser cruel. Um tipo raro de pessoa. O melhor tipo de amiga.

Sherazade desviou o olhar.

— Não sei se poderei voltar a vê-lo algum dia. Não com a maldição.

— Então você precisa quebrá-la — interrompeu Shiva. — Não há a menor dúvida. O que falta é planejar como fazer isso. Pensou em alguma coisa?

Apesar de Sherazade ter a intenção de procurar Musa Zaragoza em breve, exatamente com esse propósito, não podia responder a Shiva. Ela ainda não estava certa de como agir. Mesmo quando criança, fizera muitas coisas na vida baseadas por instinto. E com nervos de aço.

Era Shiva quem fazia os planos. Era Shiva quem sempre pensava adiante nas coisas que ainda não tinham acontecido.

— Viu? — Shiva falou, a testa se suavizando. — Essa é a razão por que vim até você hoje, minha querida. Você está perdida. E não pode ficar assim.

Sherazade olhou a neblina se espalhar pelo teto, envolvendo a plataforma toda e se enrolando na única lamparina no quarto.

— Não sei por onde começar — admitiu, sua voz se perdendo na neblina.

— Por que não começa por dizer em voz alta aquilo a que aspira? — Será que ela podia se arriscar a dizer uma coisa dessas? Depois de tantas mortes e derramamento de sangue sem sentido, parecia o pior tipo de egoísmo.

Construir seu mundo sobre um caramanchão de ossos.

— Tão cansativo... — Shiva cutucou-a, brincalhona. — Este é o seu sonho, boba! Se não puder dizer o que deseja em seu próprio sonho, então onde poderá fazê-lo?

Sherazade se viu refletida nos olhos de Shiva.

Parecia uma casca vazia da garota que fora um dia. Uma garota curvada para a frente, reticente. Uma garota ausente... de vida, e da vida.

Ela se endireitou.

— Quero estar com Khalid. Quero que meu pai fique bom. E... quero que a maldição seja quebrada.

— Aí está. — Shiva falou, sem nenhum traço de diversão.

— Mas essas coisas são possíveis? — retrucou Sherazade. — Porque não parece que sejam.

— Então como é que se faz o impossível se tornar possível?

Sherazade estremeceu, taciturna.

— Você teria maior sorte se me perguntasse como se faz uma cabra voar.

— Muito bem, então. — Shiva anuiu, um ar solene tomando conta dela. — Como alguém faz uma cabra voar?

— Amarra ela a uma pipa bem grande.

— Não iria longe, porque está presa por um fio.

— Sério!?

— Estou falando muito sério! — Shiva riu, deixando o som ir além da neblina invasora e da sentinela silenciosa que ficava lá em cima. — E se você pusesse a cabra em seu tapete voador? Talvez ela conseguisse voar? — Os olhos dela estavam iluminados por um brilho suspeito.

— Não seja ridícula.

— Foi só uma ideia. — Shiva abanou a mão através de uma espiral de fumaça branca. — Mas, se você me perguntasse, o melhor jeito de sair voando é cortar as amarras que a prendem ao chão... — Suas palavras começaram a soar abafadas, como se ela estivesse embaixo da água, mas seu sorriso continuou radiante. — Corte as amarras, Shazi. *Voe*.

Sherazade acordou assustada.

A tenda estava inundada pela escuridão. A respiração de sua irmã havia muito entrara num ritmo de sono profundo, e o som ululante do vento do deserto enfunava as lonas costuradas.

Sua garganta estava seca, mas seu coração, acelerado.

Ela esperou pelo vazio devastador, quando percebeu que seu sonho terminara com tantas coisas por revelar.

O vazio nunca se fez sentir.

Pela primeira vez desde que fugira de Rey havia quase uma semana, ela não se sentia perdida nem tão sozinha. Ela encontrara uma maneira de alcançar seu objetivo. E seu propósito tinha um peso que ela podia aguentar.

Algo pelo que podia realmente lutar.

"Corte as amarras, Shazi. Voe."

Obrigada, Shiva.

Com cuidado para não incomodar Irsa, Sherazade calçou as sandálias para sair e tomar um ar fresco. Ela roubou a *shahmina* da irmã e enrolou o longo pano triangular em volta da cabeça para protegê-la do vento frio da noite do deserto. Então se dirigiu para a entrada da tenda, deixando-a fechada atrás de si...

E então caiu sobre um corpo deitado do lado de fora.

— *Aff!* — Sherazade rolou na areia.

Mãos fortes a seguraram, mantendo-a no chão. A visão de um soldado encapuzado percorreu sua mente. Um soldado furioso com um escaravelho tatuado e uma arma destinada à guerra.

Ela se debateu contra uma muralha de músculos. Deu uma bofetada num rosto pétreo. Olhou nos olhos prateados como facas afiadas.

O coração de Tariq troava sobre o dela.

— Me larga! — exclamou, tão desconcertada que suas bochechas queimavam.

Ele se levantou, puxando-a junto num único movimento.

— O que você...

— Que diabos...?!

Ela se afastou dele, cruzando os braços.

Tariq tirou a areia do cabelo com um único gesto da mão.

— Primeiro você — Tariq falou com uma voz irritada que fazia lembrar uma versão muito mais nova dele mesmo. Uma com um sorriso demorado e uma vocação para brincadeiras.

Uma que Sherazade teria preferido a essa altura.

— Isso é muito galante de sua parte. Depois de me ignorar a maior parte da semana, como um garoto com a metade da sua idade e o dobro do seu charme.

Os lábios dele ficaram entre o silêncio e o discurso, entrecortados por várias respirações.

— Você... é terrível, Shazi. Apenas terrível. — Ele esfregou a mão no rosto, mas não antes de Sherazade ver o olhar de mágoa que ele não conseguiu esconder.

Ela segurou os próprios cotovelos com força, recusando-se a esticar as mãos para confortá-lo. Não importava quanto quisesse fazer isso. Não importava que parecesse natural confortar o rapaz que amara por tanto tempo.

— Sei que sou terrível. Então fica a pergunta: O que está fazendo aqui?

— Me fiz a mesma pergunta, várias vezes... Especialmente enquanto estava deitado na areia fria, fazendo guarda de uma garota terrível. Uma que é muito pouco grata e não sabe ser leal.

Era como se ele a tivesse jogado na água gelada.

Fugindo de uma nova onda de culpa, ela se afastou, as faces em brasa.

Tariq correu atrás dela e a segurou pelo braço.

Sherazade o empurrou para longe.

— Não me toque, Tariq Imran al- Ziyad! Não *ouse*! — Ela estava horrorizada por sentir vontade de chorar. Não chorara uma única vez nos últimos dias. Nem quando eles acharam seu pai agachado numa encosta escurecida. Nem quando ela virara para dar uma última olhada em sua cidade em chamas, que ficava para trás.

Nem quando descobriu que Tariq prometera a Jalal nunca levá-la de volta.

Tariq não pensou uma segunda vez e a puxou para perto de si.

— Para com isso. — Ela espalmou as duas mãos contra o peito dele, enquanto lágrimas de raiva começavam a se acumular. — Não preciso de você!

Você merece alguém que sinta a sua presença ao seu lado sem precisar vê-lo.

E eu só senti isso com um garoto.

— Pare de tentar me machucar, sua garota terrível — ele falou, sério. — Não vai funcionar. Pelo menos não da maneira que você gostaria.

Lágrimas quentes rolaram pelo rosto de Sherazade. Que ainda se recusava a se apoiar nele. A sucumbir a tal fraqueza.

Com um suspiro cansado, Tariq passou os braços em torno dela.

Eles eram sólidos e passavam certeza e segurança.

Transmitiam tudo o que ela sempre amara em ser jovem e livre. O cheiro de sal e areia na pele dele; a sensação forte de cair e saber que alguém estaria sempre a postos para agarrá-la ou, no mínimo, cuidar de seus machucados; a novidade de todas as coisas... e do amor, em especial.

— Rahim me contou o que aconteceu. — Os dedos de Tariq se acomodaram na sua nuca como fizeram tantas vezes, durante tantos anos. Sua voz vibrava, grave e mais baixa, chegando a ela quase inaudível. Um luxo de que ela não precisava, nem merecia. — Vou fazer aquele garoto sangrar por ter sequer pensado em tais coisas.

Não.

Sherazade o empurrou.

— Não é da sua conta. Já falei com Teymur. Ele não fará mais nada.

Os olhos de Tariq faiscaram.

— Da *minha* conta?

— Já cuidei do caso, Tariq. Não faça nada, porque não adianta; evite fazer mais sangue correr. E para mim já bastou. — Ela passou por ele, empurrando-o com o ombro.

Ele a deixou ir, seu queixo se projetando, seus punhos pendurados ao longo do corpo.

— Você também trataria o menino-rei dessa maneira?

— Não se compare a Khalid. É infantil e não é do seu feitio.

Tariq se encolheu, mas manteve a posição.

— Me responde, Shazi. Você diria a ele que não era da conta dele ficar com raiva desse garoto pelo que fez a você?

Ela hesitou.

— Sim.

— E ele lhe daria ouvidos? — Franziu o cenho, incrédulo.

— Ele... me daria ouvidos.

E então faria exatamente o que tivesse vontade de fazer.

— Está mentindo — Tariq zombou. — Não acredito nem por um minuto que aquele açougueiro a quem chama de marido deixaria aquele garoto ver outra aurora depois do que fez a você.

— O que Khalid faria não é da sua conta. — Ela estava perigosamente perto de gritar. — E não quero mais falar disso nem do meu marido *açougueiro* com você! — Sherazade cortou o ar com a mão, dando o assunto por encerrado.

— Então agora você acha que é da sua conta controlar o que acontece neste acampamento? — Tariq falou. — É por isso que aquele garoto chorão voltou para o povo dele, como uma criança a ser repreendida? Você realmente pensou que...

— Eu realmente pensei que não traria benefício nenhum derramar mais sangue. Teymur foi levado para a tenda do emir de Karaj para receber o que lhe é devido. E é da minha conta decidir como lidar com esse assunto. E *não* é — ela pôs o dedo em riste no peito dele — da sua conta fazer justiça em meu nome!

— Você realmente acredita que o emir vai castigá-lo pelo que fez hoje? Não vai. E agora eu não tenho a menor ideia de onde Teymur está. Porque duvido que aquele demônio tenha sido mandado para longe, para ser disciplinado, como você quer acreditar. Ele se foi, e, com ele, toda a noção de justiça! — Tariq abriu bem os braços, o rosto exasperado. — Você sabe que Teymur foi designado para casar com alguém da família do emir? E que é até possível que o próprio emir tenha lhe dado essa missão?

— Você não se vingará em meu nome, Tariq Imran al-Ziyad. Eu o proíbo...

Ele a agarrou pelos ombros.

— Vou fazer o que bem entender, Sherazade al-Khayzuran! — Sua voz era rude em sua dor. — Certa vez eu não me permiti fazer uma coisa por causa de meus princípios, e não se passa um dia sequer em que não me arrependa disso com todas as forças do meu ser!

O som de sua angústia subiu numa espiral pela noite do deserto e passou através de uma imensidão de minúsculas estrelas.

E através da pele de Sherazade.

Sem dizer nada, Sherazade pegou a mão dele e o levou para o deserto, para além do círculo de tendas. Quando finalmente se virou de frente para ele, Tariq parecia ter envelhecido uma década em segundos.

Eles olharam um para o outro por cima do pequeno mar de areia brilhante. Anos de amizade e confiança perdidos num átimo.

— Você alguma vez pensa naquela noite? — Tariq perguntou devagar, sem conseguir olhar nos olhos dela.

Por algum tempo ela não soube como responder.

— Você fez a coisa certa — Sherazade disse, observando os infinitos grãos de areia que escorregavam em torno de seus dedos dos pés. — Eu o pus numa situação difícil. Uma situação inadequada.

— Não foi o que lhe perguntei.

Ela levantou os olhos.

— Sim. Pensei sobre isso.

Ele trocou o pé de apoio; esse rapaz que nunca se sentia pouco à vontade, ferindo o coração dela com seu estranho desconforto.

— Posso perguntar por que foi ao meu quarto naquela noite?

Tariq merecia a verdade. Por todos aqueles beijos roubados nos cantos escuros. Por todos aqueles anos de amor inabalável.

Por começar uma guerra para salvá-la.

Ela olhou nos olhos dele, apesar da dor no seu peito fazer com que quisesse correr para longe, depressa.

— Porque queria sentir.

— Sherazade...

— Eu queria... Não, eu *precisava* sentir alguma coisa. — Havia uma suave decisão em suas palavras. — Pensei que, se me perdesse em seus braços, eu poderia sentir alguma coisa novamente. Aí eu poderia ficar de luto por Shiva e seguir adiante. Mas você estava certo em me mandar embora. Nunca o culpei por isso. Por favor, acredite quando digo isso — ela falou mansamente.

Tariq ficou calado por muito tempo. Ela via a dor em seus olhos enfraquecer e ser substituída por uma resignação amarga.

— Eu acredito em você. Mas não muda o fato de que lamento por isso quase todos os dias desde então. — Ele deu dois passos na direção dela e parou, hesitante.

Sherazade percebeu sua indecisão. Seus dedos apertavam as dobras da *shahmina* de Irsa.

Ele está esperando que eu pergunte por quê.

E está com medo do que acontecerá quando eu perguntar.

Ela curvou os dedos do pé dentro das sandálias, as tiras apertando sua pele.

— Por que você lamenta?

Tariq apertou os lábios, formando uma linha fina. Os músculos de seu pescoço saltaram quando engoliu em seco. Ele parecia estar organizando suas ideias antes de falar, novamente algo tão estranho no primeiro amor dela.

Então seus olhos se ergueram, encontraram os dela e aí se mantiveram, firmes em sua convicção.

— Porque sei que, se tivesse permitido que tivéssemos o que ambos queríamos naquela noite, você seria agora minha esposa, em vez dele.

Ela recuou, horrorizada.

— É... é isso que achou que eu estava fazendo? — Sherazade conseguiu rebater. — Que fui a seu quarto como a filha de um pobre bibliotecário, planejando sair de lá como a esposa do futuro emir? — Sherazade o encarou, pondo as mãos na cintura. — Não era a minha intenção forçá-lo a se casar, seu estúpido arrogante! Se eu tivesse dormido na sua cama naquela noite, *jamais* esperaria que me pedisse em casamento no dia seguinte!

— Meu Deus, é isso que acha que estou dizendo?

— O que mais deveria entender quando...

Ele se adiantou rapidamente e cobriu a boca de Sherazade com a mão. Pedindo silenciosamente um adiamento da execução.

Após uma batida de coração, Sherazade concordou, apesar de sua indignação abafada se fazer ouvir. Tariq destapou sua boca, e ela viu nele o esboço de um ar divertido. Um vestígio do garoto que conhecia. E do qual sentia muita saudade nos últimos dias.

Com o cenho cada vez mais franzido, Sherazade pegou as pontas da *shahmina* de Irsa e as cruzou sobre o peito.

— Então, o que quis dizer?

— O que eu quis dizer — ele começou novamente — é que, se você tivesse ficado comigo naquela noite, eu teria ido falar com seu pai na manhã seguinte...

Ela abriu a boca para reclamar, e ele voltou à sua súplica silenciosa.

Então se aproximou.

— Mas não teria sido porque eu me sentisse obrigado — Tariq continuou, descansando as mãos nos ombros dela, primeiro de leve, depois largando o peso todo. — Teria sido porque eu não queria esperar nem mais um dia... e teria sido *errado*. Minha prima fora assassinada havia quinze dias. Minha tia se jogou da sacada três dias depois. Como poderia ir até seu pai, ou aos meus pais, e pedir para casar com você?

Suas feições haviam se suavizado enquanto ele falava, apesar de sua voz não ter perdido nada de sua intensidade. Naquele instante, Sherazade se lembrou de como todos os olhos convergiam para ele num ambiente, sem que tivesse pedido por isso. De como ele ocupava todos os espaços e nunca parecia notar isso.

As mãos dele descaíram enquanto ele esperava que ela organizasse suas ideias e lhe respondesse.

Quando ela falou, foi sua vez de se sentir esquisita e perdida.

— Eu... nunca esperaria que fizesse uma coisa dessas.

Novamente, um traço de divertimento passou pelo rosto dele.

— Você continua a me magoar, sua garota terrível. Porque eu sei. Se tivesse passado uma única noite com você, nunca mais desejaria nos ver separados.

Sherazade queria fazer com que ele não dissesse mais nada. Que não dissesse nada de que viesse a se arrepender.

O que devo fazer para poupá-lo de mais sofrimento?

Mas Tariq lhe segurou o queixo, de forma resoluta, fazendo-a olhar nos olhos dele.

— Desde a tarde em que vi você cair das muralhas de Taleqan, você se tornou inevitável para mim. Essa é a medida de quanto eu a amo. — Suas palavras saíam sem esforço. Como sempre. — Mas você não pode mais dizer o mesmo de mim, pode?

Ela não podia olhar nos olhos dele.

— Por favor, Shazi, me responda. Já é tempo de eu ouvir a verdade. Eu... mereço ouvi-la.

Quando Sherazade estudou o rosto dele, descobriu que — no curso dos últimos dias — ele vinha se preparando para este momento.

Embora isso não fosse tornar as coisas mais fáceis para nenhum deles.

Ela soltou o ar devagar.

— Eu amo você, Tariq. — E com muito carinho colocou a mão na face dele. — Mas... é nele que eu vivo.

Tariq cobriu a mão dela com a dele. Assentiu. A única reação além dessa foi o movimento imperceptível do músculo de seu queixo. Uma emoção que fugiu ao controle e o traiu mais do que teria feito um mar de lágrimas.

— Eu sinto muito por magoá-lo — Sherazade sussurrou, a dor de seu peito subindo até a garganta. Ela colocou a outra mão na outra face, passando seu remorso pelo tato. Bobagem, ela sabia, mas não podia imaginar o que mais poderia fazer para consertar tal traição.

Tariq relaxou, sua expressão estranhamente distanciada.

— Eu soube que você estava apaixonada por ele quando os vi juntos em Rey. Mas... fui um tolo em me apegar a um fiapo de esperança.

— Por favor, entenda... — Sherazade mordeu o lábio inferior, certa de que o faria sangrar. — Nunca tive a intenção de lhe causar nenhum sofrimento.

— Meu sofrimento é minha culpa. Rahim me contou o que você falou para Teymur hoje, que seu coração estava comigo, onde sempre estaria.

Sua boca sentiu o gosto de sal e cobre.

— Eu...

— Você mentiu para se salvar. Eu entendo — ele disse sem emoção. — Mas você precisa saber que Teymur contará ao emir de Karaj e o rumor se espalhará.

Ela piscou, surpresa com essa mudança súbita de tática. Os sinais de vulnerabilidade desaparecidos. Em seu lugar, uma expressão severa e uma atitude firme.

Uma volta abrupta para a distância anterior.

— Você estará mais segura neste acampamento, especialmente entre os inimigos do rei-açougueiro; se mantivermos as aparências — ele concluiu.

Apesar de ela não ter a intenção de prolongar sua estada no acampamento, Sherazade sabia que devia dizer alguma coisa. Se não em defesa de si mesma ou de Khalid, ao menos em defesa de Tariq.

Ela sacudiu a cabeça e apertou a *shahmina* ainda mais.

— Não posso lhe pedir que faça isso. Eu *não* lhe pedirei isso. Não é justo.

— Não, não é — Tariq concordou. — Mas você ainda precisa me pedir para abandonar esta guerra.

Os olhos dela estavam arregalados de surpresa.

— E você faria isso? Isso seria sequer possível?

— Mesmo se fosse possível, eu não faria. — Tariq não titubeou em sua resposta. — Quando decido fazer uma coisa, não poupo esforços. E diminuir minha responsabilidade não seria apenas uma falha com aqueles que me cercam, mas uma falha comigo mesmo.

— Para aqueles que o cercam? — A raiva aflorou dentro dela, súbita e forte. — Você sabe que tipo de homens tem à sua volta, Tariq?

— Ela pensou na sentinela do lado de fora da tenda nesta manhã. Na tatuagem de Fida'i no seu braço. — Você se cercou de mercenários; contratou foras da lei e assassinos de todos os tipos, na tentativa de desbancar um rei do qual nada sabe! Khalid não é...

— Contratei foras da lei e assassinos? — Tariq riu sarcasticamente. — Escute o que está dizendo, Shazi! Você sabe quem é o seu marido? Será que não ouviu as histórias sobre o califa de Khorasan? O louco assassino? Ele matou ou não matou Shiva, sua *melhor amiga*? — Ele disse as últimas palavras clara e pausadamente.

Articulando sua traição.

Ela respondeu, belicosa.

— A verdade não é tão simples.

— O amor não lhe permite ver a verdade. Mas não fará o mesmo comigo — Tariq falou, os olhos cheios de emoção. — Só uma verdade ainda importa: ele é o responsável pela morte de minha prima?

Sherazade olhou para ele num silêncio sofrido.

— Sim.

Porque, não importava a história, era a verdade.

— Então é simples assim.

— Tariq, por favor. — Ela estendeu a mão para ele. — Você disse que me amava. Suplico que reconsidere...

Ele recuou, tentando com muito esforço esconder sua dor.

— Eu a amo de verdade. Nada mudará isso. Como nada mudará o fato de que ele matou minha prima e roubou de mim a garota que eu amo. — Sherazade olhou aterrorizada quando ele colocou a mão no punho da cimitarra, segurando-a com força.

Apesar de ele quase tropeçar na sua pressa em se afastar, sua voz não estremeceu.

— Não se engane; da próxima vez que eu encontrar Khalid Ibn al-Rashid, um de nós morrerá.

Disposto a aprender

Ele havia cometido erros. Disso não tinha dúvidas.

Erros de julgamento. Erros de planejamento. Erros de entendimento.

Talvez pudesse se dizer que ele era culpado por orgulho equivocado. Até por tola vaidade.

Mas Jahandar não tivera a intenção de deixar as coisas transparecerem daquela forma.

Quando invocou o poder do livro pela primeira vez, achou que poderia controlá-lo. Achou que poderia dominá-lo.

Aquele fora o primeiro de seus muitos enganos.

Porque o livro não tinha a menor intenção de ser controlado. Tinha a firme intenção de impor sua vontade sobre Jahandar al-Khayzuran. Infelizmente, sua vontade permanecia desconhecida por trás da poesia de uma língua antiga, lacrada por um cadeado e uma chave enferrujados.

Uma parte de Jahandar sabia que havia várias razões para o livro ser destruído.

O poder de destruição que ele testemunhara naquela fatídica tempestade noturna não deveria existir no mundo dos homens.

Mas mesmo assim...

Jahandar apertou os dedos, segurando o livro com força. O calor que emanava dele penetrava em sua pele, fazendo as bolhas em suas mãos latejar.

O calor vivo de um coração pulsante.

Talvez pudesse controlá-lo agora. Já que sabia que tipo de criatura era.

Seria o cúmulo da tolice pensar nessa possibilidade? Mais uma evidência de sua vaidade sem limites?

Talvez.

Ele podia tentar. Primeiro com algo pequeno. Nada como os erros que cometera nos limites de Rey. Ele agora conhecia melhor. Agora que vira do que era capaz, ele se moveria nas águas do livro com maior cuidado. Com mais respeito do que tivera nas colinas.

Na noite em que vira o livro destruir uma cidade inteira.

Ele estremeceu ao se lembrar dos raios que cortaram o céu e atingiram a gema mais preciosa do coração de Khorasan.

A cidade na qual Jahandar criara as filhas e tomara conta de sua adorada biblioteca.

A cidade na qual enterrara a mulher depois de vê-la adoecer e definhar.

A cidade de seus erros mais retumbantes.

Ele se lembrava das muitas vezes que se mostrara sem poder nenhum para aqueles que o cercavam — sem poder para evitar que sua esposa sucumbisse à doença; sem poder para manter seu posto como vizir após a morte dela; e sem poder para evitar que sua filha marchasse para dentro das paredes do palácio em direção a uma condenação garantida.

Sem poder para fazer nenhum tipo de mudança. Um mero observador da vida. Sem valor.

Novamente ele se agarrou ao livro, grato por suas duas filhas terem escapado ilesas da tempestade...

Quando ele suspeitava que muitos outros não conseguiram.

Jahandar abriu os olhos para a escuridão de sua tenda. Como fizera na noite anterior quando chegaram, a culpa lhe comprimindo o peito, dificultando a respiração. Suas unhas penetravam na capa do livro quando ele tentava encher o pulmão de ar, procurando estancar o remorso que se empoçava em seus olhos.

Tentava esquecer os gritos em seus ouvidos.

Não era sua culpa!

Ele não tivera essa intenção. Só quisera oferecer uma distração. Resgatar sua adorada filha. E talvez descobrir sua verdadeira vocação...

Como um homem de poder. Um homem a ser respeitado. Um homem a ser temido.

Mas Jahandar podia consertar as coisas. Ele sabia como. Passaria seus dons para a filha.

Irsa falara disso, ao mencionar um tapete mágico. A ele custara todo o autocontrole para permanecer deitado imóvel quando ouviu isso. Para permanecer calado em face de tal possibilidade.

Sherazade era especial. Tal como Jahandar.

E ela era forte. Mais do que o pai. Ele sentira todas as vezes que as mãos dela alisaram o livro; o livro recebeu bem sua presença.

O livro percebeu sua capacidade para o esplendor.

A oportunidade para ele se redimir.

Tão logo pudesse voltar a usar seu corpo todo, Jahandar retomaria seus estudos.

Desta vez controlaria o livro. Ele se tornaria realmente digno de seu poder. Não permitiria que o livro voltasse a controlá-lo.

Não. Nunca mais ele cometeria os mesmos erros.

Ensinaria a filha a usar os seus poderes. Então, juntos, eles consertariam tudo o que dera errado.

Porque um erro só é um erro se permanecer assim.

E Jahandar estudou a vida inteira.

Era a coisa de que mais se orgulhava: estar sempre disposto a aprender.

A borboleta e o brutamontes

Khalid não gostava de surpresas.

Mesmo quando criança, ele as recebia com cautela.

Não conseguia se lembrar de uma única vez que tivesse ficado satisfeito com uma surpresa. Em sua experiência, surpresas eram como o prelúdio de algo bem mais traiçoeiro. Como um veneno de ação lenta que é mascarado por um vinho fino. Servido numa taça incrustada de pedras preciosas.

Não.

Ele odiava surpresas.

E foi a razão por que, quando Khalid entrou nos aposentos de Vikram e achou Despina sentada na cama de seu guarda-costas, não ficou nada satisfeito.

Como ela conseguira descobrir sobre a recuperação do Rajput tão rapidamente?

Khalid apenas tomara conhecimento ao amanhecer, menos de uma hora atrás.

De fato, os olhos e ouvidos da criada iam longe. E eram uma das razões principais de ter se tornado uma espiã tão boa. Sem dúvida era fruto de sua habilidade de fazer amigos e ganhar a confiança com a facilidade de uma borboleta. E ela fizera amigos entre os que tinham influência no palácio.

E se tornara amiga de Sherazade.

A criada se levantou e fez uma reverência, levando a ponta dos dedos da mão direita à testa.

— *Sayyidi*.

— Estou impressionado. — Khalid permaneceu aos pés da cama, suas feições contraídas.

Despina sorriu, seus olhos brilhando apesar de a luz filtrada pelas persianas ser fraca.

— Me perdoe por dizer isso, *sayyidi*, mas não parece.

Vikram deixou uma única tossida escapar de sua boca, mascarando o que, para o guerreiro do Hindustão, era divertido.

Khalid imediatamente se virou para ele e perguntou, sem delongas:

— Seu ombro? — Nunca houvera a necessidade de formalidade entre eles.

Treinaram juntos por anos. Sangraram juntos. Lutaram juntos. O Rajput era seu guarda-costas desde o dia em que Khalid fora coroado rei. Seu amigo desde antes disso.

Vikram não respondeu. Seu olhar se desviou imediatamente para um canto superior indefinido, enquanto Khalid analisava as bandagens tingidas de vermelho e o cheiro das ervas curativas amarradas em torno da pele acobreada de seu ombro esquerdo. Quando Vikram se sentou para alcançar um copo de água na mesa baixa a seu lado, não pôde evitar uma pontada de dor. Despina se curvou para ajudá-lo, ignorando sua carranca cada vez maior.

— O faquir acabou de sair daqui, *sayyidi* — ela disse ao colocar o copo de volta na mesa baixa. — Ele veio para dizer que...

— Aquela flechinha espatifou minha costela. E o osso no meu ombro — Vikram grunhiu. Um tom que prometia uma represália feroz num futuro próximo.

Despina piscou, por falta de palavras. Então se recuperou com um sorriso brilhante e disse:

— Mas o faquir também contou que...

Vikram a fez calar com um olhar. Fazendo beicinho, Despina voltou para a banqueta e cruzou os braços na altura do peito.

O lado impiedoso de Khalid pareceu estranhamente apaziguado por essa mudança — a visão da borboleta saltitante silenciada pelo brutamontes. Se Sherazade estivesse ali, Khalid suspeitava que ela teria colaborado para sua maior satisfação com um gracejo, o que teria sido melhor, porém tornado a situação definitivamente pior.

Ele saiu dos pés da cama e foi para o lado de Vikram.

— Tem alguma coisa que eu possa fazer por você?

Vikram se reclinou nas almofadas e olhou do seu jeito distanciado.

— Um braço novo.

Khalid quase sorriu ao escutar isso.

— Infelizmente, preciso dos meus dois.

— Para quê? — grunhiu Vikram, acrescentando desprezo ao olhar.

— Para lutar.

— Mentira. Seu pavão metido!

Khalid ergueu as sobrancelhas.

— Nunca minto.

— Isso é uma mentira. — O bigode do Rajput se entortou, seu olhar sem brilho.

— *Nunca*... talvez seja a palavra errada.

— *Raramente* é melhor.

— Raramente, então. — Khalid ofereceu um esboço de um sorriso.

Vikram suspirou, passando a mão direita sobre a barba curta.

— Eu não posso lutar mais, *meraa dost*. — Era uma admissão difícil. Seus olhos se fecharam por um instante.

— Agora *isso* é uma mentira — Khalid falou sem hesitar. — O faquir me disse que seu ombro vai se curar com o tempo. Pode não voltar a...

— Não sinto minha mão esquerda.

Khalid realmente odiava surpresas. Com o fogo de milhares de sóis, ele as detestava.

Olhou para a mão esquerda de Vikram, deitada inerte sobre os lençóis de linho. Parecia do mesmo jeito de sempre. Impiedosa. Inveterada. Invulnerável.

Mas não.

Ele sabia que palavras de consolo não eram necessárias. Vikram não era um tolo, tampouco precisava ser mimado. Mesmo assim, Khalid não pôde ignorar sua inclinação para dizer o óbvio.

— É cedo demais para saber. — Ele evitou dizer isso de forma gentil, porque sabia que Vikram teria abominado isso. — A sensibilidade pode voltar com o tempo.

— Mesmo que aconteça, nunca lutarei como antes. — Não havia emoção na resposta. Apenas uma simples constatação.

Despina se mexeu na banqueta — o segundo sinal de desconforto que Khalid percebera na criada desde sua chegada.

Apesar de isso o intrigar, Khalid deu às palavras de Vikram a merecida consideração.

— Novamente, é muito cedo para dizer isso.

— Aquele cachorro usou pontas de flecha feitas de obsidiana. — A fúria de Vikram provocou o aparecimento de vincos profundos na testa e em sua face. — Elas estilhaçam os ossos. Está além da cura.

Apesar da vontade de atiçar as chamas, Khalid aplacou sua própria ira. Não teria sentido alimentar a raiva. Vestiu a máscara de falsa compostura. Uma máscara que usava bem.

— Ouvi dizer.

— Não posso lhe servir como guarda-costas com apenas um braço bom. — Vikram o expôs de maneira explícita.

— Discordo.

— Sabia que diria isso. — Ele franziu o cenho. — Mas isso não importa, *meraa dost*.

— E por que não? — perguntou Khalid.

Novamente a criada se mexeu na banqueta.

Vikram se recostou ainda mais nas almofadas, suas feições suavizando.

— Porque não serei menos do que sou. E você não pode me forçar a ser menos. — Ele nem se deu ao trabalho de desafiar Khalid com seu olhar implacável.

— O que posso fazer por você, meu amigo? — Khalid repetiu sua oferta, apesar de soar totalmente diferente agora.

O Rajput fez uma pausa.

— Quero deixar a cidade. Começar uma vida por conta própria.

— Claro. — Khalid concordou. — O que precisar.

— E me casar.

Mais surpresas. Será que isso não tinha fim?

— Tem alguém em mente? — A cara de Khalid permaneceu cautelosa. Controlada.

Vikram levantou os olhos quase irônicos para o rei. E então seu rosto se virou devagar para a borboleta de beicinho ao lado de sua cama.

Para a melhor espiã de Khalid.

Aparentemente, as detestadas surpresas de Khalid estavam só começando. Por mais que tentasse, ele não conseguiu esconder seu ar de incredulidade.

— E você está de acordo com esse casamento? — perguntou à criada numa voz pouco mais forte que um sussurro.

Quando os bonitos lábios dela começaram a se franzir numa careta divertida e seus olhos passaram a brilhar como poços cheios de segredos, Khalid usou toda a sua força de vontade para não perder a paciência e sair do quarto num ataque de raiva.

— Muito bem, então. Longe de mim compreender as maquinações do amor. — Khalid sacudiu a cabeça, dispersando qualquer evidência de sua incredulidade. — Mais alguma coisa?

— Há... mais uma coisa — O Rajput resmungou, como se se lembrasse de algo.

Khalid aguardou, esperando que não fosse outra surpresa.

— Apesar da minha escolha para esposa — o guerreiro olhou para sua futura noiva, que retribuiu com um sábio sorriso —, não quero me tornar tema de rumores.

— Entendo — Khalid respondeu. — Não falarei sobre esses assuntos com ninguém. Tem a minha palavra.

Vikram deu um aceno breve de cabeça.

— Partiremos em dois dias. Depois disso, tudo o mais está nas mãos dos deuses.

Uma sensação de perda eclodiu em Khalid. Ele não se incomodou com sua presença. Apenas com sua intensidade.

— Sentirei sua falta, meu amigo.

— Isso é uma mentira. — Vikram tossiu, seu ombro bom sacudido pelo humor reprimido. — Você será o melhor espadachim de Rey. Finalmente.

— O melhor espadachim em uma cidade destruída — Khalid corrigiu, segurando o início de uma expressão mais séria. — Adequado. — Ele desviou o olhar, esfregando o queixo.

— *Meraa dost?*

Foi o primeiro sinal de indecisão que Khalid ouvira na voz de Vikram.

Ele olhou de volta para o amigo.

— Você não vai mesmo trazê-la de volta? — perguntou o Rajput.

— O que é isso? — Khalid finalmente sorriu, ainda que com o coração pesaroso. — Depois de todos os seus protestos anteriores?

— Apesar deles, sinto... que tenho saudade da pequena criadora de casos. E de como ela o fazia sorrir.

Khalid também. Mais do que admitiria para qualquer um.

— Ela não estará segura em Rey, Vikram. Não sirvo para ela.

— E aquele cachorrinho serve? — As linhas profundas na testa do Rajput voltaram.

Juntamente com a raiva latente de Khalid.

— Talvez. Pelo menos ele poderá fazê-la sorrir.

— E você não? — Os olhos de Vikram se contraíram. Brilhando como lascas de pederneira.

Como a obsidiana nas pontas das flechas de Tariq Imran al-Ziyad que estilhaçavam ossos.

O sangue de Khalid cheio de raiva. Carregado de injustificada fúria.

Afinal, ele tinha permitido que Shazi se fosse com o filho de Nasir al-Ziyad. Ele não a perseguira, como inicialmente pretendia.

Não mandou que Jalal a trouxesse de volta, a despeito do que seu coração desejava.

Havia sido sua decisão deixar que ela se fosse.

Porque era melhor que ela não mais sofresse a seu lado — ao lado de Rey.

Até que ponto ele poderia conciliar seus erros com sua sina? Isso não era mais possível.

Apesar de todas as suas tentativas de evitar seu destino, este encontrara uma maneira de alcançá-lo. Tinha atravessado a cidade, golpeando-a. Incendiara tudo o que prezava.

E Khalid não podia assistir a Sherazade se queimar com ele.

Ele preferia queimar sozinho — repetidas vezes — a assistir a tal coisa.

— Não posso fazê-la sorrir — disse Khalid. — Não mais.

O Rajput alisou a barba, contemplativo.

— É muito cedo para dizer isso.

Khalid fez uma profunda reverência, tocando a testa com a ponta dos dedos.

— Eu lhe desejo felicidades, Vikram Singh.

— E eu a você, *meraa dost*, meu melhor amigo.

Nem uma única gota

"Corte as amarras, Shazi. Voe."

As palavras eram sussurradas em seus ouvidos, carregadas pelo ar como um segredo que conclama.

"Voe."

Sherazade estava sentada no centro de sua tenda, ignorando a comoção do lado de fora. Ruídos da chegada de mais um contingente de soldados ao acampamento. Sons de uma guerra iminente. Mas ela estava concentrada no chão empoeirado, seus joelhos dobrados e os pés cruzados na altura dos calcanhares.

Diante dela encontrava-se o tapete mais feio de todo o universo.

Da cor de ferrugem, com uma borda azul-escura e um medalhão central preto e branco todo desenhado. Emoldurado em ambos os lados por duas borlas de um amarelo lúgubre. Puído em dois dos cantos.

Um tapete com uma história...

Embora muito pequeno. Tinha apenas tamanho suficiente para comportar duas pessoas sentadas lado a lado.

Sherazade inclinou a cabeça, em contemplação. Respirou com cautela. E apoiou a palma da mão no tapete. Uma comichão, como a dormência de um membro, se instalou em volta de seu coração. Esquentava seu sangue se espalhando para a ponta de seus dedos.

Apesar de saber o que esperar, ela ainda se surpreendeu quando o canto do tapete se enrolou na sua mão.

Sherazade recolheu a mão e engoliu em seco. O tapete voltou a ficar plano.

"Corte as amarras, boba. Engoliu seus ouvidos agora, junto com seu medo?"

— Já a ouvi nas primeiras mil vezes, sua chata! — E com um pequeno sorriso pela lembrança de Shiva, Sherazade pegou a taça vazia e a jarra de água na mesa baixa ao lado. Enfiando a língua entre os dentes, encheu a taça pela metade e a colocou no centro do medalhão do tapete mais feio que jamais existiu.

— Agora para um teste de verdade — ela murmurou.

Sherazade tornou a colocar a mão sobre o tapete. Tal como da vez anterior, um estranho formigamento se instalou em torno de seu coração antes de descer por seu braço. As pontas do tapete se dobraram sobre si mesmas, e em seguida ele flutuou. Logo não havia nada debaixo dele, a não ser o espaço vazio. Ela se ajoelhou devagar. A taça não se mexera no centro do medalhão; nem uma única gota de água respingara. Soltando o ar pelo nariz, Sherazade deslizou seus dedos para a direita. O tapete a seguiu na altura dos ombros, a água permanecendo parada, como a superfície de um lago sereno.

Sherazade decidiu levar a experiência um pouco além.

Ficou de pé sem aviso prévio, sua mão levantada para o teto reforçado da tenda. Ela achava que o tapete subiria sem controle, mas — apesar de se elevar num piscar de olhos — ele pareceu se recusar a ser jogado em um movimento tão pouco gracioso. Em vez disso, se moveu como se estivesse sob o domínio das brisas mais leves. Seguindo a ponta de seus dedos, se elevou acima de sua cabeça — numa série de ondas pequenas de uma praia invisível — antes de descer em espiral de volta ao chão ao seu comando. Ela repetiu a coreografia duas vezes. Para cima. Para baixo. E de novo. Em nenhum momento o tapete deixou de ter contato com a pele dela. Nem perdeu o controle. Carregou a taça como seu passageiro sem peso, do teto ao chão, como nuvens no ar.

Sherazade viu a água ir de uma borda a outra, nunca transbordando, apenas dando voltas, como se estivesse dançando ao som de uma música langorosa que só ela podia ouvir.

Com os olhos bem abertos, ela permitiu que o tapete descesse em círculos até o chão.

Nos ouvidos, a voz de sua melhor amiga — a voz por trás do segredo que conclama — começou a rir, de maneira lírica e bela.

Provocativa.

Sua vez, boba.

Sherazade sorriu para si mesma. Na noite seguinte ela testaria o tapete mágico novamente.

Sem a taça.

Baba parecia melhor esta manhã. Pelo menos foi o que Irsa achou. Ele não parecia tão pálido e debilitado. E sorvera a mistura de água e ervas com um pouco mais de vontade do que no dia anterior.

Talvez ele acordasse em breve.

Irsa fez uma careta ao afastar os fiapos grudentos da própria testa. Estava certa de que começava a se parecer com os inúmeros ouriços das ruas de Rey. Cheios de poeira no colarinho e areia atrás das orelhas.

Com um suspiro, ela levantou sua trança castanha e a torceu num nó na nuca.

Deus misericordioso! Por que a tenda de seu pai era tão mais quente do que a dela? Parecia uma padaria numa tarde de verão. Como o *baba* aguentava?

Irsa olhou a pele amarelada dele mais uma vez e terminou de lhe secar o suor a testa.

— Por favor, *baba*, acorde. É meu aniversário hoje. E ouvir sua voz seria o melhor presente de todos. Ou vê-lo sorrir. — Ela beijou-lhe a testa antes de juntar suas coisas e se dirigir para a entrada da tenda do pai.

Perdida em pensamentos, Irsa não notou a silhueta magricela de pé na saída da habitação.

— Irsa al-Khayzuran.

Ela estancou. Virou-se. E quase tropeçou num pé calçado. Levantou a mão para proteger os olhos dos raios de sol.

— Esperei um longo tempo no sol por você... para me certificar de que tudo estava bem depois do infortúnio de ontem — Rahim al-Din Walad falou tranquilamente. — Mas suponho que é bem fácil me ignorar.

O calor subiu pelo pescoço dela.

— Não. Quero dizer, sim. Quero dizer, não quis dizer...

Ele tentou rir, e a risada soou muito estranha.

— Estou apenas provocando, Grilo.

Irsa limpou a garganta.

— Bem, não provoque.

Rahim sabia que ela detestava o apelido.

Ele deu uma risadinha de leve. Soou meio seca, como bandagem sendo rasgada ao meio, mas Irsa se sentiu estranhamente aliviada por ela. Coisas estranhas sempre a deixavam mais tranquila.

Como a expressão característica do rosto de Rahim.

— Como pode ver, estou muito bem. — Suas bochechas ficaram coradas. — Precisa de mais alguma coisa?

— As pessoas só falam com você quando precisam de alguma coisa?

Por que ele sempre fazia tantas perguntas? E por que isso a irritava tanto?

— Não. Elas só falam comigo quando é necessário. Ou quando acham que *eu* preciso de alguma coisa, como você costuma fazer — ela replicou. — Mas acho que ficou no sol quente esperando porque faz bem à saúde. — Assim que falou, Irsa quis tapar a boca com a mão.

O que havia de errado com ela? Depois de tudo o que Rahim fizera por ela recentemente! Ensinando a montar em tardes escaldantes quando poderia estar com Tariq ou com os outros soldados. E ajudando-a a resgatar Sherazade ainda no dia anterior.

Na verdade, não havia nenhuma razão aceitável para ela ser tão má com ele.

Além de completa idiotice.

Outra risada seca.

— Se me lembro bem, Shazi também estava infeliz no seu aniversário de quinze anos.

Rahim sabia que era aniversário dela?

— Eu... Shazi lhe contou? — Irsa gaguejou, ciente demais de sua proximidade, suas têmporas pulsando. Ela sentira o mesmo calor quando tocara suas mãos um dia antes, quando ele lhe passara as rédeas.

— Não. — Rahim fechou os lábios quando uma lufada de vento encheu de areia seus cabelos tão enroladinhos. — Achou que eu iria esquecer?

— Não. Achei que ninguém se lembraria.

Ele olhou para ela, sem piscar. Do seu jeito... estranhamente tranquilizante.

O sangue tingiu as faces de Irsa mais uma vez. Ela tirou o cabelo suado e negro do rosto...

E de repente lembrou que sua trança estava enrolada num nó à nuca. Que devia estar parecendo uma maltrapilha da pior qualidade. Com os olhos bem abertos, desenrolou a trança e tentou arrumar o caos no topo da cabeça.

— O que está fazendo? — Rahim finalmente piscou, seus cílios espessos como pinceladas em uma tela.

— Tentando não parecer um ouriço de rua.

— O quê? — A ponte de seu nariz se enrugou com milhares de linhas finas. — Por quê?

— Porque... eu... garotas devem estar sempre bonitas! — Irsa respondeu, secando a testa com a manga. — Não suadas, nem fedorentas.

— É uma regra?

— Não, é... você está... me perturbando. — Irsa não pôde evitar. Ele realmente estava perturbando. Com seu interminável interrogatório. E seu inabalável carinho.

Seus olhos lampejaram.

— Já me disseram isso. — Rahim nunca olhara para ela assim antes.

— Eu lhe trouxe uma coisa — falou depois de vários minutos, se decidindo.

— O quê? — Ela deu um passo para dentro da sombra dele e baixou a mão que cobria os olhos. — Por quê?

Ele enfiou a mão em sua *rida'* de linho castanho e retirou um rolo amarrado.

— Peguei emprestado com Omar. Vai ter que devolver. Mas... achei que podia gostar disso. — Ele estremeceu, então entregou o pergaminho desbotado para ela.

Ainda surpresa, ela demorou muito a pegá-lo.

Rahim esperou, impassível. Embora ela pudesse ver que outra pergunta estava se formando em seus lábios.

Ela se adiantou.

— O que é?

— Omar me contou como você teve a ideia de pôr ervas de chá e leite na água de seu pai. Este é um pergaminho de plantas e suas propriedades curativas. Achei que podia gostar disso. Vou lhe trazer pergaminho e tinta amanhã. Talvez possa transcrevê-lo. — Ele estremeceu novamente. — Ou... eu posso fazer isso para você. Embora minha caligrafia deixe muito a desejar.

Irsa estava atônita. De tudo o que ela podia imaginar que o sensível Rahim dissesse ou fizesse, essa não era uma delas.

Ele lhe trouxera um presente?

— Eu... bem... imagino que possa fazer isso. Sim. Quero dizer, vou transcrevê-lo. Não você.

— Fique à vontade. — Ele riu; novamente um grasnado ao vento, tão carinhoso ao tocar a sua pele. Quando ele se virou para ir embora, Irsa sentiu um desejo súbito de lhe pedir que ficasse.

Mas para quê?

Como se ele pudesse sentir sua consternação, Rahim olhou para trás por cima do ombro.

— Você... você vem à reunião depois do conselho de guerra hoje à noite?

Irsa começou a concordar, mas parou.

— Sherazade terá permissão para participar?

— Não imagino por que alguém se oporia. Não com Tariq a seu lado. Nada importante será discutido em torno da fogueira. E todos estão um tanto curiosos a respeito dela. Mas, se quiser vir, não será fácil. Todos os olhares estarão sobre ela — Rahim avisou, o amigo sempre atento.

— Vou deixá-la informada. E... vou garantir que nada lhe aconteça. — Irsa ergueu o queixo, encontrando o olhar dele. Firme. Vigoroso.

Pelo menos era como ela esperava aparentar. Podia estar parecendo uma doida — suada, descabelada e apertando contra o peito um rolo de pergaminho.

— Não espero menos que isso. — Novamente, Rahim parou por um minuto em consideração a ela. — *Tavalodet mobarak*, Irsa al-Khayzuran. Que você venha a ter centenas de aniversários.

— Obrigada, Rahim al-Din Walad.

Ele fez uma reverência levando a mão à testa. Ficou então ereto, sorriu aquele sorriso insinuante, como se achasse que sabia algo importante.

— Sobre o que falou antes... Não tem nada com que se preocupar.

— O que quer dizer?

— Você é mais do que linda. — Rahim respirou com cautela. — Você é interessante. Nunca se esqueça disso.

Como uma rosa desabrochando

Ele nunca diria. Nem sob a ponta de uma faca.

Mas Jalal podia estar certo.

O califa de Khorasan não devia desaparecer por horas a fio, sem dizer ou explicar nada.

Mas Khalid se recusava a permanecer no palácio dia após dia. Havia histórias demais ali. Histórias horríveis de sangue, fúria e traição. Os únicos lugares onde encontrara consolo tinham sido destruídos na tempestade.

Ou abrigavam lembranças que ele ainda não estava pronto para reviver.

Pelo menos, além das muralhas do castelo, as histórias eram vivas e reais. Mesmo que fossem cruas — e o enchessem de remorso —, ele podia encará-las.

Podia consertá-las.

E, depois de uma manhã gasta entre inúmeros pergaminhos e maçantes negócios de Estado, Khalid precisava ver resultados. Algo tangível com que empregara seu tempo.

Além de evitar uma guerra iminente. Infelizmente, podia ser que tivesse se enganado hoje.

O sol brilhava forte nos degraus da biblioteca da cidade.

Forte demais.

Igualmente doloroso.

Com o dia chegando ao fim, pequenas distorções começavam a flutuar em sua visão. Sua dor de cabeça piorava para um grau quase debilitante. Sempre estivera presente, mas as horas passadas nesta manhã, fitando a letra miúda, em intermináveis rolos de pergaminho, seguidas de uma tarde escaldante carregando granito pelos degraus desiguais, não ajudaram em nada.

Khalid parou um instante para baixar o capuz e secar o suor da testa.

Não tinha sido por acaso que escolhera consertar a biblioteca mais antiga da cidade. Apesar de haver muitos outros ajudando-o nessa empreitada, ele se sentira atraído pela estrutura em escombros por muitos dias.

O lugar onde o pai de Sherazade trabalhara, antes de a família dela fugir de Rey.

Um lugar que Shazi amara, se sua afinidade com a contação de histórias pudesse ser considerada um indício disso.

Era visível que o prédio havia começado a ruir por falta de manutenção muito antes da tempestade da semana anterior. Os degraus que levavam para a porta em arco estavam rachados e desalinhados, a pedra clara estava escurecida por uma variedade de castanho e cinza.

A tempestade apenas trouxera o fim para o que era inevitável.

Empurrados pelos ventos, alguns pilares entraram em colapso, ruindo, sob o peso do tempo e da negligência. Agora a entrada principal estava completamente bloqueada pelos escombros.

Khalid já enviara seus engenheiros para o local para escorar as vigas pouco firmes. Hoje estava trabalhando ao lado de muitos, formando uma corrente para retirar o entulho.

O capuz de sua *rida'* o mantinha a salvo e anônimo. Afinal, quem esperaria que o insidioso califa de Khorasan estivesse retirando pedras diante da biblioteca da cidade em um dia de verão escaldante?

Khalid praguejou quando o suor em suas mãos quase o fez deixar cair sua carga. De fato, quem jamais esperaria tal ato altruísta, porque estava claro que ele estava mal equipado para fazer qualquer tipo de trabalho de peso. Para que serviram todos aqueles treinos intermináveis de espada — todas aquelas intermináveis lições de estratégia — se ele não podia nem tirar pedras de uma construção?

Quando a pedra em suas mãos caiu no chão com um baque, não lhe atingiu o pé por um triz.

Khalid praguejou alto, obscenamente e sem nenhum cuidado.

— Cuidado, garoto! — Um homem quase sem dentes passou com uma pedra perto dele, seu rosto curtido pelo sol em perpétuo desdém. — Você vai perder todos os dedos do pé assim.

Khalid baixou a cabeça sem dizer mais nada. Então levantou a pedra novamente.

Sua mão direita estava sangrando de novo, um rasgo vermelho brilhante atravessando a palma. Limpou-o com a sua *tikka* negra, na esperança de estancar o sangue.

— É melhor lavar isso. E enrolar em alguma coisa, antes que fique pior. — O homem desdentado passou por ele de novo, movendo-se com surpreendente eficiência para alguém tão pequeno. — Costuma ter uns baldes de água do lado da construção. — Ele apontou as sombras com o queixo.

Khalid ajustou a frente de sua *rida'* para que pudesse se dirigir ao homem sem nenhum impedimento.

— Obrigado.

— Não me agradeça. Eu ainda não entendi por que um garoto com sandálias de couro tão finas está fazendo um trabalho como este. — Ele olhou Khalid com muita atenção.

— Talvez eu tenha uma estranha afinidade por livros velhos.

— Talvez. — Mas ele pareceu duvidar. — De qualquer forma, limpe sua ferida. Se ela infeccionar e você morrer de febre, seu rico pai não ficará feliz.

Com um sorriso discreto, Khalid fez uma reverência e se dirigiu à lateral do prédio para seguir o conselho do homem.

Uma multidão de crianças brincava entre os baldes de água. Vários garotos disputavam uma taça enferrujada empoleirada numa fonte de qualidade duvidosa, cheia de cinzas e escombros. Uma garota empreendedora tomava conta de um balde grande onde a água era limpa. Nem um galho pequeno ou poeira boiava nele. Ela olhou para Khalid, e um sorriso iluminou seu rosto quando viu sua refinada espada pendurada no quadril.

— Um pouco de água num dia quente, *sahib*? — O barbante colorido em torno de seu pulso desceu pelo braço magro quando ela lhe ofereceu uma cabaça.

Khalid não pôde evitar de corresponder ao sorriso.

— Quanto pelo balde... e pela cabaça?

— Para o senhor, *sahib*? — Ela sorriu com malícia. — Só dois dinares.

Quase não conseguindo conter um gritinho de exultação quando Khalid lhe entregou as moedas, a garota correu pelas ruas, seu trabalho do dia concluído. As outras crianças se apressaram atrás dela, ávidos por repartir seu ganho.

Apesar de estar absolutamente falido, Khalid achou que o dinheiro tinha sido bem gasto.

Abaixou-se ao lado do balde e deixou a água morna lavar sua palma endurecida. Ele jogou um pouco de água no rosto e se permitiu baixar o capuz antes de afundar a cabaça na água e derramar o conteúdo sobre a cabeça.

Khalid deixou que pingasse em seus olhos. No início a água queimou, e ele pôs o polegar e o indicador no canto dos olhos próximo ao nariz. Quando ficou de pé, relaxou os ombros e se esticou um pouco.

— Seu vira-lata ingrato!

Não houve nem um segundo para processar o insulto antes que duas mãos agarrassem Khalid pelo capuz de sua capa e o atirasse de cara na parede destruída da biblioteca mais antiga de Rey. Seu pé acertou o balde e a água se esparramou pela pedra.

Apesar de sua vista ainda estar turva, ele reconheceria a voz do primo em qualquer lugar.

— Que diabos está fazendo? — Khalid interpelou-o, sem fôlego.

Jalal enrolou o punho na *rida'* de Khalid, fazendo-o rodopiar.

— Eu sabia que estava com raiva de mim, mas nunca imaginei que fosse capaz de uma coisa dessas. — Sua voz engasgada com a raiva. — De verdade, nunca achei que seria capaz de tal baixaria. Suponho que eu deveria te conhecer melhor. Eu sempre confio demais na família.

Khalid piscou com força, procurando um indício de sanidade nessa loucura que estava se armando à sua volta.

— Dê um passo para trás antes que cometa um engano irrevogável, capitão Al-Khoury.

— Não há ninguém para te socorrer, Khalid *jan* — falou Jalal, olhando em volta para o céu sem nuvens com os olhos contraídos. — E a maldita culpa é sua. Sem Vikram. Sem guarda-costas. Desta vez vamos lutar de forma justa, e vou lhe dar a surra que merece há mais de uma década, seu bastardo ingrato.

Apesar de suas palavras serem precisas e escolhidas, as feições de Jalal ainda pareciam cansadas. Ele ainda não fizera a barba. E o cansaço se avolumava nas olheiras sob seus olhos.

Cansaço tingido de fúria.

— Você pode tentar, com lealdade ou não — Khalid respondeu com a voz gelada, apesar de seu estado desequilibrado. — Mas insisto que revele a razão para tal comportamento antes que eu o trucide, já que eu gostaria de saber do que sou supostamente culpado, além de ter o azar de chamá-lo de primo.

Ao ouvir isso, Jalal se distanciou e deu um soco na cara de Khalid.

Khalid nascera filho de um rei. Oitava geração de Al-Rashid. E por isso era a terceira vez na vida que alguém o atingia com tanta força. Com ódio tão visceral.

Primeiro seu pai. Depois Sherazade.

E agora Jalal.

Khalid desequilibrou-se e caiu no chão, seus dedos se fechando sobre a terra. O sangue trovoava em suas têmporas, ensurdecedoramente. A fera acorrentada em sua cabeça rugindo, se debatendo, as garras saindo pelos globos oculares.

Mesmo assim, Khalid se ajoelhou antes de se erguer...

E se lançou contra o torso de Jalal.

Eles caíram por terra como dois estudantes furiosos, num emaranhado de braços e pernas e bainhas desengonçadas. Jalal tentou se erguer enquanto enfiava o punho na direção de Khalid. Acertou seu queixo de raspão. Em resposta, Khalid esfregou a cara do primo na terra e lhe pressionou a barriga com o joelho. Conseguiu acertar diversos golpes na cabeça e no peito de Jalal antes que este o chutasse para longe, cuspindo sangue e dando uma cotovelada impiedosa na testa de Khalid...

E mais duas vezes.

Uma multidão de curiosos começou a se formar, certamente se perguntando o que fizera com que dois homens jovens e bem-vestidos entrassem em uma briga de punhos tão violenta.

Khalid segurou com força seu crânio, tentando aplacar a agonia. Agulhas de luz surgiam nos limites de sua visão. Apunhalavam suas têmporas. Enfurecido pelo ataque inexplicavelmente brutal do primo, ele fez um rolamento e ficou de pé com a mão na sua *shamshir*.

Os olhos de Jalal se arregalaram. Então, sem parar para pensar, ele se levantou com dificuldade e sacou sua cimitarra.

— Saque! — Um fio vermelho pingava de seu queixo.

Os dedos de Khalid apertaram o punho da espada. Mas ele se recusou a desembainhá-la.

Recusou-se a entrar numa batalha de força letal contra uma pessoa querida.

— Vamos lá, seu covarde! — Um lado do rosto de Jalal estava coberto de terra, envolvendo sua pele numa máscara de poeira brilhante.

Mesmo de onde estava — mesmo sobrecarregado pelo nervosismo —, Khalid podia ver uma névoa de suspeita se formando nos olhos de Jalal.

Isso gelou o sangue em suas veias.

— Você acha que não posso vencê-lo? — Jalal se aproximou, brandindo sua cimitarra. — Ou isso é o peso na consciência? Finalmente demostrando culpa por alguém além de si mesmo?

— Culpa de quê? — Khalid falou com raiva, lutando para se manter seguro. — O que foi que eu *fiz*?

O silêncio se alongou, aumentando a tensão.

Jalal lambeu o lábio cortado.

— Você nunca me perdoou por ter mandado ela embora, não foi? — Sua voz estava rouca e arranhada. Vencida. — Por pedir àquele garoto que a levasse com ele?

Ao ouvir isso, Khalid soltou o cabo de sua *shamshir*. Apesar de isso explicar muito pouco o comportamento do primo, pelo menos não estavam mais à beira do abismo.

— Eu já lhe disse que não há o que perdoar. E falei a verdade.

— Então por que fez isso? — Jalal baixou a espada, mas seu rosto continuava cheio de raiva.

— Do que você está falando? — Mais algumas dessas respostas vagas e ia ser difícil para Khalid não perder a paciência.

Jalal avaliou Khalid, claramente procurando sinais de dissimulação.

— Despina.

Tudo em volta de Khalid congelou. Até o ar em torno dele parou de repente.

— Você a mandou embora — Jalal sussurrou num tom grave. — Depois que eu me abri com você. Você tinha que saber de quem eu estava falando. Ou meu pai lhe pediu que a mandasse embora. E você assim o fez. Sem fazer perguntas. — Ele deu um passo à frente devagar. E depois outro. — Afinal, família não significa nada para você. Eu... não represento nada para você.

Alguma coisa em Khalid pegou fogo com essas palavras.

— Eu nunca...

Os olhos de Jalal ficaram da cor de uma névoa lamacenta escura.

— Não comece a mentir para mim. Não agora.

— Não estou. Nunca mentiria para você.

— Então é uma coincidência? — Ele olhou atravessado para Khalid. — Isso... Alguns dias depois de lhe dizer que queria casar com a garota que carrega o meu filho, ela é mandada para longe do palácio, sem explicação?

— Eu não a mandei embora. Ela pediu para ir. — A verdade completa estava na ponta da língua de Khalid. Ele queria contar a seu primo o que tinha acontecido. Mas agora as circunstâncias pareciam tão... estranhas. Agora que Khalid sabia o que acontecera — e a verdadeira identidade do amor de Jalal —, o casamento apressado de Despina com Vikram parecia um pouco mais do que suspeito.

Um pouco mais do que conveniente.

Especialmente para uma garota versada em segredos e mentiras.

Khalid rapidamente analisou o rosto de Jalal al-Khoury de novo. A dor mal disfarçada marcando o semblante do primo.

Ele não arriscaria infligir mais dor a Jalal. Não antes de ter algumas respostas.

Não até saber o que Despina estava escondendo.

Khalid diminuiu a distância entre eles e pôs a mão de leve no ombro de Jalal.

— Especialmente se eu soubesse de seus reais sentimentos, jamais teria mandado Despina embora. Mesmo que tio Aref tivesse pedido, eu não teria feito isso. Jalal...

— E por que não? — Os lábios de Jalal se comprimiram, seus olhos ficando assustadoramente vagos. — Eu mandei para longe a garota que você ama. Então faz sentido que você mande para longe a garota que eu amo em represália. Você sempre teve um temperamento difícil. Eu só não sabia que era tão vingativo também.

Ao ouvir isso, Khalid sentiu sua raiva crescer rapidamente.

— Eu não sou vingativo.

Talvez tivesse sido no passado. Mas não agora. Não mais. Não desde Sherazade.

A máscara de dor de Jalal se dissolveu em descrença e ironia.

— Você é mais parecido com seu pai do que imaginei.

— Não sou nada parecido com meu pai. — Apesar de estar lutando para manter a raiva sob controle, os dedos de Khalid se fecharam em um punho. — Pensei que você soubesse disso. Você passou a maior parte da sua vida tentando me convencer disso.

— E você passou a maior parte da sua tentando me convencer do contrário. Parabéns! Você finalmente conseguiu. — Jalal bateu palmas bem devagar, o punho de sua cimitarra entre as mãos. — O que é mesmo que você costuma dizer nesses momentos poéticos? "Somos como uma rosa desabrochando, nos tornando mais evidentemente nós mesmos"? — ele zombou. Sua raiva o deixava descuidado. Sua angústia fazia dele um tolo. — Você perdeu algo que ama. Acho que pensou que seria justo que eu também perdesse algo que amo. Infelizmente, neste caso, perdi *duas*. Uma família inteira.

Sua acusação pendia na pequena distância entre eles, amarga e em tom alquebrado.

Mas não menos dura por isso.

Nem menos eficaz.

Khalid sabia que Jalal falava além da razão. Mesmo assim, não podia ignorar as estocadas que suas palavras lhe infligiam... e a vontade de dar o troco à sua maneira.

Afinal, se ele ia ser acusado de um comportamento monstruoso sem provas, não devia se comportar à altura?

Khalid estreitou os olhos, fitando Jalal.

— Se ela o deixou não foi por minha culpa — disse da maneira gentil e condescendente que seu primo tanto desprezava. — Se você a amava, era sua responsabilidade se casar com ela. Sua responsabilidade cuidar dela. Sua responsabilidade dizer a ela que a amava.

Uma gargalhada brotou dos lábios de Jalal, cáustica como vinagre.

— Como você disse para Shazi?

Mais quatro estocadas. Cada uma terrível.

— Ela sabe o que sinto por ela. — Apesar da frieza de sua réplica, o ar voltou a se mover em torno de Khalid, e seus punhos descaídos ao lado do corpo se cerraram ainda mais.

— E agora eu também. Fica de olho nas suas costas, Khalid *jan*. Porque, pela primeira vez em dezoito anos, não estarei lá para tomar conta de você.

O jogo

Havia raiva demais no ar. Ódio demais.

Essas emoções tornavam difícil pensar racionalmente. Não que bom senso parecesse importar a nenhum dos impetuosos tolos ali presentes.

Omar al-Sadiq franziu a testa para os homens reunidos em sua tenda. Franziu e permaneceu em silêncio.

O conselho de guerra deles não estava indo bem. Claramente havia muito em jogo para todos os envolvidos.

Mesmo assim, Omar ficou ouvindo enquanto Reza bin-Latief apresentava relatórios sobre o menino-rei de Khorasan. Seus estranhos desaparecimentos. E o estado lastimável de seu reino devastado.

Muitos dos membros da Guarda Real do califa haviam sucumbido na noite da terrível tempestade. Uma grande parte de seu exército ou morrera ou fugira de Rey. Khalid Ibn al-Rashid agora convocava seus porta-estandartes para ajudar a reconstruir e refortificar a cidade.

Rey e seu governante estavam vulneráveis.

A essa revelação, os muitos homens jovens presentes deram um viva coletivo.

— Está na hora! Precisamos derrotar o coração de Khorasan!

— Matar o bastardo enquanto está fraco!

— Por que estamos aqui sentados sem fazer nada? Devíamos atacar a cidade o mais rápido possível!

As rugas de Omar viraram sulcos. Mesmo assim, nada disse. Não se mexeu nas suas almofadas a um canto. Nem quando testemunhou o clamor que seguiu o discurso inflamado.

Não cabia a Omar, nem a seu povo, fazer objeções a essa altura. Era melhor para ele permanecer esquecido e fora das vistas. Um mero observador da crise. Omar ainda não conhecia todos os fatos. E precisava saber mais sobre a guerra que muito provavelmente eclodiria em sua fronteira.

A guerra que poderia pôr seu povo em risco.

O pedido que Omar fizera recentemente não tinha sido recebido por Reza de maneira favorável. Havia apenas alguns minutos ele pedira a Reza que tirasse seus soldados dos limites de seu acampamento. Esse deveria ser o último conselho de guerra em sua tenda. Sua última oportunidade para presenciar as sementes da discórdia. Ele já se arriscara demais provendo cavalos e armas.

Os Badawi não podiam estar vinculados a tal insurreição. Por enquanto.

Não até Omar escolher de que lado ficaria.

Era verdade que nutria afeição genuína pelo jovem Tariq e por seu tio Reza bin-Latief. Mas Aisha continuava a avisá-lo de que não devia confiar em nenhum dos dois. Um era um apaixonado estouvado. O outro tinha segredos e mercenários.

E sua esposa nunca se enganava com essas coisas.

A gritaria ficou ainda mais descontrolada, arrancando Omar de seus pensamentos. Os soldados batiam os pés e sacudiam as mãos, pedindo para ser ouvidos.

Finalmente Reza foi até o centro da tenda.

Ladeado por dois soldados encapuzados, musculosos e ameaçadores. Quando um grupo de homens se aproximou, o homem à sua direita barrou-lhes o caminho. A mão no punho da cimitarra.

O escaravelho tatuado em seu braço apareceu de relance.

A marca dos Fida'i.

Omar se recostou ainda mais nas almofadas e passou os dedos pela barba.

Assassinos de aluguel. Em seu acampamento. Aisha estava certa. Isso não poderia ser tolerado além desta noite. Sua família. Seu povo. Havia simplesmente coisas demais em jogo.

— Meus amigos! — Reza ergueu ambos os braços e esperou que fizessem silêncio. — Ainda que possa parecer que este é o melhor momento para atacar Rey, não adiantará de nada se não pudermos tomar a fronteira entre Khorasan e Parthia primeiro. Precisamos controlar as terras entre os dois reinos, para que possamos ter uma linha de abastecimento segura. Peço que refreiem a raiva, pelo menos por enquanto. — Um sorriso se armou em seu rosto. — Guardem-na para quando for mais necessária. Quando a justiça for finalmente feita ao menino que ousa se autoaclamar rei.

Os vivas recomeçaram. Desenfreados em sua fúria.

Omar brincou com seu bigode e abafou um suspiro.

Sua lista de perguntas para Reza crescia a cada minuto. Porque não passou despercebido a Omar que Reza parecia muito à vontade com esse belicismo todo. E bem aquinhoado com ouro. Infelizmente, a identidade do benfeitor anônimo de Reza continuava um mistério para Omar.

O que aumentava suas suspeitas.

A presença de Fida'i no acampamento de Omar apenas piorava as coisas. Como o ataque recente à califa de Khorasan. Especialmente porque não foi feita a cortesia de permitir a Omar que fizesse justiça em suas próprias terras.

Omar se recusava a perder o controle. A califa e sua família eram seus convidados. Estas eram as suas terras. Seu povo.

Ele queria os homens de Reza fora de seu acampamento. Queria manter a salvo os que estavam sob seus cuidados. E o incomodava muito não saber quem era o inimigo.

Ao olhar para a frente, Omar viu outro rosto tão circunspecto quanto o seu. Apesar de tê-lo notado mais cedo por seu silêncio preocupado, agora o surpreendia um bocado. Por ser um rosto que não escondia sua confusão... e as muitas perguntas que formulava em quietude.

O rapaz de semblante circunspecto estava no lugar de honra à direita de Reza. Ele não participava da algazarra furiosa. Permanecia calado. Nem parecia feliz com a notícia de que a posição de seu inimigo estava enfraquecida.

Quando Omar se inclinou para a frente para melhor avaliar o que transpirava entre o rapaz e seu tio, sentiu uma consternação fermentando. Uma estranha falta de confiança.

Talvez uma disputa por poder. Ou uma falta de compreensão. Omar devia conversar em breve com Tariq Imran al-Ziyad.

Havia sido uma decisão ruim, a que Sherazade tomara.

Mas agora era tarde. Se partisse, os murmúrios a seguiriam. Os ataques a perseguiriam.

Sua retirada serviria de prova. Confirmaria que tinha medo deles.

Que seus olhares e seu ódio criaram raízes nela.

Medo era uma moeda que esses soldados conheciam muito bem. Uma moeda que Sherazade não podia pagar a essa altura. Especialmente se quisesse descobrir a melhor forma de se esgueirar pelo acampamento na noite seguinte. E ir até Musa Zaragoza.

Por isso sentou com os pés na direção do fogo. Com uma multidão de olhos brilhando feito brasas em sua direção. Como um cerco de lobos, esperando pela ordem do seu líder.

Sherazade olhou em volta, para o círculo de homens sentados próximos ao fogo que estalava. Olhou além deles para verificar a posição das sentinelas espalhadas pelo acampamento. Quantos eram e onde ficavam. Com que frequência faziam as rondas.

As labaredas deixavam tudo num padrão caótico. Distorções de luz e sombra.

Sombras que esconderiam seu segredo. Ou ela assim desejava.

Irsa sacudia os joelhos freneticamente, seu queixo apoiado na mão e seus dedos tamborilando a bochecha.

— Vamos embora.

— Não. — Sherazade não moveu os lábios, nem olhou para a irmã. — Ainda não.

Um fluxo constante de homens saía da tenda do xeque em direção à imensa fogueira no centro do acampamento. Ao se arrumarem em torno do fogo, eles se serviam à vontade de canecas de vinho com especiarias — numa atitude que transpirava a discórdia recente e a necessidade urgente de esquecer tudo.

Aparentemente, o conselho de guerra não fora bem. E, apesar de Sherazade estar doida para saber por quê, ela não era tola o bastante para acreditar que alguém fosse lhe contar.

Ficou então olhando os carvões dos narguilés sendo aquecidos no braseiro de ferro enquanto um velho de dedos nodosos preparava vários cachimbos com *mu'assel* de cheiro doce. As mangueiras envoltas em seda eram cuidadosamente mantidas enroladas, protegidas assim de qualquer faísca. Um grupo de mulheres jovens estava sentado do lado dos narguilés, dando risadinhas entre elas enquanto esperava o carvão ficar em brasa. Suas *shahminas* de cores vivas pendiam de seus ombros, protegendo suas costas da brisa fria do deserto, e a fogueira banhava o ar diante delas com um calor vibrante.

Rahim emergiu das profundezas da tenda do xeque dos Badawi, seu rosto transformado numa carranca, Tariq em seu encalço. Sem diminuir o ritmo, Tariq pegou uma caneca de vinho com especiarias e o tomou. Limpou a boca com a mão e se aproximou do fogo, a caneca balançando na ponta dos dedos. Como sempre, Tariq exteriorizava todas as suas emoções sem ressalvas. Tristeza. Frustração. Raiva. Amargura. Saudade. Pela primeira vez, Sherazade pensara a sério em fugir, mas em vez disso ergueu o queixo e enfrentou o olhar de Tariq.

De novo, ele não hesitou. Nem desviou o olhar.

Sherazade mal percebeu quando Rahim sentou-se ao lado de Irsa, levantando uma nuvem de poeira e cinzas por algum tempo. Apesar de lhe custar muita força de vontade, Sherazade conseguiu domar seu desejo de sair quando Tariq sentou-se à sua direita — perto demais para ser tomado apenas como um amigo, o ombro encostado no dela e a mão apoiada na areia atrás dela...

Assumindo um ar convencido e possessivo.

Seu corpo se retesou, os olhos se contraíram. Ela queria enfrentá-lo. E o empurrou para longe.

Tariq a conhecia bem. Sabia quanto ela detestava esse tipo de comportamento.

Mas ela não podia deixar de reparar a mudança à sua volta.

Os lobos em círculo — os olhares condenadores que estiveram sobre ela — silenciosamente aprovaram, e a hostilidade diminuiu.

Como se Tariq assim tivesse desejado.

Apesar de se ressentir da insinuação de que Tariq Imran al-Ziyad era seu salvador, ela não podia negar essa mudança.

Eles o respeitam.

Será que Tariq comandara o ataque a Rey? E mandara os assassinos de Fida'i aos seus aposentos naquela noite?

Ele não pode ter... feito uma coisa dessas.

Não. Mesmo que Tariq desprezasse Khalid, seu amor por ela o impediria de usar de tal violência. De colocá-la em perigo.

Contratar mercenários e assassinos para alcançar seus objetivos. Faria isso?

Uma dúvida despontou no peito de Sherazade. Ela a baniu com uma respiração.

Sherazade precisava acreditar no garoto que amara e conhecera por tanto tempo.

A seu lado, Irsa continuava retorcendo as pernas nervosamente. E, quando Sherazade decidiu pôr um fim a isso — antes de ficar louca —, Rahim pôs a mão no joelho de Irsa.

— Está chacoalhando sua sorte fora, Irsa al-Khayzuran. — Ele lhe segurou o joelho, parando-o. — E podemos precisar dela em breve. — Os olhos dele vagaram até a tenda que ainda se esvaziava. De volta ao lugar do recente conselho de guerra e seu significado não revelado.

Rahim não tirou a mão do joelho de Irsa.

Reflexo das labaredas ou não, Sherazade podia ver a pele de sua irmã ficar rosada.

E a estranha curva nos lábios de Rahim quando olhou para a areia a seus pés.

Meu Deus! Irsa e... Rahim?

Sherazade arrancou a caneca da mão de Tariq.

O calor da fogueira esquentara o vinho. Realçara o sabor da canela e do cravo. O ardor do gengibre. A doçura do mel e a acidez do cardamomo.

Tinha um gosto delicioso e forte. Inebriante e poderoso.

Ela sorveu mais do que deveria.

— Shazi. — Não era uma censura. Era um aviso.

Quando olhou para Tariq, ele a estava observando, suas sobrancelhas cerradas e baixas.

— Por que você pode beber quanto quiser e eu não? — ela respondeu, saboreando o vinho.

Tariq tentou pegar a caneca.

— Porque eu não tenho nada a provar.

— Idiota. — Ela deixou a caneca fora do seu alcance. — Você não é meu guardião, não importa quanto gostaria de ser. — Apesar de querer fazer apenas uma réplica, ela se arrependeu das palavras, mal foram formuladas. Pois viu Tariq se fechar em si mesmo.

— Agradeço às estrelas por isso — ele falou com gravidade.

Sherazade se aproximou, tentando se desculpar, sem saber como fazê-lo.

Sem aviso, Tariq esgueirou o braço em torno dela. Sua mão se esticou, e seus longos dedos pegaram a caneca.

— Largue isso agora, ou viro na sua cabeça e a deixo chafurdando na sua doce desgraça — ele sussurrou no ouvido dela, sua diversão tão clara quanto sua ameaça.

Sherazade congelou, o hálito dele fazendo seu pescoço formigar.

— Faça isso, e eu mordo sua mão até você gritar como um garotinho.

Ele riu, um sopro de ar e som.

— Pensei que estava cansada de derramamento de sangue. Talvez eu deva jogá-la sobre o ombro. Na frente de todos.

Recusando-se a se dar por vencida sem lutar, ela lhe beliscou o braço até ele fazer uma careta.

— Isto não acabou. — Mas Sherazade soltou a caneca.

Tariq ficou sério.

— Nunca acaba. — Ele deu um gole no vinho, em comemoração.

Apesar de ter perdido a batalha, uma pequena parte dela estava mais leve com a rusga. Foi a primeira vez em quase uma semana — de fato a primeira vez desde que deixara Rey — que falaram um com o outro sem nem um indício de angústia preenchendo o ar entre eles.

Sem que a traição dela estivesse na frente de tudo na mente deles.

Também pareceu a Sherazade que fora a primeira vez que sua amizade dera mostras de que talvez sobrevivesse a tudo o que aconteceu.

Essa esperança recém-descoberta fazia seu coração ficar mais leve, e Sherazade olhou para o céu estrelado. Era de um azul profundo, com uma lua crescente envolta pelos fiapos das nuvens passantes. O céu parecia se estender até o infinito, o horizonte se curvando até tocar a areia em ambos os lados. As estrelas piscavam num estudo de contrastes, algumas gloriosamente brilhantes, outras quase imperceptíveis.

As estrelas de Rey nunca eram tão brilhantes.

Por um instante, Sherazade se lembrou de algo que seu pai costumava dizer: "*Quanto mais escuro é o céu, mais brilhantes são as estrelas*".

Quando estava começando a devanear em sua solidão, uma gargalhada próxima a trouxe de volta à realidade.

As jovens sentadas ao lado dos narguilés estavam sendo entretidas por uma hoste de homens jovens com canecas de vinho com especiarias.

— Apesar do pedido do velho xeque esta noite, não importa onde montaremos acampamento. O que importa é que faremos um cerco a Rey em breve — um jovem inebriado proclamou. — E, quando fizermos isso, serei o primeiro a mijar na tumba de Khalid Ibn al-Rashid! — Ele levantou a caneca acima da cabeça.

As garotas prenderam o riso. Uma tossiu. Os outros rapazes se juntaram ao brinde, suas canecas mais altas que suas vozes.

A alegria que compartilhavam era como a ponta fria de uma faca encostada nas costas de Sherazade.

— Aquele monstro não merece uma cova! — outro rapaz disse. — Merece uma lança. Ele terá sorte se oferecerem uma gota d'água antes de a arrancarmos de seu corpo. — Um coro crescente de aprovação. — Depois que assassinou aquelas garotas inocentes, uma morte limpa é boa demais para ele. Eu digo que devemos despedaçá-lo e deixá-lo para aves de rapina. Melhor ainda se estiver vivo quando elas começarem a comer.

Ao ouvir nova ovação, o grupo de rapazes cresceu, já que eram chamados pelo clamor, como abelhas para o mel.

O sangue fervia no corpo de Sherazade. Os pelos de sua pele se eriçaram.

Khalid.

Com nada além de suas ameaças bêbadas, esses rapazes tolos tinham gravado imagens brutais na mente dela. Imagens brutais que não seriam rapidamente esquecidas.

Seu forte e orgulhoso rei. Seu belo e arrasado monstro. O garoto que ela amava além das palavras...

Despedaçado.

Ela *nunca* os deixaria chegar perto de Khalid.

Diria a mentira que fosse necessária, viveria sob águas tintas de ódio para sempre...

Até se infiltrar em sua organização, se necessário.

Não era o medo que a levava a ter pensamentos tão insensatos.

Era a fúria.

Eu destruirei o próximo que ousar falar. O próximo que proferir seu nome.

Ela podia sentir os olhos de Tariq nela. Como os olhos dos lobos em volta do fogo.

Ele a puxou para si. Tentou protegê-la. Não apenas por precaução.

Mas por piedade.

Ela soube no instante em que sentiu a mão dele em seu cabelo, afastando-o de seu rosto, silenciosamente lhe garantindo que...

— Vamos perguntar ao Falcão Branco! — O primeiro rapaz se virou para Tariq. — O *suposto* líder de nossas hostes. — Os homens em volta nem se deram ao trabalho de esconder o divertimento. — Como você gostaria de ver o monstro morrer?

Tariq se retesou diante do insulto; e relaxou. Inclinou a cabeça para trás, projetando a imagem do relaxamento. Seus dedos corriam entre as ondas escuras dos cabelos de Sherazade, à vista de todos à sua volta.

Por favor, me mostre que você não está agindo apenas por ódio, Tariq.

Mostre que há honra por trás de seus atos.

Eu ainda posso lhe alcançar.

— Não estou necessariamente de acordo — Tariq começou, num tom solícito que fez o burburinho em volta cessar. — Porque acho que Khalid Ibn al-Rashid merece um pouco de água.

O pulso de Sherazade ficou mais lento enquanto ela respirava ao ver que Tariq levantou a mão para acalmar os protestos.

— E seu corpo merece um enterro apropriado... — Novamente calou a multidão com um gesto. — *Depois* que pusermos a cabeça dele numa lança para que todo mundo possa ver.

O som dos aplausos perdeu-se na raiva amarga que ecoava nos ouvidos de Sherazade. Os gritos estrangulados de um coração partido.

À medida que os homens se dispersaram, carregando suas canecas e dando tragadas dos narguilés ali dispostos, Tariq entregou a Sherazade seu vinho com especiarias, o rosto desolado. Um vago pedido de desculpas.

Mas resoluto.

Sherazade bebeu, com o olhar perdido para a fogueira...

Vendo-a transformar sua recém-descoberta esperança em cinzas.

— Não preciso de sua ajuda. — Sherazade empurrou Tariq para longe e cambaleou para um lado.

— Muito provável, sua garota terrível. — Ele cruzou os braços sobre o peito, observando Sherazade atravessar o acampamento Badawi sem muito equilíbrio, na direção oposta à sua tenda.

Tariq estava realmente surpreso que Sherazade conseguisse estar de pé. Horas mais tarde ele ainda sentiria os efeitos entorpecedores do vinho, e ele nunca soube que Sherazade estivesse acostumada a qualquer tipo de bebida alcoólica.

O jovem sabia que devia ter o direito a cair na gargalhada por seu atual dilema. Que ironia! Algemado à única pessoa que ele queria evitar. Isso certamente não era como ele desejara terminar a noite. Esperara que o vinho aplacasse suas frustrações. Com Sherazade e as contínuas escapulidas de seu tio. Com os soldados que o insultavam veladamente sobre sua falta de importância. Estava ficando cada dia mais evidente que ele não era nada além de um nome. Afinal, em que momento seu tio lhe dera algo além do poder nominal?

Tariq se sentia desconfortável próximo a esses homens que queriam, sem sombra de dúvida, destruir o que sobrara de Rey. Sequiosos de derramar sangue inocente por sua causa.

Sangue que Tariq não estava pronto para derramar.

Quando Sherazade deu mais uma desequilibrada, Tariq correu e a segurou, o movimento súbito quase o atirando na areia. Lutando para se equilibrar, se apoiou num poste ali do lado, a luz da tocha os iluminando fracamente.

— Já lhe disse, não preciso de sua ajuda! — ela falou enrolado enquanto segurava a *qamis* dele na tentativa de se manter de pé.

Suas mãos delicadas encostadas em seu peito. Ela recendia a vinho com especiarias e primavera. Seu cabelo despenteado era convidativo. Tudo nela era absolutamente cativante. Encantador de uma maneira que só ela conseguia — uma garota cheia de artimanhas não intencionais.

Uma garota que, apesar de suas inclinações mais sábias, ainda o ludibriava.

Quando Sherazade ergueu o olhar para ele com uma pergunta em seus lábios perfeitos, Tariq só pôde evitar não responder com um beijo.

— Foi você? — ela sussurrou.

— O quê? — Tariq perguntou, saindo do seu transe.

Sherazade agarrou com força o linho perto da garganta dele.

— Você mandou os Fida'is?

— Do que está falando?

— Você não faria isso, faria? Não importa quanto o odiasse. Você não faria isso comigo, faria? — Era apertou o tecido ainda mais, sua voz queixosa.

Ele piscou, tentado limpar a cabeça da névoa provocada pelo vinho.

— Shazi...

— Você é honrado demais para isso. — Ela sacudiu a cabeça, olhando para longe, como se estivesse falando para si mesma. — Eu jamais amaria um garoto sem honra.

— Ainda assim, você o ama. — O rancor de Tariq transparecia na voz. E ele tampouco podia perder a oportunidade de lhe dar uma alfinetada.

Os olhos de Sherazade o focalizaram. Por um instante, ele viu o calor do ódio refulgir na mistura de cores.

— Khalid é honrado, Tariq. Se ao menos você...

— Não quero escutar você defendendo ele. — Tariq se afastou do poste num impulso, determinado a levar Sherazade para a tenda dela e dar a noite por encerrada, de uma vez por todas.

Ela tropeçou atrás dele.

— Se você pelo menos escutasse...

Um grupo de soldados se aproximava, entrando na área iluminada. Julgando por seu comportamento, Tariq adivinhou que estavam bêbados, mas eles não pareciam contentes. Pareciam estar procurando alguma coisa, seus ombros tensos, seus punhos preparados.

Do tipo de bêbados que procuram uma briga.

Tariq empurrou Sherazade de volta para o poste, escondendo-a no que parecia um abraço de amantes. Ele teve o cuidado de ficar fora do halo da tocha. Quando Sherazade começou a protestar, Tariq abafou suas palavras contra o seu peito.

Era melhor que os soldados não a vissem.

Era melhor que esses homens que procuravam uma briga não encontrassem seu oponente na jovem califa de Khorasan.

Porque não seria de esperar que Sherazade fosse graciosa com eles também.

O corpo dela estava relaxado contra o dele, esperando os soldados passar. O desejo de combate a deixava lentamente, à medida que o vinho aumentava sua influência. Quando se apoiou contra ele, e Tariq viu que os olhos dela estavam fechados, suspirou aliviado.

A dor da perda de algo que ainda não partiu é grande. Maior do que qualquer coisa que ele já tinha sentido.

— Você precisa dormir — ele murmurou.

— Hum, hum.

Tariq expirou, se amaldiçoando mentalmente.

— Levo você para a sua tenda.

A cabeça dela caiu em um meneio.

— Olhe os braços deles.

— O quê?

— Procure o escaravelho. Não confie neles.

— Não confiarei. — Ele revirou os olhos, olhou por cima do ombro para se certificar de que os soldados estavam fora de vista. Então levantou Sherazade da areia, quase caindo diante do peso dela, que era leve. O vinho não o ajudou. Combatendo seus efeitos, Tariq cambaleou na direção da tenda dela.

Os braços dela em torno do seu pescoço.

— Eu sinto muito, sabe?

Tariq mal podia escutá-la.

— Pelo quê? — Novamente, ele quase riu do absurdo da resposta dela. Agora mais do que nunca.

— Que você tenha que me ver. E fazer isso. Não é pro... — Seus olhos se arregalaram, o topo da cabeça quase acertando o queixo dele. — Onde está Irsa?

— Com Rahim.

A irritação a fazia franzir a testa.

— Vou bater nele até a beira da morte. Não se engane.

— O quê?

— O idiota desengonçado — ela murmurou, seu rosto encostado no peito dele. — Não vou tolerar. Vou mandar o Rajput atrás dele. Ele o perseguirá com sua terrível *talwar*...

Com o balançar da cabeça, Tariq abriu a tenda de Sherazade, quase a largando no processo. Ele deixou a entrada escancarada, permitindo que o luar iluminasse a escuridão do interior.

O colchão de Irsa al-Khayzuran estava arrumado com esmero e empilhado a um lado. Shazi não se dera ao trabalho de arrumar o dela. Ele permanecia no centro da pequena tenda, o cobertor largado, as almofadas empilhadas de qualquer jeito.

Sem disfarçar seu divertimento, Tariq baixou Shazi no seu colchão, sem se preocupar em cobri-la. Ela se mexeu quando ele tentou levantar o travesseiro.

— Não. — Ela pôs a mão no braço dele, seus olhos semiabertos.

— Não o quê? — ele sussurrou, seus lábios se torcendo. — Ameaças vazias não me impressionam, Shazi *jan*.

Ela franziu o nariz, se enrolou como uma bola, pondo a mão na testa.

Novamente ele tentou pegar o travesseiro e colocá-lo sob sua cabeça. Depois de algum tempo, percebeu a inutilidade do esforço e decidiu que era melhor deixá-la dormir em seu estupor.

Ao se levantar, Tariq percebeu um pedaço de pergaminho que caiu das dobras da roupa de Sherazade. Provavelmente se desprendeu quando ele quase a deixou cair.

Ele o elevou até o luar.

Estava todo marcado, como se tivesse sido dobrado e desdobrado inúmeras vezes.

Algo cujo teor era bem importante para alguém.

Ele olhou para Sherazade adormecida. Hesitou um instante.

E abriu o pergaminho.

Shazi,

Prefiro o azul a todas as cores. O aroma de lilases em seu cabelo é fonte constante de tormento. Não gosto de figos. Por último, eu nunca esquecerei, enquanto viver, as lembranças de ontem...

Nada, nem o sol, nem a chuva, nem a estrela mais brilhante no céu mais escuro, pode se comparar à maravilha que você é.

Khalid

Com muito cuidado, dobrou novamente o bilhete, respeitando as dobras, seus dedos desejando amassá-lo.

Picá-lo em pedacinhos. Queimá-lo totalmente.

Ele sabia que Sherazade amava o menino-rei. Sabia disso desde Rey.

E sabia que o menino-rei gostava de Sherazade.

Mas o que ele não sabia era que o menino-rei realmente a amava. Apesar do que o capitão da guarda dissera na noite da tempestade, Tariq não quisera acreditar que o louco assassino era capaz de amar alguma coisa, ou alguém. Não de uma maneira que Tariq pudesse entender.

Isto?

Tariq entendeu.

Completamente.

Em uma carta bem curta, o califa de Khorasan conseguira expressar em palavras exatamente o que Tariq sempre sentiu sobre a garota que sempre amou. Sempre sentira, mas nunca expressara com tal simplicidade e eloquência.

Essas não eram as palavras de um louco.

Pela primeira vez, Tariq viu o que Sherazade via quando olhava para Khalid Ibn al-Rashid.

Ele via um garoto. Que amava uma garota. Mais do que qualquer coisa no mundo.

E o odiou ainda mais por isso.

Sem limites

Sherazade pagou caro por sua bravata com o vinho de especiarias.

Ela passou a maior parte da manhã seguinte com a cara numa bacia, esvaziando o conteúdo do estômago. Suas tripas estavam cheias de nós. O mais fraco raio de luz a fazia se encolher. Houve momentos em que até a raiz de seus cabelos reclamou.

Se não fosse por Irsa, Sherazade teria sentido esses sintomas o dia todo. Quando Sherazade reclamou que se sentia como se estivesse num barco no meio de um temporal, Irsa foi até sua pilha arrumada de coisas e pegou um velho pergaminho. Depois de verificar seu conteúdo, saiu da tenda e voltou com um tônico de raiz de gengibre cozida e casca de limão desidratada. Apesar de Sherazade reclamar no início — a cocção tinha um cheiro forte e um sabor amargo —, ela não pôde negar que ajudou a passar o enjoo.

A pedido de Irsa, Sherazade permaneceu na tenda enquanto a irmã cuidava de sua ressaca e a forçava a beber mais do tônico amargo. Normalmente, ela não teria gostado de desperdiçar um dia inteiro vendo Irsa sentada à sua mesa baixa, copiando pergaminhos à luz da lamparina. Mas, nesse dia em particular, Sherazade não reclamou.

Porque nesse dia as circunstâncias eram favoráveis a ela. Se todos achassem que estava doente, seria mais fácil que a deixassem ficar sozinha.

Mais fácil de não repararem quando ela se esgueirasse depois do anoitecer... com seu tapete mágico.

Estava na hora de encontrar Musa Zaragoza.

Hora de descobrir o que ela — e o tapete mágico — podiam fazer.

Em silêncio e furtivamente, Sherazade enfiou a adaga na faixa em sua cintura e passou pela irmã adormecida. Jogou uma *shahmina* nos ombros antes de pegar o tapete mágico. Uma vez do lado de fora, manteve-se nas sombras das tendas, o coração se debatendo como um pássaro na gaiola.

Se alguém a encontrasse se esgueirando à noite, dias depois de sua chegada, teria achado que estava tentando escapar ou fazendo algo mais suspeito. Não seria bom ela alimentar as suspeitas que as pessoas no acampamento tinham dela. E seria ainda pior se encontrasse outro garoto como Teymur.

Sua pele se arrepiou ao pensar nisso.

Pisando com cuidado, Sherazade se moveu nas sombras, evitando as áreas iluminadas. Olhou para os postos das sentinelas que notara na noite anterior. Ela se permitiu respirar tranquila quando se afastou dos limites do acampamento Badawi e caminhou para a faixa de areia interminável que se estendia adiante.

Por azar, escolhera uma noite sem vento — uma noite em que todos os ruídos que fizesse seriam escutados. Se caísse ou tropeçasse ou fizesse qualquer coisa que pudesse atrair a atenção, seu segredo deixaria de ser secreto; seus detratores teriam provas de que suas dúvidas estavam embasadas em fatos.

E podiam expulsá-la, junto de seu pai ferido e sua irmã inocente.

No mínimo, a encontrariam sozinha no deserto com uma adaga e um tapete. Todos suspeitariam de uma traição. E provavelmente não mais a deixariam por conta própria.

Não dava para fazer nada agora. Ela esperara tempo suficiente.

Embora seu primeiro instinto fosse encontrar Khalid, Sherazade sabia que isso só tornaria mais difícil deixar Rey depois. E agora não era hora de colocar suas vontades acima das necessidades da família.

Especialmente as necessidades de seu pai.

Sherazade tinha que achar Musa. Fora o *baba*, ele era a única pessoa que ela sabia ter aptidão para a magia. Podia estar além do que era possível, mas talvez ele soubesse como ajudar o seu pai.

Ou como quebrar a terrível maldição.

Ela vagou deserto adentro, procurando um lugar onde uma duna de areia a escondesse de alguém à espreita.

Logo, Sherazade encontrou uma duna grande o suficiente para servir a seu propósito. Ainda se sentia tola ao desenrolar o tapete desgastado na areia sedosa.

Deu um passo para trás. Avaliou o pequeno retângulo de tecido esfiapado.

O que estou fazendo? Isto é... ridículo. Isto é completamente ridículo.

Seu olhar endureceu.

Estou sendo boba. Shiva não aprovaria tal indecisão.

Nem Khalid.

Ela fechou os olhos.

"Você não tem limites. Não há nada que não possa fazer."

Com as palavras dele em seus ouvidos, Sherazade tirou as sandálias e as prendeu à sua *tikka*. Amarrou sua trança uma última vez e se sentou no tapete.

Não havia mais tempo para ela se preocupar com o ridículo da empreitada.

Não havia tempo para nada, na verdade.

Sherazade achava que precisaria apoiar as mãos na superfície do tapete. Mas, tão logo seus pés descalços encostaram no tecido gasto, o formigamento em seu coração começou, quente e forte.

— Oh! — Ela exclamou baixinho ao cair ajoelhada no tapete, os joelhos contra o peito. A sensação atravessou seus membros com um súbito lampejo. O tapete saiu do chão, as pontas viradas para cima. Sobrevoou a areia como uma pipa numa brisa errante.

Duas emoções se debatiam em Sherazade. A primeira era de medo.

A segunda, ela não ousava nomear.

Enquanto o tapete ia subindo devagar, uma onda de calor inundou seu corpo, pernas e braços, até a ponta de todos os dedos. Formigou seu nariz e pulsou na ponta de suas orelhas.

Poder.

De um tipo que ela nunca vira antes.

Quando tornou a olhar para baixo, estava bem acima das areias prateadas. Tão alto quanto o minarete mais alto de Taleqan.

O medo permaneceu, mas foi logo suplantado pela outra ainda não nomeada emoção.

Antes mesmo de pensar a respeito, ela soube, com uma certeza inata, como dirigir o tapete, da mesma forma como um peixe que nasce na água sabe nadar.

"Deixe-o levá-la para onde seu coração deseja estar."

Para casa. Para Khalid.

Sherazade segurou o tapete com firme determinação.

— Não. Me leve a Musa Zaragoza — ela sussurrou. O formigamento quente que envolvia seu coração refulgia brilhante, depois se espalhou para o resto dela, arrancando outro grito de seus lábios.

Juntamente com um sorriso inesperado.

O tapete descreveu um arco aberto, subindo ainda mais. Para a altura do parapeito mais alto de Rey. Assim que acabou de girar, saiu para um céu estrelado. O mundo abaixo dela desapareceu num rastro de fogo crepitante.

O medo perdera essa batalha. A exultação venceu.

Sherazade riu pela noite, uma corrente de ar nos seus pés. Ela ficou de joelhos. E abriu os braços para o vento. Deixou o ar frio que assobiava passar por ela, mas não atravessá-la. Nunca atravessá-la.

Nem por um instante ela achou que o tapete fosse deixá-la cair.

Ela era a água na taça, rodopiando e dançando ao som de uma música que só ela podia ouvir.

E ali de cima — mais alto do que jamais se imaginou — o vento a acompanhava, e tudo o mais desaparecia num borrão.

Mesmo assim, não havia medo.

Porque, lá em cima, Sherazade perseguia o vento.
A terra não existia. Nem o céu.
Ali, ela era verdadeiramente sem limites.
O medo jamais a tomaria outra vez.

O garoto à beira-mar

Sherazade voou pelo deserto, em direção a uma cadeia de montanhas.

Quando viu o mar reluzindo no horizonte, seus olhos se arregalaram, surpresos.

Ela viajara uma distância assombrosa em um tempo muito curto.

O tapete mágico começou a ficar mais lento ao se aproximar de um promontório baixo que ficava acima de uma estreita faixa de areia. A lua ainda estava alta no céu, sua luz oscilando sobre as ondas. Um rendado de espuma ao longo da orla do mar. Sherazade respirou fundo. O ar era espesso e pesado, carregado de maresia. Enquanto o tapete circulava sobre o penhasco, uma construção em colunas com um domo de pedra surgiu por trás da muralha cinzenta. Colunas de mármore encimadas por línguas de fogo qual sentinelas nos cantos. Uma escadaria descia até uma piscina retangular na borda do promontório.

O tapete mágico sobrevoou a borda da piscina e parou sobre uma elevação de pedra lisa. Sherazade tirou um pé descalço da superfície lanosa.

E o tapete pousou com um baque surdo.

Ela calçou as sandálias e deu uma olhada em volta.

A piscina tinha em ambos os lados uma fileira de arcos ogivais. Entre os arcos havia estátuas de mármore de homens e mulheres, vertendo água dourada ou segurando estranhos instrumentos que Sherazade nunca vira. Um deles era um globo cheio do que parecia ser rodamoinhos de fogo — ou talvez de vento? Outro parecia estar rodando um vórtex feito de... areia?

Incenso queimava em vasos baixos de cobre que flanqueavam a piscina. Uma fumaça cinza-azulada penetrava o ar acima deles, o cheiro de mirra, doce e picante, era forte. Um mosaico de lápis-lazúli, de azul brilhante, contrastava com a pedra clara.

Sherazade enrolou o tapete com cuidado. E o amarrou nas costas usando sua *shahmina* antes de dar um passo hesitante para a frente.

A estrutura em colunas parecia um templo. Devido à hora, não era surpreendente que houvesse tão poucos sinais de vida por ali. Mesmo assim, Sherazade manteve a mão na sua adaga ao passar pela piscina e pelos vasos de cobre fumegantes de incenso, movendo-se com cautela na direção da escadaria larga adiante.

Ela não vacilou quando uma silhueta familiar apareceu no alto da escadaria.

Ele era bem alto e vestia uma túnica até os pés, numa profusão de cores. *Mankalahs* de couro enroladas em cada pulso. Sua cabeça era completamente careca, e seus olhos de um castanho profundo brilhavam como faróis de luz quente.

— Estava imaginando quando iria aparecer. — Musa Zaragoza abriu um enorme sorriso para ela. Esticou as mãos para Sherazade, convidando-a a subir a escada. Um rapaz e uma garota, mais ou menos da idade dela, se materializaram atrás das colunas encimadas pelo fogo à direita de Musa. A garota levantou um trio de círios num candelabro de pau-rosa, a cera escorrendo em fios cremosos ao lado de seu pulso.

Tanto o rapaz quanto a garota estavam armados com espadas de gancho curtas que pendiam de seu quadril esquerdo.

Sherazade parou perto do primeiro degrau. Sem pensar, segurou a adaga.

Musa abriu um grande sorriso, seu rosto transbordando de compreensão.

— Você está entre amigos aqui, minha estrela. Posso garantir muito pouco a você neste mundo, mas nisto eu aposto a minha vida: aqui, está a salvo.

— Me desculpe, Musa *effendi* — ela disse, porém seus dedos não saíram de onde estavam. — Mas há vezes em que me esqueço o que é me sentir segura.

Ele fez um gesto desdenhoso.

— Não há nada para desculpar.

Sherazade olhou de novo para suas sentinelas silenciosas.

— Espero não ter ofendido ninguém. Ou ter criado algum problema ao vir aqui esta noite.

A cabeça cacheada da garota se inclinou na direção de Sherazade, os olhos bem abertos. Inquisidora. O rapaz bocejou, seu cabelo extremamente liso desalinhado em um dos lados, como se tivesse acabado de despertar de uma soneca.

— Você não criou problema algum. Parissa e Masrur estão de guarda esta noite. Como de costume, Masrur preferiria estar dormindo, mas a curiosidade de Parissa ganhou de todos. Ela está bem fascinada, porque ouviu muito a seu respeito. — Musa riu, e a pele em torno de seus olhos se enrugou. Ele olhou por cima do ombro para o rapaz e a garota em questão.

— Peço desculpas por visitar no meio da noite. — Sherazade fez uma careta cansada ao começar a subir os degraus, sua mão finalmente largando a adaga. Parissa elevou o candelabro, iluminando o caminho para Sherazade, enquanto Masrur continuou muito sonolento.

— Suspeitamos que estivesse a caminho. — O sorriso de Musa agora parecia compreensivo. — As estrelas alertaram a Parissa que esperássemos um visitante hoje à noite, e ela me avisou mais cedo.

Atônita com as notícias, Sherazade quase tropeçou.

— As estrelas? — Seus olhos se viraram para a garota com olhar de coelho que seguia à sua esquerda.

Ela pode ler as estrelas.

Sherazade já ouvira falar daqueles que têm essa habilidade. Mas nunca tivera a oportunidade de encontrar ninguém com esse raro dom.

Parissa já não olhava para ela. Olhava para o tapete preso às costas de Sherazade, com uma cobiça perturbadora, desviando sua atenção de Sherazade.

— Por que não se junta a nós lá dentro para um chá, e eu responderei a todas as suas perguntas? — Musa disse em sua voz calma e tranquila, como um riacho passando entre duas pedras irregulares.

Sherazade hesitou por um instante, até seu pé alcançar o último degrau.

— Não acho que tenha tempo para um chá. Preciso voltar antes da aurora.

Antes que minha ausência seja descoberta.

Ela engoliu em seco, esperando conseguir transmitir sua necessidade de discrição com apenas um olhar.

— Entendo. — O mago sagaz aquiesceu, apesar de seus olhos contraídos e questionadores. — Há alguma coisa...

— Preciso de sua ajuda, Musa *effendi*. — Ela chegou até ele no topo da escadaria, endireitando os ombros sem preocupação com orgulho ou etiqueta. — Para o meu pai... e para Khalid.

Apesar de ser uma estranha estratégia começar pelos pedidos, Sherazade sabia que não havia outro jeito. Ela não tinha tempo para nada além da completa franqueza.

Nem para aqueles que ela amava.

Felizmente, Musa não insistiu mais. Pegou na mão dela sem hesitação.

— Do que precisa, minha estrela?

Ao pedido silencioso de Sherazade, Musa liberou Parissa e Masrur de seus postos e os mandou dormir. Masrur lançou para ela um olhar agradecido, já Parissa parecia um tanto contrariada. Ela olhou o tapete mágico uma última vez antes de se retirar, uma trilha de cera pingando em seu encalço.

Musa escutou Sherazade contar sua história, sentado nos degraus de pedra do Templo de Fogo, desolado. Apenas duas vezes pareceu melhor. Uma quando Sherazade mencionou o livro de seu pai. E quando a escutou falar sobre Khalid. No momento em que confessou quanto ela veio a gostar do filho de Leila — o filho que assistira sua amada mãe morrer pelas mãos de um pai cruel —, Sherazade suspeitou ter mais do que um aliado no mago sobrenatural.

Depois que Sherazade terminou seu relato, Musa ficou em silêncio observando as chamas que dançavam no topo da coluna ali ao lado.

— Você sabia que essas coisas aconteceriam? — Sherazade perguntou quando não conseguiu mais aguentar o silêncio. — Parissa leu as estrelas e revelou meu futuro?

Ele sacudiu a cabeça, um sorriso se insinuando nos cantos dos lábios.

— Não é assim que funciona. Seu futuro não está escrito, minha estrela mais querida. Uma moeda dá muitas cambalhotas antes de chegar ao chão. — Sherazade soltou o ar devagar.

— Como eu queria acreditar que é verdade, Musa *effendi*. Mas acontecimentos recentes provam o contrário. O futuro de Khalid parece estar gravado em pedra. E, com o dele, o meu.

Musa se inclinou para a frente, seus cotovelos se apoiando sobre os joelhos.

— Então você veio aqui na esperança de que eu possa quebrar essa terrível maldição?

— É possível? — ela murmurou, segurando o tecido de sua calça com força.

— Infelizmente... — ele olhou triste para ela —, mágica no nosso mundo pode ser um presente misterioso. Um que não é fácil de controlar, e a um custo muito alto. Não tenho ideia de que mágica foi usada para desencadear esse mal, e, mesmo se soubesse, não há muitos poderosos o suficiente para quebrar uma maldição. O máximo que eu poderia oferecer é algum tipo de talismã que afaste a insônia de Khalid por um curto período. Mas não sou poderoso o bastante para reverter uma maldição, minha querida. A única maneira que conheço de quebrá-la é cumprindo-a.

Sherazade desanimou, o desolamento tomando conta dela.

— Mas eu talvez possa fazer mais pelo seu pai — Musa continuou. — Especialmente em relação ao livro que ele guarda consigo. Você disse que ele tem muitas queimaduras nas mãos? Que esse livro libera um estranho calor?

— Sim, ele quase me queimou outro dia, quando me aproximei. — Sherazade comprimiu os lábios ao se recordar da estranha onda de calor que sentia sempre que se aproximava do livro nos braços do pai.

— E ele falou uma língua estranha quando o encontrou na colina nos arredores de Rey?

Sherazade confirmou.

Musa pressionou o indicador contra os lábios em momentânea contemplação.

— Sei que você é contra envolver alguém neste assunto, mas acho que precisamos consultar outra pessoa.

— Existe alguém que você conheça que possa ajudar? — Um fio de esperança vibrou no coração de Sherazade.

— Talvez. Existe alguém aqui que sabe mais que eu. Se minhas suspeitas estiverem corretas, ele saberia, no mínimo, responder às perguntas sobre o livro, apesar de que pode se apresentar como uma... tarefa interessante extrair respostas dele.

Sherazade se mexeu, pouco à vontade, as mãos apoiadas nas pedras frias a seu lado.

— Posso... podemos... confiar nele? Tirando você, não contei a ninguém sobre a maldição, e não gostaria de contar a mais ninguém. Essa informação seria perigosa nas mãos erradas.

— Confiança é uma questão interessante quando se trata do Artan. Ele não a dará a quem não a oferecer antes. De qualquer maneira, a decisão é sua. — Por um instante ele pareceu desconcertado, então isso desapareceu num gesto de certeza. — Mas, independentemente da sua escolha, ele não a trairá, disso tenho certeza. — Ele se levantou dos degraus e estendeu a mão para ela. — Venha comigo, minha querida.

Sherazade seguiu Musa escada abaixo, passando pela piscina retangular. Apesar de permanecer em dúvida, ela continuou atrás do mago quando ele foi em direção à beira do penhasco.

Quando Musa fez uma curva fechada na beira do precipício, outra escada surgiu diante deles, descendo para a escuridão total. Esculpida diretamente na pedra, rústica e precária. Sem corrimão. Sem apoio de nenhum tipo. Ela imaginou que dariam na estreita faixa de areia lá embaixo, mas não sabia exatamente onde, porque a trilha desaparecia em outra curva fechada a uma distância de poucos passos.

Uma escadaria que dava novo significado à fé.

Uma pessoa imaginaria que eles teriam uma tocha por perto.

Especialmente num Templo de Fogo.

Sem se alterar, Musa sorriu para ela.

— Preferiria usar o tapete mágico?

— E por que não uma ponte feita de raios de luar? — ela resmungou.

Ele riu com vontade e lhe estendeu as mãos. Sem dizer mais nada, ela permitiu que ele a guiasse pelos degraus perigosos de pedra até o vazio cavernoso lá embaixo.

O som das ondas quebrando foi ficando mais alto à medida que se aproximavam da orla.

No início, Sherazade não conseguia entender por que estavam cruzando uma praia escura no meio da noite. Os reflexos da luz da lua vindos das ondas não indicavam a presença de ninguém além dela e do mago vestido de forma colorida à sua frente.

Mas, ao atravessar as ondulações da areia, Sherazade viu um caminho de pedras que entrava no mar.

Esticada numa pedra lisa adiante, via-se a silhueta de um homem bem jovem.

Uma pequena onda quebrou na base da pedra, jogando um borrifo esbranquiçado no ar, carregando água do mar até a calça dele. Mesmo assim, o rapaz não saiu do lugar.

Musa se aproximou da água que saltava, a poucos passos do jovem. O mago esperou, assumindo um silêncio tranquilo.

Depois de algum tempo, Sherazade se impacientou. O garoto nas pedras estava sendo bem grosseiro com Musa *effendi*. Porque ele devia saber que estavam ali. A meia-lua atrás deles projetava suas sombras no rosto do menino, longo, magro e sem dúvida presente.

Ela tossiu duas vezes.

Ainda assim, o garoto não moveu um músculo, a não ser uma piscada e um suspiro.

O que significava claramente que não estava morto.

Malandro.

Musa respirou fundo o ar salino.

— Artan?

O rapaz pôs um pé num joelho e a mão embaixo da cabeça. E então bocejou alto. Prodigiosamente.

— Artan Temujin — Musa tentou de novo. Não era uma investida poderosa. Claramente o mago tinha a paciência de vinte homens. E a serenidade de muitas almas iluminadas.

Sherazade, ao contrário, estava tentada a arrancar o garoto da pedra. E ver as ondas agitá-lo um pouco.

Mas havia a possibilidade de ela precisar da ajuda dele.

O que aconteceu a seguir fez Sherazade cair de cara nas ondas.

O rapaz levantou a mão no ar acima do peito. Torceu os dedos, e uma bola de fogo do tamanho de um punho rodopiou acima de sua mão aberta. Ele jogou a bola de fogo mais alto, de maneira a poder ver Sherazade numa luz melhor. E jogou a bola de fogo nas ondas com um girar do pulso. Ela chiou no mar, antes de desaparecer num rodamoinho de fumaça branca.

Durante todo esse tempo, Sherazade mal escondeu seu susto.

Não serei impressionada por esse malandro. Não importa se é muito poderoso.

Quando o rapaz se sentou, ela percebeu que ele se inclinara para um lado. Ele escorregou da pedra e caiu ruidosamente na água rasa...

Antes de mergulhar com uma gargalhada irônica.

Ele está bêbado!

Sherazade cruzou os braços, refreando sua indignação. Ela olhou para Musa, que não parecia em nada perturbado pelo estado do rapaz. Estava apenas resignado.

Como se tivesse esperado por isso.

Quando o garoto tornou a se sentar e levantou o rosto para a luz das estrelas, Sherazade reparou em muitas coisas dignas de nota.

Como Musa, ele tinha a cabeça raspada. Os lóbulos das duas orelhas eram furados por pequenas argolas de ouro. Sua pele era da cor de zibelina clara, seus olhos eram redondos, e as pálpebras, elegantes, claramente do Extremo Oriente. Ele não tinha uma beleza clássica, mas chamava a atenção. Pois sua beleza estava no somatório de defeitos — um queixo proeminente demais, um nariz quebrado e emendado em vários lugares, uma cicatriz diagonal em seu lábio inferior. De onde ela estava, o resto de sua pele parecia liso como um espelho. Ele não usava uma camisa, e a calça justa tinha sido boa havia muitas luas. Agora parecia gasta e malcuidada.

Assim como o rapaz que a usava.

Quando ele ficou de pé, Sherazade descobriu que não era muito mais alto do que ela, apesar de seu torso ser largo — seu peito forte e do tamanho de um barril.

— Ela é bonita — o garoto falou com a voz enrolada e com um sotaque. Sua boca estava torta para um lado, num sorriso feroz. Sem pensar, Sherazade retribuiu com um igual. Ele soltou uma gargalhada alta. — Mas não o suficiente.

— Que sorte seus dons serem em outra área. E que não é um juiz do que é belo — ela falou com outro sorriso agressivo.

— Ah — ele levantou o indicador longo —, mas sou. O mais importante juiz do que é belo nesta margem do rio Shan K'ou. Houve um tempo em que eu escolhia qual das quatro cativantes virgens era a mais...

— Artan. — Musa ralhou, cânions de reprovação formando-se em torno de sua boca.

O garoto tornou a rir, caindo novamente na água. Ele boiou na corrente preguiçosa, seus braços abertos e suas pernas bem afastadas.

— É um bêbado — Sherazade murmurou com os lábios colados — e um mentiroso.

— Verdade. — O garoto nem reagiu. — Não havia virgens. — Ele piscou para ela. — Apesar de *mentiroso* ser um exagero. Apenas gosto de embelezar a verdade.

Musa passou uma mão no rosto.

— Por favor, sente-se por um minuto. Como um favor para mim, aja de maneira a honrar sua herança.

Ao escutar isso, o garoto deu outra gargalhada sonora.

— Desculpe, Musa *effendi*... mas ele não está em condições de nos dar nenhuma ajuda. E eu não tenho tempo para ficar esperando. — Sherazade girou nos calcanhares, frustrada por ter sequer achado que poderia obter ajuda de um garoto tão preguiçoso e grosseiro.

— Sherazade *jan*...

O garoto ficou de pé num salto, ao jato de água do mar.

— Essa narceja atrevida é a califa de Khorasan? — Foi o primeiro sinal de reação sincera a tudo o que lhe haviam dito até então.

Ele sabe quem eu sou?

Sherazade virou-se para o garoto.

— E quem é você? — ela perguntou, os punhos no quadril.

— Artan Temujin. — Apesar de quase tropeçar, o garoto fez uma irônica reverência.

Ela franziu ligeiramente a testa, tentando aparentar comedimento.

— Quem é você *exatamente*?

— Me dê sua mão, e lhe direi. — Deslealdade dissimulada em cada palavra.

— Prefiro beijar uma cobra.

— Garota esperta! — Ele riu. — Mas você beijou um louco assassino... — Rios de água desceram por seu peito largo. — Não dá no mesmo?

— Você... — Sherazade se aproximou dele, já não se contendo.

Com um sorriso de satisfação, Artan a puxou para dentro d'água. Sem apoio dos pés, ela se encontrou no braço esquerdo dele.

Várias coisas a surpreenderam ao mesmo tempo.

Ele era quente, como se estivesse febril, apesar de seu repouso à beira-mar. De perto, a pele de suas mãos era áspera e cheia de calos, e um de seus antebraços tinha uma cicatriz monstruosa...

Exatamente como as mãos de *baba*.

Mas a coisa mais impressionante de todas foi a vibração que lhe percorreu o sangue ao toque dele. Quase a mesma sensação do tapete. Uma crepitação em torno do coração que a percorria inteira.

— Ora, ora, ora... — Artan falou, seus olhos escuros perfurando os dela. — Parece que não estava enganado, Musa *abagha*.

Sherazade pensou ter ouvido o mago suspirar atrás deles.

— Tire as mãos de cima de mim — ela falou com raiva para Artan, determinada a não deixar transparecer quanto estava tensa. Como ele não a largou, Sherazade o socou no peito. Ele se inclinou para o lado antes de segurar os pulsos dela com uma de suas mãos.

— Que mau humor! — Ele riu, divertido. — Devia lhe avisar, pequena narceja: a última garota que tentou me vencer ficou com a vista bem avariada no dia seguinte. — Artan puxou-a mais para perto, como se ela tivesse outra opção. — Fiz com que seus olhos apontassem para duas direções opostas.

— Ha! — Sherazade ironizou. — Para conseguir tal proeza, não precisaria conseguir ficar de pé direito antes?

— Você devia temer os dias em que consigo ficar de pé. Porque houve uma vez em que pus uma frota toda a perder...

— Chega! — Sherazade o empurrou para longe. — Tentei ser paciente, já que Musa *effendi* disse que você talvez pudesse ajudar, mas já não acredito que isso seja possível. Responda apenas a esta pergunta, e lhe deixarei em paz: Você sabe ou não sobre um livro que queima ao ser tocado?

Artan piscou, surpreso.

— Qual... é a aparência dele?

— Velho. Puído. Encadernado em couro preto e ferro enferrujado.

— Com um cadeado perto do centro? — Ele limpou a garganta, ainda tentando se concentrar.

— Sim.

Artan hesitou. Então rugas profundas apareceram em sua testa lisa, e ele parecia quase... feroz. Perigoso.

— Alguém o abriu?

Sob seu olhar abruptamente grave, Sherazade segurou a vontade de tremer.

— Acho que talvez meu pai.

— Seu pai fala Chagatai?

— Eu... não sei.

— Admitir isso deve ferir o seu orgulho — Artan falou com sarcasmo.

Sherazade desviou o olhar, seu pescoço ficando vermelho.

Devo aceitar sua ironia. Por enquanto.

— Seu pai é um idiota? — continuou.

— Não! — Furiosa e sem palavras, Sherazade apenas olhou para ele.

— Só um idiota abriria um livro desses — Artan falou fria e impiedosamente. — É magia negra antiga. Magia de sangue. Do tipo que você paga por ela, muitas vezes mais... se seu pai idiota já não pagou.

Sherazade se virou para Musa.

— Por que esse garoto terrível seria...

— Meus ancestrais escreveram aquele livro — Artan a interrompeu sem nenhum traço do orgulho que Sherazade esperaria numa tal admissão. — Se seu pai está em apuros, minha família está entre os únicos que saberão o que fazer.

O coração dela parou de tremer.

Divina Hera! Ele talvez possa ajudar, afinal.

Sherazade mordeu a bochecha por dentro.

Ela talvez já tivesse abusado da sorte com Artan Temujin.

Khalid estava certo. Minha boca está sempre me arrumando problemas.

Sherazade sabia que tinha que vencer a malandragem dele, apesar do que ela fizera até agora. Quando olhou para o garoto diante dela, ele a encarava com um ar angustiado, especialmente para alguém tão confuso pela bebida.

Era uma expressão marcada pela indolência. Tomada de insolência. Mas um rosto interessante. Isso, ela não podia negar.

— Você me levaria para ver sua família? — ela perguntou, tentando ao máximo passar um ar de humildade. Nessa situação, talvez nem suplicar estivesse fora de questão.

— Não, rainha de um reino que não me interessa nem um pouco. — Artan riu de sua própria piada. — Não levaria.

— Artan, filho de Tolu... — A voz de Musa Zaragoza soou na rebentação.

Não era alta, nem imperiosa.

Mesmo assim, Artan coçou o nariz com a costa das mãos, franzindo o cenho, frustrado. Ele gemeu, bem mais alto do que a situação exigia.

Era apenas uma série de nomes. Mas parecia significar tanto...

— Por favor — Sherazade pediu, procurando se livrar da sua confusão. Ela deu um passo na direção dele. — Preciso de sua ajuda.

Artan colocou a palma da mão contra a testa, exasperado.

— Eu não devia ajudá-la. E não desejo ajudar uma narceja como você em nada.

Ela mordiscou o lábio.

— Por favor...

— Pelo menos até que aprenda a se defender. Você é como um potro recém-nascido; posso ver tudo o que é capaz de fazer, que é um monte de coisa nenhuma, a não ser sua língua rápida. — Ele debochou. — Volte amanhã à noite. Uma vez que consiga controlar a mágica básica, eu a levo até a minha tia. Ela não ajuda ninguém a quem não respeite. E ela dará gargalhadas ao lhe fazer correr da sala. Antes de reduzi-la a cinzas. — Artan chutou mais uma vez a linha d'água, golpeou o mar, fazendo subir um borrifo salgado no ar.

Ainda perdida, Sherazade observou o garoto continuar a descarregar sua irritação no desafortunado mar.

— Obrigada — ela falou gentilmente. — Depois de meu comportamento menos que gracioso de hoje, sei que não mereço...

— Ah, eu pretendo revidar, não se engane. — Artan observou a sua muda interrogação. — E costumo conseguir o que quero. — Algo na maneira como ele olhou para ela fez Sherazade se arrepender de ter lhe pedido ajuda. Aquela mesma sensação de perigo intensificado a respeito dele. Como a sensação antes de cair.

— Por que... o que o fez mudar de ideia?

— Porque Musa *abagha* me pediu. E Musa *abagha* me pede muito pouco em troca de me dar um porto seguro. — Ele ridicularizou, afiado e mordaz. — Não se preocupe; não tenho nenhum interesse por você. Gosto de garotas boas, e você não é nem um pouco. Você é egoísta e má.

Surpresa com seu pronunciamento, Sherazade começou a se defender.

— Não sou...

— Não me entenda mal. Gosto disso. Significa que podemos ser amigos algum dia.

— E por que diabos eu ia querer ser *sua* amiga?

Artan caiu de volta na água, com um sorriso de estranho contentamento.

— Porque sou tão egoísta e tão mau quanto você.

Onde há ruína

A bola de fogo veio quicando na escuridão, cortando as areias, na direção de seu rosto.

Sherazade tentou.

De verdade. Tentou.

Mas, no último instante, tudo o que conseguiu fazer foi atirar-se a uma trilha de pó brilhante a seus pés.

— Inútil! — uma voz grave gritou com ela como se fosse um açoite. — Uma total perda de tempo.

Eu... o odeio.

Trincando os dentes, Sherazade pegou punhados de areia, com uma vontade desesperada de atirá-los na cara arrogante de Artan Temujin.

— Está com raiva, pequena narceja? — Artan continuou. — Que bom! Eu também. Com esta é a segunda... não, espere! A *terceira* vez seguida que chega ao templo tarde e arruína minha noite com a lua.

Ela se levantou, limpando a poeira das mãos.

— Perdão por arruinar o que teria sido de outro modo uma noite produtiva.

— Fico feliz que concorde comigo. Porque a lua certamente me divertiria mais do que suas lamentáveis tentativas de fazer mágica. — Ele bufou. — Dons... desperdiçados em tal porcaria.

Cretino!

O sangue refluiu para suas bochechas, deixando-as quentes.

— Se tivesse uma bola de fogo, eu a jogava entre as suas pernas. Mas imagino que não tivesse muito que queimar.

Artan riu, alto e despreocupado.

— Ao menos seu senso de humor é algo que fala em seu favor. Apesar de eu nunca ser a favor de garotas magricelas e raivosas. — Ele lançou um olhar inquisitivo para ela. — O califa de Khorasan gosta de sua aparência?

— Claro que sim!

— Infeliz idiota. — Ele se sentou nos calcanhares. — Beleza se desvanece. Mas dor de cabeça é para sempre.

— Ha! Imagino que saiba.

Outra bola de fogo se formou na mão dele.

— Eu sei. — Artan fez uma careta, arqueando as sobrancelhas. — E eu tomaria cuidado, se fosse você.

Quando Sherazade saiu novamente correndo, Artan grunhiu atrás dela.

— O antigo ditado é verdadeiro, Sherazade al-Khayzuran: Apenas fugimos daquilo que realmente nos assusta!

— Então eu tenho verdadeiro medo do fogo, Artan Temujin!

Outro grunhido alto.

— Deixe de ter medo. E comece a fazer algo a respeito!

Apesar de sua aflição, Sherazade tentou conjurar a sensação de calor que surgia sempre que sua pele entrava em contato com o tapete.

Mas não conseguia. Era impossível. Como alcançar as estrelas.

Ela estava tentando havia duas noites seguidas. E a única coisa que podia concluir era o seguinte: seu poder não crescia dentro dela. Em vez disso, ela o absorvia de coisas à sua volta.

Quando sugeriu isso pela primeira vez a Artan, ele riu, jogou a cabeça para trás e escancarou a boca. Então ele começara a atacá-la com bolas controladas de fogo. Ele queria que ao menos ela conseguisse se defender.

Artan queria que ela jogasse para o lado *as bolas de fogo*. Ou movesse outros objetos em direção aos bólidos para desviá-los.

Com nada além da vontade de fazê-lo.

Tinha sido a vez dela rir, a cabeça para trás igualmente de forma exagerada.

Artan acreditava que, se ela se sentisse ameaçada, talvez seu corpo reagisse instintivamente. Por isso, nas duas últimas noites, eles estavam restritos à praia. Ele começara ameaçando-a com pequenas esferas rodopiantes em chamas. Sherazade correra delas em quase pânico. Indiferente, Artan evoluíra até as esferas rodopiantes letais, que eram decididamente mais difíceis de evitar.

E tudo o que Sherazade tinha para mostrar eram múltiplos hematomas das muitas vezes que ela se atirava ao chão.

E tudo o que Artan tinha para mostrar era uma frustração crescente.

— Você é um mestre horroroso! — Sherazade gritou. — Esse método não funciona desde o início! — Ela se aproximou das ondas, diminuindo o ritmo.

— Se está sugerindo que eu sou falho, então está certa.

Reduzindo ainda mais o ritmo, Sherazade se inclinou para a frente, respirando com dificuldade.

— As aulas terminaram por hoje.

— Ainda não.

Ela se virou, mais do que um pouco tensa com o tom de sua voz. Artan começou a atirar outra série de bolas diretamente nela. Uma esfera de fogo atrás da outra saía de suas mãos abertas.

Sherazade entrou em pânico. Não daria para ela se desviar de todas.

— Não corra! — Artan gritou. — Faça com que elas fujam de *você*. Me faça acreditar que não estou levando uma ovelha para ser estraçalhada pelos lobos quando a conduzir até minha tia!

— Não consigo! — ela berrou, aterrorizada com o número de esferas rodopiando em sua direção. Sem saber o que fazer, Sherazade correu para a água e nadou por debaixo das ondas. Segurou a respiração o mais que pôde, se mantendo abaixo da rebentação.

Depois, ela subiu à superfície e emergiu com água pela cintura, puxando pelo ar...

— Sherazade!

Ela afastou uma mecha de cabelo a tempo de ver uma última bola de fogo vindo em sua direção.

Não havia tempo para reagir.

E a bola bateu nela, queimando sua *qamis* e penetrando em sua barriga.

Por um instante, não havia nada além do susto.

Da praia, Sherazade ouviu Artan gritar numa estranha língua. A bola de fogo girou sobre si mesma e desapareceu numa nuvem de fumaça.

Sherazade não conseguiu nem gritar. Em volta dela, o cheiro de carne queimada se misturava à brisa marinha. Seus joelhos começaram a tremer quando uma onda arrebentou nela.

A água salgada em sua pele nua a fez sair do torpor. E agonizar.

Sherazade caiu no mar, um grito preso na garganta.

— Idiota. — Artan a pegou nos braços e a arrastou da rebentação de volta à praia. — Totalmente imbecil — ele murmurou.

Os tremores se espalharam das pernas para os braços. Os dentes começaram a bater.

— Está... pegando fogo. — Sherazade cravou os dedos no pulso. — Minha... minha pele. Está... está...

Ajoelhando no chão, Artan empurrou as costas dela contra a areia dura.

— Estupidez completa.

— P-pare. Não pude...

— Não estou falando de você! — Sem dizer mais nada, Artan rasgou os pedaços de linho queimado em volta da barriga dela.

Desta vez, Sherazade conseguiu gritar.

— Cale a boca, cale a boca! — Artan puxou uma argola da orelha, com expressão de dor. — Fica quieta, posso consertar isso. Juro que posso consertar isso.

Apesar de as palavras serem erradas, seu rosto tinha estranhamente a expressão certa. Seu queixo estava firme. A cicatriz diagonal que cortava o lábio, estava branca. Ele empurrava os ombros dela com as duas mãos, na tentativa de fazê-la parar de tremer. Um espasmo a sacudiu.

As pupilas escuras de Artan se dilataram, como um pingo de tinta na água. As mãos dele saíram dos seus ombros e se moveram para cima da barriga dela.

Da ponta dos dedos dele saía uma luz intermitente. Mas não era uma luz quente.

Algo frio e suspeito a tocou. E lhe atravessou a pele. Um calafrio percorreu sua espinha, como se o ar em torno deles estivesse vivo e cheio de espinhos.

Os olhos de Artan começaram a mudar de cor. Começaram a clarear, num cinza carregado.

Ele engoliu um grito de dor. E caiu para trás, sobre os calcanhares.

Quando Sherazade se sentou, olhou para sua barriga. Uma marca feia e vermelha permanecia. Mas não era nada parecido com a queimadura esperada, a dor não superior à de alguns dias no sol quente.

Demorou apenas um minuto para ela entender o que acontecera.

Porque na barriga nua de Artan Temujin, no mesmo lugar, havia uma queimadura igual à dela.

Só que bem pior.

A dele tinha bolhas. Feridas se formavam em sua extensão. As feridas que ela devia ter.

De alguma forma, Artan havia transferido o pior de seu ferimento para a pele dele.

— Você... não precisava ter feito isso — ela ralhou, uma mecha de cabelo cheio de sal entre os lábios.

Era uma coisa ridícula de dizer. Uma coisa óbvia. Mesmo assim, ela sentiu que precisava ser dita.

A boca dele formou um sorriso que parecia uma foice.

— Foi um prazer.

— Obrigada — Sherazade respondeu, ainda confusa.

Depois de um instante de uma tranquilidade irreal, um tremor o sacudiu, e Artan desabou na areia.

— Nós sempre fazemos coisas além dos limites, não é?

— Parece que sim.

O peito dele arfava pelo esforço.

— Isto — ele apontou para as queimaduras gêmeas — não está funcionando.

— Não. — Ela se apoiou num cotovelo, o rosto taciturno. — Não está.

— Uma pena. — Artan continuou largado na areia, pensativo, olhando o céu acima. — Minha tia vai comê-la viva.

— Por que... por que acha isso? — Sherazade perguntou, hesitante. — E, se sabe disso, por que concordou em me levar até ela?

Qual a verdadeira razão para estar me ajudando, Artan Temujin?

Quando Artan finalmente se dignou a falar, seu olhar permaneceu fixo nas estrelas.

— Alguma vez já ouviu a história "A garota que alcançou a lua"?

— Claro. Todas as crianças pequenas já ouviram.

— Me conte como a ouviu.

— Para quê?

— Para me agradar. — Artan apontou para sua barriga cheia de bolhas. — Esta única vez.

Sherazade franziu a testa e disse:

— Só desta vez. — Ela desviou o olhar para o céu. — Era uma vez uma garota que vivia numa torre de pedra, cercada por dragões brancos que lhe faziam todas as vontades. Quando ela queria um doce açucarado, bastava pedir. Quando queria dormir, eles faziam o céu escurecer com o bater de suas asas. O sol era substituído pela lua com um simples rugido. Apesar de a garota não ter mais o que pedir, continuou desejando, cada vez mais de tudo e de nada. Mais do que qualquer coisa, porém, a garota desejava ser poderosa. Para ela, os dragões eram sempre mais poderosos do que qualquer outro ser neste mundo, porque eram capazes de transformar todos os seus desejos em realidade.

Artan suspirou e guardou o fôlego para um encantamento. A essa estranha reação, Sherazade ficou mais confusa e parou de falar.

Quando Artan a olhou de canto de olho, ela retomou a narrativa:

— Certa noite, quando um de seus dragões lhe trouxe um pesado colar de ouro que ela pedira de uma terra bem distante, a garota sentiu um estranho perfume na seda que o guardava e decidiu que não mais poderia seguir vivendo com o desejo de ter tal poder. Ela precisava possuí-lo. A garota pediu ao dragão que a levasse onde brotava essa magia. O dragão se virou para a lua cheia, a tristeza tomando conta de sua cara chifruda. A garota não quis saber. Insistiu que o dragão a levasse para a lua para que pudesse canalizar esse poder. Voaram, uma salva de estrelas no seu rastro. A garota colheu as estrelas e com elas teceu uma corda. E aí, apesar de o dragão dar um último alerta, a garota laçou a lua, enquanto ria como um sino que toca à noite.

Sherazade parou para olhar para Artan.

— Mas, como tantas outras coisas poderosas, a lua se rebelou.

Ao ouvir isso, Artan sorriu. Mas não era um sorriso de quem se diverte. Era um sorriso de algo bem profundo e maligno.

— A lua começou a deslizar pelo céu. Arrancada das costas de seu dragão, a garota se agarrou à corda de estrelas. Ela gritou para a lua, pediu que lhe realizasse o desejo ou a soltasse. Como uma brisa fresca, a resposta da lua percorreu sua pele: "Você deseja ser poderosa? Então a transformarei na minha sombra. Uma lua para comandar as estrelas perdidas. Mas saiba que isto irá lhe custar caro". Sem hesitação, a garota riu, animada. "Não me importo com o custo. Fique com todos os meus bens terrenos, pois não precisarei deles quando tiver tal poder." As palavras da lua pairaram sobre a noite, mais frias que a primeira neve. "Muito bem, garota. Há muito tempo desejo uma companheira de verdade." Então, com uma espiral de poeira das estrelas, a lua transformou a garota em sua sombra, desprovida de toda luz. Presa a ela para o resto da vida. Essa lua sombria — a lua nova — recebeu poder por apenas algumas noites no ano. Mas nunca o suficiente para se libertar desses laços.

— Por isso a lua que conhecemos parece desaparecer — Artan completou baixinho. — Escondida. Eclipsada.

Sherazade confirmou.

— Sempre perseguindo a lua verdadeira.

Suas vozes se calaram, e ouviam apenas as ondas bater à distância.

— Por que está aqui, pequena narceja? — Artan perguntou. — É realmente por seu pai?

— Sim. — Sua resposta foi lacônica.

— Nada mais?

Sherazade hesitou. É claro que estava ali por causa de seu pai. Mas também por outra razão. Que precisava permanecer envolta em mistério.

— Por que pergunta?

Artan virou a cabeça para ela.

— Porque sei que há mais por trás disso. Sei que é a rainha de uma cidade destruída e de um reino na iminência de uma guerra. Que seu rei é um monstro.

Sherazade ficou calada. Seus dedos se moveram para a pele exposta da barriga dele, acarinhando o ferimento. Era quente ao toque. Sua mente reviu quando Artan Temujin aparentou estar despido de toda pretensão há apenas alguns minutos.

Quando os sinais de verdadeiro remorso — de uma emoção mais intensa — foram bem evidentes.

"Confiança é uma questão interessante quando se trata do Artan. Ele não a dará a quem não a oferecer antes."

Talvez estivesse na hora de confiar um pouco nesse garoto.

— Khalid não é nenhum monstro. De jeito nenhum. — O coração dela se acalmou por um tempo com a lembrança.

— Mesmo? — Artan ficou analisando-a. — Então o que ele é?

— Por que é tão curioso? — Seus olhos se contraíram. — Por que concordou em me ajudar, Artan Temujin?

Artan não respondeu prontamente.

— Aquela história sobre a garota... é sobre minha família.

— Como? — Sherazade se virou para ele, tentando esconder a surpresa.

— Não me entenda mal. Alguns detalhes da sua história são ridículos. Carregada de detalhes adquiridos ao longo do tempo. Mas o cerne está alicerçado na verdade. Uma de minhas ancestrais roubou uma poderosa fonte de luz para se tornar igualmente poderosa em satisfazer desejos. Como resultado, ela foi presa. E ficou presa ao seu criador para sempre. Uma gênia poderosa presa numa espada oca. — Ele aparentava igualmente falta de preocupação e amargura.

Por alguns minutos, Sherazade ficou incrédula.

— Eu...

— Você queria saber por que quero ajudá-la. Principalmente porque Musa *abagha* me pediu. E porque estou preso à tolice da minha ancestral. Obrigado a satisfazer os desejos dos outros. Musa *abagha* me manteve seguro todos estes anos. A salvo daqueles que teriam me escravizado. Teriam me tornado nada além de um dragão que traz colares de ouro a garotinhas ingratas. — Ele riu com amargura. — Musa Zaragoza me protege da maldição de minha família; ele nos guarda escondidos, Parissa, Masrur, eu e os outros, e nos ensina a controlar nossos poderes. Ele nos protege aqui no Templo de Fogo. Aqui, quando nos pedem para usar nossos dons, é sempre por nossa escolha. Aqui, não somos escravos de nossa mágica.

— Mas por que Musa *effendi* precisaria proteger você de sua família?

— Minha família é tão ávida por poder quanto a garota que laçou a lua. São monstros imbuídos de estranha magia. Minha tia os mantém a salvo numa fortaleza na montanha. Mas — Artan hesitou, sério — ela já cometeu erros antes. Meus pais foram vítimas de sua arrogância. Eles saíram da fortaleza, buscando uma maneira de quebrar seus grilhões. A mágica que deixaram vazar no mundo trouxe terríveis consequências. Como resultado, minha tia espera que eu fique por perto e faça o que me mandarem. Sirva a quem mandar em mim. Então fugi. — Artan a observava atentamente enquanto falava. — Descobri que o controle de minha tia é outra forma de escravidão.

Sherazade o observou igualmente com atenção, tomando cuidado ao preparar sua próxima pergunta.

— Sua tia... é muito poderosa?

Ele riu com ironia.

— Ela poderia pôr fogo neste templo com um único arroto. E acender todas as velas de Khorasan com a simples sugestão de sua flatulência.

— Não brinque.

— Ela é poderosa. — Artan gargalhou com franqueza. — E, tal como você, desprovida de senso de humor.

Sherazade esperou um pouco, o barulho das ondas se quebrando umas sobre as outras ficava mais forte, como seus próprios pensamentos.

— Ela é poderosa o suficiente para curar os doentes? — Ela mordiscou o lábio. — Poderosa o suficiente para quebrar uma maldição?

— Ah. — Ele olhou de relance, todo sinal de diversão evaporado. — Aí está. É você que está amaldiçoada?

Sherazade fechou os olhos e sacudiu a cabeça.

— Bem, ela precisaria falar com a pessoa amaldiçoada — explicou Artan. — E precisaria saber que tipo de magia foi usado.

— E se a gente não souber? — ela sussurrou.

Ele pôs ambas as mãos na nuca, entrelaçando os dedos. Depois de algum tempo, respondeu com palavras gentis:

— Você terá que trazê-lo, Sherazade. Seu rei. Ele terá que falar com a minha tia se for para ela ajudá-lo.

O medo tomou conta de seu peito. Ela queria a ajuda dele — o que significava lhe contar a verdade —, mas a preocupava demais ter que contar tudo em voz alta.

— Às vezes você torna tão difícil desprezá-lo... — Sherazade balbuciou.

— Eu sei. — Artan fez uma careta, ainda olhando para as estrelas no céu.

Continuaram olhando o céu em um silêncio companheiro até que escutaram passos na areia.

— Sherazade *jan*? — A voz grave de Musa se fez ouvir na escuridão.

Ela se ergueu e sentiu uma pontada na queimadura em sua cintura.

— Sim?

— Posso falar com você um minuto...? — Ele enfiou a mão em sua capa. — Eu lhe trouxe algo.

Na mão dele, um quadrado de jade da metade da largura de sua palma, amarrado a um pequeno círculo de couro escuro, para ser usado no pescoço. A superfície polida da pedra era coberta por cortes intrincados.

— O talismã de que falamos — Musa disse baixinho.

O que afastará a insônia de Khalid.

— Não sei se fará muito — Musa murmurou. — Novamente, é provável que só faça efeito por pouco tempo. Mas achei que ajudaria, por menor que fosse a ajuda.

Artan bocejou alto. Sherazade o observou antes de olhar para a silhueta alta diante dela. Suas sobrancelhas salpicadas de branco e cerradas em preocupação.

— Obrigada, Musa *effendi*. Isso é muito melhor do que eu poderia esperar.

Musa concordou.

— Diga, por favor, a Khalid... que lamento por não ser mais forte tantos anos atrás. Que o deixei sozinho. Mas estou aqui agora, se ele precisar de mim. — Ao dizer isso, ele colocou o talismã na mão dela e fez uma profunda reverência, a ponta de seus dedos roçando a testa.

Ao passar o dedo pelos entalhes do jade, Sherazade tentou ao máximo ignorar o indiscutível peso que se instalou em seu coração.

O peso de saber.

E a sensação da certeza.

Vou para casa.

Um rato comandando o ataque

A lua era um meio disco de alabastro. À distância, as nuvens se acumulavam ameaçadoras.

Exatamente como as cambalhotas que o estômago de Irsa dava.

Infelizmente, ela não era boa em se esgueirar, pois seus dedos esbarravam em tudo pelo caminho.

A vinte passos adiante, Sherazade se movia de uma sombra a outra, com um passo firme que Irsa teria invejado se não estivesse tão chateada.

Se não estivesse tão irritada.

Irsa ajeitou a capa...

E prendeu o tornozelo na amarra de uma tenda.

Resmungando um dos epítetos preferidos de Sherazade, Irsa rasgou a sandália ao soltá-la, depois se encolheu no escuro.

Sua irmã havia desaparecido.

Sem nenhuma hesitação, Irsa saiu correndo.

Ao fazer a curva na próxima tenda, uma mão emergiu da sombra e lhe agarrou o pulso.

— Por que está me seguindo? — Era uma acusação direta.

Irsa ficou sem ar. Os olhos de Sherazade faiscaram na penumbra.

Surpresa em um estupor temporário, o coração de Irsa começou a acelerar. Seguido de perto por sua indignação.

Irsa puxou seu braço das mãos de Sherazade.

— Para onde pensa que vai? — A fúria sublinhava cada palavra.

O queixo de Sherazade caiu.

Claramente, não esperara que Irsa fosse grossa com ela.

— Eu... — Sherazade endureceu o olhar. — Perguntei primeiro.

— Não quero saber! Me diga aonde está indo. Não aprendeu nada? Depois do que aconteceu com Teymur, não sabe que é perigoso desaparecer sozinha assim? Não consigo entender por que você faria...

Sua irmã tentou interrompê-la, suplicando uma trégua.

— Irsa...

— Não! — Irsa retrucou. — Não quero uma desculpa esfarrapada. Quero que me diga aonde está indo e por quê. *Agora.*

Sherazade suspirou.

— De todas as noites, eu preferia que não tivesse me seguido nesta, Irsa *jan*. — Ela olhou para o deserto com um olhar distante. — Você pode, por favor, me deixar ir desta vez? Prometo que levo você comigo amanhã. Juro.

— Eu... não acredito em você. — Os olhos de Irsa ficaram marejados. Ela segurou as lágrimas, amaldiçoando sua sensibilidade desgraçada. — Por que deveria acreditar em você? Não foi nem ver o *baba* hoje. Nem uma vez. Não sabe que ele abriu os olhos quando lhe dei o caldo esta tarde? Foi bem rápido, mas ele procurou por você... e você não estava lá! Tive que mentir enquanto você dormia, Shazi. Como ontem. E no dia anterior.

— Eu sinto muito. — Sherazade pegou a mão dela e a apertou.

— Você não pode continuar fazendo as coisas como quer e esperar que todos fiquem te esperando. Como se não tivessem nada melhor a fazer. Como se não tivessem capacidade para fazer mais nada.

— Eu sei. Nunca tive essa intenção. — Sherazade mordeu o lábio inferior. — Mas... podemos falar disso amanhã? — Ela olhou para o deserto novamente, e Irsa sentiu o calor do ressentimento aumentar, fazendo comichar os cantos de seus olhos.

— Vá. — Ela se soltou da mão da irmã. — Vá para onde quer que esteja fugindo. Para onde quer que seja que é mais importante que aqui e agora.

Sherazade novamente pegou sua mão.

— Prometo que vou...

— De agora em diante só faça promessas que tenha intenção de cumprir. E tome cuidado, Shazi. Por favor, se cuide.

Sherazade hesitou, seu rosto tenso antes de ela se esgueirar para as sombras adiante, sem um olhar sequer para trás.

Os pés de Irsa lhe pesavam quando voltou para o acampamento. Cada passo parecia involuntário. Ela arrastava os dedos, fazendo desenhos na areia. Quando tornou a olhar para cima, Irsa percebeu que parara no lado de fora de uma tenda que não era a dela.

O que estava fazendo?

Irsa estava do lado de fora da tenda de Rahim al-Din Walad sem querer.

Sem propósito.

Então ela tomou uma decisão. Limpou a garganta.

— Rahim?

Parecia um rato comandando o ataque.

Irsa se endireitou e tentou novamente.

— Rahim.

Melhor. Mas ainda não parecia o rugido de um leão.

Ela deu um pulo e se virou quando a tenda se abriu de repente com a saída de uma sombra magricela.

— O que há de errado? — Rahim limpou o sono dos olhos.

O que *estava* errado?

Por que Irsa viera até ali?

— Aisha me contou uma história — ela desatou a falar sem pensar. — Quer ouvir?

— Como? — Ele esfregou o couro cabeludo com um olhar de incredulidade. — Irsa, você não pode estar falando sério. Estamos no meio da noite!

— Deixa para lá. — O rato voltara, apenas para sair de novo.

— Espera, espera. — Rahim alcançou seu cotovelo. — Me conte.

Irsa olhou para ele, perdida naquelas pálpebras pesadas e naqueles cílios bem negros. Será que ele sempre foi tão... alto?

— Ela me contou que este deserto já foi um mar. — Irsa parou para firmar a voz. — Que era cheio de toda espécie de peixes que dançavam nas águas prateadas e nadavam sob um sol perfeito. Até que um dia um peixinho descontente decidiu que estava cansado de nadar e queria voar. Então ele foi até a Bruxa do Mar, que o mandou apanhar todas as flores brancas que ficavam na margem mais distante do mar e trazer para ela. Das pétalas, ela lhe faria asas. Quando o pequeno peixe trouxe para a bruxa um cesto feito de urtigas cheio de flores brancas, ela lhe lançou um feitiço, e uma sombra negra cobriu o sol. Era como se a noite tivesse chegado para ficar, para sempre. O mar secou, e todos os belos peixes começaram a desaparecer, menos o único que tinha as asas de pétalas brancas. Quando o sol finalmente reapareceu, o pequeno peixe sentiu tal remorso pelo que havia feito que voou para a luz incandescente, suas asas se esfacelando em milhares de fragmentos. Agora, quando você olha pelo deserto e ao longo da costa, ainda pode ver como ele pagou por suas asas, as lindas conchas brancas de onde brotam flores. — Ela terminou o conto acelerada, o final em um único fôlego.

Rahim sorriu paciente para ela.

— Não sou uma boa contadora de histórias — Irsa sussurrou, uma lágrima escapando solitária, deslizando pelos contornos de seu rosto.

Ele se inclinou e a pegou com o polegar.

Envergonhada, Irsa se afastou.

Foi um erro vir até aqui, não foi?

Uma rajada de vento fraca os envolveu, cobrindo-a num aroma de sementes de linho e... laranjas?

Rahim deve ter comido laranjas antes de adormecer. Que... maravilha.

— O que é, Irsa *jan*?

— Ela continua me deixando para trás — Irsa falou devagar. — Todos continuam me largando. E estou preocupada com ela. Mas... na maior parte do tempo... estou só.

Sem dizer nada, Rahim sentou diante da tenda e deu uma palmadinha na areia ao seu lado.

Ela se sentou, abraçando os joelhos.

Rahim olhou para ela, seus olhos sem hesitação.

— Você não está só agora.

Sorrindo, Irsa encostou o rosto no ombro dele.

E foi o bastante.

O perfeito equilíbrio

A chuva começou a cair quando os portões de Rey apareceram no horizonte. Gotas grossas e pesadas começaram a bater nos ombros de Sherazade e respingar nos cantos do tapete mágico.

Ela sentira a ameaça da tempestade quando passou por baixo das nuvens que se acumulavam. O cheiro metálico trazido pelo vento, brincando com a ponta de sua trança...

Incitando-a adiante.

O tempo todo fazendo o sangue percorrer acelerado por seu corpo.

Khalid.

Quando Sherazade se aproximou dos portões da cidade, uma corrente de ar impeliu o tapete, levando-a além das tochas, além das vistas de qualquer sentinela que fazia a ronda.

A cidade adormecida não era nada como ela se lembrava.

Partes da joia da coroa de Khorasan pareciam ter sido esmagadas por gigantescos punhos. Outras, irreconhecíveis de tão queimadas. Por alguns instantes, uma sensação de desalento se esgueirou, envolvendo o coração de Sherazade.

Então, ao fazer o tapete voar mais baixo, ela viu sinais de esperança.

A cor clara de granito novo contra o antigo. O cheiro de seiva da madeira recém-cortada. As pilhas de escombros arrumados. O fedor do refugo queimando.

À sua volta, a cidade não havia sido abandonada.

Parcialmente arruinada.

Mas também parcialmente reconstruída.

Seu coração dilatou-se, libertando-se do jugo do desalento. O povo de Rey não pusera o rabo entre as pernas para fugir.

Nem Khalid.

Sherazade fez o tapete subir mais. Na direção de um palácio de granito e mármore quebrado, tiritando sob a primeira tromba-d'água da chuva de verão.

Para o palácio destruído que ela chamava de lar.

Uma ponta de apreensão percorreu seu ser, provocando uma enxurrada de perguntas.

Khalid é tão teimoso quanto eu. E se ele se recusar a confiar em Artan, ou na família dele?

E se ele rejeitar a ajuda deles? E se estiver resignado a viver o resto de seus dias amaldiçoado?

Então a pergunta mais egoísta de todas — aquela que ela se recusara sequer a formular — começou a ecoar em sua mente:

E se ele estiver furioso comigo por ter ido embora de Rey?

Por deixá-lo sem dizer nada?

Os grossos pingos se tornaram mais longos e finos ao começarem a se multiplicar. Sem aviso, as nuvens se romperam, lavando a cidade com uma chuva prateada e gentil. O vapor subia da terra quando a água chiava nas pedras e ensopava os torrões de terra.

Sherazade pousou no balcão da antecâmara dos aposentos de Khalid.

Ela aguardou em silêncio por algum tempo, suas têmporas martelando. Sentindo uma vasta gama de emoções, ela tremia, apesar da brisa de verão.

Ele estava tão perto... Quase ao alcance.

Mas Sherazade não conseguia se forçar a abrir as treliças entalhadas diante dela.

Ela o deixara. Mesmo que tenha feito isso para protegê-lo — para proteger o amor que compartilhavam —, ela o deixara sozinho. E decidira fazer isso sem falar com ele.

Khalid não fugira a suas obrigações. Isso tinha ficado bem evidente para ela, ao sobrevoar Rey. Sherazade reconhecera sua maneira organizada — sua inteligência tranquila — em cada aspecto da restauração. Na engenharia sensata. No cuidado e na atenção com cada detalhe.

Ele estava presente em tudo. Mesmo que ninguém mais percebesse essa simples verdade, ela percebia.

Fora ela que o deixara para trás, num incêndio catastrófico, sem sequer olhar por cima do ombro. Largou o rapaz que amava, diante de uma tarefa impossível, sozinho.

Será que Khalid olharia nos seus olhos traidores? Olharia com recriminação?

Ou com o olhar de sempre?

Olhar destinado apenas a ela e a mais ninguém.

Estava encharcada até os ossos. A chuva de cheiro doce ensopara seu cabelo e a trança agora pingava. A *qamis* estava colada ao corpo, e sua *tikka* azul-escura empoçada ao lado de suas sandálias no chão de ônix.

Quanto tempo desperdiçara com seu medo ali no balcão?

Basta.

Endireitando os ombros, ela se dirigiu às treliças — e elas deslizaram, se abrindo.

Ela parou, sem coragem para erguer os olhos.

Sherazade sabia que era Khalid. Ela sentiu mais do que viu.

Como sempre. Como nunca. Como uma rosa sente o sol.

Seus joelhos tremiam. Um arrepio a percorreu da nuca à ponta dos pés.

— Sherazade?

Baixo e despretensioso. Inconfundível. Quando seus olhos se encontraram, tudo em volta desapareceu. Até a chuva que caía parou de repente.

Um minuto paralisado no tempo. Um par de olhos cor de âmbar através do balcão.

E não havia mais medo. Nem preocupação. Nem recriminação.

Seus joelhos pararam de tremer. O coração dela firme no peito.

Naquele instante de perfeito equilíbrio, ela compreendeu. Esta paz? Estas preocupações silenciadas sem esforço?

Era porque ambos eram as duas metades de uma só coisa. Ele não pertencia a ela. E ela não pertencia a ele. Ninguém pertencia a ninguém.

Ambos eram um só.

Sherazade andou na direção dele, a cabeça erguida.

Khalid nem piscou.

— Shazi.

— Sim — ela respondeu, sua voz clara e forte. Exatamente como se sentia.

Os olhos dele estavam ligeiramente contraídos. Como que incrédulos. Como se não merecessem a verdade. O gesto era tão dolorosamente familiar que Sherazade queria se atirar nos braços dele.

Mas ela estava encharcada, e Khalid estava como sempre impecável. Seu cabelo negro irretocável. O rosto anguloso fazendo lembrar um gavião voando. Alerta, mas friamente distante. Como se pudesse avaliar uma pessoa apenas com o olhar, se ele assim quisesse. Suas roupas de linho fino com o caimento perfeito sobre o corpo de um guerreiro experiente.

Seus olhos brilhavam como ouro derretido. E eles tudo disseram sem pronunciar uma só palavra.

Sherazade ajeitou os cachos encharcados para um lado, e a água respingou nos pés dele.

— Perdão! — Ela franziu o nariz. — Foi...

Ele a puxou contra o peito, uma mão em seu cabelo. Seu coração batia alto e verdadeiro contra o rosto dela. A única marcação do tempo que importava.

Sherazade soltou o ar rapidamente, apenas para respirar fundo. Inspirar o perfume dele. O aroma de sândalo e sol. Os dedos dela afagavam-lhe a pele, criando suas próprias memórias. As mãos de um mestre espadachim. Os lábios de seu grande amor. O coração de um rei.

— Khalid.

***

Depois do abraço, Sherazade percebeu que Khalid cuidadosamente se manteve distante.

Apesar de se frustrar, ela entendia o porquê.

Não era para castigá-la. Era para protegê-la. Ela o conhecia o suficiente para compreender isso. E Sherazade ainda precisava informar o motivo de sua volta.

Talvez conversar *fosse* mais importante.

Por enquanto.

Khalid ouviu — as sobrancelhas sérias arqueadas — enquanto Sherazade lhe contou a respeito do tapete mágico. Do seu estranho dom ainda a ser totalmente controlado. Mas, tirando a reação inicial, ele não demonstrou nenhuma emoção.

Em vez disso, Khalid buscou uma muda de roupas para ela e — irritantemente — se virou quando ela tirou as peças ensopadas.

Sherazade engoliu um comentário atrevido.

Afinal, eram *casados*.

Infelizmente, ela também podia compreender esse comportamento.

Desta vez ele estava se protegendo.

Por isso, apesar de querer desafiar verbalmente a decisão de Khalid, ela escolhera uma abordagem menos direta, optando por usar a *qamis* de linho que ele lhe oferecera... sem nada por baixo. Afinal, a *sirwal* era muito grande. As roupas haviam sido feitas para um homem. A *qamis* cobria mais do que o suficiente, já que a bainha terminava quase nos joelhos dela.

Mais do que apropriado.

Por enquanto.

Sherazade fez uma cara um tanto matreira.

Quando Khalid se virou novamente, suas sobrancelhas se levantaram alto e de uma só vez.

Então suspirou, devagar e baixinho.

— Algo errado? — A voz dela soava inocente, apesar de sua expressão passar um sentimento bem diferente desse. Sherazade sentou-se na plataforma de sua cama, dobrando as pernas.

— *Errado* não é exatamente a palavra certa. — Sua réplica foi brusca, mas havia um toque de ironia sutil.

Khalid caminhou por seu quarto mal iluminado, seus movimentos graciosos, como os de uma sombra envolta em fumaça. Sherazade o seguiu com os olhos, ciente de que parecia um predador espreitando a presa.

Ele pegou um sofá estofado atrás de sua escrivaninha de ébano e o trouxe para a frente da cama. Quando Khalid se sentou, reforçou a distância entre eles...

De maneira que Sherazade não pudesse deixar de entender.

Ela então franziu o cenho.

— Isso é levar as coisas um pouco longe demais, não acha?

— Se eu pretendo pensar, não. Pode-se dizer que não é longe o suficiente. — Khalid se recostou no sofá, seus olhos faiscando. Concentrado. Sem piscar.

Não. Sherazade não era o predador. Não mais.

Tudo bem, então.

Afobada, ela se preparou para levantar.

— Na verdade, eu...

— Shazi. — Khalid ergueu a mão para que não se movesse. — Você não pode... você... você não devia ficar.

Ela nunca o vira ter dificuldades de se expressar antes.

— Não... não vim para ficar.

Khalid se afundou no assento. Deu sinal de que concordava.

— Mas tenho a intenção de ficar... talvez. — Sherazade levantou o queixo de forma imperiosa. — Na verdade, tenho a intenção de fazer bem mais do que ficar. Pretendo desabrochar, uma vez que quebremos a maldição. — Ela deixou as palavras escoar pelo imenso quarto, desafiando as paredes a se erguer e revidar.

Mesmo à luz fraca da lamparina alta, trabalhada em ouro, Sherazade viu o rosto de Khalid se suavizar.

— Se eu achasse possível quebrar esta maldição...

— Talvez seja possível — ela o interrompeu. — Mas preciso que confie em mim. E que não se zangue comigo pelo que vou lhe contar.

— Eu confio em você.

— Mas ficará com raiva?

Ele não respondeu. Seus olhos se contraíram. Sem dúvida, avaliando as opções. Ou desenhando sua estratégia.

Algumas coisas não mudam.

— Você deve saber que tem um humor abominável — ralhou Sherazade.

Menos que um sorriso apareceu nos lábios dele.

— Como o seu, minha rainha.

— Não estamos falando dos *meus* defeitos. — Ela fungou. — Promete que não perderá a paciência antes que eu termine de falar? — Novamente ele ficou em silêncio. — Khalid?

Ele prometeu.

— Fui ao Templo de Fogo ver Musa Zaragoza.

Khalid se retesou. Sherazade já podia perceber que ele estava listando suas objeções, então ela seguiu em frente acelerado antes que ele começasse a falar.

— Conheço sua amargura em relação a ele pelo que aconteceu à sua mãe. Devido ao... erro dele em não vir em socorro dela. Mas ele quer ajudar agora. E foi ele que me deu tanto a maneira quanto o conhecimento que me permitiram vir até aqui sem ser vista.

— Fico feliz que a esteja ajudando, Sherazade. Muito.

Mas ele não soou honesto. Tirando o suspiro com que Khalid disse o nome dela, as demais palavras foram ditas de forma impessoal. Fria e superficialmente.

Desapontada com a incapacidade dele de perdoar Musa, Sherazade olhou em seus olhos com desânimo. Khalid retribuiu o olhar até suspirar, vencido, permitindo que ela continuasse.

— Um de seus aprendizes no Templo de Fogo tem uma parente que se diz uma maga poderosa. É possível que ela possa nos oferecer uma maneira de desfazer a maldição...

A resposta de Khalid foi imediata, sua postura inflexível.

— Esse tipo de magia tem um preço. Que não estou disposto a pagar.

— Por favor. — Sherazade se sentou, o cabelo úmido lhe caindo sobre um ombro. — Pelo menos venha comigo para descobrir qual seria o preço.

— Não — ele disse categoricamente.

Mas Sherazade se recusava a ser demovida.

— Khalid...

— Não conheço essas pessoas; portanto, não são confiáveis.

— Você disse que confiava em mim.

— Confio em você totalmente. Mas seria irresponsabilidade confiar minha vida a Musa Zaragoza ou a seus aprendizes — Khalid disse de maneira cortante. — E duvido que confiasse a sua.

— Deixe de ser tão teimoso! — Os pés dela desceram até o chão de ônix. — Não me faça suplicar. Porque não farei isso. Simplesmente vou perder minha paciência ou chorar. E eu sempre desprezei secretamente todos os que choram para alcançar seus objetivos. Mas se me forçar a isso, Khalid Ibn al-Rashid, eu choro. E o farei *lindamente*. — Ela cruzou os braços e cerrou os lábios.

O canto da boca dele se levantou.

— Você não chora lindamente.

— Mentiroso!

— Não estou mentindo. — Ele sustentou o olhar dela. — Raramente minto.

Fazia muito que ela suspeitava que isso fosse verdade. Mas ainda assim não resistiu em insistir.

— Nunca mentiu para mim?

Ele hesitou.

— Uma vez.

— Ah? — Ela ergueu as sobrancelhas. — E quando foi isso?

— No mercado. Quando me perguntou se lembrava de meu último sonho. Eu respondi que não.

— E lembrava?

Khalid concordou.

Sherazade respirou devagar, imaginando se seria mais sábio parar de insistir no assunto.

— Você pode me contar sobre o que era o seu sonho?

— Na época, era menos que um sonho e mais um pesadelo recorrente. — Khalid a olhou durante um instante. — Eu sonhara que dormia ao lado de uma garota no meu quarto. Não lembro do rosto dela. Ou não me lembro de nada sobre ela. Apenas me lembro de como me sentia.

— E como se sentia?

— Como se estivesse em paz. — Seu olhar ficou mais intenso. Mais aguçado.

— Ah. — Sherazade desviou o olhar, brincando com a manga da *qamis* emprestada para esconder o rosado das bochechas.

Naquela noite no mercado, Khalid mentiu porque achou que era eu a garota do sonho.

— A última vez que tive esse sonho foi na noite antes de você chegar ao palácio. Lembro bem porque acordei de repente, procurando por algo... que não estava ali. — Ele desviou o olhar para as paredes de alabastro; perdido em seus pensamentos.

Perdido num vazio familiar. Um vazio que Sherazade esperava nunca mais ver.

Andou até ele, a resolução firmando seus passos.

— Essa paz que você procura está aqui — Sherazade sussurrou. — Lute por ela. Lutarei por ela com você. Faço o que for necessário. — Suas mãos seguravam as mangas. — Quando estava no deserto, acordei a cada dia e prossegui com a minha vida, mas não vivia. Era apenas existência. Quero viver. É em *você* que eu vivo.

Khalid olhou para ela, sua expressão enigmática — os olhos incitando o coração dela a se rebelar.

— Senti falta de seu silêncio ao me escutar. — Sherazade esboçou um sorriso. — Ninguém me escuta como você.

Ele fez um ar de troça.

— Você não espera para falar — ela esclareceu. — Você de fato escuta.

— Apenas você — Khalid replicou baixinho.

Sherazade lhe estendeu uma mão. Parou pouco antes de lhe tocar a testa, como se estivesse esperando autorização. Ele se inclinou, e os dedos dela se enterraram nos seus cabelos negros. Khalid a puxou para perto e passou a mão por trás de seus joelhos.

— Lute comigo — ela pediu.

Diante do silêncio de Khalid, Sherazade puxou o cabelo dele para trás, obrigando-o a olhar nos olhos dela.

— Quero uma vida cercada daqueles a quem amo, feliz e segura. O que você quer?

— Viver... intensamente.

— O que mais?

— Saborear cada respiração. — Khalid desceu a mão pela perna dela.

Um arrepio lhe percorreu a espinha.

— O que mais? — A voz dela tremeu.

— Adormecer todas as noites a seu lado.

Sherazade segurou o rosto dele entre as mãos.

— Então lute por isso.

O cuidadoso autocontrole de Khalid se espatifou. Ele ficou de pé de repente, puxando-a para junto de si.

— Você irá comigo? — Ela perdeu o fôlego quando as mãos dele subiram.

Ele concordou.

Khalid então a agarrou e a beijou. A língua dele entrou pelos lábios dela, e Sherazade suspirou o nome dele enquanto ele caminhou para a cama, derramando seus corpos sobre a seda fosca.

Ela nunca se cansaria de se surpreender com isso...

A consciência cautelosa atrás de cada olhar, cada sussurro, cada suspiro.

Suas palavras eram como uma faísca em óleo. Seu toque era como fogo em pele.

Sherazade puxou o linho comprido pela cabeça, e Khalid ficou de joelhos e tirou sua *qamis*. Olhou para ela...

Então tudo ficou suspenso numa terrível iminência.

Seu maxilar travou. Os nós de seus dedos ficaram esbranquiçados.

Ele estava furioso.

Mais que furioso.

Seu rosto uma máscara de raiva. Do tipo quieto, mas poderoso. Ele ficava muito mais terrível quando Khalid ficava assim tão quieto.

Então ela percebeu o que era. Os hematomas. A queimadura.

— Khalid...

— Quem lhe fez isso? — Sua voz era doce. Mortalmente doce.

A brutalidade velada fazendo-a se arrepiar.

Nunca se esqueça: Khalid não é homem de perdoar.

Para ele, violência clama por violência. E sempre será assim.

— Não — Sherazade falou com doçura. — Não estrague o tempo que temos juntos com a sua raiva. Não estou machucada. E estes ferimentos são todos por minha culpa. Eu os repetiria contente, porque me fizeram mais forte. E me trouxeram a você.

— Sherazade...

Ela esticou a mão para afagar a base de seu pescoço. A nódoa clara em seu queixo. Então levou os dedos até os recentes talhos nas mãos dele. Até a cicatriz ainda por fechar.

— Também odeio as suas cicatrizes — Sherazade murmurou. — Mas pele é pele, seja de homem ou de mulher. E dor é dor. Não lamente a minha mais do que lamento a sua. E acredite que, se algum dia for feita uma injustiça a mim, você será o primeiro a saber. — Ela lhe beijou a mão ferida. — E eu estarei do seu lado quando remediarmos isso.

Sherazade pegou a mão dele e a apoiou sobre a marca na sua barriga.

— Juro que não dói. — Ela fez uma careta quase provocativa.

Ele franziu o cenho.

— Mentirosa.

E Sherazade o empurrou para trás.

O cabelo dela enroscado no pescoço, e ela se movendo sobre ele.

— Posso gostar de flores, mas não sou frágil como uma.

— Não. — Khalid deu um ligeiro sorriso. — Não é.

— Sabe por que gosto de rosas? — Sherazade desamarrou o nó da *tikka* dele com deliberado vagar. — Eu sempre gostei delas por sua beleza e aroma, mas...

— É por causa de seus espinhos. — Os músculos dele enrijeceram ao toque dela. — Porque são mais do que aparentam à primeira vista.

Ela sorriu para Khalid, passando-lhe os dedos pelas reentrâncias do quadril.

— Sabe quanto senti saudade sua?

Khalid respirou aceleradamente.

— Sei. — Ele afagou o lábio inferior dela com o polegar. — E você sabe que faz a minha vida valer a pena ser vivida por mil vezes?

— Sim. — A garganta dela ficou seca. — Eu sei.

Os olhos de Khalid viram um fio que pendia de seu pescoço. Seus dedos se moveram para segurar o anel.

— Não pude mais usá-lo na minha mão — Sherazade explicou. — Mas não queria...

Ele a puxou pelo cordão e a beijou em silêncio.

Seus lábios logo encontraram seu próprio ritmo. E seus corpos se encontraram, buscando o mesmo.

Buscando um instante de perfeito equilíbrio.

Um instante que abarcasse tudo.

E, nesse instante, eles perderam a noção de tudo além de si mesmos. Porque nesse instante não havia dor. Nem cicatrizes. E a maldição era uma preocupação do passado distante.

Ali, a única coisa que importava era o que cada um tinha diante de si. Aqui e agora.

— Eu te amo — Sherazade suspirou. — Você é tudo o que sou.

— E você é tudo o que serei.

Porque, ali, eles existiam além do tempo.

Ali, não podiam mais discernir onde ela terminava e ele começava.

***

— Está tarde — disse Khalid. — Você devia dormir.

— Do que está falando? Não estou fazendo nada.

— Pare de sorrir e vá dormir.

— Como sabe que estou sorrindo? Você não está nem olhando para mim.

— Posso sentir que está sorrindo, Shazi.

O som gostoso de sua gargalhada penetrou na pele dele, aquecendo os cantos mais gelados de sua alma.

Ele estava deitado de barriga para baixo com os olhos fechados, tentando vencer a dor excruciante dentro da cabeça. Que sua dor escolhesse esse momento para se fazer sentir, era apenas mais uma prova de sua infinita falta de sorte.

Ou, talvez, mais uma prova da ironia do destino.

As almofadas farfalhavam à sua volta. Sherazade recostou nas costas dele, acomodando seu pequeno corpo sobre o dele. Ele sentiu a face dela entre suas escápulas. Com o toque leve de uma pena, ela roçou as mãos pelos seus braços até a nuca.

— Quer que eu pare? — perguntou Sherazade, ao perceber que suas tentativas de amenizar o desconforto não surtiam efeito.

— Não.

— O que *você* deseja? — Sua voz soava quase brincalhona.

Khalid pensou por um instante, tentando banir as imagens em sua mente suscitadas pelas palavras dela.

— Talvez uma história. — Ele sorriu para si mesmo, apesar do latejar alto em sua testa.

— Qualquer uma?

Khalid assentiu, ainda com os olhos fechados.

Ela se inclinou para sussurrar na orelha dele.

— Um jovem caminhava na floresta quando encontrou uma pomba que cantava divinamente. Ele parou para escutar a melodia suave de seu canto e se surpreendeu quando ela parou de cantar e *falou* com ele.

Era como se ela fosse um sonho. Um sonho do qual Khalid não queria despertar.

Ele sentiu o sorriso dela novamente.

— A pomba disse: "Jovem, você parece ter bom gosto! Gostaria de contar um segredo para você. Se você seguir este caminho, vai dar numa porta laqueada de vermelho com uma maçaneta de madeira. Diante dela você encontrará um grupo de homens chorando. Não pergunte por que choram; apenas entre pela porta e você encontrará mais riquezas do que já sonhou na vida!". O rapaz estava tão surpreso de ter encontrado uma pomba falante e uma promessa de riquezas jamais sonhadas que, ansioso, seguiu as instruções da pomba de fala doce para atravessar a floresta.

— A insensatez juvenil — Khalid murmurou.

Sherazade deu uma risadinha, e o som deslizou pela espinha dele.

— Tal como a pomba dissera, o rapaz chegou a uma clareira com uma única porta laqueada de vermelho, fechada por uma maçaneta de madeira. Diante dela, o grupo de homens chorando. O jovem os ignorou e foi direto para a porta. Baixou a maçaneta e atravessou o portal. Diante dele havia um jardim suspenso. Mas não era um jardim de flores ou de frutas; era um jardim de joias brilhantes. Onde devia haver um pomar de macieiras, havia um matagal de esmeraldas. Onde devia haver frutinhas silvestres, havia rubis do tamanho de seu polegar. Jaspe amarelo cintilante no lugar de laranjas. Ametistas refulgiam no lugar de jacintos. Resplandecentes diamantes e pérolas podiam ser vistos nos ramos das plumérias. O jovem encheu os bolsos com os frutos preciosos e as joias em forma de flor, rindo até sentir falta de ar.

Ela entrelaçou os dedos dela nos dele.

— Quando terminou de percorrer o jardim suspenso, ele chegou num lindo vilarejo, que tinha vista para o mar cristalino. Ele imediatamente comprou a casa mais magnífica que encontrou. Após atravessar todo o vilarejo, encontrou outra porta laqueada com a maçaneta de madeira. Ele a abriu e se achou num mercado de uma grande cidade, repleto de sons e imagens do comércio e aroma de delícias. Num átimo, ele tinha amealhado uma considerável quantidade de ouro. A qualidade das gemas que possuía não tinha paralelo, e sua destreza nas negociações não tinha limites. Parecia que, não importava o que fizesse, estava com sorte! Quando deu de cara com mais uma porta laqueada com a maçaneta de madeira, adentrou e encontrou a mais linda jovem que já vira. De mãos dadas passearam por outra vista deslumbrante, cheia de vales verdejantes e riachos prateados. Nenhuma vez o rapaz olhou para trás. Sempre ia adiante. Sempre em direção à próxima porta. Muitos anos depois, o jovem rapaz já não era jovem, ele encontrou outra porta com a maçaneta de madeira e, sem nenhuma hesitação, a atravessou, sem se preocupar onde poderia dar.

O único som no quarto era o da respiração dos dois. O tom de Sherazade tornou-se melancólico.

— Ele se encontrou vagando pela floresta. Chegando a uma clareira que lhe era familiar. Cercado por um grupo de homens que choravam. A porta laqueada diante dele não tinha uma maçaneta. Nesse momento, o homem já não tão jovem entendeu. Então ele se sentou com o grupo... e começou a chorar.

O silêncio se estendeu por algum tempo.

— Por que escolheu essa história em particular? — Khalid finalmente perguntou.

Outro longo silêncio.

— Algumas vezes... eu temo que esteja querendo demais — Sherazade respondeu.

— Não é possível. Porque você merece tudo o que deseja e mais ainda.

Ela se moveu para apoiar o queixo no ombro dele, fazendo Khalid se encolher.

— Dói tanto assim? — Sua preocupação mais do que evidente.

Uma parte de Khalid sabia que devia mentir para poupar Sherazade dessa preocupação. Mas ele não via razão para isso. Para ele, mentiras raramente servem ao propósito intencionado. Exceto demandar mais mentiras.

— Sim — Khalid admitiu. — Mas sobreviverei.

— Tenho uma coisa que pode ajudar. — Sherazade deu um sugestivo beijo no meio das costas dele.

Apesar do cerco dentro de sua cabeça, Khalid pensou na oferta. A cabeleira escura e brilhante dela era como um véu em seu ombro. O cheiro da chuva preso a cada cacho. Mesmo agora, conseguia imaginar a maneira como seus lábios ficavam entreabertos quando ele beijava a base de seu pescoço. A maneira como sua respiração suave deslizava sobre sua pele. A maneira como suas mãos delgadas...

Khalid quase grunhiu, vencido.

— Quero muito, mas acho que já experimentamos esse remédio hoje. Mais de uma vez.

Outra risada cadenciada e leve encheu o ar. Ela afastou-se dele, deixando-o sem o seu calor. Khalid abriu os olhos devagar, para ver Sherazade se dirigindo para a pilha em que descartara suas roupas.

Quando voltou, trazia na mão uma pedra quadrada e verde, atada a uma tira de couro.

— É um talismã. Musa *effendi* disse que pode ajudar a afastar a sua insônia.

— Musa *effendi*? — Khalid virou-se, reclamando. A última coisa que desejava era um presente do mago covarde que ele conhecera quando menino. O covarde que ficou ali e assistiu sua mãe se afogar no próprio sangue.

— Chega! — Sherazade levantou a mão para o peito dele, afastando suas objeções. — Aceite ajuda quando lhe é oferecida, Khalid *jan*. A verdadeira força não é a soberania. É reconhecer quando precisa de ajuda e ter a coragem de aceitá-la.

Apesar de seus olhos arderem, Khalid a observou enquanto ela falava. Como se estivesse a gravando para sempre na sua mente. O queixo insolente. Seus olhos que pareciam joias e seu cabelo rebelde. Ninguém podia negar a beleza de Sherazade. Mas não era apenas a sua beleza que o mantinha preso a ela e a mais ninguém.

Era a maneira como se comportava com tal altivez.

Tanta força.

— Você é muito sábia, Sherazade al-Khayzuran. Talvez devesse governar Khorasan. E me deixar ocioso em seu quarto, até que precisasse de mim.

— Talvez devesse. — Ela deitou do lado dele. — Mas não nasci menino.

— Há muito que pensei que isso não devia ter importância. — Khalid puxou uma das pernas por cima da sua.

— Você pode ao menos ver se o talismã funciona?

Em vez de responder, Khalid enterrou o rosto nos cabelos dela, inspirando a fragrância de lilás e chuva. Ela soltou o ar, exasperada.

— Você...

— Eu vou experimentar — ele disse, perto do pescoço dela. — Agora vá dormir.

Sherazade virou de costas, se enroscando na curva do braço dele.

— Khalid?

Ele conteve o sorriso que se formava.

— Sim?

— Você não precisa dizer que me ama. Eu sei que ama. Mas... posso perguntar por que não diz?

Apesar de não ser um questionamento, Khalid sentiu a pulsação de Sherazade entre as escápulas. E estava acelerada. Doeu nele saber que lhe dera motivos para duvidar de sua afeição. Mas fazia algum tempo que sabia que lhe devia uma explicação.

Na verdade, devia bem mais do que isso a ela.

É claro que ela queria saber o porquê. Era uma garota franca que com generosidade estendia seus sentimentos àqueles que achava merecedores. Depois de tudo o que Khalid fizera — e tudo o que deixara de fazer —, ele se surpreenderia sempre que ela achasse que era um dos merecedores.

Khalid a puxou para perto.

— Na tumba de Ava, jurei que passaria minha vida *mostrando* aos que me eram caros o que sentia por eles, sem depender de palavras.

Prometi que faria a outros o que deixara de fazer por ela. De não declarar meu amor. Mas, em vez disso, demonstrá-lo.

Ficaram deitados em silêncio por algum tempo. Apesar de não conseguir ver a reação dela, Khalid sabia o que estava pensando. Sabia que estava considerando a promessa dele.

Talvez fosse bobagem ele se manter fiel a essa promessa. Uma promessa feita a uma garota que não estava mais viva. Uma garota que sofrera um bocado na vida. E morrera com sua mentira ecoando nos ouvidos.

Uma mentira de amor. A única coisa que ela lhe pedira.

A única coisa que ele nunca tentara lhe dar.

De todas as coisas em que falhara com Ava, nessa ele desejava ter sucesso.

E não fazia promessas sem pensar.

— Entendo — Sherazade comentou.

— Shazi...

— Já que não pode dizer, pode ao menos me contar quanto me ama?

Khalid roçou a ponta do nariz na orelha dela, com um sorriso de gratidão nos lábios.

— Das estrelas, para as estrelas.

De uma vez por todas

Sherazade se esgueirou de volta à sua tenda quando a aurora avermelhava o horizonte.

Ela se sentia afortunada por ter voltado sem ser vista. Na verdade, deixara Rey no último minuto. Apesar de querer desesperadamente ficar com Khalid e ver o céu pegar fogo à sua volta, não podia arriscar ser vista.

E sabia que teria que enfrentar as consequências de como deixara as coisas com Irsa na noite anterior.

Assim que fechou a tenda, Sherazade se virou e viu a irmã sentada no colchão, os olhos injetados e vermelhos.

Era visível que Irsa não dormira bem. E talvez tivesse até chorado um pouco.

Sherazade segurou um suspiro.

— Irsa, eu...

— Contei ao Rahim que você fugiu. — Um tom de insolência marcava seu sussurro rouco.

— O quê? — Sherazade quase deixou cair o embrulho que continha o tapete mágico.

Irsa mordeu o lábio.

— Como você perdeu o café quase todos os dias, ele já suspeitava que você estava armando alguma coisa, então eu...

— Então você simplesmente contou a ele que eu fugi?

— Depois que saiu, fui falar com ele, e... — Irsa limpou a garganta enquanto brincava com a ponta de seu cobertor. — E ele sabe que você não está doente. Já sabia que você andou ocupada com alguma coisa nas últimas noites. Então, quando me acompanhou de volta à tenda e viu que você não estava aqui...

Sherazade não podia ficar com raiva de sua irmã. Irsa tinha sido seu suporte esse tempo todo. Oferecera compreensão e apoio quando ninguém mais ousara fazê-lo. E Sherazade não fizera nada para merecer tanto. Todas aquelas vezes que Irsa desejara ser sua confidente, Sherazade se opusera a fazê-lo, sabendo que seus segredos eram perigosos demais para uma garota tão honesta e de bom coração.

Aí estava a prova de que tinha sido sábia em não confiar. Quando pressionada, Irsa se mostrara incapaz de mentir para Rahim sobre a localização de Sherazade. Se ela realmente soubesse onde Sherazade estava, teria sem dúvida contado a ele.

O que teria acontecido então? Sherazade se arrepiava só de imaginar.

Não. Sherazade não se zangaria com sua irmã por um erro de julgamento. Não podia ter sido evitado.

Era o jeito da Irsa — honesta demais.

Mesmo assim, quando Sherazade olhou para a irmã, foi ficando com raiva.

— Sei que está brava comigo — Irsa continuou, a voz ficando menos firme. — Mas não divulguei seu segredo para Rahim de propósito. Na verdade, é tudo culpa sua. O que esperava? Você não apareceu para tomar o café da manhã por quase uma semana. Não sei o que está acontecendo com você ultimamente. Está descuidada. Distraída.

A raiva estava aumentando. Muito.

— Está planejando sair hoje à noite novamente? — Irsa perguntou.

O que começara como um guincho pequeno, parecia agora envolto em aço.

— Sim. — A própria resposta de Sherazade era perigosa e desafiadora.

— Mesmo que se torne cada dia mais difícil guardar o seu segredo?

— Você não precisa mentir por mim.

— Claro que preciso. — Irsa jogou seu cobertor esfarrapado e ficou de pé. — Você é minha irmã. Mas seus amigos estão preocupados com você, e logo a preocupação deles vai se transformar em suspeita. — Em sua testa podiam-se ver linhas de preocupação. — Por favor, não saia hoje à noite outra vez. Eu lhe suplico.

Sherazade pensou rápido. Ela já fizera planos para levar Khalid ao Templo de Fogo para encontrar Artan e Musa Zaragoza. Se não voltasse a Rey conforme prometera, Khalid certamente ficaria preocupado. E o pessoal no Templo de Fogo ficaria esperando por eles. Ela não tinha como avisar nenhum dos dois.

Engoliu em seco, sabendo que esses problemas não eram tão importantes quando comparados ao que se desenrolava ali.

Seja honesta.

Na verdade, Sherazade não tinha a menor intenção de se privar de qualquer momento com Khalid, apenas para acalmar a irmã. Ela sabia que estava sendo egoísta. Mas a ausência dele era uma sensação constante. E Sherazade estava cansada de não fazer nada para mudar as circunstâncias. De ficar apenas esperando no deserto que a vida lhe sorrisse.

Tudo isso terminaria nessa noite. Destino era coisa para tolos. Sherazade não ia ficar esperando que as coisas acontecessem para ela.

Ela as faria acontecer.

— Irei tomar café com você agora, e aí passaremos a tarde com o *baba* — disse Sherazade. — Vou me certificar de que todos me vejam. Isso fará com que fique menos preocupada?

As linhas na testa de Irsa ficaram mais pronunciadas. Sherazade podia ver que ela se debatia com a ideia.

— O que anda fazendo é tão importante assim?

— Sim. — Sherazade respondeu sem titubear.

Sua irmã olhou para o chão, torcendo a ponta da trança castanha com os dedos.

— Esta noite... é perigosa para correr riscos.

— E por quê?

Irsa hesitou uma última vez, ainda tergiversando. Depois enfrentou o olhar de Sherazade.

— Venha comigo. — Ela pegou a mão da irmã e a levou para fora.

Elas deram a volta ao labirinto de tendas até que estivessem nos limites do acampamento. Ali — onde os soldados tinham montado o acampamento deles — Sherazade viu um enorme bando de homens selando seus cavalos.

Reunindo suas armas.

À frente desse grupo, Tariq montava seu corcel negro, sua capa flutuando na brisa. O estandarte do Falcão Branco ao seu lado.

— Eles estão saindo para o primeiro ataque — Irsa explicou. — Eles pretendem sair ao meio-dia.

— Como? — O pânico se instalou no estômago de Sherazade, emaranhando suas entranhas em um monte de nós.

Um ataque?

— Tariq está liderando um contingente de soldados para um baluarte próximo hoje à noite... com a intenção de destronar seu emir e controlar a área — Irsa falou tranquila.

— Como sabe disso? — Sherazade gritou.

— Rahim me contou.

— Qual baluarte?

— Ele não me disse — Irsa confessou. — Afinal, eu ainda divido a tenda com a califa de Khorasan.

Mais uma vez, os pensamentos de Sherazade voaram por sua mente como pedras lançadas sobre o lago. Se Tariq estava liderando um bando de soldados num ataque próximo à fronteira entre Khorasan e Parthia, eles provavelmente estavam tentando tomar o controle daquela fronteira.

O que deixaria a fronteira desguarnecida. E vulnerável a um ataque externo.

Vulnerável para Salim Ali el-Sharif, o sultão da Parthia sedento de poder.

Talvez essa seja a intenção deles.

Um calafrio lhe percorreu o corpo.

Sherazade precisava avisar Khalid imediatamente. Precisava viajar para Rey nesta noite e evitar a possibilidade de uma guerra com a Parthia, antes que mais inocentes morressem por nada.

Enquanto sua mente seguia acelerada, uma sensação renovada de culpa se abateu sobre ela. Sherazade era igualmente responsável por impedir esse desastre. Se não fosse por ela, Tariq nunca teria abraçado essa busca temerária por justiça.

Essa busca insensata para vingar seu amor.

— Sherazade? — Irsa pegou seu ombro, sacudindo seus pensamentos.

— Escutou alguma palavra do que eu disse?

— O quê?

— Não é perigoso, é? — Irsa perguntou. — O que anda fazendo não é perigoso, é?

Sherazade riu, mas soou falsa. Ela se afastou dos soldados com suas espadas reluzentes. As duas irmãs voltaram à tenda.

Sem uma palavra, Sherazade virou a água do jarro na bacia de cobre. Sua mão tremia, fazendo que seu reflexo não fosse preciso. Apertando a mandíbula, Sherazade arrancou sua *qamis* amassada por cima da cabeça, disposta a se lavar e seguir seu dia.

Permanecer no seu curso, não importava o que acontecesse.

— Sherazade! — Irsa gritou, perdendo a cor do rosto.

Amaldiçoados hematomas. Bem como Artan Temujin.

Ela varreu a preocupação da irmã com um gesto de mão.

— Não se preocupe. Não são ferimentos graves. — Mas Sherazade podia ver que a irmã não a escutava. E seus olhos não acreditavam.

Será que ela devia contar a Irsa como os conseguira? Confessar tudo e rezar que a irmã ficasse calada só mais um pouquinho?

Quando as cabras voarem.

Era arriscado demais. Especialmente agora que Irsa fazia confidências a Rahim. Se Irsa falasse fora de hora, Rahim poderia dizer alguma coisa a Tariq. E Tariq, de todas as pessoas do mundo, era quem menos podia saber de suas visitas a Khalid.

O risco era grande demais. O ódio, muito disseminado.

Não. Era melhor que ela nada dissesse sobre isso a Irsa.

Sherazade se virou de costas para a irmã e começou a esfregar a água e a barra de sabão esfoliante de *Nabulsi* em seu corpo.

Quando levantou o braço, a reminiscência da fragrância de sândalo subiu de sua pele.

Khalid.

O medo penetrou em seu coração. Sua garganta se fechou. Cerrando os dentes, Sherazade lutou contra a sensação e seguiu com seu banho.

Agora não é hora de se acovardar.

Afinal, se tudo seguisse como planejado, eles logo teriam respostas. Uma vez que Sherazade e Khalid soubessem o que fazer com a maldição, tudo poderia ser revelado.

Então todos ficariam sabendo da verdade.

Todos saberiam que o garoto que Sherazade amava não era um monstro que acreditavam ser. Que ele era — e seria — o grande rei que seu reino desesperadamente precisava. O grande rei que Sherazade vislumbrara ao sobrevoar a cidade.

Até lá, ela teria que permanecer calada. Porque não ajudaria em nada se o menino-rei, que todos desprezavam tanto, fosse condenado a governar um reino abandonado. O exército se aglomerando contra Khalid só seria levado a agir se achasse que a sorte havia se voltado contra ele também.

Mas, assim que Sherazade descobrisse uma solução, ela poderia contar a verdade a Tariq.

Talvez então o ódio dele por Khalid começasse a se dissipar.

E fosse possível uma reconciliação.

Porque pôr um fim à maldição não era simplesmente pôr um fim ao sofrimento deles.

Sherazade tinha que pôr um fim à guerra que ela iniciara.

Não era apenas uma questão de amor. Era uma questão de vida.

E tinha intenção de acertar isso, de uma vez por todas.

***

Jahandar permitiu que um olho se abrisse. E se fechasse. E novamente se abrisse.

Ele se amaldiçoou silenciosamente quando percebeu seu erro.

— Está acordado, velho amigo? — Uma voz calorosa soou no escuro.

Jahandar tentou permanecer parado, na esperança de que o homem à sua cabeceira fosse embora.

Uma risada baixa reboou ali perto.

— Eu vi seu olho se abrir agora há pouco — a voz prosseguiu. — E sei que acordou ontem e hoje mais cedo. Vamos lá, Jahandar. Não estou aqui para recriminá-lo. Só desejo conversar com um amigo querido.

Jahandar respirou com cautela, chateado por ter se mexido. Ele sentira que alguém entrara na tenda havia pouco e achou que fosse Irsa ou Sherazade, então despertou de seu falso torpor, ansioso por falar com suas filhas outra vez. Mas ele não estava pronto para falar com mais ninguém.

Muito menos com Reza bin-Latief.

No entanto, ele já cometera sua gafe. Jahandar supôs que teria que assumi-la para que ninguém suspeitasse da verdade por trás de seu misterioso mal.

Ou melhor, a mentira por trás de tudo.

Jahandar permitiu que ambos os olhos se abrissem. Seu amigo de muitos anos estava sentado diante dele, uma lamparina de latão polido brilhando ali perto.

Reza lhe lançou um sorriso paciente.

— Você parece muito mal.

Os ombros de Jahandar se sacudiram com a risada que terminou em um acesso de tosse.

— Os anos foram mais gentis com você, sem dúvida. Mas não muito.

Era verdade. A última vez que Jahandar vira Reza bin-Latief não fora muito depois que sua esposa e filha haviam morrido com poucos dias de intervalo. Uma tragédia que nenhum homem deveria ter que enfrentar. Uma que certamente tinha cobrado seu preço.

Reza perdera peso. Seu cabelo rareara no topo da cabeça e encanecera nas têmporas. Seu bigode estava mais cheio, e ele começara a deixar crescer uma barba. Ele não tinha mais a aparência de um homem com muitas alegrias na vida. As rugas em seu rosto não eram sinais de contentamento e satisfação.

Eram rugas desenhadas por preocupação. Ou talvez por conjectura?

— Que horas são? — Jahandar perguntou numa voz seca e quebradiça.

Reza lhe entregou um pouco de água.

— Quase hora do jantar.

Jahandar deu um gole distraído.

— Minhas filhas devem estar chegando. — Assim que as palavras caíram de seus lábios indiscretos, Jahandar queria recuperá-las.

Que cruel falta de consideração!

Mas Reza pareceu não perceber.

— Você é um homem de sorte. Com filhas tão devotadas. Me disseram que Irsa vem vê-lo com muita frequência.

— Sherazade esteve aqui duas vezes hoje. — Jahandar deu outro gole.

Reza pôs a mão sob a barba.

— É bom saber. Me disseram que ela esteve doente nestes últimos dias.

— Doente? — Jahandar franziu o cenho.

— Velho amigo... — Reza parou para sorrir e se debruçou mais. — Não vim aqui desperdiçar seu tempo ou preocupá-lo sem necessidade. Sei que ainda está convalescendo. E há um assunto urgente que preciso resolver esta noite. Mas posso lhe fazer uma pergunta?

— Claro.

— Ouvi muitos rumores contraditórios sobre o que aconteceu na noite da tempestade em Rey.

Jahandar se retesou. Sua mão livre segurando o livro com força. Ele ainda era quente ao tato, mas não queimava mais com tanta intensidade. O metal frio da chave pendurada no pescoço dele pesava muito, como uma âncora que se arrasta no fundo do mar.

Reza observou sua reação em silêncio. Pressionou um pouco mais, sem perder nem uma pulsação.

— Pode me contar o que aconteceu?

— Eu... eu não me lembro. — A unha quebrada de Jahandar se enterrava na capa de couro do livro.

— Mesmo?

Jahandar confirmou.

Reza suspirou com clara relutância.

— Não sou um qualquer na multidão, Jahandar *jan*. Somos amigos há muito tempo. Estava lá quando Irsa nasceu. E estava lá quando... Mina morreu. — Sua voz se suavizou. — Fiz tudo o que podia e queria poder ter feito mais.

O coração de Jahandar preso na garganta. Era verdade. Reza havia trazido seu próprio médico particular para o leito da mulher doente de Jahandar, apesar de os esforços não terem dado em nada. E Reza tomara conta de Sherazade e Irsa nos dias que se seguiram, quando Jahandar tinha sido... incapaz de fazê-lo.

— Eu sei, velho amigo — Jahandar sussurrou. — Jamais esquecerei o que fez.

O sorriso de Reza era triste e acanhado.

— Infelizmente, esses tempos tão difíceis jamais poderão ser esquecidos. Mas prefiro lembrar do que os amigos são capazes de fazer quando precisamos. — Ele fez uma pausa para dar maior ênfase. — Da mesma forma que sei o que *você* é capaz de fazer, mesmo que apenas um punhado de pessoas saiba disso.

Isso também era verdade. Reza sempre soubera que Jahandar tinha algumas habilidades raras.

Reza juntou a ponta dos dedos de ambas as mãos em um triângulo sob seu queixo, deixando o olhar cair sobre a cabeça lisa de Jahandar.

— Velho amigo, você fez alguma coisa na noite da tempestade?

Será que ele podia confiar em Reza bin-Latief? Podia contar para ele seu segredo?

— Se fez — Reza continuou baixinho —, saiba que não vou recriminá-lo. Na verdade, vou lhe dar os *parabéns*. Porque sei que não pretendia fazer nada de errado. E, se fez alguma coisa, deve ter sido um feito extraordinário.

Jahandar engoliu em seco.

— Um que seria de grande valia para nós — Reza concluiu.

Valor? Reza dava valor a Jahandar?

— Se conseguiu realizar esse feito surpreendente sozinho — Reza falou calmamente, seus olhos castanhos brilhando febris —, pode imaginar o que conseguiria com o apoio de soldados na retaguarda? Com a força de um exército sob suas ordens?

O olhar de Jahandar percorreu o rosto de Reza bin-Latief. Observava as linhas desenhadas pelo intenso raciocínio. E a óbvia especulação.

Ele percebeu. Sabia o que Reza estava fazendo.

Sabia... e não se importava.

Jahandar viu que pela primeira vez em muitos anos — pela primeira vez desde que Mina morrera e ele perdera seu cargo no palácio —, Reza verdadeiramente o enxergava. Enxergava o homem que ele conhecera havia tantos anos. O vizir do califa de Khorasan.

Um homem de poder e influência.

Um homem merecedor da consideração de Reza.

Jahandar começou a falar, em voz baixa. E não parou.

Até que Reza bin-Latief sorriu satisfeito.

Como nos velhos tempos.

A serpente alada

Sherazade não tivera a intenção de atormentar Khalid com o tapete mágico.

Não no início.

Mas ele provocou. De verdade.

Desde o momento em que o califa de Khorasan dissera — com fria arrogância régia — que apenas uma criança teria medo de voar, Sherazade soube que era um desafio que ela devia aceitar.

Que devia provocar a gloriosa derrota dele.

Afinal, até ela tivera medo no início. Mas Khalid não precisava saber disso.

Assim que ele se instalou no tapete, Sherazade o levantou no ar sem uma palavra de aviso.

Uma saraivada de exclamações voou da boca de Khalid. Elas apenas ficaram mais grosseiras quando Sherazade fez o tapete subir acima da cidade, numa torção do vento assobiante. Rindo para a escuridão, ela acelerou o tapete mágico ainda mais, e então ficou de joelhos. Quando Khalid tentou puxá-la para baixo — com os olhos fuzilando-a —, ela lançou um olhar de deboche por cima do ombro.

— Abaixe-se! — Khalid berrou acima do vento, segurando a cintura dela com força.

— Não seja chato!

— Você vai cair.

— Não, não vou. — Ela abriu bem os braços.

— Como sabe disso?

— Apenas sei!

— Abaixe-se — ele insistiu, seu queixo enrijecido. — Por favor!

— Por quê?

— Porque está me matando aos poucos!

Resmungando, Sherazade se sentou de novo. Khalid a puxou para si, sua respiração acelerada no pescoço dela.

Uma pequena parte de Sherazade sentia culpa. O resto era presunção.

Bem feito. Talvez o Rei dos Reis não seja tão arrogante da próxima vez.

Ela fez uma careta para si mesma. Khalid deixar de ser arrogante era tão improvável quanto ela deixar de provocá-lo. Era apenas fácil demais. E divertido demais.

— Está enfim voltando a respirar normalmente? — Sherazade provocou. — Devo confessar que acho seu comportamento um tanto estranho, já que você disse que apenas uma criança teria medo de voar.

— Eu não estava com medo. — Khalid passou o antebraço musculoso para abraçá-la.

Ela olhou com incredulidade para ele.

— Você acabou de mentir para mim.

— Eu não estava com medo — ele repetiu. — Estava apavorado.

Quando riu, Sherazade foi agraciada com um de seus raros sorrisos espontâneos.

Do tipo que faz um rosto de sombras virar um rosto iluminado.

O tipo que a fez querer esquecer quanto o tapete era pequeno.

— Você está lindo — Sherazade falou com candura.

A mão de Khalid se firmou na cintura dela.

— Você não está roubando as falas normalmente reservadas para os homens?

— Você pode dizer outras menos comuns. — Apesar de a voz ser brincalhona, seu pulso acelerou.

— Tal como?

— Você é um homem esperto. Tenho certeza de que vai pensar em alguma coisa.

— Já fiz isso. — O roçar dos lábios de Khalid por baixo da orelha dela ergueu um rodamoinho de desejo dentro dela.

É uma pena que estejamos ocupados com outra coisa no momento.

Senão ela com certeza agiria sob esse impulso.

Viajaram sobre uma faixa do deserto próxima de uma cadeia de montanhas. Acima deles, apenas algumas estrelas solitárias piscavam, costuradas ao tecido escuro da noite. Khalid logo se acostumou ao vento no rosto, e a tensão de seus ombros foi cedendo. Depois de algum tempo, o ar começou a ficar mais denso com a maresia, e o mar reluziu no horizonte.

O tapete reduziu a velocidade ao se aproximar do promontório, antes de aterrissar do lado da piscina perto do penhasco. Sherazade guardou o tapete mágico nas costas enquanto Khalid desembainhava sua *shamshir*, seus movimentos lembrando os de um gato selvagem.

Apesar de agir de forma bem parecida havia apenas algumas noites, Sherazade revirou os olhos.

— Isso é desnecessário. Para não dizer que é insultante.

— Me perdoe por não me sentir bem-vindo aonde quer que eu vá — ele resmungou. — E por não correr riscos.

Sacudindo a cabeça, Sherazade pegou a mão livre dele, entrelaçando os dedos com os dele.

— Sherazade *jan*? — Musa emergiu entre as duas estranhas estátuas do lado oposto da piscina.

Novamente, Khalid não perdeu nem um segundo. Apesar de reconhecer o mago, puxou Sherazade para mais perto e ergueu sua *shamshir*.

Musa sorriu para Khalid, seus dentes como pérolas contra o ébano.

— Não achei que viria.

Khalid demorou um pouco para responder.

— Minha esposa pode ser muito persuasiva. — Sua espada permaneceu alerta.

Os olhos do mago se enrugaram nos cantos.

— É bom vê-lo. Faz tanto tempo...

Khalid ficou calado.

Musa se aproximou. Ele parecia analisar Khalid. Talvez tentando identificar traços do garoto que ele conhecera no rapaz diante dele.

— Você parece...

— Com o meu pai — Khalid terminou a frase em um tom refreado. — Muitos já me disseram.

— De fato. Mas vejo sua mãe em você. Em especial nos olhos.

— Não precisa me lisonjear. Mentiras não me conquistam.

— Não estou mentindo. — Musa deu a volta na piscina. — Seus olhos podem ter a mesma cor dos do seu pai, mas posso ver que olham o mundo como Leila fazia. Veem tudo. Seu pai — ele não conseguiu segurar uma careta — via muito pouco.

Os olhos de Khalid se estreitaram.

— Meu pai via o bastante.

O significado por trás de sua afirmação era evidente.

Um pai que via o bastante para destruir o mundo de um garotinho.

— Não. — Musa parou diante deles, sua capa colorida balançando sobre a pedra clara. — Ele via o que queria ver. E nunca deu a ninguém a oportunidade de lhe mostrar o contrário.

Havia um significado igualmente claro nas palavras do mago.

— Não vim aqui para receber uma aula do tutor de minha mãe — Khalid revidou. — Nem lhe permitir a oportunidade de me conquistar, Musa Zaragoza.

Musa concordou.

— Não esperava reconquistá-lo em uma noite. Mas...

— Não espere me conquistar — Khalid falou friamente. — Nunca.

— Khalid *jan* — Sherazade sussurrou. Ela apertou a mão dele numa censura silenciosa.

Apesar de não aparentar nenhum remorso, Khalid apertou a mão dela, aquiescendo.

O sorriso de Musa tornou-se melancólico.

— Eu sinto imensamente, pequeno *pahlang*. Por tudo.

Sherazade sentiu o corpo de Khalid se contrair a seu lado.

Pequeno *pahlang*. Pequeno tigre.

— Você não tem permissão para me chamar assim. — O rosto de Khalid estava crispado. — Para você, sou o califa de Khorasan. Nada mais.

Nesse instante, tudo sobre Khalid voltou a ser como no tempo em que Sherazade vivia com medo da aurora. Quando tudo o que sabia era que ele era o garoto de gelo e pedra que assassinava suas noivas sem razão ou desculpa.

Quando tudo o que tinha eram histórias alimentadas por ódio.

Doía ver Khalid voltar a ser assim. Uma concha vazia de si mesmo.

Uma sombra do que podia ser.

Musa fez uma reverência, os dedos à testa.

— Mil perdões, *sayyidi*.

Olhando para Khalid, Sherazade se afastou dele.

— Musa *effendi*, por favor, não...

— Não estou ofendido, minha estrela favorita — Musa replicou. — Sei por que o jovem califa tanto me despreza. Não fiz nada quando suplicou minha ajuda. Isso me assombra há muitos anos.

— Não havia nada que pudesse ser feito! — Sherazade gritou. — Se tivesse tentado ajudar, provavelmente teria sido morto também!

— Não. — Musa torceu a boca para um lado. — Quando somos confrontados por nossos piores medos, a falta de ação é para os fracos ou os sem esperança. Existe *sempre* algo que pode ser dito ou feito. Apesar de que apenas palavras...

— São como rabiscos numa página — Khalid terminou, sua voz ainda mais fria. — O poder por trás delas está com a pessoa que as profere.

Musa ficou imóvel.

— Você se lembra... — Um sorriso cauteloso surgiu em seu rosto. — Isso me conforta muito. Apesar de não merecer, eu agradeço.

Khalid respirou devagar enquanto o avaliava.

— E eu... agradeço a você. Por tudo o que fez por Sherazade.

Musa fez nova reverência.

— *Sayyidi.* — Ele passou a prestar atenção nela, seu rosto não escondendo a satisfação. — Seu tutor impaciente a espera no lugar de sempre, minha senhora.

A criatura que a esperava na praia definitivamente não era Artan Temujin.

Era cinco vezes maior que um homem. Duas vezes mais largo. Mas esses detalhes não chegavam a afligir Sherazade. O que a assustou mais foi que se assemelhava a uma cobra. Coberta por escamas escuras e iridescentes. Terminando num capuz gigantesco.

E... asas?

Sherazade engoliu um grito reprimido. Khalid sacou sua espada com um atrito veloz.

— Por onde esteve? — Artan perguntou, emergindo de repente de trás da monstruosidade reptiliana.

— Que diabos é... isto? — Sherazade tentou não berrar. A criatura enrolou-se em torno de si quando ela falou, um arco-íris de cores surgindo das escamas torcidas, suas asas de couro brilhando ao luar.

— Quem? Shesha? — Artan fazia cara de mau. — É inofensiva.

A cobra mostrou as presas negras, como se tivesse entendido. E como se discordasse, com muita convicção.

— É só uma serpente alada boba. — Artan gesticulou, reforçando a ideia. — Que adora assustar as pessoas. E, como uma boa tirana, muito de sua aparência é apenas para impressionar. Na verdade, é bem gentil... a maior parte do tempo.

Durante todo esse diálogo, Khalid não se movera. Sua *shamshir* tinha ficado em riste, e ele entre Sherazade e aquela cobra...

Seus olhos estavam fixos em Artan.

Agora, tanto a espada quanto seu mestre viraram para o rapaz calvo, com um propósito inabalável.

Artan riu.

— Suponho que esse seja o marido amaldiçoado. — Riu para si mesmo.

Será que esse tonto não escutou uma palavra do que falei sobre o temperamento de Khalid?

Antes que Sherazade dissesse alguma coisa, Artan passou por cima do rabo da serpente e desceu na areia.

— Você realmente não tem senso de humor, como ela já me avisara — ele prosseguiu, respondendo à pergunta não formulada de Khalid. — Mas há pouco que possa fazer sobre isso.

A segunda ofensa.

— Devo chamá-lo de Khalid? — ele provocou. — Porque, tecnicamente, não é meu rei. Não importa. Sou Artan Temujin e, após muita persuasão, vim salvá-lo de seu destino. Mas apenas após sua esposa me suplicar. De joelhos, é claro. — Ele riu entre dentes. — Prefiro quando ela se humilha.

Não foi a tonelada de provocações que instigou a reação. Foi a visão dos braços queimados de Artan que transformou a expressão de Khalid. Sherazade se encolheu quando viu a cara dele. Só alguém que conhecesse Khalid teria notado.

Um vinco pequeno sob um dos olhos apareceu e desapareceu num segundo de reconhecimento.

Num segundo de compreensão.

Ó Deus.

Então Artan tomou a decisão lamentável de dar uma piscadela para Khalid. E uma palmada em seu ombro.

A ofensa final.

A *shamshir* zuniu pela escuridão em direção à garganta de Artan...

Parando muito perto do alvo.

Sem parar de sorrir, Artan aproximou ambas as mãos do rosto, como se fosse se render. Então, na palma de suas mãos, surgiram chamas.

— Admito que estou tentando provocá-lo — Artan disse sem o menor sinal de medo. — É um dos meus passatempos. Sherazade me disse que você tem um temperamento ruim. Mas as coisas tomaram proporções maiores do que eu queria. Por que não tentamos...

— Foi você que a queimou? — Apesar de uma gota de suor descer por seu pescoço, Khalid não recuou diante das esferas de fogo.

Os olhos de Artan se arregalaram. Ao contrário de Khalid, ele não conseguia disfarçar suas reações. A culpa percorreu seu rosto e fez com que sua calva ficasse vermelha.

— Bem, ah...

— Parem com isso, os dois! — Sherazade agarrou Artan pela camisa e o puxou para longe de Khalid. — O que está fazendo? — Por um instante, ela pensou em dar um soco bem no nariz de Artan. — Está completamente louco? — Ela então se virou para Khalid. — E *você* não tem sido nada além de abominável esta noite. Primeiro com Musa *effendi*, e agora com Artan. Eles estão tentando nos *ajudar*, Khalid!

Apesar de suas acusações, a *shamshir* continuava a postos. E as esferas de fogo continuavam a girar.

— Guardem isso já, seus infelizes malcriados! — Sherazade insistiu. — É por isso que o mundo seria um lugar bem melhor nas mãos de mulheres.

— Por *bem melhor* você quer dizer *bem menos interessante*. — Artan fez mais uma careta, mas extinguiu suas esferas. — Não concorda, ó, Rei dos Reis?

Khalid abaixou a espada, mas manteve o olhar gélido fixo em Artan.

— Humm. — Artan parou para pensar. — Se não fosse por nosso delicioso diálogo, eu quase me preocuparia que tivesse casado com um mudo, minha querida narcejinha. Poderia entender, considerando o quanto você fala, mas preciso dizer que estou um pouco surpreso.

— Ele não é mudo — disse Sherazade. — Ele apenas não tolera bobos.

— Por isso deve ter muito pouco a dizer perto de você. — Artan deu uma piscadela, lançando um braço em torno dos ombros dela e puxando-a para perto.

Sherazade colocou a mão na cara dele e o empurrou.

— Ele fala quando a companhia faz por merecer, seu idiota.

— Mas ele consegue sobreviver, estando cercado o tempo todo por tais bobos?

— Uma estocada de cada vez — Khalid falou tranquilo, embainhando a espada num movimento ágil.

Ao ouvir isso, Artan jogou a cabeça para trás e gargalhou.

— Ah, eu gosto dele, pequena narceja. Ele não diz muito, mas fala a verdade. Ele pode ficar.

— Ficar? — Sherazade repetiu. — Pensei que fôssemos ver sua tia.

— Nós vamos, sim! — Artan puxou uma argola da orelha. — É que a Shesha não está... disposta a ajudar neste exato momento. — Ele rodopiou na areia e subiu para uma parte mais alta da praia. Então jogou para eles dois mantos forrados de pele. — Arranjem um jeito de levar isso naquele tapete minúsculo, pois vão precisar deles.

Sherazade olhou a pilha alta das peles aos seus pés.

— Artan... aonde estamos indo? — A voz dela transbordava de desconfiança.

— Para uma fortaleza escondida. — Ele arqueou as sobrancelhas. — Escavada em uma montanha.

O lado escuro de um espelho

Isto era o mais longe que Sherazade já voara no tapete mágico.

Antes, suas incursões não demoravam mais do que uma hora. É verdade que viajava mais rápido do que jamais achou possível — o chão estava fora de foco abaixo dela, e as estrelas pareciam riscos em ambos os lados —, mas ela sempre teve uma vaga noção de para onde estava indo.

Desta vez, porém, Sherazade não tinha a menor ideia.

O tapete disparou na direção do Oriente por mais de duas horas. Então, quando uma cadeia de montanhas — bem mais altas e imponentes do que as de Khorasan — apareceu no horizonte, o tapete começou a subir.

O ar começou a ficar rarefeito e frio.

Sem dizer uma palavra, Khalid passou um dos mantos em volta deles e a segurou com firmeza. O frio não penetrara na pele de Sherazade — nunca penetrava, graças ao calor da magia que circulava em suas veias —, mas ela não ia ter vergonha e perder a oportunidade de sentir o corpo de Khalid contra o dela. Um sorriso iluminou seu rosto quando se acomodou contra seu peito e deixou um dedo ocioso na palma da mão dele enquanto perscrutava a silhueta das montanhas à frente.

Sherazade ordenara ao tapete para seguir a serpente alada, mas ainda se sentia estranha vendo a fera ofídica cortar entre as nuvens.

Ela nunca vira nada tão estranho. Apesar de já ter ouvido contos sobre coisas assim, Sherazade sempre pensara nelas como uma estrela distante, algo muito antigo.

À luz das estrelas, os longos bigodes prateados de Shesha tremulavam em ambos os lados de seu focinho pontudo, como fitas de cetim balançando na brisa suave. Seus bigodes eram curvados com perfeição, e seus olhos eram angustiantes, pois cintilavam como uma ameaça vermelho-sangue do mais fino rubi do Hindustão.

Logo, Shesha virou para a esquerda, em direção a um pico nevado. A montanha era de um tipo peculiar. A face oeste reta, como se uma espada gigante a tivesse cortado. A pedra era de um azul-acinzentado escuro. Sob o céu carregado de nuvens, parecia negra. Tão escura que parecia absorver toda a luz à sua volta. Nenhum floco de neve aparecia preso à sua face lisa.

Ao circularem o pico da estranha montanha, Sherazade viu que a face do lado leste fazia uma curva para cima em picos irregulares, quase como dedos apontando para o céu.

Shesha voou para o menor dos picos e mergulhou de repente, com as asas de couro coladas ao corpo escamado. O tapete mágico a seguiu, e o vento congelante chicoteou o rosto de Sherazade, roubando-lhe o fôlego.

Em uma depressão na montanha, havia uma construção em platôs escavados diretamente na rocha. Se ela não estivesse procurando pela construção, Sherazade não a teria visto. Seus quatro telhados pontudos se sobrepunham na vertical. Uma tabuleta de madeira com sinais dourados estava acima da entrada.

Ao pousarem no pequeno jardim diante do prédio, uma lufada de ar fez um conjunto de sinos de latão balançar do beiral de madeira. A melodia era algo triste e assustador. Do tipo que penetra nos ossos, depois das notas se perderem na brisa. Estava de acordo com a região coberta de gelo à sua volta.

E uma única meia esfera de pedra com fogo ficava no centro do jardim. Uma pincelada de azul e laranja no meio de uma imensidão preta e branca.

— Encantador, não? — Artan falou enquanto cobria a cabeça nua com o capuz forrado de peles de sua capa.

— É... diferente. — Sherazade ajustou a própria capa em volta de si.

— Precisa ver no inverno.

A isso, Sherazade viu Khalid refrear um sorriso.

O trio caminhou para a entrada, deixando Shesha rastejar para o braseiro. Um conjunto de portas baixas com um batente de pedra se erguia diante deles. Artan tirou as sandálias, e Sherazade e Khalid o imitaram.

Nenhuma alma viera recebê-los. O que não soou bem para Sherazade.

O assoalho era coberto por uma camada grossa de laca, bem lixada. A superfície estava estranhamente aquecida. Como se o fogo passasse por debaixo. Uma suave fragrância de hortelã no ar. Pelo menos Sherazade achou que era hortelã. Hortelã com limão. Ou talvez com madeira de aloé?

Artan percorreu os corredores estreitos com a perspicaz tranquilidade de anos acumulados. Lanternas compridas, cobertas por pergaminho encerado, iluminavam o caminho para eles. Eles subiram uma escadaria e outro conjunto de corredores. Quando entraram num corredor cheio de sombras...

Uma criatura surgiu da escuridão, sibilando para Artan.

Era branca e parecia um lagarto. Tinha o tamanho aproximado de um pequeno gato-do-mato. Com garras afiadas e uma profusão de pintas escuras nas costas. O leque de espinhos ao longo da espinha estava em pé, e a cauda balançava, cautelosa. Enquanto sibilava, a saliva gotejou no chão, formando pequenos furos na superfície. Fios prateados de fumaça subiram em espiral.

— Para trás, pequena ameaça! — Artan tentou intimidar a criatura com a palma bem aberta e virada para cima.

Apesar de nada ter acontecido, Sherazade achou ter ouvido o chiar de uma faísca pegando fogo. O lagarto continuou cuspindo na direção de Artan, sua espinha arqueada e seus olhos amarelos brilhando.

O som de uma risada feminina emanou do outro extremo do corredor.

— Será que o filho de Tolu finalmente voltou?

A voz da mulher não era agradável. Mas também não era desagradável.

Sherazade se aproximou de Khalid. Os dedos dele envolviam o cabo de sua espada.

Artan riu.

— Dispense essa lamentável sentinela de seu serviço e eu lhe respondo.

Uma palavra de brusca sonoridade que Sherazade não conhecia cortou a penumbra. O lagarto se recolheu. Mas não antes de sibilar uma vez mais para Artan e cuspir perto de seu pé como um aviso.

— É seguro que eu vá adiante, tia Isuke? — Artan perguntou, em claro tom jocoso.

Sua risada fraca voltou a ressoar.

— Jamais estará mais seguro, filho de Tolu.

Depois de trocarem um olhar cauteloso, Sherazade e Khalid seguiram Artan até uma sala grande com vigas de teca cruzando o teto. Um tablado de junco trançado se estendia diante deles. Sentada próxima a uma mesa baixa no centro da sala, estava uma mulher esguia que a Sherazade lembrou uma ave. Não uma ave canora, nem uma ave voadora.

Mas uma ave de rapina.

Suas costas estavam retas como uma flecha, e seus olhos eram duas pedras de pederneira. Seus cabelos eram longos e lhe caíam sobre os ombros como uma capa de estanho polido. Uma trança fina passava por trás de uma orelha. Entremeada por um fio de contas de vidro coloridas. Sua túnica era feita de pele e amarrada ao peito por um cadarço de couro.

Ela não sorriu ao vê-los. Apenas inclinou a cabeça, curiosa. Seus olhos cor de ameixa, alertas e fixos.

— Você trouxe companhia. — Olhou para Khalid primeiro.

Como ele não esboçou nenhuma reação, Isuke se voltou para Sherazade, seus olhos se demorando.

— Penso neles como amigos. — Artan disse. — Eles talvez discordem.

— A garota concorda — Isuke confirmou. — O rapaz, não. — Ela fungou como se pudesse discernir os pensamentos pelo cheiro deles. — Ainda.

— Foi o que achei. — Artan riu.

— Mas — Isuke apontou o queixo para outra direção — o rapaz não pode ter amigos. Ele não se permite esse luxo. — Ela piscou devagar. — Porque está envolto em trevas.

Khalid apertou a mão de Sherazade. Ela engoliu em seco, os olhos encontrando os de Artan.

— Não se impressione, pequena narceja — Artan provocou. — Eu poderia ter lhe dito as mesmas coisas assim que encontrei seu rei. Ele odeia sorrir e nunca ri. Não é difícil concluir que não tenha amigos.

— Por que os trouxe a mim? — Isuke perguntou. — São uma oferenda?

Ao ouvir isso, Sherazade pôs a mão em sua adaga, preparando-se para puxá-la, enquanto Khalid desembainhou sua *shamshir* sem hesitação.

Artan suspirou ruidosamente.

— Não se preocupe, rapaz — Isuke disse a Khalid, sua voz carregada de uma vigorosa gentileza. — Se quisesse matá-lo, já estaria morto. Você veio com o meu sobrinho. Só isso já desperta o meu interesse em você. Mas a garota tem o sangue místico em suas veias, e você tem uma nuvem negra em torno de seu coração. Eu o escutarei antes de decidir o que fazer com você.

Como Khalid não baixou a espada, Artan se virou e o encarou.

— Eu lhe garanto que nada de ruim acontecerá a Sherazade enquanto estivermos aqui. — Um ar solene tornou sua expressão séria. — Juro sobre o túmulo de meu pai.

Os ombros de Isuke se contraíram.

A promessa de Artan a ofendera. Ou a intrigara. Sherazade não tinha certeza. Mas nenhuma das alternativas a deixara confiante.

Parecia, no entanto, que Khalid não pensava do mesmo jeito. Ele retribuiu longamente o olhar de Artan, e — na hora em que Sherazade concluiu que a situação ia ficar pior — Khalid relaxou. Os músculos de seu queixo deixaram de se contrair.

Ele baixou a espada.

— Por que os trouxe, filho de Tolu? — A voz de Isuke ficara ainda mais suave. Perigosamente suave. O brilho de seus olhos ficou tão escuro quanto a obsidiana. — E por que está fazendo essa promessa a eles?

— O rapaz está amaldiçoado, tia Isuke. Eles querem a sua ajuda para livrá-lo da maldição, bem como uma maneira de restaurar a saúde do pai dela. — Artan hesitou. — Eu consideraria um favor pessoal se você os escutasse.

— Um favor?

— Sim.

— Eles são assim tão importantes para você? — Isuke olhou de volta para Sherazade com interesse renovado.

— Já lhe disse: eles são meus amigos. — Artan hesitou por uma fração de segundo. — E eles podem possuir... conhecimento dos equívocos de meus pais.

E, apesar de Artan ter escolhido as palavras com cautela, Sherazade se surpreendeu com essa revelação. Khalid olhou para Artan, sua expressão ficando mais sombria.

Uma estranha emoção passou pelo rosto de Isuke. E Sherazade não conseguiu decifrar.

— Muito bem. Como um favor a você, eu os ouvirei. — Seu rosto ficou sério. — Mas espero retribuição quando lhe fizer um pedido no futuro.

Artan respondeu com uma pequena saudação. Sherazade se posicionou diante de Isuke no chão de juncos trançados, com Artan ajoelhado à sua esquerda. Ela olhou para Khalid em expectativa, e ele finalmente sentou ao lado dela, sua *shamshir* bem próxima.

A feiticeira escutou Sherazade narrar a triste história de Ava e Khalid. Sobre seu casamento arranjado e a comovente perda de sua criança. Da desolação de Ava e de sua eventual morte. Do convite do pai de

Ava para que Khalid fosse à sua casa, onde ele tirou a própria vida em troca da magia negra para lançar a maldição sobre Khalid.

Quando Sherazade terminou, ela se virou para Khalid. E, numa voz tensa, ele recitou a maldição, explicando como começou a se tornar realidade e como não podia mais se submeter à vontade de um homem louco e vingativo.

Durante todo esse tempo, a única reação da feiticeira foi a de inclinar a cabeça como um pássaro. Quando terminaram, ela tirou uma pilha de papéis de sua mesa, com uma proposital lentidão.

— Uma maldição é o pagamento de uma dívida pendente... um trato feito, ainda que desleal — Isuke começou a falar. — Neste caso, a vida de um homem foi dada como pagamento por sua magia. Para a mágica ser revertida, uma oferta de igual peso precisa ser feita.

— Então... preciso morrer. — Khalid falou como se estivesse resignado.

Como se já esperasse por isso.

Cada músculo no corpo de Sherazade se contraiu. Uma ladainha de protestos se formou em sua garganta.

A boca de Isuke se curvou para baixo no que ela deve ter achado ser um sorriso.

— Não. Eu não disse isso. Se fosse tão simples, uma vida por outra, essa maldição já teria acabado há muitas auroras. Maldições raramente são simples. — Ela colocou um espelho do tamanho de duas mãos sobre a mesa. Então pôs uma mão de cada lado do espelho.

O espelho pareceu levitar. Refletiu Sherazade e Khalid antes de começar a girar bem devagar, como se estivesse pendurado no teto por um fio invisível.

— Estou dizendo — Isuke continuou — que a magia espelha a si mesma, tanto no poder quanto na intenção. Como todo espelho, toda magia tem seu lado negro. Um lado que pode ser manipulado para mostrar o que ele deseja ver. — Por um instante, ela parecia estar se divertindo com suas próprias palavras. — Na magia e na vida, dissimulação é muitas vezes a melhor maneira de vencer o inimigo de alguém.

O espelho girou. Lento. Preguiçoso. Brilhou prateado diante do rosto de Sherazade, antes de capturar o reflexo de Khalid. O lado escuro do espelho passou, rodopiando em um jogo diferente de luz e sombra.

Sherazade piscou. Quando olhou para sua direita, reparou que Khalid franzira o cenho, concentrado. Como se o espelho tivesse se tornado uma charada complexa que ele pretendia resolver.

A voz de Isuke esmoreceu.

— Portanto, se pretende encontrar o contraponto dessa maldição, precisa examinar abaixo da superfície dela.

Eu não... entendo.

O espelho rodopiante capturou a atenção de Sherazade mais uma vez. Brilhando antes de outro giro lento. Luz e sombra. Sherazade, depois Khalid. Outra vez. E de novo.

Sherazade foi ficando tonta. O aroma de limão e hortelã penetrava em suas narinas e se espalhava em seu peito. Suas pálpebras começaram a ficar pesadas. Um torpor a envolveu como uma segunda pele, como se ela estivesse prestes a adormecer. Ou vagando no intervalo de dois sonhos, onde estava consciente do que havia à sua volta, mas sem nenhum controle sobre o que acontecia.

Nesse momento de inatividade, uma presença indesejada entrou em sua mente.

Era como se uma silhueta encapuzada perambulasse pela névoa de seu quarto, vasculhando suas coisas, como um ladrão no meio da noite. Quando não conseguiu achar o que procurava, se virou para ela.

Sherazade prendeu a respiração.

Não tinha um rosto. Onde deveriam existir feições, havia apenas uma forma oval em marfim, como uma concha polida. O intruso sem rosto se aproximou e a levou por um corredor enevoado, olhando pelas portas abertas à direita e à esquerda.

Os quartos desse corredor eram habitados pelas memórias de Sherazade. Todas as vezes que discutira com Shiva ou Irsa. Ou fizera um comentário para responder ao resmungo inócuo de Rahim. Escutara sua mãe contar histórias. Desaparecera para trocar abraços furtivos com Tariq. Lera livros ao lado do pai. Chorara sozinha em seu quarto.

O intruso cismou com alguns dos momentos que ela partilhara com Khalid. Muitas das noites em que contara histórias para ele à luz da lamparina. Conversara com ele assuntos do coração, enquanto picava o pão em pedaços minúsculos. Todas as vezes que o beijara — em aleias escurecidas e atrás de véus de teias brilhantes. O invasor demorou-se no primeiro beijo deles no *souk*.

Como se tivesse chegado à mesma conclusão que eles naquele instante.

Logo o intruso ficou muito interessado numa memória de seu pai. Observou sem olhos quando Jahandar presenteou Sherazade com uma única rosa em botão de seu jardim, na tarde em que ela fora ao palácio de Rey pela primeira vez. O intruso se debruçou, ansioso, enquanto Jahandar trouxe a rosa à vida, apenas para fazê-la morrer com um gesto do seu pulso.

Depois disso, o intruso passou a procurar por Jahandar al-Khayzuran pelos corredores enevoados. Logo encontrou a memória do dia anterior, quando Sherazade havia pressionado o pai a dizer o que acontecera na noite da tempestade em Rey.

O que Jahandar fizera a suas mãos. Seus cabelos. Ao cavalo de Irsa.

A própria tempestade.

Com os olhos em chamas, Jahandar mostrara a ela o livro que mantivera apertado contra o peito todo esse tempo. Ele tirara a chave negra do pescoço.

E destrancara o volume...

Que iluminou o rosto dele com uma luz prateada que se espalhava devagar.

Além da névoa branca, o intruso sem rosto esticou uma mão fria e agarrou o pulso de Sherazade com força.

Apertando até doer.

Sherazade deu um grito.

— Tia Isuke! — Artan bradou. — Chega!

Um ruído de vidro estilhaçado espalhou a névoa na cabeça de Sherazade, trazendo tudo aos poucos de volta ao foco.

Os olhos dela se abriram. Ela foi resgatada do mundo da névoa esbranquiçada.

A primeira coisa que percebeu foi a marca de uma mão em seu pulso. Vermelha, pulsante e real. Sherazade piscou com força. Quando olhou para cima, seu coração foi parar no estômago.

Tanto Khalid quanto Artan estavam de pé.

A espada de Khalid havia sido atirada para o outro lado da sala. Estava cravada na parede mais distante em um ângulo esquisito, seu punho de pedras preciosas ainda balançando com o impacto.

O espelho nefasto de Isuke despedaçado em volta deles.

Sherazade sabia que Khalid o despedaçara. De alguma maneira, conseguira quebrar o controle que a feiticeira exercia sobre ele e o destruíra na tentativa de fazê-la parar. Em resposta, a feiticeira arremessara a espada de Khalid para bem longe.

Agora Artan estava de pé entre Khalid e sua tia.

Ele não fez nada quando a tia invadiu minha mente. Onde está a lealdade de Artan Temujin?

Num primeiro instante, Sherazade achara que Artan tinha se colocado entre Khalid e sua tia para evitar que Khalid a atacasse.

Contudo, logo percebeu que podia estar entendendo errado. Artan parecia estar inclinado a ficar do lado deles, e não da tia. Suas costas estavam viradas para Khalid, e só um tolo daria as costas para seu inimigo. Artan não era um tolo. Seu rosto revelava uma intrincada mistura de decisão e remorso. Como se soubesse que cometera um erro.

Então Artan não ficara diante de Khalid para detê-lo. Ficara diante dele para *salvá-lo*.

Preferira apoiar um rapaz que mal conhecia a ficar do lado de sua própria família.

Mas por quê?

Sherazade desviou o olhar para a feiticeira sentada diante dela.

Está claro que Isuke queria me roubar os pensamentos. Mas para quê?

A feiticeira continuava com as costas retas como uma flecha e as mãos sobre a mesa. Sem arrependimento.

— Você prometeu — Artan falou, sua voz acusadora. — Você prometeu que não seria mais do que uma busca pelo livro. Você prom...

— Não prometi nada. — A resposta de Isuke parecia tranquila, apesar do tom veladamente mordaz. — Você prometeu. De qualquer maneira, a garota não está ferida.

— Você está mentindo! — Khalid retrucou num sussurro feroz. — Ela gritou.

— Não estou ferida. Estava... assustada — Sherazade disse. — Mas exijo saber...

— Suas exigências não me importam — Isuke interrompeu. — Mas o livro que seu pai tem... Ele não tem permissão para ficar com ele.

Sherazade franziu o cenho, confusa.

— Não compreendo. É a razão para meu pai...

— As feridas de seu pai se curarão com o tempo. Mas ele soltou algo bem mais destrutivo no seu mundo. — A única mudança no aspecto da feiticeira foi na cor de seus olhos, de pedra de pederneira para obsidiana, e depois de volta. — Se destruir o livro para mim, darei um fim à maldição do rapaz a quem ama tanto. Farei com que sua dívida seja saldada.

Apesar de Sherazade querer fazer todas as perguntas que estavam se acumulando em sua mente, ela escolheu a mais direta.

— Por que o livro tem que ser destruído?

Sherazade precisava conhecer as razões da feiticeira, porque ela não confiava em suas motivações. Tampouco tinha intenção de confiar em alguém que sabia tudo a respeito dela e nada lhe oferecera em troca.

Isuke parou para pensar.

— Aquele livro só oferece desgraça a quem o carrega. Você devia ficar orgulhosa de dar um fim nele.

— Me desculpe, mas isso não é uma resposta — Sherazade falou de forma igualmente cortante. — O que esse livro tem a ver com você?

— Minhas razões não devem importar, desde que você atinja seus objetivos, mas lhe digo o seguinte: o livro envolve os pais de Artan. Quando o destruir, você o liberará das dívidas deles.

— Essas dívidas... de que tipo são? — Khalid perguntou, olhando na direção de Artan.

— O livro trouxe com ele enorme sofrimento e destruição. Morte em sua forma mais dolorosa — Isuke respondeu, com os olhos faiscando. — Quando foi dado de presente a um rei tolo, muitos anos atrás, pensamos que tinha se perdido e ficamos felizes com isso. Agora vou acabar com ele, de uma vez por todas.

Com a mente cheia de suspeita, Sherazade avaliou a mulher que se parecia com uma ave à sua frente.

— Se você sabe onde o livro está, por que você mesma não o destrói?

Isuke esboçou um sorriso.

— Descobri entrando em seus pensamentos que você não é tão boba quanto achei que era.

— Não. — Artan deu uma risada, apesar de não parecer estar se divertindo. — Nem um pouco.

— Não posso destruir esse livro — Isuke confessou. — Nem nenhum membro de minha família. É feito da mágica que corre em nossas veias. Para destruí-lo, é preciso sangue derramado por vontade própria. Mas não pode ser o nosso.

— Então tem que ser o meu. — Sherazade concordou com seriedade. — E devo fazer isso por vontade própria.

— Não — Khalid a interrompeu, os ângulos de suas feições se pronunciando ainda mais. — Eu não vou...

Sherazade se virou para Khalid, disposta a enfrentá-lo sozinha.

— Se existe uma maneira de quebrar a maldição, eu a quebrarei. E você não vai me impedir.

— Shazi...

— Essa não é uma decisão que lhe cabe, Khalid. É minha, e apenas minha.

— Você pode decidir fazer como quiser. — As mãos dele fechadas em punho. — Tal como eu. Não há por que fazer isso sozinha e...

— A escolha na verdade cabe a você, rapaz. — A boca de Isuke estava virada naquele estranho sorriso invertido dela. — Porque, no final de tudo, é *você* que precisa destruir o livro, já que a maldição é sua. A garota precisa roubá-lo de seu pai, juntamente com a chave que o abre. Depois precisa entregá-lo a você, para que o destrua e ponha um fim à sua maldição.

Sherazade mordeu o lábio inferior.

— E... como ele deverá fazer isso?

— A maldição foi comprada com sangue — Isuke explicou. — Então terá que ser paga da mesma forma. Agora e na hora em que destruírem o livro. Mas não precisam se preocupar; o sangue da oferenda vale muito, porém não é em grande quantidade. E antes vou precisar de uma maneira de fazer isso... — Ela olhou a adaga na cintura de Sherazade. — Me dê sua adaga, garota.

Com relutância, Sherazade entregou a adaga à feiticeira. Isuke a desembainhou e começou a murmurar para si mesma. O metal começou a ficar com um brilho quente e esbranquiçado. A feiticeira continuou murmurando numa língua que parecia vagamente familiar a Sherazade, e símbolos diminutos começaram a envolver a lâmina.

Quando os símbolos conseguiram se manter lugubremente brilhantes, Isuke olhou para Khalid.

— Me dê sua mão.

Sherazade rangeu os dentes quando Khalid estendeu a mão, a palma voltada para cima. Ele não se encolheu quando Isuke fez um pequeno talho acima do corte em sua mão. Quando as gotas rubras tocaram a superfície da lâmina, o metal mudou da cor branca-azulada para um vermelho crepitante. A adaga pulsava num ritmo só seu, os símbolos rodopiando à luz de uma estrela cadente.

Tudo à volta deles escureceu numa intensidade súbita.

Com o rosto sem expressão, Isuke limpou o sangue e recolocou a adaga em sua bainha cravejada. Ela parecia estar prestes a devolver a adaga a Sherazade, mas não a soltou.

Quando a mão de Sherazade encostou na bainha de metal, ela sentiu que estava mortalmente fria.

— Use a chave para abrir o livro, mas apenas quando estiver pronto para destruí-lo — a feiticeira disse a Khalid numa voz furtiva. — Repita o ritual que acabamos de fazer: use a adaga para dar um talho na sua mão e pingue o seu sangue na lâmina. Atravesse as páginas do livro com a adaga antes de queimá-lo. — Ela parou como se estivesse verificando os detalhes. — O livro tentará revidar. Ele gritará. Faça o que for necessário para queimá-lo. Porque o fogo acabará com a maldição ao espalhar as cinzas no vento. Isso eu lhe prometo, em meu nome e em nome dos meus ancestrais.

Os dedos de Isuke se curvaram como garras no pulso de Sherazade, onde a marca anterior ainda era visível. E só então ela permitiu transparecer alguma emoção. Seus lábios mostraram os dentes num sorriso sarcástico. Duas linhas verticais apareceram na ponte de seu nariz.

— Faça o que precisa ser feito, garota. Destrua o livro e nos liberte desse peso terrível. Se falhar, o fardo já não será apenas de minha família... — os olhos da feiticeira se transformaram em duas poças de obsidiana —, mas também da sua.

Para fingir e seduzir

Sherazade estava perdida. Tentara por três dias seguidos.

Por três dias ela fingira interesse no livro do pai. Sentara ao lado dele em sua diminuta tenda e o escutara explanar a respeito das origens da magia do livro. Ela sorria enquanto ele tentava lhe contar sobre a extrema dificuldade de traduzir suas páginas. Como fora doloroso memorizar seu conteúdo.

Tudo sob o pretexto de salvá-la.

Salvá-la?

Uma história plausível.

Especialmente agora que Sherazade sabia por que ele dava tanto valor ao livro. Por que o protegera, mesmo quando delirava. Agora que ela percebera como o dano que desencadeara era moderado comparado com seu potencial.

O poder de esmagar um reino. De reinar sobre outros impunemente.

Antes, Sherazade jamais acreditaria que seu pai pudesse estar tão enfeitiçado com a ideia de ser poderoso. Mas a prova estava diante dela, dia após dia. Os olhos de seu pai tinham um brilho doentio, suas mãos cheias de cicatrizes tamborilando o couro cabeludo, como se estivessem buscando uma lembrança do que acontecera.

Tudo o que suas ações tinham desencadeado.

Apesar de Jahandar dizer que não tinha intenção de que tanta morte e destruição se abatessem no coração de Rey — e que tudo o que pretendia era salvá-la —, Sherazade não conseguia se livrar da sensação de dúvida que se apossou dela.

Pois seu pai não conseguia encará-la quando dizia tais coisas.

Assim, ela se esforçara ao máximo para esconder seu horror quando seu pai contou que Reza bin-Latief pedira a ajuda dele para seus futuros empreendimentos.

Futuros empreendimentos? De que tipo?

Ela se arrepiava só de imaginar.

As forças de Tariq já haviam tomado dois baluartes ao longo da fronteira entre Khorasan e Parthia. Sherazade avisara Khalid na noite anterior, e, apesar de ele já ter começado a convocar seus estandartes para Rey havia várias semanas, o estado de sítio da cidade tornara muito árdua a tarefa de organizar suas forças para retomar a fronteira. O exército de Rey continuava desorganizado. Levaria muito tempo para Khalid conseguir contra-atacar.

Tempo de que não dispunham.

Então Sherazade continuou tentando seduzir seu pai para que largasse o livro.

Para acabar com o poder da maldição antes da guerra.

Infelizmente, Jahandar não permitia que o livro saísse das suas vistas. Ele dormia com o livro contra o peito e a chave pendurada no pescoço.

Como ela ia conseguir pegar o livro do pai e entregá-lo a Khalid, se ele não se separava do livro nem por um minuto?

Eu devia simplesmente contar a verdade ao baba. *E pedir a ele que me entregue o livro.*

Sherazade havia pensado nisso muitas vezes. Especialmente naquele primeiro dia. Uma parte dela queria acreditar que seu pai estaria disposto a fazer qualquer coisa para dar à filha o amor e a felicidade que a vida negara a ele com tanta frequência.

Mas, quando olhou nos seus olhos enquanto falava do livro em tom tão reverente — quando ele falou do propósito que a magia do livro lhe dera —, Sherazade viu que ele não se separaria dele com facilidade. Mesmo que isso lhe custasse a felicidade.

Perceber isso doeu nela mais do que gostaria de admitir.

Pois seu pai sempre fora um homem bom. Um homem gentil. Um homem astuto.

Um homem com muito de que se orgulhar. Filhas que o amavam. E uma vida inteira pela frente. Mas Sherazade viu que a mente de seu pai tornara-se prisioneira de si mesma. Começara a acreditar em suas próprias mentiras. Então, nessa tarde, Sherazade começou a preparar o pão para a refeição da noite com um ar preocupado.

— Shazi? — Irsa disse a seu lado.

— Hum?

Sua irmã suspirou com muita paciência.

— O que está fazendo?

— Preparando a massa para o *barbari*.

— Estou vendo. Mas... está usando a farinha do *sangak*.

Quando Sherazade olhou para as mãos percebeu seu erro, quase atirou a massa grudenta contra a lona da tenda.

Mas ela sabia que isso não a acalmaria e só daria mais trabalho. Então, em vez disso, atirou a massa ainda mole no chão. Pelo menos assim poderia ser limpo num instante. Foi infantil, mas a massa caiu lindamente no chão, aliviando-lhe o coração. Irsa a recriminou.

— Acho que ambas precisamos dar uma parada.

Irsa pegou duas xícaras e uns galhos de hortelã, que ela entregou a Sherazade. Depois passou pela mesa cheia de tubérculos e rizomas. Ela se enfiou por baixo de um trançado de cordas com ervas secando antes de reaparecer com um prato de bolinhos de amêndoas e damascos açucarados.

As duas garotas se sentaram no chão ao lado da massa espatifada. Sherazade amassou os galhos de hortelã nos copos e serviu o chá. Pegou então um bolinho de amêndoas.

— O que a preocupa? — perguntou Irsa antes de quebrar o bolo farelento em dois pedaços.

— Nada. — A resposta de Sherazade foi estranhamente rabugenta.

— Certo. Nada a está preocupando. — Irsa lambeu o açúcar dos dedos. — Algum dia vou parar de perguntar, e será por culpa sua.

— Você está se tornando bem irritante. Talvez devesse passar menos tempo com Rahim al-Din Walad. — Sherazade falou, quase sorrindo.

— E você está se tornando uma mentirosa e tanto. — Irsa fuzilou Sherazade. — Você me fez tantas promessas! Promessas que ainda não cumpriu.

Sherazade respirou fundo. Tudo o que Irsa dissera era verdade.

Fazia tempo que se recusava a fazer confidências à irmã. Mas fizera isso de boa intenção. E, como tal, parecia errado envolver Irsa, agora que Sherazade estava atolada no dilema que ela mesmo criara.

No passado recente, entretanto, esse tipo de orgulho quase se provara sua própria desgraça. Sua relutância em ver a verdade nas histórias quase lhe custara o amor de Khalid. Se ela confiasse em Irsa agora, talvez a irmã pudesse lhe dar a ajuda que tão desesperadamente precisava. Talvez duas cabeças pudessem vencer onde uma não tivera sucesso, como sua mãe dissera tantas vezes.

Ou talvez Sherazade fosse lamentar o dia em que arriscou a vida da irmã por uma conquista egoísta.

Sherazade tomou um gole de chá bem devagar e tentou engolir suas dúvidas com um toque de hortelã e açúcar.

Não posso continuar assim. Alguma coisa tem que mudar.

Talvez essa coisa seja eu.

— Preciso pegar o livro do *baba* e a chave... — Sherazade não desviou o olhar ao falar.

Irsa franziu o cenho, interrogativamente.

— Sem que ele saiba que os peguei — ela terminou. — Pelo menos não imediatamente. Tem ideia de como fazer isso?

Irsa mastigou o bolinho de amêndoas enquanto pensava.

— Há uma poção para dormir no pergaminho de remédios que Rahim me deu. Acha que isso iria funcionar?

Sherazade torceu os lábios enquanto avaliava a ideia.

É arriscado. Mas não consegui pensar em nada melhor nos últimos três dias.

— Pode ser que sim.

— Mas é preciso lhe avisar — Irsa continuou. — Acho que vai demorar a fazer efeito no *baba*. E não sei qual a eficácia da poção, já que ainda não testei. — Ela bebericou o chá. — Para que precisa desse livro, Shazi? E por que não pode simplesmente pedir a ele?

Sherazade vestiu a máscara de falsa compostura. Seria imprudente contar a Irsa tudo o que descobrira. Seria pouco prudente preocupar a irmã com detalhes dolorosos sobre as façanhas pouco felizes de seu pai.

— Por que eu preciso não é...

— Não. — Os lábios de Irsa se afinaram. — Se quer minha ajuda, quero que me diga o porquê. Me conte a verdade.

— A verdade não é...

— Bonita? Fácil? Como devia ser? — Irsa ironizou, quase ríspida. — Que idade acha que tenho, Shazi? Apenas um bebê de fraldas? Ou uma jovem mulher capaz de preparar uma poção para dormir? Porque não posso ser as duas coisas...

Sherazade piscou, surpresa com a simples verdade nas palavras da irmã. Irsa estava certa. Sherazade não podia mais escolher o que queria ver nela. Nem podia continuar protegendo-a. Não importava quanto quisesse.

Se Irsa era adulta o suficiente para ajudá-la — o bastante para ficar na companhia de Rahim al-Din Walad —, então era adulta o suficiente para saber por que Sherazade precisava do livro do pai.

— Você está certa. Não importa quanto eu gostaria de negar, você não é mais uma criança. Está na hora de lhe contar a verdade. — Sherazade respirou fundo e começou.

Desta vez, ela não omitiu nada. Falando tão baixo que mal se podia escutar, Sherazade lhe contou sobre a história da maldição.

Sobre tudo o que o rapaz que ela amava fora forçado a fazer para proteger seu povo. E tudo o que agora tinham que fazer para pôr fim a um reino de terror perpetrado por um homem enlouquecido pelo luto.

Irsa escutou com os olhos arregalados.

Quando chegou a hora de ouvir sobre a tarefa assustadora diante delas, Irsa se inclinou para a frente e fechou os olhos, concentrando-se.

— Então tenho que roubar o livro do *baba* enquanto ele dorme e levá-lo a Khalid em Rey, para que possa destruí-lo e pôr fim à maldição, juntamente com esta guerra desnecessária — Sherazade terminou, seus ombros descaídos sob o fardo de tudo o que revelou.

Irsa permaneceu em silêncio por algum tempo.

— Isso é tremendamente arriscado. Sobretudo com tantos olhos nada amigos sobre você — ela disse finalmente. — E as coisas poderiam progredir com mais tranquilidade se você tivesse ajuda. Por que não me deixa pegar o livro do *baba* enquanto você viaja a Rey?

— Não. — Sherazade reforçou a negativa com a cabeça. — É muito perigoso.

— Não — Irsa insistiu. — Não é. Faz sentido que seja eu a fazer isso. Ele não suspeitará que eu tenha algum interesse no livro. Deixe-me lhe dar a poção para adormecer no chá da tarde. Esperarei que ele adormeça, depois a encontro no deserto.

— Eu não poderia aguentar se algo lhe acontecesse.

— O que poderia me acontecer? — Irsa franziu a testa. — Não é como se eu estivesse lutando na linha de frente. Só estarei carregando um livro — ela disse de maneira lacônica. — Por que não nos encontramos no poço, a leste do acampamento? É uma cavalgada curta. Pegarei o cavalo de Aisha emprestado, então levo o livro e a chave até lá, fazendo você economizar tempo e esforço. Você pode ir a Rey assim que eu der o chá ao *baba*. — Sua voz foi ficando animada enquanto falava, as palavras carregadas de certeza.

Sherazade mordeu a bochecha por dentro, ainda não querendo aceitar, mas levando a ideia em consideração.

Faz sentido. E seria bom trabalharmos juntas para variar.

— Não se preocupe, Shazi. — Irsa falou, bem-intencionada. — Só vou esperar o *baba* adormecer e entregar o livro a você. Não há nenhum perigo nisso.

A despeito de sua consciência mais sensata, Sherazade sorriu. Talvez a irmã estivesse certa.

Elas estavam assumindo seu destino. Recusavam-se a permitir que o destino ditasse o futuro delas. Talvez a razão para Sherazade estar lutando tanto seja porque o faz contra uma correnteza furiosa. Talvez devesse nadar a favor, só para variar.

— Está bem — Sherazade concordou. — Vamos fazer isso.

— Juntas. — Irsa abriu um sorriso.

Sherazade concordou.

— Juntas.

Tariq não sabia ao certo por que resolvera seguir Irsa al-Khayzuran nesta noite.

De todas as coisas que devia estar fazendo, seguir Irsa furtivamente não era uma delas. Ele deveria estar planejando o próximo ataque. Ou pelo menos definindo os primeiros passos de uma estratégia com seu tio, apesar de seu crescente desconforto com os objetivos de Reza bin-Latief.

Em vez disso ali estava ele com Rahim, se arrastando pelo deserto num cavalo...

Tentando não fazer barulho.

Na verdade, tinham sorte de Irsa não saber despistar. Nem perceber que estava sendo seguida. Porque qualquer soldado que se preze os teria notado seguindo-o à distância.

Teria se livrado da escolta há muito.

Mas Tariq estava preocupado com Sherazade já fazia algum tempo. Nesses últimos dias, tentara se manter informado de seu paradeiro. Mais cedo, a vira fugir para o deserto carregando um rolo embrulhado. Antes que conseguisse se afastar de seus soldados para segui-la, Sherazade desaparecera sem deixar rastro.

Agora Tariq estava obrigado a fazer a segunda melhor coisa que podia: seguir Irsa. Porque, se alguém sabia o que Sherazade estava aprontando com seu estranho desaparecimento, essa pessoa era sua irmã mais nova.

Tariq estava mais do que disposto a usar de subterfúgios para entender as razões por trás do comportamento recente de Sherazade. Mais do que disposto a se embrenhar no deserto em perseguição de uma silhueta encapuzada sob o céu iluminado pela lua.

E Rahim?

Estava ficando evidente que Rahim seguiria Irsa al-Khayzuran a qualquer lugar.

Tudo o que Irsa levava era um pequeno pacote enrolado em linho escuro, apertado contra o peito. Ela não estava vestida para uma viagem. A *shahmina* leve nos ombros não a protegeria de muita coisa.

Tariq achou isso estranho, porque Irsa al-Khayzuran era normalmente bem sensata. Não costumava dar trabalho a ninguém. Nunca deu. E não era do tipo que viesse a dar.

Ela era previsível. Agradável. Cordata. Tudo o que Sherazade não era.

Mesmo assim, Tariq manteve seu arco recurvo pronto. Para o que viesse a acontecer.

Depois de meia hora a cavalo, eles se aproximaram do poço do acampamento abandonado onde Tariq conhecera Omar al-Sadiq havia muitos meses. Ele se lembrou de relance da forma como o xeque havia escapado das garras afiadas de Zoraya. Desta vez, Tariq estava contente por ter deixado o falcão para trás. Porque ela sem dúvida já teria denunciado a presença deles.

Rahim e Tariq desmontaram de seus cavalos, se escondendo por trás das construções de pedra em ruínas. Eles se demoraram na sombra enquanto Irsa amarrava seu corcel a um poste próximo do poço.

Apesar de tudo, Tariq tinha que admitir que estava um tanto curioso.

Quem o pequeno grilo ia encontrar?

Porque Tariq não via sinal de Sherazade ali por perto.

Rahim inspirou fundo. Mesmo a um braço de distância, Tariq podia sentir a crescente apreensão de seu amigo, como se fosse sua.

— Por que está tão preocupado? — Tariq sussurrou.

Rahim olhou a figura esguia de Irsa al-Khayzuran à distância.

Tariq segurou o riso irônico.

— Ela não está em perigo. Claramente vai se encontrar com alguém que conhece. Está preocupado que seja outro rapaz?

— Por que eu me importaria se ela encontrasse outro rapaz? — Rahim respondeu rapidamente. — Só quero me certificar de que não esteja em perigo.

— Claro que você não se importaria se fosse outro rapaz. — Tariq revirou os olhos. — É por isso que a está seguindo no meio da noite, como um marido enganado.

Um som de irritação saiu da garganta de Rahim.

— Ambos sabemos por que estamos aqui, e não se trata de...

Tariq o fez se calar ao colocar a mão em seu ombro.

Duas silhuetas se aproximavam de Irsa. Uma era facilmente reconhecível. Tariq reconheceria aquelas formas em qualquer lugar. Ele passara a maior parte de sua vida memorizando aquelas curvas. Pequena e leve. Com uma trança bagunçada, recentemente despenteada por ventos fortes.

A outra era alta. Encapuzada. Masculina. Mais difícil de reconhecer.

Mas Tariq soube quem era mesmo antes de ele baixar o capuz de sua *rida'* e passar a mão na lombar de Sherazade.

O ódio correu para os dedos de Tariq, embrulhando-lhe o estômago.

Suas próprias palavras ecoavam nos seus ouvidos.

"Não se engane; da próxima vez que eu encontrar Khalid Ibn al-Rashid, um de nós morrerá."

Tariq não parou para pensar. Não reconsiderou. O amor não o impediria de ver a verdade.

Com a fúria aumentando, Tariq empurrou Rahim, que tentava se interpor.

E pegou uma flecha.

Sherazade não gostava deste lugar.

Quando Khalid e ela sobrevoaram o acampamento em volta do poço, uma estranha sensação de mau agouro a atravessou.

Ao caminharem pelo acampamento, a sensação só piorara.

Todas as construções à sua volta estavam abandonadas. Muitos dos telhados de adobe tinham desabado, formando crateras que emprestavam ao lugar um aspecto mais ameaçador... avisando a quem ousasse passar por ali que o tempo não era gentil com os que ficavam para trás.

Pior, a despeito de todas as garantias que sua irmã lhe dera mais cedo, Sherazade podia ver que Irsa estava nervosa. Ela dava pequenas voltas perto do poço, agarrando o embrulho de linho contra o peito. Sherazade viu Irsa desenhar círculos cada vez menores com os pés...

Estava claro que ela sentia a mesma ameaça no ar.

A única coisa que dava a Sherazade a sensação de que tudo seria corrigido em breve era a mão nas suas costas.

A cálida e sólida presença do rapaz a seu lado.

Khalid tudo vê. Ele nunca deixa de perceber o mais insignificante detalhe.

Ele não permitirá que nada aconteça a Irsa.

Sherazade endireitou os ombros. Logo Khalid destruiria o livro de seu pai. Então eles poderiam consertar as muitas coisas erradas à sua volta. E ela nunca mais teria que se preocupar com isso.

Enquanto caminharam para o poço, uma brisa súbita soprou nas crateras abandonadas, cortando o oco da pedra num frenesi de ar e som.

Um som conhecido ecoou.

Sherazade estacou.

Isso foi... um cavalo?

Por um instante pensou ter ouvido o ruído dos cascos à distância.

Ao seu lado, Khalid também parou. Ele passou na frente dela, como se estivesse tentando identificar o som. O cavalo de Irsa ali perto, amarrado no poste.

E mais ninguém sabia onde estavam.

A brisa amenizou. Os rodamoinhos de areia cobriam os pés dela.

Mas havia algo errado. Isso estava bem claro.

Sherazade podia sentir no ar.

Então viu outro jogo de sombras perto de uma construção mais distante à direita.

E ela soube. Soube com a mesma certeza paralisante de uma pessoa à beira do precipício.

Ela treinara isso por anos. Este era o momento perfeito.

O vento cessara. Para baixo e para a esquerda. Ela podia quase sentir o feitiço emplumado na ponta de seus dedos. A tensão da corda sendo esticada.

O ricochete quando a flecha alçou voo.

Sem perder um segundo, Sherazade empurrou Khalid para o lado.

Uma flecha no coração

A flecha zuniu pela escuridão e, assobiando, passou por Irsa em sua trajetória letal.

O mundo ao seu redor pareceu desacelerar de repente.

Ela viu a irmã pular na direção do califa de Khorasan, empurrando-o para o lado.

No mesmo instante o califa a agarrou, tentando proteger o corpo de Sherazade com o dele. Dois amantes teimosos, protegendo um ao outro da mesma ameaça.

Lutando pela mesma batalha perdida.

Ele a agarrou enquanto ela o empurrou. E tudo para nada.

A flecha se enterrou nas costas de Sherazade.

Então, da mesma forma como o mundo havia desacelerado, ele acelerou novamente, e muito.

Irsa viu o califa segurar Sherazade com força contra o peito. Apesar de seu rosto não expressar nada, seus olhos eram como uma tempestade de verão. Um sol flamejante cercado de nuvens escuras.

Um grito tardio de surpresa escapou dos lábios da irmã.

Ao ver a flecha balançando nas costas de Sherazade, Irsa gritou.

O som cortou a noite em dois.

— Shazi! — Irsa correu até Sherazade.

Os dedos de sua irmã envoltos nas dobras da *rida'* negra do califa. Nenhum deles precisou dizer nada, seus olhos fixos um no outro. Qualquer que fosse a conversa silenciosa que estavam tendo, não era nada que Irsa entendesse. Eles afundaram no chão, o califa ainda segurando Sherazade bem apertada contra ele. Irsa se ajoelhou, o coração rugindo em seu peito.

— Nós... nós temos que fazer alguma coisa! — ela gritou. — Nós precisamos...

Uma movimentação atrás deles deixou o califa alerta. Ele entregou Sherazade a Irsa e se pôs em guarda. Irsa segurou Sherazade, analisando desesperadamente a ferida aberta no ombro da irmã, se perguntando o que devia fazer, o que *poderia* fazer...

O roçar da espada sendo desembainhada arrancou Irsa desse rodamoinho de pensamentos. Pela primeira vez desde que a flecha passara voando por ela, Irsa parou para examinar o califa de Khorasan.

O louco de Rey. O menino-rei assassino.

O marido de sua irmã.

Ele era alto. Não tanto quanto Rahim, porém mais alto do que ela imaginara. Poderia ter sido considerado atraente por alguém em algum momento. Mas não nesse instante. Agora suas feições estavam castigadas pela seriedade. Cruéis na intenção. A única emoção que Irsa podia identificar era a fúria.

A promessa de morte pairava no ar.

Ele era verdadeiramente aterrador.

Um verdadeiro monstro.

A visão dele pairando acima dela — sua espada pronta para matar — fez Irsa querer se encolher num canto, como a ratinha que aparecia em seus piores pesadelos.

Como Sherazade podia *amá-lo*?

Antes que Irsa pudesse concluir seu pensamento, o califa pegou o cabo da espada entre as mãos e o torceu para separar as lâminas. Agora ele segurava em cada mão uma espada espelhando a outra. Armas gêmeas para dobrar o poder de destruição. Com os olhos nunca se afastando de sua tarefa letal, ele se pôs diante de Sherazade e Irsa, bloqueando a visão delas.

Além dele, passos rápidos na areia.

— Shazi!

— Deus misericordioso!

Irsa entrou em choque ao ouvir as duas vozes.

Rahim e Tariq? O que eles estavam fazendo *ali*? Como eles...

Sherazade segurou a *shahmina* de Irsa, suas mãos trêmulas.

— Shazi? — Emergindo de sua confusão, Irsa se debruçou sobre a irmã para escutar o que ela estava tentando dizer.

— Irsa — Sherazade tossiu, seus dedos se enrolando no tecido fino do xale da irmã. Seus lábios haviam perdido toda a cor, e sua voz era como um suspiro sem som. — Você tem que impedi-lo.

— O que quer dizer? — Irsa gritou.

— Ele vai matá-los. — O tremor passara de seus membros para seu tronco. O corpo de sua irmã começara a tremer, as mãos de Irsa ficando pegajosas com o sangue de Sherazade.

— Eu... o que eu...

— Faça-os parar — Sherazade engasgou. — Você tem que fazê-los parar!

Rahim sacara sua cimitarra e seguiu à frente de Tariq. Uma aljava pendia do ombro de Tariq.

Tariq atirara uma flecha neles? *Tariq* era responsável por isso? Mas ele devia estar mirando no califa! E acabou acertando *Sherazade*. Deus misericordioso! Como isso foi acontecer?

Como ela poderia pará-los? Levara semanas para conseguir a atenção da irmã! Como poderia parar o rapaz afoito, armado até o punho de sonhos de sangue e glória?

Que dirá deter a mão de um monstro frio como o califa de Khorasan.

— Por... por favor! — Irsa gritou. Um ratinho comandando o ataque. — Parem!

O rosto de Tariq adquiriu uma tonalidade esverdeada.

— Ela está morta? — ele perguntou ao califa, angustiado, enfiando os dedos pelo cabelo.

Foi então que Irsa percebeu que Tariq estava indefeso, a não ser pela aljava pendurada às costas. Nenhum arco à vista. Nenhuma cimitarra no cinto. Nem uma adaga enfiada na *tikka*. Nada para enfrentar um monstro empunhando duas espadas.

Infelizmente, Irsa sabia que isso não importava para Tariq. Nem um pouco.

Porque era claro como a chuva que ele estava além de qualquer pensamento racional.

O califa de Khorasan nada respondeu. Apenas brandiu ambas as espadas em arcos de incrível precisão. Arcos que demonstravam com toda a clareza sua intenção.

Avançou.

Sem nada dizer, Rahim se posicionou para defender Tariq.

Irsa urrou quando o califa levantou ambas as armas contra Rahim. Sentiu a irmã se esforçando para respirar, lutando para sentar, para protestar...

— Ela está morta? — A dor de Tariq fez sua voz morrer na escuridão azulada. — Só responda a essa pergunta, seu cretino, depois pode fazer o que quiser comigo.

— Por que eu faria alguma coisa por você? — o califa respondeu, com a voz baixa e cruel.

— Porque, se ela estiver morta, não me importo com o que me aconteça!

— Então concordamos em pelo menos duas coisas. — Com isso, o califa passou a prestar atenção em Rahim, suas espadas faiscando ao luar.

— Por favor! — Irsa berrou. — Por favor, não...

— Irsa. — Sherazade puxou-a para perto, ainda lutando, seu rosto contorcido, suas palavras em fiapos de voz. — Você precisa... berrar com Khalid. Levante-se. Faça-o parar! Faça *alguma coisa*.

Irsa meneou a cabeça. Ele era o califa de Khorasan! Como um ratinho como ela podia ousar?

— Irsa!

O bater de espadas ressoou no deserto, o ruído de metal contra metal pulsando pelo ar.

Ainda assim, Irsa continuou paralisada de medo. Como se todos os argumentos de persuasão tivessem sido engolidos ao respirar.

Acabara em quatro lances. Não havia o que discutir. O califa de Khorasan era um demônio, treinado para empunhar lâminas forjadas no próprio inferno.

Rahim caiu na areia, procurando a espada perdida.

O coração de Irsa subiu para a garganta.

Seu corpo todo formigava em alerta. Sem escape.

Não seria o suficiente para o califa desarmar Rahim. Não no estado em que estava. O monstro de Rey o mataria para atingir Tariq.

Para destruir Tariq pelo que fizera a Sherazade.

E Irsa não podia viver num mundo — não *suportaria* viver num mundo — onde teria deixado essas coisas acontecer.

Então, no final das contas, não eram as súplicas sussurradas por sua irmã. Não era o medo que fluía pelo sangue de Irsa. Não. Nunca fora o medo. Era muito mais que isso.

Esse sentimento era mais antigo que o deserto. E ele acabou com o reinado do rato. De uma vez por todas.

— Khalid Ibn al-Rashid! — Irsa rugiu. Todos os olhos se voltaram para ela. — Pare com isso imediatamente. Porque, se não fizer isso, juro que Sherazade nunca o perdoará!

O peito dela arfava quando olhou o rapaz estendido na areia.

O rapaz que sempre fazia as perguntas certas. O garoto que a fazia se sentir mais do que bela. O rapaz que lhe dera as forças para ser um leão.

— E, se você machucar Rahim, nunca, *jamais* o perdoarei — Irsa terminou, a verdade em suas palavras revestidas de um aço que nenhuma espada poderia vencer.

Até os grãos de areia pareciam ceder a ela. Pareciam ter respirado aliviados.

O califa de Khorasan olhou para ela sem piscar. Suas feições perderam um pouco da severidade. Ele se endireitou.

E baixou as espadas.

Então, como se nada de importante tivesse acontecido, o califa foi até Irsa, juntando as lâminas em uma única espada novamente no trajeto. Rahim se ergueu e recuperou sua cimitarra antes de seguir com cautela os passos do califa, com Tariq atrás dele.

O califa se ajoelhou ao lado de Sherazade e tentou levantá-la. Ela fez uma careta, a tensão se espalhando por todo o seu rosto. Ela estava pálida, a pele amarelada e a testa úmida de suor.

— Temos... que levá-la ao acampamento — Irsa falou, determinada a permanecer calma apesar do tumulto recente. — Porque não acho que seja bom tirar a flecha aqui. A ferida não parece ser muito profunda, mas ela está perdendo muito sangue e Tariq usa...

— Pontas de flecha em obsidiana. — Os olhos do califa se inflamaram com os vestígios finais de sua fúria.

Irsa concordou.

— É provável que piore quanto mais ela se mexer. Precisamos fazer algo. Rápido.

— Shazi? — O califa se inclinou para Sherazade, e seu jeito gentil teve um estranho efeito inquietante em Irsa. Era como se outra pessoa tivesse entrado em seu corpo. — Tenho que separar a haste da cabeça da flecha antes de movê-la.

Sua irmã assentiu com o rosto contra o tecido de sua *shahmina*.

O califa hesitou.

— Vai doer.

Sherazade umedeceu os lábios.

— Apenas faça e pare de falar, seu brutamontes — ela murmurou em uma voz quase inaudível.

Irsa estava quase tão surpresa com a falta de medo da irmã quanto com a boca do califa se curvando para cima com um ar levemente divertido. Ele puxou Sherazade para mais perto, de novo com muito cuidado. Com um gesto rápido, o califa quebrou a haste da flecha o mais perto da pele dela que foi possível. Sherazade abafou um grito contra o peito dele, e seu tremor recomeçou, forte.

— Ela não ficará consciente por muito tempo — o califa disse a Irsa em voz baixa. — Já vi soldados experientes se acovardar bem antes disso.

— P-Pare de falar de mim como se eu não estivesse aqui — Sherazade falou, os dentes rangendo.

— Estamos apenas a uma cavalgada curta do nosso acampamento — Irsa disse. — Se nos...

— Pegue um de nossos cavalos — Rahim falou atrás deles. — Cavalgue até o acampamento Badawi com Tariq. Ninguém lhe fará perguntas se voltar com Tariq, desde que seu rosto esteja coberto. Eu voltarei com Irsa.

O califa olhou para Rahim por cima do ombro. Rahim não reagiu à aprovação fria de Khalid. Num instante, o califa estava de pé com Sherazade nos braços. Ele não disse nada enquanto esperavam Tariq trazer os cavalos. Quando este fez menção de ajudá-lo com Sherazade, Rahim o parou com uma mão em seu peito, antes de ajudar o califa ele mesmo. Logo Khalid estava montado num garanhão escuro, com a figura pálida de Sherazade aninhada diante dele.

Ainda no mais completo silêncio, o califa puxou o capuz de sua *rida'* bem para baixo e pôs o cavalo em movimento, como se fosse seguir sem eles. Então manobrou o cavalo de Tariq de volta na direção deles. Seus olhos brilharam como carvões em brasa.

— Tariq Imran al-Ziyad? — O califa começou, sua raiva velada dando ao nome o rancor de um juramento.

Irsa viu o punho de Tariq se fechar com força.

— Mostre o caminho... antes que eu repense o assunto e o mate.

Um irmão e um lar

Irsa não sabia o que pensar do marido da irmã.

Ele era uma mistura confusa de extremos, escondido por uma *rida'* negra.

Com todos, era como gelo lascado na montanha. Com sua irmã, era como a brisa marinha no verão.

Infelizmente, isso pouco alterou o fato de que Irsa continuava aterrorizada em relação a ele. Pois estava bem certa de que Khalid quase matara Tariq pelo menos três vezes desde que voltaram ao acampamento Badawi.

O primeiro incidente aconteceu logo depois que chegaram à tenda de Tariq. Apesar disso, Irsa achou que a inimizade do califa era até justificada.

Assim que estavam dentro da tenda, Irsa tentou tirar a *qamis* manchada de sangue de Sherazade, para melhor avaliar o ferimento. É claro que não era apropriado que Tariq a ajudasse nessa tarefa. Especialmente na presença do marido de Sherazade. Com certeza Tariq não poderia ter achado que era. Irsa não sabia por que ele mesmo tentou fazer isso.

No mínimo, uma idiotice. Na pior das hipóteses, um desejo de morrer.

E diante de um louco assassino?

Uma morte provável numa grande variedade de maneiras.

Então, quando o ferimento estava limpo, ela e o califa tentaram remover a ponta da flecha. Como nenhum dos dois era versado no assunto, pareceu um verdadeiro desafio, especialmente com Sherazade atrapalhando. No fim das contas, foram forçados a pedir a opinião de Tariq, já que ele havia desenhado a ponta da flecha.

Com o objetivo de causar o maior dano possível.

E a intenção de rasgar a pele e estilhaçar os ossos.

Irsa estava certa de que o califa gostaria de matar Tariq a essa altura. Infelizmente, não ajudou em nada Tariq ter extraído a ponta da flecha. Afinal, era ele que tinha a melhor noção do seu formato. Para não mencionar as mãos firmes de um arqueiro. Ele conseguiu retirar a ponta da flecha inteira, o que Irsa ficara muito grata de constatar, apesar da dificuldade de acompanhar o procedimento.

Sherazade mordeu uma tira de couro enquanto isso era feito, e as lágrimas mancharam suas faces durante o procedimento. Apesar de todos terem testemunhado Shazi xingar Tariq em alto e bom som depois — o que sugeria que tudo estava a caminho de se consertar —, Irsa ainda estava certa de que o califa pretendia ir à forra com Tariq em breve.

O último incidente do qual Tariq escapou por um triz aconteceu pouco depois de Irsa ter limpado o ferimento de Sherazade uma última vez, com uma mistura de vinho velho e água morna. E não muito depois de Irsa perceber que o ferimento não ia parar de sangrar tão cedo.

Quando ela viu que o machucado teria que ser selado com uma lâmina quente.

Sherazade não era garota de se encolher diante disso. Nem para reclamar da cicatriz.

Mas Irsa sabia que isso não ia ser nada fácil de aguentar. Mesmo assim, precisava ser feito. Sherazade já perdera um bocado de sangue. Mais um pouco e não seria mais possível esconder o fato do resto do acampamento. Quando Irsa deu sua sugestão, Sherazade concordou que não havia o que discutir.

No fim das contas, usaram a ponta fina da adaga *khanjar* de Rahim, para garantir a menor cicatriz possível. O califa fez a cauterização. Por decisão de sua irmã.

Sherazade desmaiou no processo. Na verdade, Irsa ficou contente com isso. Pois o cheiro da carne queimando já a deixara enjoada.

Novamente, Tariq escapou por pouco da morte. Disso, Irsa estava bem segura.

Quando a ferida estava cauterizada e Sherazade obviamente desacordada por completo, o califa agarrou a frente da *qamis* de Tariq com a mão esquerda, ainda segurando o cabo da adaga em brasa na outra. Irsa sentiu o ódio se acumular no espaço entre eles, tão certo quanto o cansaço que penetrava seus ossos. A única coisa que impedia o califa de realizar seu desejo era a presença de Rahim.

Rahim puxou Tariq para longe. E o obrigou a sair. Depois o seguiu, com um pedido de desculpas no olhar por cima do ombro.

Tariq saiu célere, desaparecendo na escuridão, seu rosto uma tempestade de arrependimento. Mas, graças a Rahim, pelo menos Tariq ainda estava vivo.

Agora eram apenas Irsa e o califa sozinhos com Sherazade. A sós na tenda de Tariq.

Irsa, sozinha... com o infame assassino de garotas.

Ela terminou de torcer o linho ensanguentado numa tigela de água morna, tentando resistir à fadiga que a invadia. O califa continuou ao lado de Sherazade, observando a ferida em suas costas e as ataduras limpas que a cobriam.

— Quando ela despertar, lhe darei um pouco de chá de cevada com raiz de valeriana. Deve ajudar a febre a ceder e sedá-la no pior da dor. — Irsa mordeu o lábio inferior, perdida em pensamentos por um instante.

O califa não respondeu, nem olhou para ela. Em vez disso, permaneceu concentrado em Shazi, com uma expressão indecifrável.

Irsa não podia ignorar sua compulsão de preencher o silêncio torturante falando.

— Apesar de parecer bobagem dizer isso — ela balbuciou —, estou grata que a flecha tenha atingido num ângulo tal que o ferimento não seja muito profundo. Ela ficará aberta por poucos dias, e tenho certeza de que seu ombro ficará dolorido por algum tempo, mas... poderia ter sido bem pior.

O califa finalmente parou de olhar para Sherazade e encarou Irsa, sereno.

— Sim — ele concordou. — Podia ter sido bem pior. — Seus olhos se contraíram. — Se você não estivesse ali, muitas coisas poderiam ter sido bem piores. Eu lhe agradeço por isso, Irsa al-Khayzuran.

Suas bochechas ficaram vermelhas de nervoso. Afinal, não seria todo dia que o califa de Khorasan a consideraria digna de resposta.

— Rahim... trouxe uma muda de roupa para você. — Irsa respirou para se acalmar. — Há água fresca naquela jarra, e, se precisar de mais, existe uma bica não muito longe daqui. Estou certa de que você vai querer lavar todo esse sangue. Posso sair se quiser... *sayyidi*.

O califa não respondeu de pronto, como se estivesse juntando os pensamentos. Era impossível para Irsa saber, pois ele era indecifrável.

Em todos os sentidos.

— Não há necessidade de me chamar assim.

Irsa se surpreendeu, e suas mãos pararam de se contorcer.

— Mas...

— Gostaria que me chamasse de Khalid. — O califa abraçou as pernas. — Já que me deu uma bronca à moda al-Khayzuran, não deve ser difícil. — Um estranho traço de humor reluzia em seu rosto.

O vermelhão de Irsa se espalhou do pescoço à raiz dos cabelos.

— Eu... peço perdão por aquilo. Não estava pensando direito.

— Discordo. Acho que, de todos nós, você era a única pensando direito.

A forma intensa com que o califa olhava para ela — como se pudesse ver para além de seus olhos, diretamente a sua mente — só aprofundou sua sensação de estranheza. Ela afastou uns cabelos rebeldes que haviam caído em seu rosto. — Achei que você era um pouco... esquentado.

Um indício de sorriso brincou nos lábios dele.

— Uma falha pela qual serei recriminado no futuro próximo. — Ele olhou para o corpo de Sherazade. — Merecidamente.

— Sim. — Irsa suavizou sua cara séria, apesar de seu desconforto. — Provavelmente sim, apesar de eu não conseguir entender como Sherazade consegue repreender alguém por ter mau humor.

Ao ouvir isso, o califa sorriu. E o seu semblante se suavizou, deixando-o quase... juvenil. Quase belo.

Absolutamente menos monstruoso.

Irsa se surpreendeu. Foi a primeira vez que se deu conta de que o califa de Khorasan era somente alguns anos mais velho do que ela.

Apenas um garoto com seus princípios.

E talvez um garoto com um pouco mais do que as histórias contavam.

Irsa refez a trança enquanto pensava nisso.

Mais uma vez, ambos ficaram em silêncio.

— Entendo seu constrangimento para comigo — o califa falou, tranquilo. — Meu comportamento mais cedo foi condenável. E eu gostaria de pedir desculpas por ele.

Quando o rosto de Irsa corou uma segunda vez, foi por uma razão bem diferente.

— Espero que possa me perdoar algum dia — ele continuou.

Ela concordou, ainda procurando as palavras certas.

O califa esfregou o pescoço, então se virou para longe da luz. Quase hesitante.

— Posso perguntar onde está o livro de seu pai?

Apesar de ele ter falado baixinho, Irsa olhou para a entrada da tenda antes de responder.

— Está aqui — ela sussurrou. — Na minha bolsa.

O rosto do califa perdeu a sugestão de severidade. Ele voltou a observar Irsa, seu rosto se contraindo e se descontraindo com pensamentos não revelados.

— Eu não... — ele respirou — ... eu nunca tive uma irmã. — Suas sobrancelhas grossas, jogando uma sombra sobre suas pálpebras. — E eu nunca parei para formar uma opinião a esse respeito. Você alguma vez parou para pensar como seria se tivesse um irmão?

— Bem, eu... eu não tenho um irmão.

Mas na verdade Irsa sempre sonhara com um. Desde que era uma menininha, imaginara como seria ter alguém para admirar, como uma irmã faria com um irmão. Alguém para implicar com ela, como só um irmão faria. Alguém para tomar conta dela e a alfinetar quando fosse necessário e desnecessário.

Por muitos anos, Irsa achou que Tariq seria esse irmão. Mas ele estava sempre ocupado com coisas mais importantes — arcos e flechas, apostas e falcões. Coisas mais importantes para um garoto como ele. Tal como Sherazade. E Irsa nunca se ressentira disso. Porque sempre esperou que as coisas mudassem quando ambos crescessem.

E Tariq veria Irsa como sua irmã. E com o tempo se tornaria um irmão de verdade.

O califa inclinou a cabeça, pensativo.

— Hoje, quando berrou comigo, foi a primeira vez que imaginei como seria. Ter uma irmã.

— E o que achou? — Irsa sussurrou.

— Eu gostei.

O queixo dela caiu.

— Mesmo tendo berrado com você?

— Na verdade, isso pode ter feito toda a diferença.

— Jura? — Irsa piscou, estarrecida. — Meu Deus, como você é estranho! Alguém já te disse isso?

Seu sorriso apareceu de novo, tão enigmático quanto antes. Então... o califa de Khorasan riu.

E não foi como ela havia imaginado que seria.

Foi uma risada tranquila. Suave e melódica. Apesar de definitivamente não ser algo de que ele tivesse muita prática, não foi uma risada acanhada. Foi só um riso que falava de tempos melhores. Uma época em que um garotinho riu de coisas melhores e mais alegres.

Irsa teve a sensação exata de que estava testemunhando algo extraordinariamente raro.

— Me desculpe — ela disse, tentando ser respeitosa, apesar de saber que seu comportamento já superava esse princípio. — Eu não quis insinuar que você era estranho.

— Você fez bem mais que insinuar; você disse com todas as letras. — Os olhos do califa brilhavam, mas Irsa não detectou nenhum vestígio de ameaça neles.

— Sim. — Ela torceu a manga nos dedos. — Acho que fiz isso.

— De qualquer maneira, não estou nem um pouco ofendido. Em todos os aspectos, estou agradecido a você. Eu provavelmente deveria lhe dizer isso.

Os olhos de Irsa se arregalaram. Será que ela não pararia de se surpreender com ele?

— Obrigado... — A boca dele enviesada, como se ainda estivesse decidindo algo. — Irsa.

Irsa também ficou pensativa por um instante. Então tomou uma decisão súbita e irrevogável.

— Não tem de quê... Khalid.

Ela lançou um sorriso torto para ele, e a incredulidade começou a se espalhar dentro dela. Antes que ficasse novamente corada, pegou a muda de roupa que Rahim havia providenciado e a entregou ao... a *Khalid*.

Ele ficou de pé e arrancou dos ombros a *rida'* manchada. Então foi até o jarro de água sem dizer uma palavra.

Atrapalhada com o princípio do entendimento da razão pela qual sua irmã escolhera amar esse suposto monstro, Irsa revirou sua bolsa. Entregou a Khalid o embrulho de linho que continha o livro com brusquidão. E correu da tenda, sua cabeça num rodamoinho de ideias.

Ela dobrou a esquina na escuridão total. E encontrou Rahim dando voltas do lado de fora.

— O que está fazendo? — ela perguntou, ofegante, e retrocedeu.

Ele se aproximou ao vê-la.

— Eu... eu estava... — Ele esfregou o queixo. Sua voz grave. Mais do que de costume. Como se tivesse berrado aos céus por muito tempo. — Acho que estou esperando por você — Rahim disse, firmando a voz e seu semblante. Quando piscou, seus cílios negros pareciam abanar lentamente contra a pele suave das pálpebras, com um tipo de lentidão quase sensual. — Esperando para ver se você estava bem.

— Ah. — Irsa tentou não parecer ansiosa. E falhou miseravelmente.

— Ah?

Ela torceu a trança entre os dedos.

— Por que não entrou?

A isso, Rahim lançou um sorriso de soslaio.

— Ele não gosta de mim.

— Não acho que ele goste de muitas pessoas.

— Ele gosta de você. — Seu sorriso ficou estático.

— Você acha?

Rahim confirmou.

— Tenho certeza. Ele lhe deu ouvidos. E não me parece que seja o tipo de rei que faça isso com frequência. — Ele abriu a boca para falar mais alguma coisa, mas a fechou como se tivesse repensado a questão.

Irsa não podia mais aguentar. Não podia aguentar não saber o que mais Rahim queria dizer. Tudo o que ele pensava, o tempo todo. Irsa viu que ele estava pálido além do razoável, mas queria saber tudo o que ele sempre desejara ou quisera, a vida toda.

Ao menos a razão por trás desse desejo tinha um nome.

Amor.

Irsa tinha feito tudo, menos confessado seus sentimentos no deserto. E achava que Rahim tinha um mínimo de reciprocidade de sentimentos. Ou no mínimo se importava um bocado com ela.

Mas ele tinha que dizer alguma coisa sobre isso.

Irsa passou a ponta da língua no lábio inferior, a garganta repentinamente seca.

— Tem alguma coisa que... você queira me dizer?

Ele tomou fôlego.

— Tem... mas na verdade, não.

— O que quer dizer com isso?

— Esse é o problema. — Rahim suspirou. — Quando estou perto de você, você me faz esquecer.

— Esquecer? — A irritação começou a se acumular dentro dela.

— Ao mesmo tempo você me faz lembrar.

— Você está me confundindo, Rahim al-Din Walad. — Irsa cruzou os braços como se isso fosse acalmar o êxtase de seu coração.

Fazendo caretas, ele esfregou a mão nos seus cachinhos bem apertados, fazendo cair um monte de areia. — Eu gostaria de dizer muitas coisas a você, Irsa al-Khayzuran. Deveria querer agradecer por ter me salvado hoje. Agradecer por ter salvado o meu melhor amigo. Mas... — Rahim deu um passo lento na direção dela — não é isso que eu quero fazer.

— O que... você quer fazer? — ela sussurrou.

Outro passo. Tão perto e ainda assim tão longe.

— Eu quero lhe pedir uma coisa.

— Então peça. — A fragrância de óleo de semente de linho e laranjas alcançou Irsa, trazendo-a ainda para mais perto. Pedindo para ela ficar.

Quando Rahim engoliu em seco, o enorme nó em sua garganta subiu e desceu.

— Posso beijá-la?

— Por que está me pedindo permissão? — Irsa murmurou. — Isso não quebra o clima?

— Não. — Ele sorriu, e os cantos da boca insinuavam algo mais. — Porque não é apenas um beijo.

— E por quê?

— Porque, quando eu te beijar, quero que os seus sejam os primeiros... e os últimos lábios que jamais beijarei.

— Ah — ela disse uma segunda vez. Uma última vez.

Era um suspiro e um sinal de compreensão, tudo ao mesmo tempo.

— Então... — Rahim tirou o cabelo dela do rosto — posso te beijar, Irsa al-Khayzuran?

O coração dela parou e recomeçou, mais rápido e quente do que nunca.

— Sim.

Com o ar solene, Rahim se aproximou, tocando o nariz dela com o dele. Ela o sentiu tremer ao roçar os seus lábios tão levemente. Então ele apoiou sua boca totalmente na dela, e Irsa finalmente entendeu.

Entendeu o que significava se sentir em casa, onde quer que estivesse. Como se pertencesse a todo instante, em qualquer lugar, a qualquer hora.

Porque naquele momento, com os lábios de Rahim nos dela, com o toque da língua dele fazendo seu sangue ferver nas veias, ela soube que ali estaria sempre em casa.

Com esse garoto. Nesse instante. Nessa hora.

E que seu coração não mais seria solitário.

Tariq vagou pelo acampamento Badawi inteiro duas vezes. As duas voltas completadas em transe. O tempo todo, suas emoções em ondas de remorso e ressentimento. De raiva e angústia.

Ele não sabia o que fazer.

A última coisa que queria na vida era ver a garota que amava mais do que tudo cair sob sua flecha. Cair devido à sua raiva cega.

E Tariq assistira a isso. A tudo isso. Ele não conseguira virar de costas.

Porque fora por culpa dele.

Tariq percebera isso no instante em que lançara a flecha. No momento em que a soltara da corda.

Ele queria voltar atrás.

Claro que Sherazade havia saltado para salvar o menino-rei. Ela sempre fora do tipo que não se poupava pelos que amava. Da mesma forma que se dispusera a correr um risco para vingar Shiva. No fim das contas, não devia ter surpreendido a ninguém — menos ainda a ele — que Sherazade se lançasse sobre o califa de Khorasan sem hesitação.

Mas Tariq não imaginara que o menino-rei faria algo semelhante. Ele não contara com a possibilidade de ele colocar sua vida na frente da dela. Sem um segundo de hesitação.

E Tariq o vira se mover para proteger o corpo dela com o dele.

Exatamente como Tariq teria feito.

Ele soube então — como já soubera ao ler o bilhete que Sherazade mantinha enfiado na capa — que esse não era um amor qualquer, decorrente de uma fascinação passageira.

Na verdade, Tariq já sabia que não poderia vencer.

Que essa não era uma batalha que pudesse ser ganha.

Só um tolo poderia continuar pensando o contrário.

E Tariq escolhera ser um tolo.

E sabia disso agora, com uma certeza gelada e firme. O mesmo tipo de certeza que sentira sob o Grande Pórtico, quando percebera pela primeira vez que Sherazade amava o menino-rei. Ele ignorara a verdade naquela tarde fatídica. Mas agora, apesar de todos os seus sonhos, seus pensamentos desesperados, ele sabia que, mesmo que Sherazade e o menino-rei fossem algum dia separados um do outro por muito tempo, seus desejos não se realizariam.

Sherazade não voltaria com ele a Taleqan, nunca.

Porque ela não pertencia mais àquele lugar.

Ela pertencia a um palácio de mármore e pedra. Uma rainha, no seu direito. Com um menino-rei que a amava, tanto quanto ela o amava. Um menino-rei para quem ela se virou nesta noite, e em todos os momentos. Primeiro quando a flecha a atingira, depois quando sentira uma dor incomensurável, e mesmo quando a questão da lâmina em brasa contra a pele dela fora sugerida em voz baixa...

Sherazade procurara consolo em apenas uma pessoa.

Isso machucava. Rasgava todas as partes egoístas do coração de Tariq. Destruía cada lembrança dos anos que passaram juntos. Todos os dias em que ele aguardara a volta dela. Ver que eles eram feitos um para o outro.

Entender que o menino-rei nada pretendia.

Sherazade e o califa de Khorasan estavam juntos havia poucos meses. Separados por menos que isso. E mesmo assim estavam dispostos a morrer um pelo outro.

Enquanto Tariq estivera disposto a matar o menino-rei, só de olhar.

Como suas vidas chegaram a isso?

Amor por ódio, numa mera piscadela.

Novamente a imagem de Sherazade caindo sob sua flecha estava ali, à frente de todos seus pensamentos. Tariq tremeu e parou. Naquele instante, fizera mil promessas descuidadas a milhares de deuses sem rosto.

Dentre essas promessas, ele se lembrava de uma que queimava com intensidade: *Se deixá-la viver, farei qualquer coisa que pedir.* Uma promessa negligente feita enquanto Tariq jogava seu arco para o lado e corria para Sherazade, sem se preocupar com nada além da garota caída diante dele.

Sem se preocupar com nada — nem com a memória duradoura de seu próprio ódio.

Tariq parou diante de sua tenda. Ele tinha que falar com o menino-rei — o califa. Precisava entender o que Sherazade entendera. Saber o que ela via em Khalid Ibn al-Rashid. Porque um monstro não poderia amar como o califa de Khorasan amava. Não poderia se importar com ela com o carinho que Tariq testemunhara nesta noite.

Disso ele tinha certeza.

Com sua resolução amadurecendo, Tariq entrou na própria tenda.

Irsa estava lá, sentada ao lado da figura imóvel de Sherazade, uma única lamparina iluminando a escuridão com um brilho dourado.

O califa não estava à vista.

— Tariq. — Irsa o fitou, nervosa.

— Onde ele está?

— Ele foi se lavar agora há pouco. — Irsa ficou de pé. — Acabo de dar a Sherazade um pouco de chá para ajudá-la a dormir. — Ela continuou olhando em volta, pouco à vontade, esfregando os ombros. — Não acho que seja muito sábio que você fique aqui. Khal... o califa vai voltar logo... — Ela deixou no ar a insinuação do perigo.

Apesar de Tariq saber que ela tinha boa intenção ao avisá-lo, ele a ignorou.

— Ela está dormindo, então?

Irsa confirmou.

Soltando um suspiro de exaustão, Tariq se acocorou ao lado do estrado de sua cama — a cama que Sherazade agora ocupava, o queixo dela enterrado na almofada dele, o ferimento coberto por cataplasmas. Irsa se ajoelhou diante dele, nos olhos dela uma mistura de pena e frustração. Depois de algum tempo, Tariq a encarou.

— Sinto muito que isso tenha acontecido, Grilo. Por favor, acredite quando digo que nunca quis que nada disso acontecesse.

— Sei que não queria. Mas não sou eu que mereço ouvir seu pedido de desculpas — Irsa falou baixinho.

— Eu sei.

— Se sabe, acho que seria inteligente se no futuro você agisse com base nisso. — Irsa então pegou os pacotes de ervas que usara para preparar o chá de Sherazade e saiu dali.

Tariq segurou a mão de Sherazade. Entrelaçou seus dedos nos dela. A pele da palma de sua mão era macia, exceto pelos calos que ele sabia que desenvolvera em anos de treino no arco e flecha. Os anos que ele passara treinando ao lado dela. Encorajando-a a correr riscos. A ser mais do que a esposa que todos esperavam que fosse. A exigir atenção por onde passasse, como só ela conseguia. Como apenas ela fez, desde o dia em que Tariq percebera que havia — e haveria apenas uma garota no mundo para ele.

Apenas uma. Sempre.

Mesmo sabendo que era errado, Tariq roçou seu polegar no indicador dela. Ele sabia que nunca mais teria uma chance de tocá-la assim. Mas queria muito.

Uma última vez.

— Perdão, Shazi *jan* — ele murmurou. — Deus, se eu pudesse mudar aquele instante, não teria feito isso, nunca. Eu levaria milhares de flechadas por você. — Tariq aproximou a testa da dela. — Quando achei que você estava morta, não havia nada que eu quisesse mais que voltar atrás. Sinto imensamente, meu amor. Não consigo engolir o meu ódio como você faz. Não sou como você. Mas juro que vou escutá-la da próxima vez. Não importa quanto eu ache suas palavras desagradáveis. Eu as escutarei, Shazi.

Tariq se levantou e parou para dar-lhe um beijo na testa.

— Juro pela minha vida, nunca mais a magoarei — ele disse ao ouvido dela enquanto afastava um cacho rebelde.

Um grito mudo no canto o fez se endireitar. Tariq se virou. O rosto de Irsa al-Khayzuran estava congelado numa máscara de susto. Os olhos dela travados na entrada da tenda.

Onde o califa de Khorasan estava de pé com a lona da tenda recolhida... observando-o.

Tariq não decifrou sua expressão. Nem uma sugestão do que sentia. Nenhum sinal que indicasse que ele escutara uma só palavra. O califa esperou um segundo antes de entrar no recinto. Uma vez que se certificou de que seu rosto estava escondido pela *rida'*, ele pegou o arco recurvo de Tariq e sua aljava de flechas num silêncio sem pressa.

E aguardou na entrada.

Em silêncio, Tariq o seguiu para o deserto. O califa parou para lhe entregar o arco e as flechas antes de se afastar vinte passos.

Com a calma do olho do furacão, o califa sacou sua *shamshir* e a torceu em duas.

— Três flechas — ele começou numa voz que era audível à distância, apesar de Tariq não conseguir discernir nenhuma emoção por trás das palavras. — Três tiros, Tariq Imran al-Ziyad. Não há ninguém aqui para lhe impedir. Ninguém para me defender. Eu lhe concedo três flechas. Três chances de terminar o que começou perto do poço.

— Por que três? — Tariq imitou o tom impassível do califa ao colocar a aljava no ombro.

— Uma pela sua prima. — O califa enterrou uma espada na areia diante dele, o punho de joias cravejadas balançando ao luar. Ele fez um floreio reluzente com a outra. — Uma por sua tia. E uma por sua amada.

Tariq retribuiu o olhar fixo.

Mesmo à distância, os estranhos olhos do califa tinham um brilho do outro mundo.

— Mas quando errar, e você vai errar, você nunca mais fará o que eu acabo de ver.

— Então você tem ciúme? — Tariq perguntou alto o suficiente para ecoar nas areias frias.

Uma linha fina de nuvens lilases passava no céu, movendo-se rápido demais para confortar, lenta demais para conseguir fazer alguma diferença.

As tempestades do dia seguinte viriam sem aviso. Se viessem.

— Ciúme é uma emoção infantil e mesquinha. — O califa passou sua única *shamshir* para a mão esquerda num gesto fluido. — Eu não tenho ciúme. Tenho raiva.

Tariq esperou um instante. As palavras do menino-rei contrastavam com suas ações. Seria isso uma fraqueza, afinal? Algo que finalmente o fazia menos monstruoso e mais humano?

— Está preocupado comigo, Khalid Ibn al-Rashid?

O califa hesitou, e isso deu a entender mais do que as palavras poderiam jamais fazê-lo.

— Houve um tempo que sim. Mas o fato de esperar Sherazade adormecer para tocá-la me diz que você sabe que ela não aprovaria. Você não a desrespeitará dessa maneira novamente. Nem me faltará com o respeito.

Tariq brincou com o arco recurvo apoiado a seus pés.

— Não fiz isso para desrespeitá-la. Não estou tentando reconquistá-la. — Ele respirou com vagar. — Sei que... perdi.

A *shamshir* dançou no ar novamente.

— Mas ainda assim você deseja me matar. — E isso não foi uma pergunta.

Mas Tariq decidiu responder assim mesmo:

— Claro.

— Então eis a sua oportunidade.

— Não é uma oportunidade se você já disse que vou perder.

— E vai. — O califa pegou a segunda *shamshir* do chão e brandiu-as. — Porque você é um tolo se pensa que eu entraria numa batalha sem chance de ganhá-la.

— É por isso que ainda tem que me enfrentar num campo de batalha, seu cretino arrogante?

A boca do califa se transformou num sorriso irônico.

— Em parte.

— E quais seriam as outras razões? — Tariq tirou uma flecha da aljava.

— Porque eu ainda não conheço meu inimigo, Tariq Imran al-Ziyad. E, diferente de você, não gosto de lutar com o desconhecido.

— Eu sei quem você é — Tariq retrucou.

— Não. Você acha que sabe quem eu sou.

— Talvez você devesse se empenhar para me fazer mudar de ideia.

— Talvez devesse. — De novo o califa moveu as espadas em arcos elegantes. — Você tem três flechas. Mire com vontade.

Tariq tomou fôlego e posicionou a flecha no tendão. E esticou.

Ele devia mirar no coração do cretino. Porque, apesar da audácia do menino-rei, nenhum homem poderia escapar a três flechas, atiradas em rápida sucessão. Talvez ele pudesse se esquivar de uma. Desviar de uma segunda com um movimento da espada no momento certo.

Mas não de uma terceira. Ele não poderia ser um espadachim *tão* bom. Ninguém era. A ideia era simplesmente aviltante. Repleta da audácia que costumeiramente trazia tantos problemas a Sherazade.

Eram parecidos nisso. Shazi e o menino-rei.

Arrogantes. Audaciosos.

Estranhamente presos a suas convicções. Estranhamente honrados. Tariq devia mirar no coração. E acabar com ele. Por Shiva. Por sua tia.

Por si mesmo.

Com a raiva fluindo em seu sangue, Tariq esticou o tendão ainda mais. Ouviu-o estalar no seu ouvido. As penas de ganso entre seus dedos tão conhecidas por sua maciez; quase sussurrando uma promessa ao vento.

A promessa de um fim para seu sofrimento.

Ele podia dar conta disso. A arrogância do menino-rei o fazia fraquejar. Ela o fazia se achar incapaz de tal violência. Ou incapaz da habilidade necessária.

Tariq olhou para as marcações inúteis da ponta da flecha. A ponta em obsidiana olhando para ele, lindamente ameaçadora à luz da lua.

A última ponta de flecha que Tariq vira fora a que tirara das costas de Sherazade. Tingida de vermelho pelo sangue dela.

Pingando com o sangue da única garota que ele sempre amara.

Parecia que fazia apenas um instante que ele prometera a Sherazade nunca mais magoá-la.

Um instante e uma vida toda.

E isto? O que ele estava a ponto de fazer? Isto faria muito mais do que magoá-la. Isto a destruiria. Além das palavras. Além do tempo. Como Sherazade falara certa vez da morte dele. Numa noite, havia pouco tempo, quando ela se preocupara com a possibilidade de Tariq perecer pelas mãos do califa de Khorasan.

Nunca haveria um fim. A não ser que alguém decidisse acabar com isso.

Tariq baixou a arma.

— O vento não está bom.

— O vento não deve ter importância para um mestre no arco e flecha como você.

— Não deveria — Tariq respondeu com simplicidade. — Mas tem.

O califa baixou as espadas.

— Talvez você não seja o arqueiro que pensei que fosse.

— Talvez. — Ele desviou os olhos do menino-rei. — Ou talvez eu esteja apenas aguardando um vento mais favorável.

A expressão do menino-rei ficou mais sombria em resposta, e um músculo do queixo se contraiu.

— Não se esqueça, Tariq Imran al-Ziyad... Eu lhe dei esta oportunidade. Hoje você atira em mim... e atinge aquilo que importa mais do que a própria vida. Da próxima vez que tentar algo na presença dela, eu o esfolo vivo e deixo os restos para os cães.

As sobrancelhas de Tariq se ergueram bem alto.

— E aqui estava eu a ponto de acreditar que você não fosse um monstro.

— Sou filho do meu pai, um monstro por linhagem e por direito. — A voz do califa permanecia fria, a despeito do calor das palavras. — Não faço ameaças vazias. Não se esqueça disso.

— Ainda assim quer que eu acredite que merece Sherazade. Que é o melhor para ela. — Tariq segurou sua ironia.

— Nunca pediria coisa tão descabida. E fique tranquilo, porque o dia em que eu me preocupar com a sua opinião, será o dia em que a lua nascerá no lugar do sol. Mas saiba o seguinte: lutarei pelo que é importante para mim, até morrer.

— Ela é importante para mim também. Nunca amarei ninguém ou algo como amo a Sherazade.

Ao ouvir isso, o califa retribuiu com um sorriso, irônico.

— Discordo. Você se ama muito mais.

O ressentimento se instalou no peito de Tariq, começando a queimar lentamente.

— Não...

— Até aprender a abrir mão de seu ódio, você sempre se amará mais.

Tariq deu uma gargalhada. Sombria e mordaz.

— Você pode honestamente dizer que não me odeia?

O califa parou.

— Não. Não o odeio. Mas me ressinto profundamente do seu passado, mais do que posso pôr em palavras. — Ele juntou as espadas numa só e começou a andar na direção de Tariq. — Tem ideia de quantas vezes eu podia tê-lo matado, Tariq Imran al-Ziyad? Quantas vezes desejei, nos recantos mais escuros da minha alma, que você não mais existisse? Sei quem você é, quem é sua família, há muito tempo. Meu pai o teria matado simplesmente por olhar para Sherazade da maneira que faz. Por mim mesmo, eu o teria matado. Mas por ela, não o fiz. —

Ele enfiou a espada na bainha com um gesto rápido. — E nunca teria, se não fosse pelos acontecimentos desta noite. — Ele disse como algo de que tivesse se lembrado.

Tariq apertou a mão em volta do arco, pensando no que o califa estava dizendo. Por mais difícil que fosse para Tariq admitir isso, ele não achava que o califa estivesse mentindo. Pois ele não parecia propenso a enganar. O que lançava dúvidas sobre outras suspeitas que Tariq havia muito cultivava contra ele. Suspeitas que havia muito clamavam por respostas.

O ódio de Tariq não podia continuar na sombra.

— Por que assassinou minha prima? — perguntou abruptamente.

— Porque eu achava que não tinha escolha — o califa respondeu com cautela. — Acreditava que a escolha tinha sido tirada de mim por um homem que desejava que eu sofresse tanto quanto ele. Um homem que lançou — ele respirou fundo — uma maldição em mim pela minha negligência. Amaldiçoou as famílias de Rey com a morte de suas filhas ao alvorecer. E, fazendo isso, o homem amaldiçoou toda a Khorasan. — Um traço de angústia brilhou no olhar do califa, uma angústia que contava sobre um sofrimento desconhecido. Ele respondeu como se esperasse responder por muitos anos ainda. Como se soubesse que nenhuma resposta jamais bastaria.

— Uma... maldição? Você matou minha prima por causa de uma *maldição*? — Tariq estava incrédulo. Seus olhos arregalados, turvando tudo à sua volta por um instante.

— Eu estava errado em acreditar que não tinha escolha — o califa falou baixinho, continuando a se aproximar de Tariq. — Muito errado. E nunca vou poder consertar isso. Nem posso consertar as coisas para sua família. Mas posso tentar fazer algumas reparações, se me der uma oportunidade.

Tariq rangeu os dentes. Apesar da revelação — apesar de perceber que era isso que Shazi estava tentando lhe dizer o tempo todo —, a resposta do califa nada respondia. Era apenas uma porção de garantias vãs.

Nada substancial.

— Suas promessas são vazias — Tariq retrucou. — Ditas tarde demais.

— Minhas promessas não são palavras vazias. — O califa parou a um corpo de distância dele. — Apesar de que uma promessa não significa nada se não se acredita nela.

O queixo de Tariq se enrijeceu.

— O xeque deste acampamento certa vez me disse que confiança não é algo que se dá. É algo que se conquista. Você ainda não conquistou a minha.

A boca do califa se curvou num sorriso reticente.

— Acho que gostaria de conhecer esse xeque.

Um silêncio pouco à vontade se instalou antes que Tariq respondesse, com igual reticência.

— Embora eu esteja relutante em admitir, suspeito que ele iria gostar de você.

— Por que diz isso?

— Ele gosta de uma boa história de amor. — Tariq suspirou com resignação.

— Mas ainda não tenho certeza se esta é uma boa história de amor.

Com essa afirmação tranquila, Tariq percebeu alguma vulnerabilidade enterrada sob a arrogância. Mais do homem por trás do monstro.

Tariq parou para considerar o menino-rei que ele desprezara por tanto tempo. Que mais de mil vezes pensara em matar lentamente com as próprias e ávidas mãos.

Pela segunda vez, Tariq vislumbrou que havia algo... mais.

Não algo de que ele gostasse. Talvez algo de que pudesse jamais gostar.

Mas talvez algo que ele não mais odiasse.

— Para seu bem, é melhor que seja uma bela história de amor — ele sussurrou.

Ao ouvir isso, o califa de Khorasan fez uma reverência para Tariq Imran al-Ziyad, com a mão na testa.

Depois de um instante, com uma leve pontada no coração...

Tariq retribuiu o gesto.

Distorção

Quando Sherazade acordou na manhã seguinte, a cabeça girava e o ombro estava dormente. A língua estava pesada e grossa, e todos os músculos do corpo doíam.

Mas ela estava quente. Mais quente do que se lembrava de jamais ter estado.

Pela primeira vez na vida, acordou abraçada por alguém.

Khalid estava dormindo abaixo dela.

Ela estava deitada de bruços, espalhada sobre ele, seus membros emaranhados.

Por um instante ela congelou, achando que ainda estivesse sonhando, drogada por um dos tônicos amargos de Irsa.

Como Khalid pode estar dormindo?

Ela olhou confusa para ele, ainda com sono. Notou então um quadrado de couro enrolado num fio de metal em seu pescoço.

Ele estava usando o talismã que Musa Zaragoza dera a ela.

Sherazade raramente vira Khalid assim. A visão dele aparentemente entregue era... intrigante, para dizer o mínimo.

Ele parecia um belo desastre.

Seu cabelo escuro em completo desalinho. Havia manchas de sujeira embaixo de um dos olhos. Penetrando as rugas formadas pela cicatriz ao lado do olho. A *qamis* não era do seu tamanho, porque obviamente não lhe pertencia. Estava muito justa em seu peito, e os braços eram longos demais.

Sherazade ficou observando em silêncio Khalid dormir. O ritmo constante de seu peito subindo e descendo poderia até fazê-la adormecer, se ela assim o quisesse.

Em vez disso, apoiou o queixo nas mãos e continuou observando-o cautelosamente.

Khalid adormecido era uma visão fascinante. Acordado, cada sombra, cada reentrância pareciam ressaltadas pela apatia gelada com que recebia todas as coisas — a máscara de orgulho e petulância que usava para esconder um mundo interior de sentimentos. Desacordado, tudo ficava mais suave. Como se fosse moldado na argila mais pura. Seus lábios estavam ligeiramente afastados. Convidando ao toque. Suas sobrancelhas — em geral franzidas — estavam tranquilas e sem a ameaça de seu iminente julgamento. Seus cílios, longos e espessos, desenhavam uma curva escura nas maçãs do rosto.

Tão bonito...

— Uma pintura seria melhor. — Ela prendeu a respiração.

Os lábios de Khalid mal se moveram quando ele falou. Seus olhos continuavam fechados.

Ela pigarreou.

— Não preciso de uma pintura. Nem quero uma...

Apesar de tentar parecer indiferente, a rouquidão de sua voz a traiu.

Ela talvez pudesse atribuir isso à hora. Ou à recente confusão.

Ou a qualquer...

— Mentirosa.

Com o sangue subindo pelas faces, ela se virou... e respirou aceleradamente.

Uma dor lancinante começou no ombro e percorreu suas costas. Sherazade mordeu o lábio inferior com força.

Imediatamente, Khalid abriu os olhos. Ele segurou o queixo dela com uma mão e a olhou atentamente. Então pegou um copo na cabeceira da cama e deu a ela.

— O que é? — ela perguntou, pigarreando.

— Algo que sua irmã deixou para diminuir seu desconforto.

Sherazade bebeu o líquido, sentindo o gosto amargo na garganta. Fez uma careta. Apesar de Irsa ter claramente tentado melhorar o sabor do tônico com mel e hortelã fresca, ele continuava com um gosto horroroso.

Enquanto ela bebia, algo se mexeu no canto mais escuro do outro lado da tenda. Tariq apareceu em seguida, seu cabelo amassado e os olhos sonolentos.

— Alguma coisa errada?

— Não — Khalid respondeu. — Nada além de birra matinal.

Sherazade franziu o cenho.

— Ninguém lhe perguntou.

— Para falar a verdade, perguntei a ele, sim. — Tariq bocejou enquanto falava. — Porque é mais provável que consiga uma resposta honesta dele do que de você.

Sherazade fuzilou Tariq, mais do que disposta a enfrentá-lo, apesar de seu estado.

— Então você está falando com ele em vez de estar tentando matá-lo?

— Seja gentil, Shazi — Tariq retrucou, tranquilo. — Afinal, eu o deixei dormir na minha tenda.

Estamos na tenda de Tariq. E conseguimos sobreviver a esta noite, aqui.

Sherazade mal podia acreditar. Novamente pensou se não estaria sofrendo algum efeito retardado dos acontecimentos da noite passada. Porque decerto não poderia haver um tom de mau humor na voz de Tariq. E ela não detectava nenhum indício de tensão em Khalid.

É óbvio que algo digno de nota aconteceu entre eles.

Algo além das tentativas de se matarem.

Mas Sherazade não tinha certeza se tudo era realmente o que parecia.

A cautela se instalou em seus ombros, e Sherazade olhou de seu marido para o seu primeiro amor. E de volta.

O que teria acontecido para que Tariq não estivesse mais ferido no coração pela mera existência de Khalid? E o que teria acontecido para Khalid não pensar mais em destruir Tariq apenas por vê-lo?

Nunca entenderei os homens.

Mas ela não iria questionar sua sorte. Pelo menos não por ora.

— Que horas são? — Sherazade perguntou, a voz ainda mais rouca que de costume. Parecia que o chá que Irsa lhe preparara estava diminuindo sua capacidade de falar. Ou talvez o tônico ao lado da cama. Em qualquer dos casos, ela não conseguia raciocinar direito. O que quer que tivesse bebido havia diminuído sua dor, tinha de admitir.

Tariq avaliou a luz fraca que passava pelas costuras da tenda.

— Acho que já é quase aurora.

Ela fechou os olhos.

— Ah.

— Mas não acho que ele deva permanecer no acampamento por mais tempo — Tariq falou, pensativo. Por um momento, a indecisão pareceu assombrá-lo. Como se não soubesse o que fazer. — Pois não posso continuar garantindo sua segurança, se alguém descobrir sua identidade. Afinal... — ele ficou sério —, ele não tem um exército formado para apoiá-lo.

Sherazade se preparou para uma das respostas virulentas de Khalid. Algo curto e grosso que certamente provocaria Tariq.

Quando Khalid não disse nada, Sherazade aproveitou para responder com um curto aceno de cabeça.

— Ele está certo. Devemos voltar a Rey correndo, Khalid. — Segurando um grito de dor, Sherazade se virou, preparando-se para ficar de pé.

— Posso ir sozinho — Khalid respondeu.

— Não. Ninguém sabe que saiu, e o *shahrban* ficará alvoroçado se achar que alguma coisa lhe aconteceu. Para não falar em Jalal. Precisamos voltar rapidamente.

E o tapete mágico é a melhor maneira de fazer isso.

— Meu tio ficará furioso comigo de qualquer maneira. E Jalal... provavelmente nem notará. — Ao mencionar seu primo, Khalid contraiu o corpo imperceptivelmente.

— Claro que notará.

— Não tenho tanta certeza.

Uma tensão súbita e um indício de tristeza em sua voz fizeram Sherazade virar para trás para olhar para ele. Mesmo sob as sombras do alvorecer, a mudança em seu humor era evidente... havia algo para se preocupar.

O que aconteceu entre Khalid e Jalal?

Ao ver o olhar de advertência de Khalid para ela, Sherazade decidiu não tocar mais nesse assunto. Pelo menos não na presença de Tariq.

Em vez disso, ela conseguiu se sentar direito, sufocando um grito da dor que lhe descia pelo braço. Todo o lado direito do corpo estava enrijecido. Ela abriu e fechou a mão, na tentativa de restaurar o movimento dos dedos.

— Shazi... — Tariq caminhou para ela, o rosto carregado de preocupação... — Não acho que deva...

— Não pense que me importo com o que você pensa — ela disse, olhando para ele e gesticulando com o braço machucado para que se afastasse. — Especialmente porque a culpa é toda sua.

Tariq se encolheu.

— Não vou discutir isso. E, apesar de ser uma coisa fraca de dizer, *eu sinto muito*. Mais do que posso colocar em palavras.

— Sei que está sentindo muito. Todos sentimos muito por isso ter acontecido — ela falou, irritada. — Mas agora não é hora de me dizer o que devo fazer, especialmente depois de todas as suas burradas. — Com uma fuzilada, Sherazade voltou sua atenção para a tentativa de mover o lado direito do corpo, apesar da dor excruciante de cada movimento.

— Você não vai impedi-la? — Tariq perguntou a Khalid, o desespero evidente.

— Não — Khalid falou tranquilo, ainda deitado na cama em silêncio. — Não vou.

Sherazade lançou um olhar triunfante para Tariq.

— Mas você me emprestará um cavalo e provisões para uma viagem a Rey? — Khalid perguntou a Tariq, rolando para ficar de pé graciosamente. Quase debochando da incapacidade de Sherazade de ficar de pé.

— Khalid!

Ele girou para olhá-la de frente.

— Não vou impedi-la de fazer como quiser. Tal como você não me impedirá.

Tariq sorriu, mais do que ligeiramente divertido em ver Sherazade contrariada.

— Ficarei feliz em lhe emprestar o cavalo e as provisões. Mas espero retribuição no futuro. Com juros, porque você sem dúvida pode pagar por eles. Também não espere levar o meu cavalo. Não desta vez. — Ele hesitou. — E nunca mais, para falar a verdade.

— Concordo com os seus termos. — Khalid estava diante de Tariq, o primeiro três dedos mais baixo que o último, ainda assim ambos parecendo estranhamente equiparados.

Um rei à altura de seu súdito.

Concordando com Khalid com a expressão quase afável, Tariq olhou para Sherazade.

— Vou reunir as provisões necessárias e esperar por vocês dois lá fora. — E, sem mais que um sorriso cativante para terminar com a tristeza residual, Tariq saiu da tenda.

Ele nos deixou a sós.

Tariq nos deixou a sós por algum tempo.

Ou ele estava a par de tudo ou estava fazendo uma representação digna do melhor ator de rua de Rey.

Será que ele estava lhe dando sua aprovação tácita?

Tariq estava dando a *Khalid* a oportunidade de convencê-lo do contrário?

Momentaneamente surpresa, Sherazade sentou calada na beira da cama enquanto Khalid foi até a bacia se lavar.

— O que aconteceu entre Tariq e você? — Sherazade perguntou sem preâmbulos. Ela baixou a voz. — E quem está com o livro do meu pai?

— Tariq atirou uma flecha em você. — Khalid falou sem parar o que fazia. — E sobreviveu para contar a história. — Ele olhou para ela. — E o livro, não precisa mais se preocupar com ele. Você já fez mais do que o necessário.

— Khalid.

Passando as mãos molhadas no rosto e no pescoço, Khalid ficou em silêncio por algum tempo.

— Tariq Imran al-Ziyad e eu fizemos um acordo. — Ele levantou a tampa de uma caixinha de madeira ao lado da bacia e pôs uma pitada de hortelã e sal de rocha na palma da mão para limpar a boca do gosto do sono.

— Então não devo me preocupar?

Finalmente Khalid se virou para retribuir o olhar dela.

— Com o filho de Nasir al-Ziyad, não sei. Quanto a mim, não precisa se preocupar. Juro.

A última palavra ecoou no ar com seu significado claro.

Sherazade respirou devagar.

Khalid não buscaria revide pelo que acontecera na noite anterior. O que com sorte significaria que ele não guardava ressentimento por Tariq ter tentado matá-lo. Nem lhe queria mal por ter ferido Sherazade no processo.

A reconciliação que ela sonhara perto da fogueira parecia estar tomando forma novamente.

— Não vai deixar que eu o leve a Rey? — Sherazade perguntou, agarrando-se a esse sentimento recém-descoberto.

— Não. Não vou. — Ele terminou suas abluções sem nada dizer.

Sherazade franziu o nariz, frustrada, enquanto Khalid secou o queixo.

— Gostaria que não fosse tão teimoso.

— E eu gostaria que não tivesse pulado na frente da flecha ontem à noite. Mas desejos são para gênios e para os tolos que acreditam em tais coisas. — O indício de raiva em suas palavras trouxe uma onda de calor à pele dela.

Certamente ele não está zangado comigo por ter feito isso.

— Você acha que eu *queria* levar uma flechada? — ela o acusou. — Você não pode estar zangado comigo por causa disso, Khalid Ibn al-Rashid. Eu certamente não queria...

— Eu sei. — Khalid se ajoelhou diante dela, as mãos encostando em seu quadril. — Não quis dizer isso. Mas... — ele parou de repente, as linhas duras em seu rosto desaparecendo — você não pode fazer isso novamente. Eu... não posso assistir a uma coisa dessas outra vez, Sherazade.

Diante de sua expressão de dor, ela sentiu a garganta apertar. E sua mente viajou para a lembrança do menino que vira a mãe morrer diante dos seus olhos.

Khalid pôs a mão no pescoço dela, roçando o polegar em seu queixo.

— Você tem ideia de como essa flecha passou perto do seu coração? — ele sussurrou. — De matar você num instante?

— Se não o tivesse empurrado, Tariq o teria matado — ela respondeu, pondo a mão sobre a dele. Para pressionar todo o seu toque na pele dela.

— Melhor eu que você.

O olhar de Sherazade endureceu.

— Se está me perguntando se faria isso de novo, faria. Sem pestanejar.

— Sherazade, você não pode fazer isso nunca mais. — As palavras dele soaram baixas e roucas. — Me prometa.

— Não posso lhe prometer isso. Nunca prometerei tal coisa. Não enquanto eu viver. Como você disse certa vez, não há escolha neste assunto. Não para mim.

O peito de Khalid subiu e desceu num profundo suspiro.

— Gostaria que não fosse tão teimosa. — Ele repetiu as palavras que ela própria dissera mais cedo enquanto o seu polegar lhe roçava a face.

Seus olhos faiscaram numa emoção desenfreada.

Sherazade sorriu.

— Você é um gênio ou um tolo?

— Um tolo. Como sempre fui quando se trata de você.

— Pelo menos você admite isso.

— Pelo menos duas vezes. — Um canto de sua boca se curvou para cima. — E só para você.

Sherazade passou as duas mãos no rosto de Khalid. O cavanhaque lhe roçava a pele enquanto seus dedos acariciavam o queixo do marido. Os olhos dele se fecharam por um instante.

Esta não era a hora certa. Infelizmente nunca era a hora certa.

Mas não importava.

Nem o tônico mais pesado desacelerava o sangue em chamas que corria nela. Ela o puxou para si, inclinando seus lábios sobre os dele.

Ele tinha o sabor de água e hortelã e de tudo que ela ansiava em suas lembranças. Khalid cheirava como o deserto ao sol e o mais suave dos aromas de sândalo. O palácio de Rey e as areias escaldantes de Badawi, em perfeita harmonia.

Seu toque era de seda sobre o metal. Ele a fazia se sentir gelada e fervendo ao mesmo tempo. Os beijos dele eram a mistura perfeita do firme e do suave. Controle e loucura.

Quando ela tentou puxá-lo para mais perto, Khalid foi cuidadoso. Cuidadoso demais.

Como de costume, Sherazade queria mais. Ela envolveu os dedos na frente da *qamis* emprestada, dizendo isso sem palavras. Ele a freou, segurando o rosto dela entre as mãos.

Sherazade suspirou, silenciosamente amaldiçoando seus ferimentos.

— Odeio não poder ir com você.

— E eu odeio ter que deixá-la para trás. Deixando-a neste... caos. — As feições de Khalid se tornaram angulosas e tensas.

Isso a lembrou de outro problema iminente que ela havia quase esquecido.

Ela olhou em volta do quarto.

— Onde está, Khalid?

O livro do meu pai. A razão para tantas mortes e para o caos.

Khalid meteu a mão embaixo da cama e pegou o pequeno embrulho que sua irmã estava abraçando junto ao poço.

— Irsa deixou comigo na noite passada — ele falou baixo. — Deixei ao alcance da mão, junto com a minha espada e a sua adaga.

— Irsa? — Sherazade quase sorriu diante da intimidade. — Ela lhe deu permissão para chamá-la assim?

— De certa forma — ele murmurou, ajeitando o cabelo atrás da orelha.

— Você me disse certa vez que não tinha intenção de ser amado pelo seu povo, Khalid Ibn al-Rashid. Mesmo assim, conseguiu conquistar vários de seus maiores críticos em uma única noite. — Sherazade sorriu abertamente.

— Irsa era um dos meus maiores críticos? — Ele ergueu as sobrancelhas.

— Ela é minha irmã. É claro que era.

Um esboço de sorriso surgiu nos lábios dele. O coração de Sherazade se aqueceu diante disso.

Para além da tenda, o balido forte de uma cabra os trouxe de volta ao presente.

— Preciso ir. — Khalid empurrou as bandagens sanguinolentas no chão para tentar alcançar algo mais debaixo da cama. Pegou sua espada e a adaga, colocando-as ao lado do livro do pai dela, ainda embrulhado em linho escuro e grosseiro.

— E a chave? — Sherazade sussurrou.

Khalid mostrou a corrente prateada no pescoço. A chave preta pendurada sobre seu peito, ao lado do talismã de jade. A visão de ambos fez Sherazade sentir um arrepio na espinha.

Ela colocou a mão sobre o peito de Khalid para cobrir o frio metal.

— Destrua-o assim que puder. Se possível, esta noite. Não perca tempo.

Ele concordou.

— Vou cavalgar durante o dia e destruí-lo assim que o sol se pôr. — Khalid encostou a testa na dela. — Volto para buscá-la assim que puder.

— Não. Eu irei até *você*.

Khalid sorriu antes lhe dar um novo beijo de parar o coração. Ele então colocou a adaga em sua *tikka* e desapareceu pela porta da tenda.

Um frio inesperado se fez sentir lá dentro.

E Sherazade percebeu que ainda estava muito escuro.

E o frio acordou Jahandar.

Ele não conseguia se lembrar da última vez que sentira tanto frio.

Sua mente estava exausta e inundada, como se ele tivesse sido um joguete no mar. Sua garganta parecia ter sido empalhada por linhas de seda. Com a boca seca e desorientado, Jahandar procurou o livro sobre seu peito, buscando seu calor confortador.

Mas ele não estava ali.

Em repentino pânico, ele abriu os olhos completamente.

Ele se sentou no colchão, suas cobertas recolhidas sem uso tal como camadas de cebola. Sua tenda estava ainda escura sob o manto da noite. A aurora mal atravessava as costuras da tenda, lançando fachos de luz fragmentada.

Jahandar apalpou o colchão. Depois o chão à sua volta. E um pouco mais adiante na escuridão.

Mesmo assim, não encontrou o livro.

Com o pânico aumentando, ele pôs a mão no pescoço para tocar a chave. Que também desaparecera.

A compreensão o atingia como um raio.

Alguém lhe roubara o livro e a chave. Sua cabeça letárgica e a língua inchada eram prova de que alguém o drogara, de olho em suas posses mais preciosas.

Alguém o enganara e o depenara.

Num ataque de raiva, Jahandar ficou de pé, chutando a lamparina de latão que ficava perto de seu colchão. O óleo pingou lentamente no interior da lamparina, liberando um cheiro forte que encheu o ar.

Lembrando a ele o poder dormente que existe em quase todas as coisas inócuas.

De fato, com um estalar de dedos, Jahandar tinha poder para atear fogo a todo esse acampamento.

Ou melhor, *tivera* esse poder.

Porque Jahandar ainda não sabia quanto de suas habilidades lhe custara a tempestade. Tampouco sabia o preço total que teria que pagar para desfrutar dessa incrível habilidade.

Ele precisava do livro para reaver seus antigos dons.

Precisava dele para ajudar Reza em seus empreendimentos.

Jahandar andou de um lado para o outro em sua minúscula tenda, a cabeça num pandemônio, pensamentos se sobrepondo, colocando fogo na estopa.

Só três pessoas no acampamento sabiam do livro.

Uma delas preparara o chá da noite anterior — o chá que provavelmente era o responsável por sua morosidade incomum.

Outra tinha feito perguntas sobre o livro nos últimos três dias. Pedira para ver o livro, aprender seu conteúdo. O livro que até ali não fora importante para ninguém, exceto para ele mesmo.

Jahandar parou de dar voltas.

Teria sido enganado por sua própria carne e sangue? Suas próprias filhas o haviam depenado? E roubado dele a única oportunidade real de se tornar um homem poderoso e influente?

Um homem digno de consideração?

Jahandar cerrou os punhos com força. Pegou sua capa, a raiva crescendo. Tomando conta de seus braços e de seu peito.

Rodopiando em sua mente numa tempestade furiosa.

A última dessas pessoas ia ajudá-lo a reaver o livro.

Porque esse homem também tinha muito a perder com o desaparecimento do livro.

Muito a ganhar pelo seu uso.

Jahandar podia não estar mais certo de nada, mas disso ele tinha certeza.

Assim como tinha certeza de que faria qualquer coisa para ter o livro de volta.

Até mesmo implorar, dar algo em troca, ou roubar.

Até mesmo matar.

Sherazade sabia que devia sair da tenda de Tariq.

Estivera lá dentro quase a tarde toda.

Apesar de seu ombro ainda doer e seu corpo estar fraco pelas provações da noite anterior. Estava na hora de voltar à sua própria tenda. De agir como se nada tivesse acontecido. Porque, se ela passasse outra noite na tenda de Tariq, alguém certamente notaria.

E isso não cairia bem para nenhum dos dois, a longo prazo. Apesar de seu relacionamento falso.

Ela se levantou e se encolheu com a pontada de dor que atingiu um lado do seu corpo.

A boca e a garganta estavam secas. Com uma careta, Sherazade tentou pegar o copo de tônico ao lado de sua cama e quase tropeçou. Praguejando baixo, ela se endireitou antes de tomar um gole do líquido amargo.

Ela não tomaria tão cedo nada com casca de salgueiro ou cevada.

Não posso continuar fraca assim. Especialmente porque precisarei viajar em breve para Rey.

Ficando em pé com esforço, ela acertou sua *qamis* e se envolveu na *shahmina* para esconder as ataduras grossas em seu ombro. Por um instante pensou em esperar a volta de Irsa para ajudá-la. Sua irmã tinha desaparecido havia mais de uma hora, depois de trazer mais tônico para sua cabeceira, e Sherazade não tinha a menor intenção de continuar recostada em ociosa solidão.

— Sherazade *jan*?

Ela quase deixou o copo cair. Tentando manter a compostura, Sherazade apertou ainda mais a *shahmina*.

— Tio Reza. — Ela baixou o copo, fechando as mãos para esconder o súbito tremor delas.

— Não quis assustá-la. — Ele sorriu sem reservas, os olhos castanhos quase líquidos no sol da tarde que passava por baixo da entrada da tenda.

— Não me assustei. — Sherazade engoliu em seco. — Está procurando por Tariq?

— Não. — Reza olhou para a cama desfeita. — Estava procurando por você. Posso lhe falar um minuto?

— Na verdade, eu estava indo para a minha tenda encontrar Irsa. É algo importante?

— Um pouco. — Ele deu um passo para o lado. — Posso acompanhá-la, se não se importar. Minha tenda fica no caminho.

Apesar de se sentir desconfiada com a persistência dele, ela não conseguia pensar em uma desculpa para dar.

— Claro.

Reza abriu a tenda para ela. Um guarda estava de pé do lado de fora, apenas para segui-los à distância. Sherazade tentou esconder seu desconforto com a proximidade do guarda e com a dor persistente de seu ferimento.

Que estranho que o tio Reza precise de um guarda com ele o tempo todo. Especialmente em seu próprio acampamento.

Como se não pudesse confiar nos que o cercam.

— Em que posso ajudá-lo? — ela começou, tentando parecer despreocupada.

Lutando para acobertar o nervosismo que sentia. Pois estava claro que Reza bin-Latief sabia que ela não estivera em sua própria tenda na noite anterior.

Será que sabe de algo mais?

O coração dela martelava no peito.

Reza sorriu pacientemente.

— Reparei que está passando mais tempo com Tariq.

— Sim.

— Está tudo bem?

— Sim. — Ela o olhou pelo canto do olho, sem saber ao certo o que ele queria dizer.

— Então não está mais doente?

Novamente, Sherazade engoliu em seco.

— Não.

— Fiquei preocupado com você. Alguém comentou que você andava estranhamente cansada durante o dia... — Ele deixou a frase inacabada, observando-a, muito circunspecto.

Sherazade ficou séria e mordeu o lábio, encabulada.

— Acho que os últimos meses me custaram muito, tio Reza. Tenho tentado me adaptar. Mas estou muito melhor agora.

Uma sobrancelha se ergueu.

— Mesmo? Sua coloração deixa muito a desejar. Conversou com Aisha sobre sua saúde?

Ela abanou a mão.

— Não quero dar trabalho a Aisha com essas coisas. De qualquer maneira, Irsa me fez um tônico que está ajudando um bocado.

— Irsa? — Ele parou, pensativo. — Então Irsa sabe preparar tônicos?

— Um pouco. Suponho que deva experimentar antes de se decidir. — Sherazade abriu o sorriso um pouco mais.

— Entendo. — Ele parou junto à tenda dele, a expressão ainda dúbia. Reza então pegou de leve no braço dela, o toque suave, mas real. — Sherazade? Queria tanto confiar em você, mas percebi uma coisa um tanto preocupante... e não posso mais ficar calado sobre esse assunto.

Sherazade recuou.

— Como assim? — O coração começou a dar pulos no peito.

— Eu vi linho ensanguentado ao lado da cama, Sherazade *jan*. — Ele pôs a mão gentilmente sobre seu antebraço, como se quisesse consolá-la. — Você foi obviamente ferida. Eu gostaria de mandar buscar Aisha para dar uma olhada. — Reza se virou para chamar com um gesto de mão o guarda atrás dele.

— Tio Reza... não fui, não. — Ela tentou novamente se afastar, o pânico tomando conta dela.

— Eu insisto. — Ele sorriu, a mão lhe apertando o braço. Se fosse qualquer outra pessoa, Sherazade teria se sentido mais do que ameaçada. Mas esse era o pai de sua melhor amiga. Um homem que ela conhecera a vida inteira. Um homem que havia muito tempo ela considerava um segundo pai. — Eu não poderia em sã consciência deixar que se vá sem saber se está bem ou não — Reza continuou. — Por favor, deixe que Aisha cuide de seu ferimento. Se não se importar, esperarei com você aqui dentro até ela chegar.

— Tio Reza...

— Sherazade *jan* — a expressão dele tão serena —, não lhe dei atenção por tempo demais, e fui injusto com você quando chegou. Apesar de ter sido movido pela mágoa, isso não é desculpa. Por favor, me deixe reparar isso. Seu estado realmente me preocupa muito, e não posso continuar a ignorá-lo. Permita-me esse pequeno gesto. Por favor. — E indicou com a cabeça que ela o seguisse para dentro de sua tenda.

Com relutância, Sherazade entrou na tenda. Pois ela não via como sair dessa situação sem chamar mais atenção para si.

A tenda estava escura. Tão escura que ela levou um pouco de tempo para distinguir os diferentes tons de sombra. Então, pelo canto dos olhos, Sherazade viu uma sombra grande e ameaçadora na entrada.

Era a sentinela que ela encontrara no dia seguinte à sua chegada ao acampamento Badawi. A que tinha a tatuagem dos Fida'i no antebraço. Aquela a quem ela dispensara um julgamento grosseiro e lhe respondera à altura.

Ele veio na direção dela como um borrão cinza saindo da escuridão. Sherazade correu para a porta, um grito preso na garganta. Olhou para Reza bin-Latief pedindo ajuda. Para o pai de Shiva. Para o segundo pai, em quem confiou por tanto tempo.

Ele olhou, sem reação. Um olhar calmo e letal.

E o assassino Fida'i a segurou pelo pescoço. Enquanto um cheiro adocicado turvou seus sentidos.

E tudo ficou escuro.

O maior poder de todos

Omar al-Sadiq estava com medo.

Fazia muitos anos desde que realmente sentira medo. Ele estava velho demais para isso. Tranquilo demais com a vida. Firme demais em suas convicções.

Mas não conseguia achar a califa de Khorasan. Ele a procurara a tarde toda. E Irsa al-Khayzuran também estava sumida.

Omar sabia que algo havia acontecido na noite passada, quando sua sentinela mais confiável lhe contara que Sherazade não voltara à tenda dela. E a mesma sentinela não vira a califa em nenhum lugar nesta manhã. O que era verdadeiramente alarmante. Antes, quando desaparecia toda noite, ela sempre voltava à sua tenda ao alvorecer.

E agora Omar tinha certeza de que seus piores medos haviam se tornado realidade.

Na verdade, sabia que era tudo apenas uma questão de tempo.

O que o obrigava a tomar uma decisão. Era evidente que Reza bin-Latief mentira sobre suas intenções, como Omar suspeitara que ele pudesse fazer. Mas o decepcionou ter tanta certeza disso, porque Reza se tornara seu amigo. Ele fora um bom homem. Um homem que amara sua mulher e sua filha e vivera uma vida de desejos simples.

Mas o sofrimento mudara tudo isso. Porque é fácil ser bom e gentil em tempos de fartura. Os tempos difíceis eram os que definiam um homem.

E o amor? O amor era algo que podia mudar muito uma pessoa. Trazia tanto alegria como sofrimento, e trazia no seu bojo os momentos que definiam o caráter.

O amor dava vida aos que não viviam. Era o maior poder de todos.

No entanto, como em todas as coisas, o amor também tinha seu lado negro.

A escuridão tomara conta de Reza bin-Latief, como Omar tinha previsto que aconteceria.

Omar vira a escuridão descer sobre seu amigo, como percebera que sua tribo estaria envolvida no embate entre dois reinos. Ficaria entre as belicosas nações de Khorasan e da Parthia. Uma soberana terra de abundância, abatida por recente tragédia. A outra era menor em todos os aspectos, menos na ambição.

A terra dos Badawi ficava na fronteira entre Khorasan e Parthia, e Omar sabia que seria impossível permanecer de fora de qualquer confronto entre as duas, não importava quanto ele desejasse que fosse assim. Seu povo lhe era querido demais, sua terra, valiosa demais.

Mas Omar não sabia como fazer melhor.

Ele não sabia quem seria o seu verdadeiro inimigo e quem poderia transformar em amigo. E Omar não era do tipo de escolher lados sem conhecer todos os fatos. Sem olhar as duas faces da moeda.

Esperara que Tariq — o jovem nobre de Khorasan que tinha um coração tão puro — o ajudasse na escolha. O Falcão Branco de Khorasan, que guiaria seu reino da escuridão de volta à luz.

Mas agora Omar não estava tão certo. Porque ainda não tivera a oportunidade de falar abertamente sobre esse assunto com Tariq. E o coração do rapaz não parecia estar nos ataques recentes feitos aos baluartes das redondezas. Omar não sabia se Tariq tomara uma boa decisão ao seguir o tio. Não estava certo de que Tariq sabia como escolher direito entre o certo e o errado.

Porque Tariq só havia visto um lado da moeda.

Estava na hora de Omar contar a Tariq tudo o que sabia. Tudo o que aprendera em sua observação silenciosa. Tudo o que ele havia muito suspeitava.

Estava na hora de Tariq também fazer uma escolha.

Porque o tio de Tariq já fizera a dele. Uma estrada para a escuridão. E agora a califa de Khorasan e sua irmã mais nova estavam desaparecidas. Omar só precisava de uma chance para descobrir para onde elas foram levadas.

O que queria dizer que os dois reinos estavam à beira de uma guerra. O que significava que a tribo de al-Sadiq voltaria a cavalgar.

Mas com quem?

Com um misterioso menino-rei que assassinara todas as suas noivas sem razão aparente? Ou com um tirano sedento de poder que pagava a mercenários para passar seu tempo misturados ao povo de Omar? O mesmo tirano sedento de poder que Omar suspeitava que se aliara a Reza bin-Latief havia muito tempo.

Porque Omar vira baús de ouro serem levados no meio da noite. Ele vira os bandidos com suas tatuagens de escaravelho. E fora a razão para ele ter pedido a Reza bin-Latief que realocasse seu exército nos arredores do campo quase quinze dias antes.

Mas qual dos dois reis era o verdadeiro vilão dessa história? Porque uma história era tão boa quanto seu vilão.

De fato, estava na hora de Omar se decidir. De tirar a lã gasta dos olhos do deserto.

Porque o deserto tinha olhos. Olhos que Omar colocara ali havia muitas luas. Omar sempre soube como observar e escutar. Este deserto é dele. Um deserto em que seu povo mandava havia seis gerações.

Estava na hora de Omar descobrir se Tariq era feito de mais do que apenas músculos e coragem. De descobrir se ele aguentaria a verdade. Uma vez que Omar lhe confidenciasse tudo, ele escutaria o que o rapaz tinha a dizer. E então tomaria uma decisão.

Se o rapaz ia ser seu inimigo ou seu aliado, ainda estava para ser descoberto.

Mas o povo de Omar vinha primeiro. Apesar do quanto ele passara a gostar do rapaz. Apesar do quanto Omar queria ver o garoto conseguir tudo o que tinha direito.

Quanto ele queria ver a história de amor de Tariq acabar bem.

Omar já dissera isso muitas vezes a Aisha. Apesar de ela pigarrear muito todas as vezes que escutava, ele sabia que isso nunca a deixava de fazê-la sorrir.

— Me dê um amor que valha a pena ou uma bela morte!

Infelizmente, Omar era um homem ambicioso.

E sempre esperava conseguir as duas coisas.

Vida e morte nas páginas de um livro

Khalid cavalgou pelo deserto até o sol mergulhar no horizonte.

Levaria ainda dois dias de cavalgada difícil para alcançar Rey. A essa altura, seu tio estaria certamente perplexo. Não fazia a menor diferença que Khalid fosse o califa e por isso com direito à própria liberdade. Em assuntos como esse, o general Aref al-Khoury só enxergava um garoto raivoso, sozinho na escuridão. O mesmo garoto de quem tomara conta em silêncio todos esses anos.

Khalid só podia esperar que o *shahrban* achasse que ele estava ocupado em uma de suas tantas excursões pela cidade. Ou que Jalal estivesse disposto a esconder a ausência dele por algum tempo.

Mas Khalid duvidava que o primo estivesse disposto a fazer isso.

Porque a conversa entre eles nas últimas semanas podia ser descrita, no melhor dos casos, como "afetada".

"Muito hostil", no pior dos casos.

Assim, Khalid não sabia como poderia explicar essa ausência em particular a seu primo. E não tinha conseguido achar nenhuma pista de Despina ou do Rajput. Em lugar nenhum.

Ele continuava cavalgando num passo rápido pelas areias marrons até que apenas um indício do calor do sol permanecesse no céu. Então desmontou do corcel emprestado e tirou o pacote de provisões da sela.

Parando um instante para tomar fôlego, Khalid soltou o livro das dobras gastas do couro que o embrulhavam. O livro ainda estava envolto no linho rústico. Enfiando-o debaixo do braço, Khalid se afastou do cavalo, uma mão já buscando a adaga em seu quadril.

Ele não sabia o que esperar.

Apesar de a estranha feiticeira nas montanhas a leste ter avisado que o livro gritaria — e reagiria —, Khalid ainda não sabia o que poderia acontecer.

Tampouco confiava nela. Nem um pouco.

Essa fora a razão por que esperara até estar longe de tudo e de todos antes de tentar o que quer que fosse com o livro.

Mais ninguém morreria por causa dessa maldição.

Não se ele pudesse impedir.

Khalid tirou a adaga incrustada de sua *tikka*. Acomodou o livro num monte de areia diante de si e, uma vez desembrulhado, ele o observou para dizer o encantamento.

Era estranhamente impressionante. Feio, até. Encadernado em couro gasto e cheio de manchas de água. Roído nas pontas. Com ferrugem nas costuras. Selado ao centro por um cadeado manchado que Khalid tinha certeza de que qualquer ladrão sem habilidade seria capaz de abrir com um grampo de cabelo.

Estranho que algo tão banal pudesse significar tanto. Pudesse provocar danos tão incalculáveis em tantas vidas. A cidades inteiras. A tantas famílias.

Apenas um livro. Meros rabiscos numa página.

Khalid deu um sorriso amargo. "*O poder por trás das palavras está com a pessoa que as profere.*" Sempre fora um dos ditados favoritos de sua mãe. Uma das mais notáveis pérolas de sabedoria que Musa Zaragoza jamais transmitiu a ambos.

Ele fixou o olhar no volume gasto.

As palavras desse livro em particular jamais dariam poder a alguém novamente.

E, se a feiticeira não mentira para eles naquela noite, na fortaleza da montanha, as palavras dela poupariam Khalid de uma vida enraizada no passado.

De uma vida despendida expiando por seus pecados.

Khalid tirou a chave negra do pescoço. E abriu o cadeado.

As páginas se abriram. Uma luz ígnea emanava delas. Doentia. A caligrafia impetuosa era indecifrável para ele.

Quando Khalid se esticou para tocar as páginas, uma onda súbita de calor subiu na direção dele, queimando-lhe a ponta dos dedos. Ele praguejou. Com a queimadura veio outro raio de luz, violento, vívido e brilhante. Maligno.

Nada mais.

Khalid desembainhou a adaga.

O livro pulsou em resposta. Ondulou com algum tipo de ameaça.

Ele passou a lâmina na palma da mão. Pingou seu sangue no metal. E este emanou um brilho vermelho-fogo. Então Khalid deixou o sangue correr nas páginas do livro.

Que começou a gritar. Um gemido agudo. Por um instante as páginas pareciam estar queimando. Um cheiro pesado e espesso tomou conta do ar. Os pingos rubros escureceram ao tocar a superfície do livro. Espirais cinzentas subiram deles, curvando-se num sinistro aviso.

O vento circulou em torno de Khalid, cobrindo-o com uma mistura de cinzas e fumaça. Com as rajadas, os símbolos que a feiticeira tinha gravado na lâmina começaram a brilhar como se estivessem respondendo à ameaça.

Khalid levantou a adaga bem alto.

Mas a fumaça paralisou sua mão. Ela criou vida e lhe envolveu o pulso como um torniquete gelado.

O que Khalid sentiu nesse instante não foi parecido com nada que já tivesse experimentado na vida. Não era uma visão, nem uma lembrança. Não era um sonho, nem um pesadelo.

Era apenas uma sensação. Do tipo nua e crua. Do tipo que nascia no seu íntimo e se exteriorizava para que todos pudessem ver. Do tipo que ele passara tanto tempo de sua vida negando, por medo de parecer fraco. Faria com que aqueles que o cercassem pudessem ver através de sua pele, até o próprio coração.

Era a soma de todos os momentos em que se sentira só. Todos os instantes em que se sentira destituído de poder. Em que quisera desaparecer. Cada pensamento horroroso e cada sentimento vazio fluindo por ele, como se o livro lhe tivesse penetrado, agarrado cada dúvida — cada vacilação — e trazido tudo para a superfície.

Trazendo tudo ali para dizer a Khalid que ele não tinha valor.

Não valia nada.

Não merecia ser um rei. Não merecia a confiança de seu tio. Nem a lealdade de Jalal. Ou a amizade de Vikram.

Não merecia o amor de Sherazade.

Afinal, o que fizera para merecer qualquer uma dessas coisas? Ele era o segundo filho não desejado de uma segunda mulher não desejada. Tudo para uma pessoa, e nada para ninguém.

Nada.

Fora nada mais do que um menino raivoso nas sombras por tempo demais. Um garoto que das sombras invejara seu irmão. Um garoto que das sombras assistira sua mãe morrer.

Um garoto que prosperara nas sombras. E agora tinha que viver na luz.

Viver... intensamente.

Lutar por cada respiração.

Khalid segurou a adaga com as duas mãos. Mas a fumaça reagia. O talismã jade se enroscava em seu pescoço. Os gritos soaram mais alto à sua volta. A areia subia num rodamoinho, se fechando cada vez mais, tentando engoli-lo. Tentando fazer com que desaparecesse.

E tudo o que ele quisera por tanto tempo fora desaparecer. Levar todo o horror com ele — todas as lembranças terríveis do sangue de sua mãe espirrando pela ágata de veios azuis e as cordas de seda do amanhecer...

E desaparecer sem deixar vestígios.

— Não.

Ele apertou a adaga com mais força.

— Não!

Todas as letras que Khalid escrevera, escrevera por uma razão. Toda desculpa que ele pedira, fizera por uma razão. Cada viagem que fizera a Rey, fora com esperança.

Porque ele queria ser melhor.

Ali estava a chance de ser melhor. Finalmente.

Uma chance de viver, de amar, na luz.

Com o sangue escorrendo de suas mãos, Khalid cravou a adaga no livro.

E, quando o livro lançou um último grito lancinante, a areia fechou-se em volta dele. Apertando-o, cortando sua pele.

Khalid não podia respirar. Não podia enxergar. O vento e a areia lutavam para sufocá-lo. Para roubar seu último propósito.

Lutavam para poupar as últimas forças do livro.

Com o peito arfando, Khalid rasgou uma tira do linho escuro para queimar, batendo com a pederneira para atear fogo. O vento apagou a chama imediatamente.

Foram cinco tentativas para acender. Cinco tentativas contra o rodamoinho. Cinco tentativas para proteger a chama e enfim atear fogo às páginas.

O livro queimou azul e forte por horas.

Até que a areia finalmente baixou. Até que Khalid finalmente desabou, exausto. Fitou o céu acima com seu corpo destruído. Todas as feridas em sua pele doíam, as cicatrizes haviam se reaberto na luta. O sangue de Khalid espalhado pela areia. Seus olhos começaram a pesar.

Ele estava perdendo a consciência. Perdendo sangue. Ele ia morrer ali no deserto.

Mas não importava. Desde que levasse a maldição com ele. Que pudesse manter seu povo a salvo.

Se pudesse manter Sherazade a salvo.

Nada mais importava.

Uma brisa estranhamente pacífica soprou no cabelo. Trazia uma sensação de calma que Khalid só sentira perto de Sherazade. A pouca paz pela qual sempre lutou. Como água nas mãos em concha.

Se Sherazade estivesse a salvo, ele poderia ter paz.

Os olhos de Khalid se fecharam. E ele dormiu.

Com o talismã de jade em pedaços a seu lado.

O palácio de arenito

Quando Sherazade despertou, foi ao som de pássaros e com a maciez da seda.

Até mesmo a brisa aromatizada à sua volta transmitia apenas luz e beleza.

Mas fora isso ela só sentia que estava sendo controlada. Sentia-se aprisionada.

Ela estava num dossel.

Ainda vestia a mesma *qamis* amarrotada e a *sirwal* suja de que se lembrava, mas o aposento em que dormira rivalizava com os melhores quartos do palácio de Rey.

De fato, podia-se até dizer que eram ainda melhores.

As treliças à sua direita eram de um entalhe ainda mais trabalhado. Talvez até um pouco demais. A madeira era bem rica em veios de marfim e salpicada de jaspe verde-escuro. Além das treliças, Sherazade podia ver uma série de painéis sombreando o balcão de mármore. Galhos de árvores floridas se derramavam sobre o terraço, entremeados com o trançado branco dos painéis, como uma tapeçaria, e com o rosa forte dos ramos pesados dos botões.

As paredes de seu aposento eram de arenito. Onde era possível ver, porque tapeçarias pesadas pendiam, cobrindo cada parede livre. A um canto, havia uma mesa decorada com pequenos pedaços de ladrilhos coloridos. Parecia que um artesão surtara e partira o arco-íris com um martelo, destruindo algo belo no esforço de criar alguma outra coisa decididamente menos bela. As almofadas jogadas por ali eram fofas e bordadas com fios de ouro e prata com pequenos espelhos. Na mesa espalhafatosa havia uma cesta de pão sírio e um copo de cobre, junto com uma travessa de ervas frescas, bolas de queijo de cabra, pequenos pepinos e uma variedade de chutney doce.

Quando Sherazade examinou a bandeja de comida mais de perto, percebeu que seu anfitrião não lhe dera uma faca nem havia nenhum utensílio ou qualquer outro objeto pontiagudo à vista.

Com suas suspeitas se acumulando, Sherazade se ergueu do monte de almofadas de seda e deu uma volta no recinto. Ela não podia ver além das complexas treliças no extremo do balcão. Na verdade, não podia ver quase nada além dessa prisão de arenito e marfim. Quando experimentou as maçanetas das portas duplas — que deviam ser a entrada dos aposentos —, estavam bem trancadas, tal como Sherazade imaginara.

Seu ombro ainda doía, mas pelo menos não mais a debilitava. Ao menos não seria empecilho para fugir quando a oportunidade se apresentasse.

Está claro que dormi por bastante tempo.

Os pensamentos de Sherazade se tornaram mais sombrios.

Por quanto tempo o pai de Shiva havia planejado me levar, contra a minha vontade, para longe do acampamento Badawi?

Porque agora era bem evidente que Reza bin-Latief estava associado aos assassinos Fida'i havia bastante tempo. Provavelmente tinha sido o responsável pelo envio de mercenários a Rey tantas semanas atrás, numa tentativa de matar Khalid ou sequestrar Sherazade com a ideia de usá-la como refém.

E agora Sherazade fora levada sem aviso.

Para um lugar que certamente traria uma previsível reviravolta. Sobretudo porque Sherazade tinha a sensação desanimadora de que sabia aonde fora levada.

Tentando manter seu medo sob controle, Sherazade foi até a bandeja de comida na mesa excessivamente colorida no canto. Derramou um pouco da água do copo no canto da bandeja de prata, esperando para ver se a superfície escurecia. Como não mudou de cor, Sherazade virou um pouco da água na pele para ver se lhe fazia algum mal. Só então experimentou um gole. Sua garganta estava terrivelmente ressecada. Ela ainda não confiava nos alimentos, mas sabia que precisava ao menos molhar a língua se pretendia sobreviver por algum tempo.

Quando Sherazade escutou o ruído de metal rangendo além das portas duplas, ela jogou as ervas fora e bateu a travessa contra a ponta da mesa de mosaicos. Pegou um dos cacos maiores dos azulejos e envolveu uma das pontas com o guardanapo de linho, de forma a criar uma arma rudimentar.

Pelo menos ela não ficaria à mercê do inimigo sem uma luta.

Uma das portas duplas se abriu. Sherazade escondeu a arma na sua calça desbotada.

Apenas para ver seu pai passar serelepe pelo portal...

Bem-vestido e ostentando um sorriso através de sua barba bem aparada.

Baba?

Quando Jahandar viu Sherazade — armada e agachada em posição de combate sobre o chão de mármore —, levantou as mãos cheias de cicatrizes pedindo calma.

— Sherazade *jan*! Não precisa ter medo. — Ele foi até ela com uma agilidade que Sherazade não via nele havia muito tempo.

— *Baba* — ela piscou, mais que confusa ao vê-lo tão limpo e arrumado —, onde estamos?

— Caríssima, por favor, baixe a arma. Não há razão para ter medo! — Ele sorriu novamente, um sorriso ainda maior. — Os guardas do lado de fora me avisaram que você tentou abrir a porta há pouco, então vim imediatamente.

— Onde estamos? — Sherazade perguntou de novo.

— Sei que deve estar assustada, mas ele não lhe quer fazer nenhum mal. Ninguém quer. Na verdade, estará mais segura aqui do que estava no acampamento. E mais bem cuidada. Como exige sua posição. — Os ombros de seu pai finalmente se endireitaram, cheios de algum tipo de orgulho. Um orgulho que não combinava nada com a situação dela.

— *Baba!* — ela o repreendeu, claramente irritada, porque ele ainda não respondera à pergunta que fizera por duas vezes.

O sorriso dele esmaeceu. Mas só um pouco.

— Reza achou melhor trazê-la para Amardha.

Como ela suspeitara. Mesmo assim, o coração de Sherazade parou. Por um instante, ela mal conseguiu respirar.

— Você me trouxe para Salim Ali el-Sharif?

— Claro! — Jahandar não se encolheu diante de seu tom ameaçador. — Ele é o tio do seu marido, não é? — ele falou, apesar de sua expressão indicar que sabia mais do que isso.

— Como pôde fazer isso comigo? — ela sussurrou.

Diante da acusação, os olhos lacrimosos do pai hesitaram, depois se enrugaram nos cantos. Naquele momento, Sherazade percebeu que ele não cederia a suas súplicas.

Não desta vez.

Ele se endireitou.

— Talvez eu devesse fazer essa pergunta a você, filha.

Imediatamente, Sherazade recuou diante disso e da luz fria que agora brilhava nos olhos do pai. Olhos que sempre refletiam calor para ela.

— O que fez com o meu livro? — seu pai perguntou com uma voz ameaçadora.

— Não sei do que está falando. — Ela ergueu o queixo, tentando esconder sua apreensão.

— Sherazade. Já falei com Irsa. Sei que foi ela que me drogou.

Sherazade manteve o rosto impassível, apesar de seu coração falhar ao ouvir o nome da irmã.

— Ela se recusou a falar qualquer coisa mais sobre isso, mas você sabe tão bem quanto eu que Irsa é incapaz de dizer uma mentira. E as tentativas de evitar contar a verdade foram desmentidas por suas ações. — O rosto crispou-se, irritado. — Por isso eu preciso insistir que você... — E ele fez um grande esforço para refrear seu temperamento. — Não estou com raiva, caríssima. Sei que alguém a obrigou a isso. Talvez o califa ou alguém com o desejo de minar...

— Não. Ninguém me obrigou a fazer nada. Porque nada foi feito.

Novamente surgiu um brilho frio no olhar de seu pai.

— Não minta para mim, filha.

Sherazade se pôs mais ainda na defensiva.

— Onde está Irsa, *baba*?

Nenhuma resposta, a não ser um leve suspiro. Quase nenhuma hesitação.

— *Baba?*

Ele abriu a boca para responder, então hesitou por mais um instante. Um instante que fez a garganta de Sherazade se fechar e tremer. Seu pai fez uma cara bondosa.

— Você ainda está fraca de sua viagem e de seus ferimentos. Permita aos criados do sultão servi-la, após o que você deve se juntar a nós no jantar. A filha do sultão tem estado bem preocupada com você. Prometo que tudo será discutido hoje à noite.

Sherazade tentou alcançá-lo, incapaz de esconder seu medo por mais tempo.

— *Baba*, por favor, não...

— Eu lhe permiti muita liberdade, filha. Talvez tenha sido em demasia. — A voz de seu pai era firme. Ele estava bem alto. Mais alto do que Sherazade jamais se lembrava. De fato, ela não o via agir dessa forma desde antes de sua mãe falecer. — Você me desafiou por tempo suficiente, Sherazade. Não vou permitir que minta para mim sobre isso. Você está brincando com algo perigoso e importante demais. Descanse por ora. E discutiremos o assunto mais tarde. — Jahandar se afastou.

— Por favor, me diga se Irsa está...

— Descanse. E discutiremos isso à noite... quando estiver pronta para me contar a verdade. — E Jahandar al-Khayzuran saiu do aposento num rodopio de seda fina.

Sherazade afundou ao lado do azulejo quebrado, ainda segurando sua arma improvisada.

O pânico que tentava conter desde que vira o pai — não, desde que a primeira suspeita de onde estava começara a tomar forma — se extravasou com uma pressa medonha.

A guerra que ela quisera impedir agora estava além do seu controle. Ultrapassara muito os limites de seus piores medos.

Porque, assim que chegasse a Rey a notícia de que Sherazade era prisioneira em Amardha — era agora uma hóspede do tio que certamente planejava usá-la como um peão —, Khalid marcharia para a cidade acompanhado de uma horda.

Disso Sherazade estava certa.

E, apesar de essa verdade custar a Sherazade a confiança de seu pai e muito mais, ela também tinha certeza de outra coisa: Khalid já destruíra o livro. O que lhes deixava sem nada para negociar. Nada que lhes desse alguma vantagem.

Exceto ela.

Mas Sherazade não era tola. Ela não se encolheria com medo diante do sultão da Parthia. Não suplicaria nem uma palavra gentil de seu inimigo. Nem esperaria ser salva, como uma criança que chora nos bastidores.

Ela faria o que precisava ser feito.

Primeiro encontraria Irsa. Descobriria uma saída desta maldita cidade.

Ou morreria tentando.

Sua preocupação com Irsa fez com que concordasse.

Apesar de não achar que seu pai fosse permitir que machucassem sua irmã, Sherazade não sabia mais o que pensava ele por trás daqueles olhos sedentos de poder.

Então nada disse quando as criadas entraram no quarto para banhá-la e vesti-la.

Estranhamente, a coisa toda parecia uma reminiscência do dia em que Sherazade chegara ao palácio de Rey, quando as duas criadas a haviam preparado para o casamento com o monstro. Quando esfregaram a pasta de sândalo em seu braço e passaram a purpurina de ouro antes de colocar nos seus ombros o pesado manto.

Desta vez, as roupas de Sherazade eram quase tão elaboradas quanto as daquela fatídica tarde.

Escarlate. O vermelho bonito que a lembrava do pôr do sol no verão.

Ou de sangue fresco pingando de uma ferida aberta.

A *sirwal* era feita da melhor seda e bordada com fio de ouro. O corpete era bem decotado. Bem mais do que ela estava acostumada a usar. O manto era feito de um tecido fino e dourado. Não do damasco habitual. Esse tecido lembrava uma teia. E na luz permitia insinuar tudo o que estava por baixo.

Sherazade se sentiu exposta. Vulnerável. O que ela sabia que não era uma coincidência.

As criadas teceram seu cabelo escuro numa trança larga e a laçaram com um fio de pérolas. As pulseiras no seu braço esquerdo e as argolas em suas orelhas eram de ouro martelado com fios de pérola e diamantes entremeados.

Como o pai lhe assegurara, Sherazade fora bem servida.

Vestida de acordo.

Mas ela não se sentia como uma rainha.

Porque uma prisioneira não pode ser uma califa.

Mas uma califa só é uma prisioneira se escolher sê-lo.

E, com esses pensamentos, Sherazade endireitou os ombros e curvou os dedos dos pés dentro de suas sapatilhas pontudas. Com a cabeça erguida, seguiu as criadas pelo corredor, onde um contingente de guardas estava a postos, aguardando para escoltá-la a seu destino.

Novamente Sherazade se impressionou com a opulência da estrutura em arenito à sua volta. Sim, o palácio de Rey tinha sido revestido em mármore e polido além da conta, mas sempre mantivera certa sobriedade. Como uma falta de vontade de abraçar tudo o que ele representava. E agora que via tudo o que um palácio podia ser, ela estava estranhamente feliz que Khalid não colocara em cada esquina uma estátua dourada, nem pendurara em cada vão uma tapeçaria brilhante. De fato, parecia que todo canto em Amardha havia sido adornado com folha de ouro ou de prata, todo capitel com relevo e cravejado com joias além do razoável e do bom gosto, e a visão de tudo isso fez Sherazade ficar pouco à vontade.

O único lugar onde o palácio de Rey era melhor do que o edifício de arenito de Amardha era em sua caligrafia. Porque Rey apresentava uma incomum quantidade de exemplos da arte de ornamentos. Graciosos floreios e rebuscados volteios serviam as palavras escritas. E Sherazade sabia que era porque Khalid tinha um fraco pela poesia.

Enquanto era óbvio que Salim Ali el-Sharif tinha uma preferência pela opulência.

Prefiro poesia sempre.

Apesar de tudo, Sherazade quase sorriu para si mesma com o pensamento.

Os guardas a escoltaram por vários corredores luxuosos na direção de um grupo de portas entalhadas, lindas, maiores e mais largas do que ela jamais vira. E é claro, como ela já esperava, eram pintadas com uma camada de ouro líquido, com maçanetas de safira do tamanho de seu punho. Dois guardas as abriram, e ela seguiu o grupo de soldados por uma série de escadarias de arenito polido até um aposento abobadado de granito rosa pálido com veios profundos de borgonha. Uma única mesa longa estava no centro, iluminada por longos círios perfumados em água de rosas e mirra. A toalha parecia ter sido tecida no melhor fio de seda, lustrosa à luz quente dos círios.

Porque o aposento sem dúvida podia ter mais ouro.

Até onde a vista alcançava, Sherazade viu toda uma demonstração desnecessária de opulência. Até a essência dos círios irritava o fundo de sua garganta, pela sua extravagância. Exagerada.

Excessiva.

Sherazade fora a primeira a chegar.

Novamente, tinha certeza de que não era por acaso.

Um guarda a direcionou para uma almofada de um azul bem escuro ricamente decorada próximo ao centro. Apesar de nenhum guarda ser rude com ela, percebeu certo escárnio percorrer a escolta no momento em que o rapaz mais próximo dela — com uma cicatriz no nariz — encarou seu decote quando se abaixou para sentar.

Sherazade olhou para cima e o fuzilou com o olhar.

— Existe alguma razão para você estar olhando para mim dessa maneira? — ela perguntou, sua voz aguda ecoando pelo aposento abobadado. — Deseja morrer, ou apenas é tão insensato quanto parece?

Ele baixou a cabeça num cumprimento curto, seu maxilar enrijecido.

— Isso não é resposta, seu tolo insolente. E não se pode chamar isso de reverência — ela prosseguiu, determinada a impor sua opinião.

Sherazade não poderia permitir que nenhum homem nesta maldita cidade a tratasse de forma inadequada. Nem por um minuto. Porque, se eles vissem algum traço de fraqueza nela, estaria em maus lençóis.

Uma gargalhada sonora encheu o ar atrás dela.

Sherazade enregelou-se ao ouvi-la.

Salim.

— A língua afiada de sempre, minha senhora. — Ele bateu palmas como se fosse para aplaudi-la. O som ecoou nos ouvidos dela, alto e sincopado.

Sherazade não se virou. Não ousaria dar a ele tal satisfação. Em vez disso, continuou olhando para a frente e fez cara de despreocupada.

— Seus soldados carecem de uma aula de educação, meu senhor. — Sherazade cumprimentou o sultão da Parthia quando ele apareceu no seu campo de visão.

Salim retribuiu a saudação veemente com uma reverência caprichada.

— E devo supor que pretende ensiná-los? — Ele colocou a mão no punho brilhante de sua cimitarra.

Uma mão determinada a recordá-la de sua posição.

— Bem, alguém deveria. — Ela roçou a ponta dos dedos na testa, retribuindo a ironia do cumprimento dele.

Jahandar al-Khayzuran seguia o sultão, vestido em sua fina seda, as mãos atrás do corpo, aparentando um misto entre pensativo e perturbado.

Ou seu pai não sabia que Salim e ela tinham uma relação complicada, ou ele estava se esforçando para não deixar isso transparecer. Sherazade evitou olhar nos olhos do pai. A traição ainda era muito recente. E ela não queria que Salim soubesse que eles não estavam bem.

Quanto ela estava magoada com a traição de seu pai.

Salim se instalou diante de Sherazade, uma serena elegância em cada um dos seus gestos. Seu manto bordado e seus trajes lindamente confeccionados eram tão exagerados quanto seu palácio. Como um gato que acabou de beber leite, Salim sorriu para Sherazade, seu bigode perfeito caindo sobre seus dentes de lobo.

— Estou tão feliz que tenha vindo nos visitar em Amardha, Sherazade *jan*. Já era tempo.

— Visitar? — Sherazade ergueu a sobrancelha. — É uma interessante escolha de palavras.

Salim se recostou, seu cotovelo contra a almofada safira à sua esquerda.

— Certamente prefere estar aqui do que naquele acampamento tribal em que foi obrigada a ficar nas últimas semanas.

— Não saberia dizer. Minhas portas não eram trancadas no *acampamento tribal*.

— De fato. — Ele fez outra careta espúria para ela. — Tendas têm porta?

— De fato não têm. Mas pelo menos lá eu tinha o prazer da companhia de minha irmã. Não imagino que se importe em...

— Claro! Que falta de consideração a minha. Você deve estar bem faminta. — Salim riu, indo na direção das portas duplas atrás dela. Seu pai não se deu ao trabalho de se virar enquanto brincava com a colher com formato de concha ao lado de seu prato.

Sherazade ouviu as portas sendo abertas e sentiu o cheiro de madeira aromatizada abrir caminho. Apesar de sua decisão de não comer um naco de pão até ouvir sobre o paradeiro de Irsa, o aroma inebriante tornava bem difícil manter essa posição. Quando os criados puseram a bandeja de prata com batatas temperadas diante dela, com uma montanha de arroz com pistache e romã cercada por espetinhos de galinha no açafrão, kebabs de cordeiro fumegantes e tomates quentes, tudo amontoado em travessas ornadas, o estômago de Sherazade roncou de fome.

Ela não se lembrava de quando fora a última vez que comera tão bem.

Sua boca salivou diante do picadinho fervente que puseram à sua frente — com lentilhas aromatizadas e cebolas caramelizadas. O aroma doce da canela e dos cravos chamava por ela, as tâmaras e as berinjelas torturavam-na ainda mais.

A última gota foi a visão do chutney de marmelo.

Sherazade sentou sobre as próprias mãos.

— Não está com fome? — Salim perguntou com um olhar cruel. — Escolhi pratos que me disseram ser seus favoritos.

Seu pai franziu a testa para ela.

— Sherazade *jan*, a filha do sultão pediu à cozinheira que preparasse uma refeição especial em sua honra.

— Tenho certeza de que ela fez isso — Sherazade murmurou, mordiscando a bochecha por dentro.

— Talvez minha filha possa persuadi-la a comer. — A luz nos olhos de Salim brilhava forte quando ele olhou por cima de seu ombro.

Sherazade não olhou para trás, porque a última coisa que queria ver agora era o sorriso perfeito de Yasmine el-Sharif.

Se ela tentar me provocar hoje à noite, não será fuligem que eu jogarei nos dentes dela.

Não.

Será meu punho.

— Entre, filha — Salim convidou. — Nossa convidada está bem contente em vê-la.

De fato. Positivamente encantada.

Sherazade fechou a boca e envolveu as laterais da almofada de seda com seus dedos, como se isso fosse lhe dar as forças necessárias para se manter calma.

O ruído das sapatilhas caminhando no granito polido soou próximo.

Com clara relutância, Sherazade olhou para cima.

Olhos da cor do céu brilharam para ela em resposta.

O queixo de Sherazade caiu, horrorizado.

— Olá, Califa Pirralha.

Despina.

Muitas coisas aconteceram ao mesmo tempo.

Primeiro, Sherazade se pôs de pé num salto, disposta a atacar sua antiga criada. Uma confusão de reações convergiu sobre elas.

Antes que os guardas a alcançassem, Sherazade parou.

Sua reação não era resposta à ameaça velada dos soldados. Nem o resultado de alguma ideia de propriedade equivocada. Infelizmente, com Sherazade, nunca era isso. Era algo completamente diferente.

Era preocupação. Por uma antiga amizade. Preocupação com uma criança ainda não nascida.

Assim que a preocupação perpassou Sherazade, foi eclipsada por outra maré de emoções.

Amargura. Negra e sufocante amargura.

Seu olhar varreu as curvas da garota diante dela — sempre linda — e agora ainda mais resplandecente, num vestido de seda da cor da ametista, preso aos ombros por abotoaduras de cobre que formavam glamourosas pregas. Essas pregas de seda iam até os pés de Despina em lilás e malva. O decote profundo da vestimenta só acentuava a beleza das curvas, como a cintura alta e a *tikka* de cobre, adornada com gemas de roxo vívido e rosa forte, num círculo de ouro rosado. Seu cabelo castanho dourado estava arrumado no topo da cabeça num arranjo enfeitado por uma tiara de joias faiscantes.

Uma coroa.

A amargura cresceu em Sherazade.

Despina tinha sido muitas coisas para Sherazade no passado. Uma amiga quando ela mais precisara de uma. Uma confidente quando Sherazade não tinha nenhuma. Mas parecia claro que tudo o que ela sabia sobre Despina fora encoberto por mentiras. Porque estava mais do que claro que agora ela era muito mais coisas. A filha secreta de Salim Ali el-Sharif. Uma princesa da Parthia. Uma espiã e uma enganadora. Acima de tudo, estava claro que Despina nunca fora sua amiga.

— Houve algum instante em que você tenha me dito a verdade? — Sherazade perguntou num sussurro rouco.

Despina fez um muxoxo. Um gesto bem conhecido.

— Não vai me dar parabéns? Estou casada agora. Ou não ficou sabendo? — Seu muxoxo ficando sério.

Por cima do ombro de Despina, Yasmine se aproximava, com um sorriso pouco à vontade e um passo hesitante. No meio de toda essa confusão, Sherazade não vira a filha que ela conhecia, aquela que estivera esperando.

Pelo menos Yasmine tem a graciosidade de se mostrar envergonhada.

Porque Yasmine el-Sharif parecia estranhamente deslocada. Embora parecesse tão deslumbrante quanto Sherazade recordava — seu cabelo cor de mogno numa profusão de ondas nas costas, e sua saia esmeralda que se movia com a graciosidade que nenhum treino poderia suplantar —, a princesa tampouco parecia querer tomar parte nessa terrível revelação. Continuou olhando por cima do ombro dela, como se quisesse fugir.

A garota parecia querer estar em qualquer outro lugar, menos ali.

Sherazade olhou novamente para Despina.

— Casada? Que pobre tolo você obrigou a casar com você?

Despina deu uma piscadela.

— Você gostaria de saber, não? — Ela deslizou para o assento ao lado de seu pai. — Mas mesmo assim me deve os parabéns. Porque acontece que o meu marido é um bom amigo seu.

Ainda inexplicavelmente taciturna, Yasmine sentou ao lado de Despina, enquanto Jahandar sentou ao lado de Sherazade. Ele lhe lançou seu olhar nervoso e ameaçador, que Sherazade ignorou totalmente.

Com o banquete diante dela esquecido em um mar de revolta, Sherazade olhou para sua antiga criada desonesta, enquanto as lembranças dos momentos compartilhados no passado passavam quentes e rápidas no presente.

"Uma boa espiã manteria a identidade em segredo."

"As melhores espiãs não precisam preservá-la."

Tantas conversas com tantas xícaras de chá. Tantas supostas confidências.

A mãe de Despina teria sido uma das mais conhecidas belezas da Cadmeia. Seu pai fora um homem rico que as deixara para trás por um futuro melhor.

Será? Dentre as histórias que lhe contara, em qual poderia acreditar?

É claro que Despina não ia querer casar com Jalal! É claro que não ia querer casar e entrar para a família que vinha espionando havia tantos anos! É claro que ela iria fugir! Apenas para voltar aos braços de seu pai... e de seus ouvidos sequiosos.

Apenas para trair Sherazade. E a todos a quem ela amava.

Como pude ser tão estúpida?

— Como pôde fazer isso conosco? — Sherazade sussurrou. — Eu a tratei como uma amiga. Você me disse que Khalid a tratava bem.

— O califa de Khorasan não é gentil com ninguém — Despina respondeu, despreocupadamente. — Ou talvez tenha esquecido como veio parar no palácio? — ela ironizou. — Ouso dizer que isso é muito conveniente.

O sultão riu em alto e bom som. Despina teve o desplante de sorrir com afetação para o pai.

Agora que se sentavam lado a lado, Sherazade podia ver alguma semelhança entre eles. Apesar de não ser tão evidente quando estavam separados. Despina devia ter herdado a coloração da mãe, mas suas feições eram bem parecidas com as dele. Petulante. Orgulhosa. Sua estrutura óssea também era similar à dele. Cenho acentuado e malares altos. Realmente, Sherazade podia até mesmo ver semelhanças entre Despina e Yasmine. Uma beleza meio etérea. Régia, de certa forma.

Não admira que Despina convivesse com todos com tanta facilidade. Um charme tão extrovertido. Inato nela. Fora feita para morar num palácio. Para se esgueirar e penetrar no círculo mais restrito dele, com a nata das víboras.

Em apenas seis anos, ela conquistara a confiança do califa de Khorasan.

E o coração do capitão da guarda.

— Como pôde fazer isso com Jalal? — Sherazade perguntou, suas unhas cravando na palma da mão enquanto tentava em vão suprimir a raiva crescente.

Com seu rosto irritantemente apático, Despina se serviu do arroz com pistache e romã.

— Infelizmente, os sentimentos de Jalal al-Khoury não são mais da minha conta. — Ela então riu com ironia para Sherazade, e a falsa pena por trás disso fez com que a califa quisesse arrancar as pedras brilhantes de sua coroa de cachos. — Mas fique tranquila. Tenho certeza de que o capitão da guarda não terá problemas em encontrar uma moça disposta a acalmar seu orgulho ferido. — A última frase veio com um gosto estranhamente amargo.

Sherazade trincou os dentes, desejando se manter quieta e calada. Viu Yasmine avaliando-a com olhos semicerrados.

Era inusitado ela estar tão calada. Era surpreendente para Sherazade, mas Yasmine el-Sharif já a surpreendera inúmeras vezes. Novamente, Sherazade sentiu que ela queria falar. Mas talvez ainda não tivesse formado uma opinião. Ou não tinha a coragem necessária diante de seu pai.

Mesmo assim, Yasmine olhava para tudo insatisfeita. Por um instante, Sherazade pensou em falar com ela. Mas a linda moça não olhava em seus olhos. Recusava-se a vê-la como qualquer coisa diferente de uma inimiga.

Não uma igual.

Sherazade continuou observando Despina enquanto sua antiga criada ria e brincava com o sultão da Parthia — o *pai* dela — como se não tivesse passado anos em um mundo de mentiras. Em meio a seus pensamentos acelerados, Sherazade teve uma súbita compreensão de algo.

Despina não podia ter mentido sobre sua gravidez.

Porque Sherazade se lembrava de como ela passara mal na sua frente.

Sherazade relaxou os ombros. Pegou seu cálice de vinho incrustado de joias.

— Tio Salim — começou com a voz fria —, está ciente da gravidez de sua filha? Ou ela esqueceu de lhe dizer que espera uma criança?

— É claro que ele sabe — Despina retrucou imediatamente. — Eu lhe disse, me casei. É normal que esteja grávida.

Mais mentiras.

— É mesmo? — Sherazade cerrou o maxilar e deu um gole no vinho, tentando se acalmar. — E o que fez a seu suposto marido? Atirou-o ao mar quando terminou com ele?

— Ah, não. — Os olhos de Despina faiscaram. — Ele está em segurança, onde não me trará problemas.

— Então trouxe o brutamontes com você? — Sherazade ridicularizou.

— Claro.

— Que tipo de marido tolo é esse?

— O melhor tipo. O tipo que fala pouco.

— Você nunca vai parar de mentir? — Sherazade falou entre dentes. Ela se virou para Salim com um propósito claro. — Meu senhor, você sabia que o pai do filho dela é...

— O guarda-costas favorito do califa — Despina terminou a frase com um sorriso lento.

Sherazade piscou. Duas vezes.

— *O quê?* — ela berrou, batendo seu cálice com força na mesa.

De novo um par de guardas se materializou nas sombras.

Despina olhou para ela com um olhar cortante.

— Vikram Singh é o pai. Você não sabia? E eu que achei que você era íntima...

O... Rajput? Vikram aqui? Achei que ele tinha morrido na noite da tempestade.

Atônita e em silêncio pela segunda vez nesta noite, Sherazade continuou encarando sua antiga criada, tentando juntar tudo o que vira com tudo o que havia sido pensado e falado.

Não. Isso não é possível. Onde está a verdade em todas essas mentiras?

— Não se preocupe, Sherazade — disse Despina. — Vikram está a salvo. Ou melhor, está tão a salvo quanto possível, dadas as circunstâncias.

Imediatamente, todas as perguntas de Sherazade se evaporaram.

— O que você fez a Vikram?

Ao seu lado direito, ela escutou Jahandar abafar um suspiro de preocupação. Um suspiro para calar as perguntas dela.

— Pai? — Despina olhou para o rosto imensamente satisfeito de Salim Ali el-Sharif.

Salim respirou fundo, como se precisasse de tempo para pensar em uma boa resposta.

— O guarda-costas favorito de meu sobrinho está exatamente onde deveria estar; no lugar reservado para aqueles que não sabem segurar a língua em assuntos que não são mais de sua conta.

— E que assuntos seriam esses? — Sherazade perguntou num sibilo furioso.

— Bem, como marido de minha filha, ele devia se preocupar mais com a família dele do que com a sua, não deveria?

— Me perdoe, *tio Salim*. Eu achava que eram a mesma coisa.

Um silêncio incômodo.

— Não, Sherazade al-Khayzuran. Não são.

Jahandar arfou baixinho do lado da filha.

Novamente, Sherazade torceu os dedos nas almofadas que a ladeavam.

— Então chegamos a isso. Basta de cortesias. O que pretende fazer comigo?

Salim se inclinou para a frente, apoiando os cotovelos na borda dourada da mesa.

— O que acha que devo fazer?

— Isso depende do que espera que Khalid faça — Sherazade retrucou.

— Espero que ele venha buscá-la.

— E o que acha que acontecerá quando ele o fizer? Além de sua total aniquilação?

Yasmine finalmente olhou nos olhos de Sherazade.

— Pai...

Salim nem sequer agraciou a filha com um olhar.

— Espero que ele faça o que tem sido covarde para fazer há anos: me enfrentar no deserto com um exército adequado. E lutar para ver quem merece reinar nestas terras.

Apesar do medo que aumentava dentro dela — sabendo que Khalid ainda não tinha um exército adequado —, um som cheio de escárnio escapou de seus lábios.

— Khalid não foi covarde por um dia sequer em sua vida. Não importa quanto uive para o vento, ele nunca se curvará para você. E você é um tolo se acha que será tão fácil.

Com isso, Jahandar curvou-se sobre si mesmo, como se estivesse se preparando para receber um novo golpe.

Yasmine inspirou alto, e Sherazade não pôde deixar de olhar para ela. A princesa da Parthia lhe lançou um olhar de advertência.

Por trás dele, Sherazade vislumbrou simpatia.

— Fácil? — Salim começou, a palavra rompendo uma rodada de gargalhadas cáusticas. — Você acha que isso tem sido *fácil*? Nada sobre isso tem sido fácil. Levou anos de preparo. Anos gastos observando aquele garoto taciturno me ignorar a cada passo. Anos gastos observando ele recusar minha filha! — Deu um murro do lado do prato. — A única coisa que evitou que ele fosse chamado de bastardo foi a sua indiscutível semelhança com o pai.

Apesar de Sherazade perceber o segundo olhar de advertência que Yasmine lhe lançou, ela o ignorou.

— Isso e o fato de que você tinha medo dele.

Jahandar lhe agarrou o pulso por debaixo da mesa.

As cores da raiva pintaram o rosto de Salim.

— Nunca tive medo dele.

— Você mente como sua filha vingativa. — Sherazade sorriu. — Você sempre teve medo dele.

— Sherazade! — Jahandar exclamou, finalmente resolvendo falar. Apenas para ficar do lado do seu inimigo.

— *Baba*, não diga mais nada.

— Filha, você me desafiou...

Sherazade soltou o braço da mão dele.

— E você me trouxe aqui, contra a minha vontade, para ser usada como um peão por esses mentirosos desprezíveis!

— Pensei em trazer você aqui para negociar uma trégua. Para curar suas feridas!

— E ajudar *a quem*? — Sherazade o acusou. — Porque parece que a única pessoa que pensou em ajudar foi a si mesmo!

A cor subiu no rosto de Jahandar, primeiro numa explosão de vermelho. Depois num rastro de palidez.

Ele desviou o olhar.

Mas não negou.

— Como se sente, Sherazade al-Khayzuran? — Despina perguntou numa voz melodiosa. — Sendo tratada como uma escrava? Servindo a pessoas que se julgam superiores, quando sabe no seu coração que é uma igual?

— Pergunte a seu pai — Sherazade retrucou.

— Prefiro perguntar a seu marido. Quando encontrá-lo na próxima vez... ajoelhado a meus pés.

Sem hesitação, Sherazade jogou o resto de seu vinho no rosto de Despina.

Os guardas correram em sua direção, puseram-na de pé e a arrastaram da mesa.

— Onde está minha irmã? — Sherazade berrou. — Onde está Vikram? O que fez com eles?

Despina limpou o queixo com a ponta do guardanapo de linho, absolutamente calma.

— Se ela quer tanto ver seu antigo guarda-costas, então levem-na a ele. E a deixem lá para apodrecer.

Jahandar continuou sentado rígido na mesa, o rosto enterrado nas mãos trêmulas. Ele nem olhou na direção da filha, enquanto ela seguiu proferindo obscenidades aos berros.

Os guardas a arrastaram pelos corredores iluminados por lamparinas. Depois de algum tempo, Sherazade já não oferecia grande resistência. Porque eles tinham a intenção de envergonhá-la enquanto a arrastavam como a carcaça de alguma fera moribunda. E ela não lhes daria esse prazer. Os corredores em arco chamavam ainda mais atenção por baixo dos nichos com joias, à medida que se aprofundavam no palácio de arenito. A fumaça das tochas levadas pelos guardas penetrou na garganta de Sherazade e encheram seus olhos de lágrimas.

Eles a arrastaram por uma série de escadas em caracol até chegarem ao subterrâneo do palácio, onde o frio úmido e o fedor decadente assumiam vida própria. Onde tomavam conta das paredes e penetravam pelas arestas.

As celas da prisão do palácio eram fechadas com barras de ferro grandes, no formato de meias-luas tortas. O teto era baixo e o chão, coberto de palha suja. Mofo saturava o lugar, viscoso e espesso. A cada duas celas havia uma única tocha iluminando as paredes cheias de limo, oferecendo pouca luz.

O guarda mal-intencionado, o da cicatriz, atirou Sherazade contra uma parede molhada. A superfície desnivelada se encaixou na sua lombar, batendo no ombro ferido e arrancando um grito mudo de sua garganta.

— A língua já não tão afiada, não é? — ele perguntou, seu hálito quente e azedo contra a sua pele.

Sherazade o socou na barriga.

— Cadela!

Outro guarda a afastou, como que para protegê-la de algum golpe. Os olhos dela encontraram os dele, e por um instante Sherazade achou ter visto um vestígio de pânico. O primeiro guarda, dobrado sobre si mesmo e segurando a barriga, a amaldiçoava. Ele então se endireitou e voltou-se para ela, seu rosto distorcido pela raiva.

O segundo guarda tocou o braço dele, a testa expressando pura preocupação.

— Cuidado. Eu não vou ser servido em pedaços para os corvos. Se o bastardo do menino-rei descobrir que fizemos mal a ela...

— O bastardo do menino-rei jamais saberá. Especialmente depois de dizimarmos o exército dele e deixarmos a sua carcaça no deserto. — Ele lançou um olhar de desdém ao guarda menor. — A menos que você acredite que estamos no lado que vai perder.

O guarda menor balançou a cabeça. E desviou o olhar.

— Além disso — o primeiro guarda completou —, não vou fazer mal a ela. — Com um ar feroz, ele voltou a olhar para Sherazade. — Pelo menos, não agora.

— Encoste em mim novamente e os corvos serão o menor de seus problemas — ela ameaçou.

Ele a segurou pelos cabelos.

— Duvido muito. — O guarda a puxou para perto. Arrancou uma adaga com gancho de sua *tikka*. — Não se preocupe. Vou deixar o pior para alguma outra noite.

Com isso, o guarda cortou a trança de Sherazade na altura do ombro. Uma chuva de pérolas caiu no chão frio de pedras.

O tigre e o falcão

Khalid estava exausto.

Ele não havia descansado direito desde que voltara do deserto tarde na noite passada.

Quando chegou, o *shahrban* ralhara com ele por um bom tempo. Khalid o deixara fazer isso até ele ser forçado a lembrar a seu tio de que não tinha a obrigação de prestar contas de seu paradeiro a ninguém.

Já que ele era o *califa* de Khorasan.

Depois de dizer isso, Khalid prontamente se afastara.

Apenas para ser abordado por Jalal dentro de sua antessala.

Seu primo também estava furioso.

— Achei que você tivesse morrido — Jalal dissera sem nenhuma palavra de boas-vindas.

— E isso não teria lhe agradado de certa forma? — Khalid respondera. — É mais fácil odiar a uma lembrança. Eu sei.

Era puro despeito, sem dúvida. Mas Khalid sempre tivera uma queda para ressentimentos. Era um de seus muitos talentos sombrios. Um entre numerosos dons herdados do pai.

Jalal o xingou antes de empurrá-lo e seguir pela escuridão.

Khalid pensou em ir atrás dele. Pensou em pedir desculpas.

Mas não adiantaria.

Ele tentara por semanas consertar o estrago. Tentara reparar o que havia se quebrado entre eles na tarde junto aos degraus da biblioteca. Infelizmente, o coração de Jalal estava perdido desde o dia em que Despina desaparecera no deserto além dos portões da cidade. E um coração perdido era de fato uma coisa terrível. Especialmente porque seu primo jamais experimentara ter o coração partido antes. Jalal al-Khoury vivera uma vida em que pouca coisa lhe fora negada. Um garoto que fora abençoado com uma mãe para amá-lo da infância à vida adulta. Um pai que sempre o apoiara. E, apesar de se poder dizer que Aref al-Khoury era um quase nada, sempre amara o filho e era bem generoso em demostrar isso.

Na verdade, quase nada havia sido negado a Jalal em seus vinte anos. Sua maior perda na vida fora a de seu melhor amigo.

A perda do irmão de Khalid, Hassan.

Na noite passada, depois que Jalal se enfiou pelos corredores frios do palácio, Khalid lembrou-se rapidamente do tempo em que o primo viera a ele após Hassan ter morrido na batalha. Quando Jalal tentara achar algo em comum entre eles na perda compartilhada.

Mais uma vez Khalid havia se encolhido nas sombras, longe de tudo e de todos, mesmo ainda menino.

Passara tanto tempo escondendo tudo dos que lhe eram mais próximos que — mesmo agora — não sabia como trazer as coisas à tona. Como acertar as pendências com Jalal. Porque Khalid acabara de começar a sentir o que significava viver fora da escuridão.

Nesta manhã, Khalid contara ao tio, o *shahrban*, os acontecimentos dos últimos dias. Mas ele ainda não tinha certeza se a maldição havia de fato sido quebrada. Porque ele não era do tipo que acreditava nas coisas sem provas.

Não. Só o tempo traria a Khalid esse alívio.

Ele dormira novamente na noite anterior. Um sono intranquilo. Sem sonhos. Mas Khalid tinha esperanças de que, com o tempo, os sonhos viriam.

Queria se apegar a essa esperança de sonhos.

Infelizmente, a realidade trouxera Khalid de volta à sua alcova. De volta à escrivaninha de ébano. De volta a uma pilha de pergaminhos equilibrados, detalhando os pedidos recebidos na sua ausência. Ele precisava pelo menos trabalhar em alguns deles antes que pudesse voltar ao deserto para buscar Sherazade.

Ao decidir que não olharia mais nenhuma página, uma batida forte nas portas se fez ouvir.

— Sim? — Khalid levantou os olhos.

Seu tio entrou. Como de costume, era difícil decifrar seu semblante. Um traço de família. Presente em quase todos os homens. Exceto em Jalal. E Hassan. Hassan sorria muito. Especialmente para seu irmão mais novo.

Khalid ergueu as sobrancelhas inquisitivamente.

— *Sayyidi?* — Seu tio começou a falar sem parar de andar de um lado para o outro. — O capitão da guarda deteve um grupo curioso no jardim do castelo.

— Curioso? — Khalid se apoiou contra um lado de seu sofá. — Como assim?

— Um xeque Badawi deseja falar com você. Ele cavalga com um pequeno destacamento... — O *shahrban* hesitou. — E está acompanhado de alguém com quem eu o aconselho não falar de maneira nenhuma.

Khalid ficou de pé diante de sua mesa, soltando uma enxurrada de pergaminhos no chão.

— Quem é?

— O filho do emir Nasir al-Ziyad cavalga com ele.

Ao ouvir isso, Khalid passou por seu tio sem nem parar para respirar.

— Traga-os para a sala real de audiências imediatamente.

— Você já tinha visto uma sala tão grande? — Rahim sussurrou enquanto olhava admirado para o chão com desenho diagonal de azulejos em preto e branco.

— Erga o seu queixo do chão — Tariq falou entre dentes.

Omar gargalhou e o som ecoou pelo teto alto, perdendo-se nas paredes de mármore. À volta deles, relevos elaborados retratavam guerreiros derrotando seus inimigos, e mulheres aladas com os cabelos ao vento cobriam a superfície fria das pedras. Na base de cada coluna, havia leões de duas cabeças com tochas de ferro saindo de cada boca arreganhada.

Apesar de a sala parecer magnífica à primeira vista, Tariq podia ver rachaduras em sua elegante decoração — uma rachadura numa parede, muitas fissuras em outra...

Os últimos vestígios da Grande Tempestade.

Era uma sala magnífica, com certeza. Mas era uma sala com uma história.

Numa ponta do vasto espaço, encontrava-se um estrado com uma poltrona baixa no centro. Atrás dela havia um conjunto de imensas escadarias no formato de braços abertos.

Tariq caminhou na direção do estrado, com Rahim e Omar logo atrás.

Já estivera nesta sala antes. A última vez tinha sido na noite da festa magnífica, com muita comida, bebida, música e dança. A noite em que o califa de Khorasan havia apresentado sua nova califa para todos os nobres do reino.

Tariq lembrou-se do instante em que eles haviam surgido na base da escadaria de mãos dadas. Como se um fosse o prolongamento do outro.

Ele devia ter entendido então. Devia ter visto com o coração, e não apenas com os olhos.

Tariq acordou de seu devaneio quando o califa desceu a mesma escadaria apressadamente. Desta vez Khalid não fez uma entrada teatral. Ele se movia rápido e sem cerimônia. Atrás dele vinham o *shahrban* de Rey e o capitão da Guarda Real.

— Por que veio? — O menino-rei nem sequer se preocupou com qualquer formalidade.

Uma parte de Tariq gostou um pouco mais dele por isso. Mas só um pouco. O *shahrban* deu uma olhada rápida em Omar antes de se voltar para Rahim e Tariq.

— *Sayyidi*, talvez devêssemos...

— Sherazade desapareceu — Tariq falou da mesma forma nada cerimoniosa.

O capitão da guarda imediatamente agarrou a frente da *rida'* de Tariq.

— Eu sabia que não devia ter confiado em você para mantê-la a salvo, seu irresponsável...

Sem nenhum aviso, a cimitarra de Rahim voou da bainha, cortando o ar na direção da garganta do capitão da Guarda. O *shahrban* deu uma ordem de comando para as sombras e sacou sua própria arma.

Omar permaneceu quieto, observando o tumulto com irritante expressão de satisfação.

— Chega! — o califa falou com aspereza. A ordem ecoou pela sala.

Os guardas recuaram como se fossem um só.

Tariq fez sinal para Rahim, que baixou a espada na mesma hora em que o capitão da Guarda soltou a frente da *rida'* do amigo.

— Não estamos começando de maneira promissora, meu amigo — Omar falou baixo para Tariq, balançando a cabeça devagar. — Mas vejo o que quis dizer do jovem califa. Ele não é um homem de muitas palavras. — Seus olhos brilharam à luz da tocha no leão à sua direita. — Mas parece ser um homem de bem.

O califa olhou demoradamente para Omar. Apesar de nada dizer, seu olhar inquisitivo fazia perguntas mudas.

— Sou Omar al-Sadiq. — Ele deu um passo à frente. — E me disseram que você é um homem que merece a minha confiança.

— Quem? — O califa perguntou.

— Tariq, é claro. — Omar abriu um largo sorriso com o dente falho.

O califa franziu o cenho.

— Ele usou essas palavras?

— Não. Mas estava implícito na nossa conversa. Na escolha que ele fez. — Ele hesitou. — E acredito que ele escolheu bem, finalmente.

Os olhos do califa se moveram para Tariq.

— Veja você, apesar de suas diferenças, o Falcão Branco o escolheu — Omar explicou. — Logo, estamos aqui para lutar ao seu lado. E seria uma grande honra você receber minha confiança, porque gosto de sua esposa e não quero que nada de ruim lhe aconteça.

O rosto do califa se enrijeceu. Tariq viu que cerrava os punhos.

— Sherazade foi levada à Parthia — Omar continuou. — Para o sultão em Amardha. — Tanto o *shahrban* quanto o capitão da Guarda se retesaram ao ouvir isso, e, apesar de o califa permanecer parado, sua expressão tornou-se pétrea. — Acredito que tenha sido levada por mercenários. Homens contratados pelo tio de Tariq, Reza bin-Latief, e pagos pelo sultão que deseja vê-lo destronado. — Omar inclinou a cabeça para o lado. — Por isso lhe pergunto novamente... posso confiar em você?

Um instante se passou em que o silêncio engoliu a sala.

— O que procura ao confiar em mim, Omar al-Sadiq? — o califa respondeu com suavidade. Os nós de seus dedos esbranquiçados.

Tariq sabia que o califa estava buscando confiança para si mesmo. Porque Khalid Ibn al-Rashid ainda não sabia o que concluir a respeito do xeque dos Badawi.

— O menor de dois males — Omar respondeu sem hesitar.

— É um prelúdio pouco lisonjeiro.

— Gostaria de poder fazer melhor. — Omar fez uma careta. — Porque passei algum tempo na companhia de sua esposa, e ela é encantadora. Mais ainda, ela parece confiar em você. E parece que Tariq confia em você. Então acho que vou seguir o exemplo. Se você deixar o meu povo em paz e proteger as terras onde vivemos, cavalgarei a seu lado.

O califa pensou nisso antes de olhar de relance para Tariq.

— Você daria as costas a seu tio?

O queixo de Tariq se contraiu.

— Meu tio se desviou da razão por que eu luto. E eu — seus lábios presos nas palavras — não tenho certeza se jamais soube por que lutava. Mas Omar fala a verdade; se tio Reza levou Sherazade contra a vontade dela, então você certamente é o menor de dois males.

O califa concordou.

— Não posso convocar todos os meus porta-estandartes a tempo. Mas posso mandar uma mensagem para os mais próximos, e... — ele parou, pensativo, olhando mais uma vez para Tariq — ... você conhece o Templo de Fogo, nas montanhas próximas do mar?

— Não conheço.

Rahim deu um passo à frente.

— Eu, sim.

Novamente, o califa anuiu, desta vez para Rahim.

— Você poderia mandar uma mensagem para mim com o seu falcão? — Ele olhou para Tariq.

Apesar de confuso, Tariq concordou com o pedido.

— Sim. Posso perguntar por quê?

— Conheço alguém lá que pode estar disposto a ajudar.

A figueira-de-bengala em chamas

Sherazade se encostou na parede de pedra fria.

Um fio de água lodosa passava constantemente pelas sapatilhas que calçava. As pesadas correntes em seus pulsos e tornozelos faziam barulho ao menor movimento.

Ela não sabia quanto tempo se passara.

Talvez dias.

Era impossível dizer, já que não havia nenhuma réstia de luz no calabouço.

A água deixada no copo perto da grade era salobra. E o cheiro dela lhe revirava o estômago. O pão ao lado era dormido e seco. Ela comeu o mínimo para conservar suas forças.

Seu pai viera vê-la duas vezes. Para suplicar que pedisse desculpas.

Que fosse razoável. Que trabalhasse com o sultão para conseguir paz duradoura.

Que se entregasse.

Ambas as vezes, Sherazade se virara de costas para ele. Ela se fizera menor, desejando desaparecer só por um instante, apenas para não ter que vê-lo.

Para que não tivesse que admitir como ele traíra tudo o que ela considerava importante.

Sherazade sabia que tinha traído o pai ao roubar o livro, mas um livro não era a mesma coisa que uma vida. Não a mesma coisa que um futuro.

E com esse livro o pai dela tirara muitas vidas naquela noite em Rey. Muitos futuros.

Agora Sherazade ficava nas sombras. Uma única tocha a duas celas de distância raramente mandava luz em sua direção.

No início, os guardas vinham vê-la com regularidade. Para provocá-la. Ameaçá-la. Para fazer insinuações de atos imperdoáveis com ela.

Eles a empurraram. Enfiaram seu rosto na lama. Torceram seus braços para trás. Gritaram palavrões piores dos que Sherazade ouvira gritarem com animais selvagens.

Ela acreditara em suas ameaças no início. Havia se preparado para seus maus-tratos. Havia esperado na escuridão molhada, tremendo e alerta... jurando que não choraria.

Não ousaria dar a eles essa satisfação.

Mas, além do primeiro guarda que cortara seu cabelo e apertara seu rosto contra a lama, eles não a pressionaram mais. Não lhe infligiram mal algum que fosse permanente.

Algo os segurara.

Sherazade não era tola a ponto de achar que era respeito. Não. Com homens como esses, nunca era respeito.

Algo não estava direito além dessas paredes. E era óbvio que os guardas tinham medo desse algo.

Esses pensamentos a confortaram um pouco. Pela primeira vez, ela viu o benefício de uma reputação desfavorável.

Uma reputação forjada em sangue e fúria.

Deixe que eles temam o que está por vir. Deixe que saibam o que é se encolher no escuro, incertos de seu futuro.

Deixe que temam Khorasan e seu rei.

Porque Khalid os despedaçaria membro a membro depois que passasse das muralhas da cidade.

Quando soubesse que Sherazade estava ali.

E quando seria isso?

Novamente ela ficou pensando nos perigos de querer demais. Mas pouco lhe servia desejar aquilo que não podia controlar. As últimas semanas a haviam ensinado isso.

Sherazade engoliu em seco enquanto abraçava as próprias pernas. Cada hora que passava abalava mais sua determinação, e ela não podia permitir que sua determinação se esvaísse junto com sua força. Ela se recusava a isso.

Era como uma árvore castigada pela tormenta. Ela não se quebraria.

Nunca.

Precisava achar Irsa. E se afastar desse palácio.

Pelo menos os soldados a deixaram em paz. Eles não vinham mais provocá-la já fazia um bom tempo.

Pelo menos agora ela estava só.

Sherazade apertou as pernas. O ruído de seu fungado parecia ecoar pelas paredes. A tocha distante de sua cela se apagou.

Deixando-a na total escuridão.

— Não perdeu a esperança? — Uma voz rouca ressoou perto das grades.

Sherazade nada disse. Ela não tinha certeza se era um prisioneiro ou um guarda provocando-a. Ainda tentando alquebrá-la.

— Você. Garota. Ainda está viva? — a voz repetiu numa rouquidão seca. Parecia uma pilha de folhas secas afagando o piso de granito.

Novamente, ela nada disse.

Não sucumbirei. Nunca.

— Garota? Ainda está viva?

Ela suspirou, alto e prolongadamente.

— Estou, cretino insistente. E daí?

— Bom. — A voz tossiu. Quem quer que fosse era velho e adoentado. — Eu a observei nestes últimos quatro dias. Você é corajosa.

— Imagino que acha que devo me sentir lisonjeada?

Outra tossida.

— Não.

— Então o que quer?

Uma pausa.

— Ainda não sei.

— Então me deixe em paz.

— Você tem alguma coisa melhor para fazer?

— Não.

— Nem eu. — O estranho idoso esperou um pouco. — Você me faz lembrar de alguma coisa.

Sherazade se mexeu e revirou os olhos, as correntes fazendo barulho à sua volta.

— E o que seria isso?

— A figueira-de-bengala na qual eu me escondia quando era menino.

Apesar de tudo, Sherazade se interessou, pois ele era diferente de todos os soldados que vieram atormentá-la até agora.

— Figueira-de-bengala?

O barulho além da escuridão fez com que Sherazade pensasse que seu visitante se acomodara. Ele limpou a garganta.

— Quando eu fazia traquinagens na infância. Eu corria para o oco de uma velha figueira-de-bengala na borda da floresta e me escondia lá antes que meu pai me castigasse.

— E por que eu lhe lembro essa árvore?

— Porque essas árvores acabam matando tudo à sua volta com o tempo.

Sherazade soltou um suspiro, irritada.

— Obrigada por sua linda história, velho.

O homem tossiu abafado.

— Era um elogio.

— Me perdoe por não ver da mesma forma.

— De onde venho, somos criados para ver as coisas como ciclos infindáveis. Eu vi esse ciclo na vida da figueira-de-bengala. Ela cresce larga e alta, oferecendo abrigo aos que buscam isso. Com o tempo pode vir a ficar grande demais, destruindo tudo à sua volta. Mas eu também a vi alimentar uma nova vida. Dar raízes para as novas árvores.

Sementes para as novas flores. Você é uma figueira-de-bengala porque em você eu vejo o mesmo. O início e o fim de todas as coisas. A esperança por algo que floresça, mesmo nas sombras.

O sangue de Sherazade pulsou mais rápido.

A voz do velho começara a ficar mais grave enquanto ele falava. Começara a perder um pouco da rouquidão. Começara a soar como um trovão distante.

— Seja o início e o fim, Sherazade al-Khayzuran. — Um lampejo de luz se acendeu do outro lado. — Seja mais forte do que tudo à sua volta.

O rosto do Rajput brilhou na chama tremeluzente.

— Faça que nossos muitos sacrifícios valham a pena.

A cabeça de uma serpente voadora

O exército que chegara aos portões de Amardha era incomum.

Não se vira nada igual em muitos anos.

À sua frente ia o menino-rei, sob o estandarte das duas espadas cruzadas. Sua couraça era de ouro e prata, e sua *rida'* de um negro fosco. Ao seu lado, seu tio e seu primo. Um usava uma capa com a insígnia de um grifo, o outro, um medalhão que lhe conferia o status de capitão da Guarda Real.

Ao lado do jovem rei cavalgava um garoto vestido de branco com um estandarte do falcão. Um rapaz que fora seu inimigo havia apenas alguns dias.

E atrás desse rapaz seguia uma horda dos melhores cavaleiros deste lado do Mar de Areia. Cavaleiros que não cavalgaram para lutar por uma geração.

Acima deles voava um jovem com a calva brilhando ao sol da tarde. Um jovem com uma argola de ouro em cada orelha. Um jovem numa serpente voadora com escamas mais escuras que a noite, que se reviravam a cada batida de suas asas de couro.

Uma serpente que gritava pelo calor com o som de pregos arranhando a pedra.

O grupo se movia em harmonia, liderados por esse menino-rei e pela cabeça da serpente voadora.

Sim, era uma visão estranha. Mas sem dúvida incutia medo enfrentá-los. Uma visão alimentada por uma profusão de emoções.

Mas por estranhamento, não por fúria.

Porque o menino-rei na sua vanguarda havia dominado sua raiva antes mesmo de começar a marchar de Rey para Amardha. Ele pusera rédeas em suas reações.

E o seu autocontrole era mais letal ainda. O pior da fúria nesse caso. Que poderia ser liberado de imediato.

Muito parecido com a cabeça da serpente.

A visão dos portões de Amardha diante dele fez os olhos do menino-rei faiscar. Uma vez.

Não. Ele não estava ali para se vingar.

Porque a vingança era insignificante e vazia.

Não. Ele não estava ali para resgatar sua esposa.

Porque sua esposa não era uma coisa para ser resgatada.

Não. Ele não estava ali para negociar uma trégua.

Porque ele aceitaria uma proposta se fosse feita.

O menino-rei esporeou seu Al-Khamsa negro, seus cascos levantando uma tempestade de areia e cascalho.

Ele estava ali para aniquilar alguma coisa.

Vencido

Os sinais e sons do metal se entrechocando e dos cavalos inquietos encheram o ar do deserto de uma estranha expectativa. Ainda que Irsa não fosse capaz de dizer que tipo de expectativa era. Mesmo assim, ela ficou andando nos limites do acampamento recém-montado, tentando se manter despreocupada.

— Isso é excitante, não é? — ela começou, olhando Rahim de lado.

Ele sorriu, mas o sorriso não se refletiu em seus olhos.

— *Excitante* talvez não seja a palavra certa.

Irsa desanimou. E Rahim pegou a mão dela. Irsa entrelaçou os dedos nos dele como se fosse o seu único propósito.

Caminharam pelo acampamento cheio de vida. Membros da Guarda Real já haviam terminado de montar a tenda de Khalid e agora montavam a sua própria. Os soldados Badawi estavam ocupados montando a estrutura de retalhos de Omar.

Com as mãos ainda entrelaçadas, Rahim e Irsa assistiam aos homens trabalhando em harmonia.

— Você está com medo? — Irsa perguntou.

Ele não respondeu de imediato.

— Um pouco. A maioria das batalhas que lutamos, tínhamos a vantagem da surpresa. E existe pouca chance de surpresa quando você marcha até os portões de uma cidade e monta um acampamento. —

Rahim riu baixinho. — Mas o califa parece ser um estrategista experiente. E não parece disposto a sacrificar vidas desnecessariamente.

— Você gosta dele. — Irsa sorriu. — Não gosta?

— Não de verdade. — Rahim bufou.

Mas Irsa sabia que sim. Ela sabia que ele pelo menos respeitava Khalid bem mais do que queria transparecer.

— Não se preocupe. Não vou contar ao Tariq.

— Conte se quiser. — Eles deram a volta numa pequena duna sombreada nos limites do acampamento. — Não muda nada. Tariq e eu estamos à parte na maioria das coisas. — Rahim chutou uma pedra do caminho. — Tariq ainda está irritado porque não poderá ir para Amardha com o califa quando ele exigir a rendição do sultão.

Irsa franziu o cenho.

— Não entendo por que ele gostaria de ir. Para ser honesta, não entendo nem por que Khalid deseja ir. É pouco provável que o homem horrível devolva Shazi só porque lhe estão pedindo.

— Mesmo assim, posso entender por que ambos querem ir a Amardha e tentar. — Rahim parou, depois se virou para proteger Irsa de uma rajada de areia voando na direção deles.

Irsa protegeu os olhos.

— Mas você ainda discorda de Khalid.

— Acho que o califa devia nos levar com ele — Rahim disse com firmeza. — Não há arqueiro melhor no acampamento do que Tariq. O califa está levando o jovem mago do Templo de Fogo com ele para protegê-lo, juntamente com o capitão da Guarda. Eles certamente vão manter o califa a salvo, mas não sei se arriscariam a segurança dele pelo bem de Shazi. Eu preferiria se outros estivessem envolvidos. Outros em quem eu confiasse.

— Você acredita que o sultão vá se render a Khalid? — Irsa olhou para cima, o rosto tomado de dúvidas.

— Não se trata de exigir a rendição, mas de descobrir se Shazi está ou não na cidade.

— Você está preocupado que o sultão tenha feito algum mal a ela. — Não era uma pergunta.

Rahim suspirou.

— Ele seria um tolo se machucasse Sherazade. Por anos tem sido vencido de todas as maneiras. Apesar de a Parthia ser um reino rico, nunca chegou aos pés de Khorasan. Nossos exércitos, nossos cofres, nossos administradores sempre foram melhores.

— Até a tempestade — Irsa falou baixinho.

Rahim concordou.

Irsa virou o olhar para o Mar de Areia.

— Rahim... você acha que ele machucaria Shazi?

Ele lhe segurou o rosto.

— Você sabe tão bem quanto eu que Sherazade pode cuidar de si mesma. — Rahim roçou os polegares na face dela.

Irsa queria acreditar em Rahim. Mas não podia esquecer os acontecimentos terríveis daquela tarde no deserto com o Aranha. Aquela tarde aterrorizante em que ela e Rahim testemunharam Sherazade vitimada pelo ódio.

Se eles não estivessem ali para ajudá-la, algo não mencionável poderia ter acontecido naquele dia. Se Rahim não estivesse ali, sua irmã poderia ter morrido. Rahim tinha sido a voz da razão para Irsa durante a turbulência. Ele nunca fugira do perigo. Sempre se mostrara rápido e capaz.

Irsa não podia esquecer. E ela não podia deixar de lembrar que o Aranha sumira do acampamento no dia seguinte.

Não. Ela não poderia jamais esquecer que havia insetos peçonhentos à espreita onde menos se esperava.

Irsa ergueu o queixo.

— Vou pedir a Khalid.

— O quê? — Rahim piscou.

— Vou pedir que leve você e Tariq com ele quando entrar em Amardha. Como um favor a mim.

Um misto de surpresa e gratidão surgiu no rosto de Rahim.

— Obrigado, Irsa *jan*. — Ele sorriu. — Apesar de eu não ter imaginado que você intercedesse a nosso favor, eu lhe agradeço.

— Por favor — Irsa sussurrou. — Por favor, traga ela de volta a salvo. — Novamente, Irsa se lembrou de como Rahim a ajudara a resgatar Sherazade com muito pouco derramamento de sangue. — Eu sei que você encontrará um jeito.

Ele lhe beijou a mão. Então continuaram o passeio pelos limites do acampamento.

Depois de algum tempo, Irsa parou.

— Não devemos nos afastar demais da tenda de Omar.

— Não. — Rahim riu, taciturno. — Porque não pretendo receber outra bronca infame.

— Você não pode nem pôr a culpa nele. Eles procuraram por nós por horas no dia em que Sherazade desapareceu. E os preocupamos além da conta. — Irsa sentiu o peso da culpa novamente. Apesar de todos terem lhe garantido que não havia nada que pudesse ter feito para salvar a irmã, e que ela também teria sido levada, Irsa ainda sentia culpa por ter saído por aí com Rahim.

Eles voltaram para junto da tenda de Omar em silêncio, pensativos. Aisha estava de pé do lado de fora, entre um sorriso e um franzir de cenho.

Antes que uma palavra de repreensão pudesse ser dita, Irsa ficou na ponta dos pés e cochichou no ouvido de Rahim.

— Não se preocupe. Falarei com Khalid. — Ela sentiu o calor invadindo-a quando Rahim lhe roçou a testa ao se aproximar. — Eu garanto que ele vai me escutar.

— Eu sei. — Ele olhou com inocência para ela. — É por isso que a amo.

Tariq não esperava que o sultão da Parthia os convidasse ao seu palácio. Ele imaginara que o administrador do reino em guerra os encontrasse no deserto.

Com seu próprio exército.

Em vez disso, o sultão enviara um mensageiro, solicitando para falar com o califa pessoalmente.

Por isso Khalid decidira entrar em Amardha sob uma bandeira de trégua.

O *shahrban* tinha sido categoricamente contra. Mas o califa fora inflexível, citando a sabedoria por trás do conhecimento das intenções de seu inimigo. Ciente do jogo que Salim Ali el-Sharif pretendia jogar. O califa se recusara a mostrar qualquer indício de medo.

Tariq suspeitava que o califa queria, acima de tudo, saber o paradeiro de Sherazade. Tal como ele mesmo. Se isso era pouco sábio ou imprudente, o futuro diria. Mas seria difícil fazer o cerco à cidade sem saber ao certo se Sherazade estava dentro dos muros. Sem saber se eles poderiam resgatá-la.

Sem saber se estava segura.

Então, naquela mesma tarde, Tariq, Rahim, o capitão da Guarda Real, o rapaz da cabeça calva que veio das montanhas do leste e um pequeno contingente acompanharam o califa até Amardha. Para dentro de um palácio que Tariq só conseguia descrever como mais do que opulento. Com fontes de mármore no jardim cravejadas de joias. A própria água parecia refulgir como se tivesse recebido pó de diamantes descartados.

O califa encontrou o sultão no pátio principal. Pois ele se recusara a pisar no palácio propriamente dito. Não disse nada quando o sultão veio ter com ele, um sorriso largo em seu rosto elegantemente untuoso.

— Khalid *jan*! — Disse o sultão. — Você trouxe um grupo maior do que havíamos combinado. Achei que eram apenas você e o capitão da Guarda.

O califa não respondeu. Ficou ali parado, frio e intratável.

Uma sombra cruzou o semblante do sultão.

— Esse comportamento pode ser tomado como uma ameaça, sobrinho; vir até os portões de minha cidade com um exército, apenas para descumprir o mais simples dos meus pedidos.

— Não me importa como avalia as minhas ações — o califa respondeu, suas palavras como um sussurro farpado. — Só quero que saiba uma coisa: você pagará pelo que fez.

— Pagar? — O sultão cruzou os braços sobre o peito, as mangas de seu manto bordado de ouro brilhando à luz do sol da tarde.

— Não vou jogar este jogo com você, Salim. Onde ela está?

Outro sorriso arrogante.

— Perdeu alguma coisa importante, sobrinho?

Ao ouvir isso, Tariq deu um passo à frente. O capitão da Guarda levantou a mão para detê-lo.

— Não perdi uma *coisa*, Salim Ali el-Sharif. Você vai me dizer agora onde Sherazade está. Antes que as palavras sejam arrancadas de sua língua. — Um músculo no queixo do califa se contraiu. — Antes que sua cidade seja reduzida a cinzas.

Os guarda-costas do sultão o cercaram, as mãos sobre o punho de suas espadas.

— Audacioso — o sultão ponderou, totalmente imóvel. — Especialmente em meu palácio. Nas *minhas* terras.

— Este é seu palácio, e estas são suas terras, por *meu* arbítrio. Como sempre foram.

— Quanta arrogância! — O sultão bufou. — Se acredita nisso, por que não as tomou?

— Por respeito. E porque eu não desejava que entrássemos em guerra.

— Respeito? — Incredulidade registrava-se no rosto do sultão. — Por quem?

— Pela família de meu irmão.

— Mentiroso. Se você realmente achasse que a Parthia fosse fácil de conquistar, já a teria tomado a essa altura.

— Não sou tão ambicioso quanto pode achar — disse o califa com desdém. — Possuo o dobro dos seus estandartes, e você está em desvantagem no número de soldados e armamentos em mais do que a metade. E as exíguas forças que tentou juntar no deserto, acha que não as teria vencido numa tarde se assim desejasse?

— Acho que você é uma criança convencida que diz bobagens, tal como sua mãe.

O califa permaneceu plácido, mesmo diante da provocação sobre sua mãe.

— Então se arrisque. Mas eu arrasarei este palácio, pedra por pedra, quando desperdiçar esta oportunidade. E se você ainda estiver nele quando eu fizer isso? Que seja. — Ele se virou para sair sem dar ao sultão nenhuma chance de resposta.

— Duvido que faça isso, seu bastardo. Duvido muito. — Dizendo isso, Salim atirou algo na direção deles.

O objeto escorregou, passando pelos pés do califa.

Num instante, Tariq o reconheceu.

No mesmo instante desejou não ter reconhecido. Desejou não saber o suficiente para reconhecer o que fora atirado nas pedras do chão do pátio dourado do sultão. O que era sentir-se assim.

O que era queimar de medo e raiva no mesmo fôlego.

Era um pedaço de trança preta. Envolto num fio de pérolas quebrado.

O grupo parou onde estava.

— Meus soldados me dizem que ela cheira como um jardim na primavera. — O sultão falou baixo, sem emoção nenhuma. Depois sorriu. Lenta e cruelmente.

Tariq desembainhou a espada.

Só via sangue diante de si.

Khalid sabia que seu tio Salim tentaria provocá-lo.

Mas não imaginava a que profundidade o sultão da Parthia desceria.

Quando Khalid viu o que seu tio jogara nas pedras, houve um instante — menos que um instante — em que o mundo à sua volta se reduziu a cinzas. Em que tudo o que ele desejava era esmagar alguma coisa com as mãos e vê-la se despedaçar.

Mas imediatamente percebeu o que Salim havia feito. O que ele esperava que Khalid fizesse. E, apesar de ele querer fazer exatamente isso, a raiva cega não teria serventia nenhuma depois desse instante.

A raiva cega era uma reação de um garoto que existira nas sombras. Não do rei que Khalid gostaria de ser.

Salim queria uma desculpa para atacar Khalid a sangue-frio. Para matá-lo em seu pátio, diante de várias testemunhas. Massacrar Khalid em legítima defesa.

Porque era a melhor maneira de garantir sua legítima ascensão ao trono. Uma ação que não tivesse o fedor de traição entranhado.

Por isso Khalid ficou parado, a fúria fervendo em seu sangue, queimando em sua garganta.

Ele nada fez. Nada disse. Virou as costas para a provocação, a fim de voltar ao deserto, com planos de atacar mais tarde, quando estivesse sozinho.

Khalid faria o sultão da Parthia pagar pelo que fizera.

Havia centenas de maneiras de fazê-lo pagar. Milhares.

Mas não agora. Não neste instante.

Infelizmente, Tariq Imran al-Ziyad desconhecia as coisas que Khalid sabia.

Por isso, quando o garoto sacou sua espada e atacou o sultão da Parthia, Khalid sabia o que ia acontecer antes de qualquer um. Uma legião de soldados se materializou saindo das sombras do pátio, prontos para defender o sultão. Prontos para abater qualquer um que ousasse atacar o rei deles.

Khalid arrancou sua *shamshir* da bainha sem pensar uma segunda vez.

— Para trás! — ele berrou para Tariq, agarrando-o pelo ombro. Khalid moveu a espada para defender o garoto do primeiro ataque. Tariq conseguiu revidar o seguinte com destreza própria. Ficou às costas de Khalid quando uma multidão de soldados os cercou, brandindo ameaçadoramente suas espadas. Logo o som das espadas sendo desembainhadas subiu de todos os lados.

Apesar de o sangue correr furioso em seu corpo, Khalid sentiu seu coração pesar feito uma pedra no peito. Essa não era uma batalha que pudesse vencer. Eles estavam em muito menor número. Vencidos de todas as formas.

Mesmo assim, Khalid separou sua *shamshir* em duas quando um par de soldados veio atacá-lo. E o caos se instalou. Ele olhou para sua direita, esperando ver Jalal ali. Como sempre estivera. Desde que Khalid era um garoto. Desde que Hassan falecera. Mas, quando Khalid olhou para os lados, percebeu que lutava sozinho. Seu primo lutava com vários soldados bem adiante.

Jalal nem sequer parou para procurar por Khalid. Tal como dissera na tarde diante dos degraus da biblioteca de Rey, Jalal não mais tomaria conta da sombra de Khalid. Não mais se preocuparia além da conta por seu primo.

Pelo rei que traíra sua confiança.

Khalid segurou os punhos de suas espadas com mais força.

Os soldados apertaram o cerco. Khalid viu um de seus homens sob um golpe fatal de uma espada. Ele sabia que tinham que conseguir subir no terreno mais alto que circundava o pátio se quisessem a chance de chegar até os portões.

— Jalal! — Khalid chamou, tentando comunicar sua intenção com um olhar.

Mas seu primo não podia escutá-lo por causa do confronto. Khalid deu a volta em um dos soldados de Salim e baixou ambas as espadas, cortando-lhes o rosto e o peito. Rios rubros seguiam seu ataque, manchando o arenito a seus pés.

— Jalal! — Desta vez, tanto seu primo quanto Artan Temujin, que abria caminho pela massa de corpos na direção de Salim, se viraram para ele.

Khalid viu os olhos do primo se arregalar, ao mesmo tempo que Artan gritava alguma coisa. Porque Khalid não vira o soldado atrás dele, até que fosse tarde demais. Ele girou na tentativa de escapar do golpe...

E então, da sua direita, uma figura emergiu para repelir a investida.

Para salvá-lo.

Era o rapaz com que Khalid lutara naquela noite no deserto.

Rahim.

O amigo de Tariq Imran al-Ziyad. O amado de Irsa al-Khayzuran.

Khalid viu, no clamor da luta, que mais dois soldados se aproximavam enquanto as espadas dele golpeavam para desarmar a sentinela diante dele...

E que Rahim não teria sucesso em repelir o novo ataque.

Uma espada atravessou o estômago de Rahim, vindo pelas costas.

Khalid golpeou o atacante e o chutou para fora do caminho. E o cortou para defender Rahim. Puxou-o para perto. Gritando por ajuda. Ninguém podia ouvir Khalid por causa do tinir do metal e dos berros dos homens feridos.

Em seguida, tudo à volta de Khalid parou de repente.

A pedido de Salim.

Quando Khalid olhou para cima, viu Artan Temujin ao lado do sultão da Parthia, as mãos do mago abertas na altura dos ombros...

E um halo de fogo rodando em torno da cabeça de Salim Ali el-Sharif. Salim de pé sem se mexer, os olhos arregalados de medo.

— Você vai nos deixar ir embora — Artan falou alto. — E não nos seguirá. — Ele começou a se afastar, as mãos se distanciando enquanto o halo de fogo crescia em torno da cabeça do sultão. — E, no futuro, você levará a sério o significado de discurso cortês.

Sherazade não disse nada quando Vikram levantou ambas as mãos para segurar as grades de sua cela. Ele respirou sobre o ferro bem devagar, e o metal começou a brilhar vermelho.

Ela tinha se esquecido da demonstração no pátio de treinos havia alguns meses. Mas, naquele instante, a lembrança voltou: o Flagelo do Hindustão fora um soprador de fogo. Deixara sua *talwar* em brasa com um sopro. Tinha terminado sua apresentação girando uma arma que parecia um dragão gritando.

Agora ela o via dobrar o metal derretido sem chamuscar a própria pele. Assim que abriu um espaço grande o suficiente, ele entrou na cela dela.

— Não temos muito tempo — Vikram murmurou ao se aproximar. — Os soldados podem vir vê-la outra vez em breve. — Um xingamento baixo escapou de seus lábios quando ele viu as correntes que prendiam os pulsos e os tornozelos de Sherazade.

— Como...

— Agora não é a hora de fazer perguntas, pequena criadora de casos! — ele grunhiu, irritado ao avaliar seus grilhões. — Posso derreter os elos junto à parede, mas você fará barulho suficiente para levantar os mortos quando nos movermos. O que não será bom para ninguém. E esses grilhões são pesados. O que também não é bom.

Sherazade concordou, sem saber o que dizer. Ela nunca vira o Rajput dizer tantas coisas de uma só vez.

Em retrospectiva, talvez a sua história sobre a figueira-de-bengala fizesse sentido.

Vikram levantou um pedaço da corrente do lado dos pés dela. O som do metal batendo ecoou com um tilintar trovejante.

— Quando eu derreter a corrente, as algemas ficarão quentes. Elas podem queimá-la.

— Prefiro me queimar a permanecer algemada nesta cela.

— Como eu suspeitava. — Ele tossiu, divertido. — Sabe, houve um tempo em que eu ficaria satisfeito em deixá-la apodrecer nesta cela.

Demorou um instante para se lembrar. Na noite da tempestade, Sherazade traíra Khalid aos olhos de Vikram. Ela traíra a *ele*.

— Posso explicar...

— O tempo passou. — Vikram envolveu as correntes junto aos tornozelos dela com ambas as mãos e deixou um sussurro sair devagar de seus lábios.

O metal foi ficando quente contra a sua pele, e a comichão familiar em volta do coração de Sherazade apareceu. Surpresa com a sensação, ela respirou rápido.

A sensação crescia dentro dela junto com o calor. Enquanto as correntes começavam a ficar em brasa.

Naquele instante, Sherazade sentiu um fio transpassá-la. Uma súbita e inquestionável centelha. Porque, apesar de ela saber que os grilhões estavam ficando quentes, sentia pouca dor. Apenas um crescente estado de alerta. Esse fio clamava por ela enquanto continuava olhando o metal. Enquanto olhava Vikram trabalhar para derreter as correntes.

É possível...

Livrando-se de toda a cautela, Sherazade pôs as mãos em concha nos grilhões nos seus tornozelos. Tal como no tapete mágico.

— O que está fazendo? — o Rajput perguntou num sussurro gutural, seus olhos escuros como a noite fixos nos dela.

Ela não respondeu.

Tal como imaginara, Sherazade continuou sentindo pouca dor, apesar de saber que o ferro agora estava quente o suficiente para queimá-la. Ao seu toque, a mágica que Vikram havia colocado no metal se espalhara por ela como chamas lambendo óleo.

Quando sentiu o vínculo — o fio se esticando para se conectar com a mágica dentro dela —, desejou que as algemas se partissem. Desejou que a mágica seguisse sua ordem não proferida.

As algemas em brasa caíram no chão.

Sem saber o que fazer em resposta a isso, Sherazade riu.

Artan estava errado. E ao mesmo tempo tão certo... Na verdade, ela não devia ter corrido das tentativas dele de provocá-la naquelas noites na praia. Sim, devia ter encarado seus medos de frente. Mas não da forma como Artan havia imaginado. Porque a mágica dentro dela funcionava com o *toque*. Apenas quando desejava as coisas à sua volta — aquelas coisas se imbuíam dos mesmos poderes que ela —, conseguia controlar seus poderes.

Tal como suspeitara. Sherazade recebia magia das coisas ao seu redor.

Vikram desabou para um lado, e seu enorme corpo descansou num fiapo da água suja que corria perto de seus pés com sapatilhas.

— Como...

— Agora não é a hora para essas perguntas... — ela começou, com um tom de quase troça.

Ele grunhiu em reprovação, então se endireitou.

— Uma criadora de caso e tanto.

— Isso talvez seja a coisa mais gentil que já me disse. — Sherazade fez uma careta. — Agora me ajude com as amarras nos meus pulsos para que eu possa achar minha irmã e fugir deste lugar maldito.

A concha branca

Eles cavalgavam para fora da cidade com rapidez. Um tropel de cascos. Uma corrente de vento. O suor escorrendo.

Mas nem uma única palavra.

Esse pequeno bando de homens exaustos.

Khalid não deixou que sua culpa por tudo o que acontecera tomasse conta dele. Recusava-se a deixar que seu arrependimento o impedisse de seguir seu curso. Eles tinham que deixar a cidade. Longe do alcance do orgulho ferido de Salim.

Eles então prosseguiram. Mais e mais rapidamente por aleias, ruas e vielas. Uma barraca de frutas foi derrubada na pressa da passagem. Xingamentos foram lançados às suas costas. Mulheres tiraram as crianças do caminho de Khalid, gritando e saindo da frente ao mesmo tempo.

Novamente, a culpa se esgueirando por seu coração. Agarrada a suas entranhas.

Não importava. Como se sentia neste instante não importava.

Ele não era importante.

Havia coisas bem mais importantes à vista.

Khalid manteve Rahim na sela com ele. Nos momentos de fraqueza, Khalid olhava para baixo, para ver o sangue do rapaz respingado em suas mãos. Na sua sela. Nas suas rédeas.

Logo ele tombou para a frente.

— Depressa! — Khalid berrou por cima do ombro. Ele esporeou Ardeshir mais ainda, os músculos do garanhão cobertos de suor. Assim que passaram pelos portões na direção do deserto, Khalid parou Ardeshir e desmontou da sela.

Tariq puxou Rahim para o chão.

Mesmo à distância — mesmo entendendo pouco sobre essas coisas —, Khalid podia ver que havia muito pouco que se podia fazer. A ferida era muito profunda. O sangue perdido simplesmente demasiado. Ainda assim, ele olhou para Artan. Quando Khalid era pequeno, ele se lembrava de ver Musa Zaragoza usar mágica para curar suas feridas.

Mas aqueles eram arranhões da infância. Não feridas de guerra.

Artan parou sobre o rapaz. Puxou uma argola da orelha, então levantou as mãos sobre a ferida sangrenta. Uma luz piscou duas vezes antes de esmorecer. Com um olhar e uma expressão grave, Artan confirmou o que Khalid já suspeitara. Tariq Imran al-Ziyad correu a mão pelo cabelo, pincelando a testa com o sangue do amigo. Um fio rubro começou a correr do canto da boca de Rahim. Ele tossiu e cuspiu sangue.

O filho de Nasir al-Ziyad sobre ele, segurando a mão ensanguentada na sua.

— Rahim...

Rahim sacudiu a cabeça uma vez.

— Eu também. — Ele tinha um fiapo de voz, então as palavras eram mais um sussurro do que qualquer outra coisa. Quase um suspiro interrompido.

Khalid se ajoelhou ao seu lado. Pôs a mão em seu ombro.

— Obrigado, Rahim — disse Khalid, encontrando seus olhos azul-escuros num olhar firme e fixo.

Rahim engoliu em seco. Sua cabeça se moveu num aceno fraco. Uma reverência.

— *Sayyidi*.

A garganta de Khalid se fechou.

— Há alguma coisa que eu possa fazer por você?

Os olhos de Rahim ficaram enevoados e depois clarearam.

— Irsa.

— Sim?

— Faça com que ela... — ele tossiu, e as linhas de sangue ficaram maiores — nunca se sinta só. Que ela se sinta sempre amada.

O nó na garganta de Khalid ficou ainda maior.

— Prometo.

— Tariq? — Rahim apertou as mãos deles, que estavam juntas.

— Sim. — Era um som estrangulado.

— Algumas vezes — ele engasgou — a família que se escolhe... é mais forte que a de sangue.

Seu peito subiu e desceu mais duas vezes.

Khalid desviou o olhar enquanto as lágrimas silenciosas desciam pelo rosto de Tariq Imran al-Ziyad.

Ninguém se moveu até elas pararem.

Ninguém.

Irsa estivera a tarde toda na tenda com Aisha, esperando. Volta e meia, Omar saía para ver se Tariq e os outros tinham voltado. Da última vez que saíra, Irsa quisera acompanhá-lo, porém decidira que seria mais sábio ficar na tenda.

Melhor, para não criar problemas.

Afinal, ela já havia sido a responsável por muita preocupação. Toda aquela busca no dia em que Shazi desaparecera. E depois com a marcha na direção de Amardha.

Para uma provável guerra.

Apesar de Irsa ter achado tudo isso bem excitante, já se cansara disso. Sentia falta de estar num só lugar. De saber o que o amanhã reservava.

Ter aqueles que amava por perto. A salvo.

Por algum tempo, Irsa se perguntou se devia se preocupar com o que estava acontecendo na cidade. Afinal de contas, fazia bastante tempo que os homens estavam fora, mas Aisha a acalmara lembrando que haviam partido sob a bandeira de paz. Essas negociações eram comuns. A troca de palavras podia desencadear uma ação significativa.

Irsa tinha esperanças de que voltassem logo.

Enquanto passeava no deserto outro dia, Irsa encontrara uma concha branca com uma flor brotando dela. Isso a fizera lembrar da história que ela contara — de forma tão simplificada — a Rahim naquela noite em que fora à sua tenda.

A história do pequeno peixe com asas de pétalas brancas.

Na verdade, Irsa acreditara que naquela noite ela começara a se apaixonar por Rahim.

Então, quando encontrou a concha branca, Irsa achou apropriado guardá-la nas dobras de sua capa. Ela sabia que era bobagem, mas imaginou que daria a ele mais tarde. Talvez quando tudo isso terminasse. Porque a concha era absurdamente frágil. Pronta a se partir ao menor descuido. Mas pelo menos ela poderia mostrá-la a ele. Talvez fazê-lo sorrir.

Irsa gostava muito do sorriso dele.

Enquanto estava perdida em lembranças — de como o sorriso dele fazia os olhos ficarem cheios de rugas —, a entrada da tenda se abriu, e uma lufada de ar poeirento do deserto veio em sua direção.

— Aisha.

Irsa virou-se ao ouvir o nome, apesar de Omar não ter se dirigido a ela.

O rosto dele estava pálido.

A visão fez com que o sangue dela percorresse um caminho estranho pelo corpo. Circulando muito rápido enquanto o mundo à sua volta parecia ter congelado.

Sherazade. Algo acontecera à sua irmã.

Irsa sentiu dificuldade para respirar. Para pensar.

Aisha foi em direção a Omar, rápida e segura.

Parado, ele não dissera nada além do nome dela. Mesmo assim, ela pareceu entender. Eles sempre estavam em sintonia. Os olhos de Omar passaram por Irsa e voltaram a Aisha, falando sem nada dizer.

— Irsa *jan* — Aisha falou com gentileza, apoiando a mão no peito de Omar para proteger seu coração. — Você pode vir comigo?

Irsa ficou de pé, os joelhos bambos. Sua *irmã*.

— O que… o que foi?

— Não. — Omar respirou devagar. Ele pôs a mão sobre a de Aisha. — Eu a acompanho.

Irsa deu um passo à frente.

— Aconteceu alguma coisa? — Seu corpo não parecia lhe pertencer. Sua voz parecia vir de algum lugar atrás dela, um eco mudo do outro lado da água.

Omar foi até ela. Os seus olhos se fecharam enquanto respirou profundamente. Ele pegou as mãos dela entre as suas.

— Sim, minha querida. Algo aconteceu.

— Foi... Sherazade... — Irsa não conseguiu sequer completar o pensamento.

Ele sacudiu a cabeça.

— Não. Houve um confronto no palácio. — Novamente, Omar fez uma pausa para se controlar. — E Rahim foi morto.

Rahim? O chão sob os pés de Irsa começou a ceder.

— Não. — Ela sacudiu a cabeça, a voz dela soando bem estranha. Como se estivesse perdida no mar. — Isso não é possível.

— Eu sinto muito, Irsa *jan*.

Ela não acreditou. Recusou-se a acreditar.

Rahim não estava morto. Os homens foram falar sob a bandeira branca. A própria Aisha lhe dissera. Nada de ruim deveria acontecer.

Isso não podia ser verdade.

— Onde ele está? — Irsa perguntou, sua voz repentinamente alta demais.

O rosto de Omar ficou grave.

— Não acho que...

— Não. Quero vê-lo.

— Leve-a, Omar — Aisha falou em um tom sério. — Ela não é uma criança.

O xeque Badawi suspirou e passou o braço em torno dos ombros de Irsa. Que se concentrou em piscar e colocar um pé diante do outro ao saírem da tenda para o belo pôr do sol do deserto. O céu estava aquarelado em laranja e rosa. Cores vivas que deviam tê-la aquecido. Deviam ter trazido um sorriso ao seu rosto. Ela sempre gostara do entardecer. Era como se uma mão no céu puxasse o sol para o seu leito... apenas para ver o sol revidar, resistindo e deixando rastros que esmoreceriam entre as estrelas.

Irsa olhou para o céu do deserto enquanto caminhava. A vista diante dela fora de foco, e ela passou a mão nos olhos.

Não. Ela não ia acreditar.

Nesta manhã ela andara com ele por ali. Segurara a mão dele.

Vira seu sorriso.

Guardas estavam de pé do lado de fora da tenda de Khalid. Quando viram o xeque, saíram do caminho para deixar Irsa passar.

Irsa entrou, e imediatamente os que ali estavam se puseram de pé.

O capitão da Guarda ficou diante dela.

— Não acho que seja prudente...

— Deixe-a — Khalid falou baixo.

O capitão da Guarda olhou para ela por um instante. Pôs uma mão no braço dela. Apertou. E saiu da frente.

Irsa parou diante do que viu. O coração alojado na garganta.

Tariq e Khalid estavam de pé em torno de uma cama. O peitoral prateado de Tariq sem brilho, sua expressão perdida. Seu rosto coberto de suor e sujeira. As mãos de Khalid manchadas. Sua couraça dourada e prateada marcada por respingos escuros. As duas capas ensanguentadas. Vermelho sobre o branco. Rubro sobre o negro. Cores que não podiam ser ignoradas.

Irsa viu então que isso não era uma mentira. Porque o sangue não mente.

Mesmo assim ela caminhou até eles em transe, o calor deixando seu próprio sangue.

Rahim estava deitado na cama. Estático. Se Irsa não olhasse bem de perto, poderia ter achado que ele dormia.

Ela parou a um braço de distância.

— Como... — Irsa limpou a garganta. Ela não seria um ratinho. Não era mais um ratinho. Graças a Rahim. Seu queixo se ergueu. — Como isso aconteceu?

— Foi culpa minha — Tariq respondeu, sua voz carregada de tristeza. Sem dúvida se amaldiçoando.

— Não — disse Khalid. — Se é culpa de alguém, é de todos. E minha mais do que ninguém. — Ele se aproximou dela. — Mas ele salvou a minha vida, Irsa *jan*. E pensou em você, no final.

Irsa concordou, seus olhos arregalados sem piscar.

— Rahim é assim. Ele sempre pensa nos outros primeiro.

Ao ouvir isso, o capitão da Guarda saiu intempestivamente, um soluço escapou de seus lábios.

— Quer que deixemos você a sós com ele? — Khalid perguntou, seus olhos fixos no rosto dela.

Irsa o perscrutou. Havia apenas alguns dias, ele a assustara bastante ao olhar assim para ela. Como se pudesse ver através de sua alma. Agora Irsa via apenas um olhar inquisitivo. Um olhar que simplesmente queria entender.

Para ajudar.

— Sim, por favor — ela sussurrou.

Khalid olhou para os demais. Eles rapidamente saíram da tenda, ficando apenas ele e Tariq.

Tariq se pôs de pé diante dela, alto e envolto em branco manchado de vermelho. Ele a puxou para si com um abraço delicado.

— Sinto muito, Grilo — Tariq falou.

Ele não parecia tão... grande agora. Antes, Irsa sempre pensava nele como sendo maior que a vida. Tão cheio de vitalidade e vigor. Tão cheio de tudo o que Irsa desejava ser. Tão invencível para tudo e para todos...

Agora ele parecia um menino que perdera seu melhor amigo.

Um garoto que podia ser vencido.

Irsa não podia responder com palavras, então apenas concordou.

Uma vez que eles se retiraram, ela sentou na beira da cama.

Estranhamente ela não sentia nenhuma dor. De novo era como se estivesse além dela mesma. Rahim ainda parecia estar dormindo. Alguém tentara limpá-lo, mas haviam deixado um risco de sangue em seu pescoço. Tirando isso, Irsa podia quase acreditar que poderia acordá-lo com um simples toque.

Em vez disso, ela estudou o risco de sangue em silêncio por algum tempo.

Então procurou nas dobras de sua capa e puxou a concha branca com a florzinha agarrada à sua superfície.

— Queria lhe dar isto.

Ela esperou. Como se aguardasse uma resposta.

— *Ah.* — Era um soluço discreto. Algo se rasgou por trás de seu coração. Apesar de querer resistir ao calor súbito, ela deixou que a atravessasse. Não perderia o controle. Essa não era a hora de ser fraca. E lutar consigo mesma, com seus sentimentos de agora, seria fraquejar.

Seria negar quem ela realmente era.

— Eu... — Irsa respirou com cuidado para firmar suas palavras — me senti solitária a maior parte de minha vida. Até você. — Ela colocou a concha sobre o peito dele. — Mas eu juro que não me sentirei só nunca mais. Nunca esquecerei. — Ela se ergueu, trêmula. — Sempre lembrarei. Eu o amo, Rahim al-Din Walad. Obrigada por me amar também.

E, dizendo isso, Irsa se virou e saiu da tenda, a cabeça erguida, apesar de seu corpo começar a tremer.

Khalid e o jovem mago do Templo de Fogo a esperavam do lado de fora, pouco além de um par de tochas. O mago a observou, e seu rosto se suavizou. Ela começou a andar, passando por eles. E parou.

O mago respirou fundo. Sorriu para ela enquanto colocava uma mão confortadora no ombro de Khalid.

Então, sem nada dizer, se afastou.

— Ele... — Irsa mordeu o lábio, as lágrimas se acumulando e fazendo os olhos arderem, ameaçando escorrer a qualquer minuto. — Rahim sofreu?

— Não por muito tempo.

— Fico contente.

— Como eu. — Khalid estudou o rosto dela. A mistura de emoções que passavam por ali. — Irsa...

— Como pôde deixar isso acontecer? — ela perguntou, com as lágrimas escorrendo pelo rosto. — Por que não o protegeu? Por que não...

O califa de Khorasan a puxou contra o seu peito.

E Irsa chorou até que o último raio de sol desaparecesse no horizonte.

Deserção, mentiras e traição

Vikram guiou Sherazade pelo calabouço do castelo de arenito, uma única tocha alta em sua mão direita. Apesar de Sherazade não conseguir distinguir nada adiante, o gigantesco guarda-costas se movia com uma habilidade que sugeria que ele conhecia o lugar.

No mínimo, conhecia esses labirintos bem demais.

A suspeita se instalou no coração de Sherazade.

— Exatamente onde esteve esse tempo todo?

— Numa cela da prisão — ele grunhiu. Seco como nunca.

Eles passaram por escadas em caracol antes de chegar a outro pequeno corredor. A cada volta, os corredores pareciam mais estreitos.

Sherazade se recusou a ser ignorada.

— Sabe o paradeiro da minha irmã?

— Não.

— Então como é que você sabe andar por este palácio? — ela insistiu.

— Já lhe disse: não é hora de fazer essas perguntas.

Ao ouvir isso, Sherazade estancou. Ela já havia sido traída vezes demais ultimamente. Não seria traída de novo.

— Discordo. Agora é exatamente a hora de fazer essas perguntas. Sobretudo se quer que eu o siga mais um passo que seja.

Vikram voltou-se para ela. A chama em sua mão agitou-se forte quando lançou para ela um olhar que teria feito uma pessoa menos corajosa correr para casa, para sua mãe.

Sherazade bateu o pé com a sapatilha impacientemente.

Ele franziu o cenho. Bufou e suspirou.

— Me deram um mapa.

— Quem?

O franzido ficou mais forte, mas um lampejo divertido perpassou sua testa.

— Quem você acha que fez isso?

— Um rato do palácio — Sherazade replicou. — Como posso saber?

— Despina.

— Despina! — Ela cuspiu. — Você foi tolo o bastante para confiar nessa traidora?

Vikram olhou para ela, a tocha perto o suficiente para queimar o que sobrara de seu cabelo.

— Morda a sua língua. Despina é a única razão para você ter uma chance de escapar feito um rato do palácio.

— Uma história provável. Uma vez que suspeito que ela seja a razão para eu estar aqui, para começo de conversa.

Ele sacudiu a cabeça raspada, resmungando de forma ininteligível.

— Não havia como evitar isso de acontecer, visto que ela desconhecia o plano do sultão. Ela apenas sabia o que tinha chance de vir a acontecer. Ela fez tudo o que era possível para ajudá-la.

— Ha! — Sherazade estreitou os olhos, incrédula. — Você espera que eu acredite que a garota que sorriu ao me ver ser arrastada queria me *ajudar*? Havia mil coisas que ela poderia ter feito!

— Tais como?

Ela gesticulou no ar.

— Ela poderia ter contado a Khalid quem era. O que achava que aconteceria!

— E confessar que esteve espionando para o sultão da Parthia todos esses anos? Que ela era a filha dele? — Vikram escarneceu. — Se você acha que seu marido teria acreditado nela depois disso, você não o conhece tão bem quanto eu. Khalid Ibn al-Rashid é um homem muito pouco confiável. Mas não posso culpá-lo por ser assim.

Dito de forma amigável.

Sherazade pôs as mãos no quadril.

— Vikram, o que Despina está tentando fazer com toda essa trapaça?

— Não me cabe revelar segredos de outrem. — Vikram falou de maneira a encerrar a conversa, virou-se e começou novamente a andar, descendo mais no palácio de arenito. Sherazade teve de apertar o passo para acompanhar suas passadas largas. Por algum tempo ela se sentiu como uma mosquinha perseguindo um elefante.

As paredes à sua volta foram ficando cada vez menores, o teto ficando arredondado, menos pedra e mais terra. Com o silêncio, Sherazade começou a pensar nas palavras de Vikram.

Pensando em toda a traição de Despina.

— Ela podia ter contado tudo a Khalid — Sherazade repetiu, mas decididamente com menor veemência. — Ele acabaria acreditando nela. Afinal, você acreditou.

— Ele não acreditaria nela a tempo. — Suas palavras estrondaram na semiescuridão. — E ele nunca confiaria nela. Mesmo eu precisei ser... convencido. — Vikram olhou por cima do ombro. — E prometi que, se a pegasse mentindo, lhe cortaria a garganta.

— Eu ainda posso — Sherazade retorquiu, falando muito baixo antes de quase esbarrar nas enormes costas negras dele.

— Então eu lhe darei essa chance. — Com isso, abriu a porta antiga e rangente diante dele, que levava a uma passagem de esgotos. O cheiro fétido invadiu as narinas de Sherazade, penetrando em sua garganta e fazendo-a se calar.

Assim como a visão de Despina aguardando nas sombras.

Novamente, Sherazade teve um súbito desejo de atacá-la.

A antiga criada — agora uma princesa — estava de pé, envolta por uma capa escura, com um sorriso torto na direção de Sherazade.

— Você está horrível. — Ela se aproximou. — E cheira ainda pior.

— E você pode ir direto para o inferno.

O sorriso dela cresceu.

— Desde que você esteja lá, acho que posso gostar.

Sherazade resistiu à vontade de gritar.

— Não vou a lugar nenhum com você, Despina *el-Sharif*. Primeiro você é uma coisa, depois outra. A essa altura, meu pescoço dói de girar tão rápido. Me diga só uma coisa: por que mentiu para mim esse tempo todo?

Despina deu de ombros.

— Nasci para mentir, Sherazade. E eu lhe pergunto: como alguém se recupera desse hábito?

— Da mesma forma que se escolhe servir a tão desprezível pai — Sherazade respondeu sarcasticamente.

— Imagino que não queira saber sobre isso. — Despina lhe deu um sorriso forçado. — Se importa se andarmos enquanto falamos?

Sherazade cruzou os braços e permaneceu parada.

Não irei a lugar nenhum com ela. Não até que me convença do contrário.

— Vejo que as semanas afastada não melhoraram sua obstinação. Pena. — Despina ironizou. — Muito bem, então. Eu sabia que isso acabaria acontecendo. — Ela se apoiou num calcanhar, com as mãos previsivelmente no quadril. — Em seu leito de morte, minha mãe confessou a identidade de meu pai. Ela me apresentou um pergaminho como prova e me disse para procurá-lo, porque ela tinha esperanças de que ele tomasse conta de mim, agora que não tinha mais ninguém.

Apesar de Despina falar de maneira irreverente, havia uma ponta de dor — um brilho de verdade — nos seus olhos. Embora abominasse o cheiro e o barulho do esgoto escorrendo à sua volta, Sherazade lutou para se manter parada e em silêncio.

Despina prosseguiu:

— Depois da morte de minha mãe, viajei da Cadmeia até Amardha, mendigando, tirando vantagem e roubando, até chegar aqui.

Quando cheguei aos portões do palácio, os guardas tentaram me atirar na sarjeta. Eu era uma garota de onze anos, magrela e mirrada. Acabei encontrando um soldado simpático disposto a ouvir meu apelo. Eu lhe apresentei o pergaminho com o selo do meu pai. Ele desapareceu dentro do palácio e voltou horas mais tarde.

— Me perdoe a incredulidade — Sherazade interrompeu com uma careta —, mas não posso imaginar Salim Ali el-Sharif estendendo a mão para recebê-la. Especialmente tendo negligenciado você por tanto tempo.

Vikram limpou a garganta com uma tossida.

Apesar de ter devaneado, Despina manteve sua postura irônica.

— Você precisa entender. Quando você passou a maior parte de sua infância sem saber quem era seu pai e descobre que ele é um rei, charmoso, bem-apanhado e mais rico do que jamais imaginou, tem muito pouco que *não* faria para conquistar seu apreço. — Ela se demorou em alguma recordação colorida pela raiva. — Ele prometeu me reconhecer se eu descobrisse para ele os segredos da corte de Rey. Inicialmente para ajudar Yasmine a garantir o marido. Depois, para usurpar o trono de Khalid Ibn al-Rashid. Ele encontrou um traficante de escravos que iria me comprar e me trazer para o palácio de Rey, onde comecei como responsável pela limpeza dos aposentos da rainha. Depois que Khalid Ibn al-Rashid se tornou califa, ele me libertou e me ofereceu a posição de camareira. Galguei posições pouco depois. O resto, você pode depreender.

E Sherazade realmente podia. Despina cumprira sua missão de maneira satisfatória.

Tinha servido bem ao propósito de seu pai.

— É uma bela história — Sherazade disse, pulando por cima de águas questionáveis que corriam por ali. — Mas ainda não confio em você.

— Certo. — Despina suspirou alto, a frustração crescendo. — Então acredite nisto, Sherazade al-Khayzuran: eu preferia ser uma camareira em Rey a uma princesa na Parthia. Como uma camareira em Rey, sempre soube quem eu era. Tinha orgulho de mim mesma. Na Parthia, me negaram o meu lugar repetidamente. Negada e denunciada pelo meu próprio pai. Na verdade, se eu pudesse fazer as coisas do meu jeito, ninguém conheceria minha linhagem. Tudo o que quero na vida é criar meu filho na cidade que aprendi a amar como minha. Com o povo que aprendi a amar como meu. Com a *família* que aprendi a amar como minha. — Seus olhos faiscavam em um fervor inquestionável.

Sherazade engoliu em seco. E desviou o olhar.

Soltando o ar de uma só vez, Despina se aproximou. Ela hesitou um instante antes de pegar a mão de Sherazade.

— A única família que conheço é a que tenho em Rey. Os amigos que tenho. O amor que tenho. — Sua voz ficou suave. — Nada se iguala a eles.

Sherazade sabia disso muito bem. Tinha visto isso muito bem. O olhar desvairado de Jalal na noite da tempestade. O carinho de Despina agora.

— Então por que voltou?

— Para preservar a nossa família. — Despina apertou a mão dela. — Não importa a que custo.

Uma parte de Sherazade queria repelir a mão de Despina — rejeitar o toque da garota vinculada de alguma maneira a Salim Ali el-Sharif —, mas ela não o fez.

Porque era o toque de uma amiga. Ele representava a força dos laços de família.

— Você deliberadamente me provocou no jantar, não foi? — Sherazade perguntou devagar.

Despina inclinou a cabeça, arrependida.

— Bem, eu precisava fazer com que viesse para a prisão do palácio de qualquer jeito.

— Qualquer jeito. — Sherazade fungou.

— Eu sabia que você tinha um temperamento terrível e uma lealdade muito forte. O resto era apenas questão de tempo.

Sherazade parou, pensativa.

— O que fez foi perigoso.

— Acredite que eu aterrorizei os soldados sobre o seu marido. — Despina riu entre dentes. — É verdade que nem todos acreditaram, mas isso não me deteve. Ah, as histórias que contei...

— Eu pensei em você.

Despina piscou com os dois olhos. Suas feições se suavizaram.

— É claro que pensou.

— E quanto a Salim? — perguntou Sherazade em um tom bem mais baixo. — Ele vai saber o que você fez.

— Ele só vai descobrir daqui a alguns dias. Ele mandou Yasmine e eu para longe de Amardha hoje à tarde, em antecipação ao que pode acontecer.

— O que quer dizer?

Despina abriu um sorriso.

— Ih, eu quase esqueci! O califa de Khorasan trouxe um exército e tanto para os portões da cidade.

Sherazade apertou a mão de Despina.

— Khalid está aqui?

— Isso é o que eu queria lhe contar desde o início. — Ela revirou os olhos. — Planejei levar você até ele, Califa Pirralha. Se me permitir. *Finalmente*.

Outro grunhido de Vikram. Que Sherazade sabia significar concordância.

— Ótimo. — Sherazade soltou a mão de Despina. — Qual é o seu plano?

— Atravessamos os adoráveis esgotos. Estes dutos em particular levam a uma parte da cidade próxima do mercado. Paguei um bocado de dinheiro para que uns homens nos esperem ali com cavalos.

Sherazade assentiu.

— A única coisa que falta é achar minha irmã.

— Sua irmã? — Despina franziu o cenho, juntando as perfeitas sobrancelhas sobre a ponte do nariz.

— Minha irmã mais nova, Irsa, foi trazida ao palácio também.

A confusão de Despina aumentou.

— Não. Eu teria ouvido sobre isso. Ninguém além de seu pai e de você foi trazido a Amardha.

Sherazade parou, pensativa. Pensando em como seu pai evitou seu olhar sempre que ela perguntava sobre a irmã. Para avaliar a culpa dele.

Será que é por isso que ninguém me diz nada sobre Irsa?

— Tem certeza disso? — perguntou.

— Tenho. — Despina confirmou. — Porque ela estaria presente no jantar. Meu pai se certificaria disso. Ele gosta de brincar com suas vítimas.

Sherazade passou outro instante olhando para Despina, buscando sinais de dissimulação. Apesar de não achar nenhum, ela não se permitiu relaxar diante dessa revelação. Não depois de tantas mentiras.

Depois de tantas traições.

Ela olhou para Despina e dela para Vikram, e de volta.

Khalid confiara neles. E Khalid não confiava em ninguém.

Se pretendo escapar, preciso confiar em alguém.

— Se estiver mentindo para mim sobre o paradeiro de Irsa, cuidarei do seu fim pessoalmente — Sherazade falou num tom perigosamente calmo.

— Não espero nada diferente, Califa Pirralha. — Despina sorriu.

Ela relaxou os ombros.

— Mostre o caminho, princesa da Parthia.

— Me chame assim outra vez e enfrente a minha ira. — Despina jogou a capa para Sherazade.

Assim que Sherazade se cobriu com a capa, o trio seguiu pelos esgotos da cidade, Vikram mostrando o caminho. Ele se moveu por baixo dos canais de pedra gotejantes com o corpo inclinado para a frente, as mãos agarradas às paredes. Apesar de todo o esforço, logo Sherazade não conseguia mais ignorar as criaturas cheias de patas que perambulavam pela escuridão. Sentiu um arrepio quando uma delas passou por seus dedos.

Continuaram pelo duto imundo, seguindo pela margem da sujeira que fluía. Sherazade tropeçou em pedras tortas e desalinhadas. Várias vezes, ouviu o guinchar de ratos. A cacofonia de água escorrendo e passos — em compasso com a tocha tremeluzente na mão de Vikram — apenas aumentava o seu desespero.

Quando alcançaram o final da passagem, chegaram a uma grade de metal enferrujado que selava a entrada. Vikram apagou a tocha e empurrou a grade barulhenta, seus enormes músculos aparecendo sob a *qamis* manchada.

O trio emergiu numa viela deserta no centro de Amardha. Algumas ruas mais adiante, o ruído da algazarra noturna enchia o ar de verão. Um coro de bêbados, temperado com vibrante discórdia. Despina ignorou a comemoração e se moveu nas sombras com o passo firme.

Eles passaram por várias ruas secundárias perto do mercado. Sherazade seguiu Vikram e Despina na direção de um bosque de limoeiros, seu aroma cítrico levado pelo vento.

Ao se aproximarem, Despina desacelerou. E parou.

— O que foi? — Sherazade perguntou num sussurro.

— Não estão aqui — ela respondeu.

Vikram parou.

— Como? — Sherazade perguntou.

— Os homens. Ou os cavalos. — Despina a puxou para perto, deu meia-volta e, pondo Sherazade debaixo do braço, recuou.

A essa distância, Sherazade podia sentir o pulso acelerado de Despina. O sopro de sua respiração. Apesar do medo de sua antiga camareira estar se tornando visível, Sherazade preferiu se manter calada, sabendo que palavras em nada ajudariam.

Vikram ficou nas sombras, uma adaga escondida no antebraço.

Depois de uma breve hesitação, Despina se virou para a balbúrdia dentro do bazar.

Diante da brusca mudança de direção, Sherazade perguntou, sem se aguentar:

— Despina, por que estamos indo *na direção* de todos?

— Os tolos estão celebrando a vitória de amanhã — Despina sussurrou. — Se alguém descobriu nossos planos e tem intenção de nos capturar, será mais fácil desaparecermos numa multidão.

Os vivas adiante ficaram mais altos ao cruzarem outro aterro de lixo. Os retardatários entrando na via principal do bazar os empurravam ao passar por eles, enquanto aqueles já tinham bebido demais caíam por ali. O cheiro de óleo queimado no ar era pesado e demorado.

— Você! Você aí! — Uma voz embriagada chamou, à direita de Despina.

Despina segurou Sherazade com mais força.

— Continue andando.

— Você! — Um grupo de homens indecentes se pôs no caminho delas.

Um rapaz sorridente abraçou Despina, tirando seu capuz do lugar ao fazê-lo.

— Venha, beba um pouco com a gente!

Sherazade olhou em volta, em pânico. Vikram evaporara.

Se chamarmos a atenção indesejada...

A voz do rapaz ficou mais alta.

— Eu disse...

— Aí estão vocês! — Uma risada feminina encheu o ar atrás delas. — Fiquei esperando por vocês a noite toda.

Uma mão suave passou por Sherazade para soltar Despina do abraço do rapaz. Livrando-a dos protestos dele. Apesar de a garota estar envolta em uma capa da mais fina seda, Sherazade reconheceria aquele cabelo em qualquer lugar.

Yasmine.

Chegadas indesejadas

Yasmine apontou para o bosque de limoeiros atrás deles, sua mão segurando firme o pulso de Despina.

Em resposta, Sherazade agarrou o braço de Yasmine, uma ameaça clara.

— Fique calma, minha senhora — Yasmine falou, tranquila. Ela olhou para além delas.

Para onde três homens armados estavam de pé. Observando.

— Sua bruxa malvada. — Despina murmurou entre lábios sorridentes.

Yasmine fez uma careta em resposta.

— Cuidado. Temo que venha a acreditar em suas mentiras.

Sherazade estudou a linda garota, de pé diante dela a um dedo de distância. Não levaria um instante para Sherazade jogá-la no chão. Se tivesse uma arma, não hesitaria em usá-la. Infelizmente, só tinha uma raiva crescente.

Uma raiva que a fazia tremer em silêncio.

— Venham comigo. — Yasmine ordenou, apontando o caminho com o queixo.

— De jeito nenhum! — Sherazade respondeu.

— Estava esperando ver quando você mostraria a sua verdadeira face, Califa Pirralha — disse Yasmine. — Porque você não costuma ser tão circunspecta.

Sherazade cerrou os dentes. Aquele apelido estava reservado para Despina.

— Pela última vez, me sigam, idiotas ridículas — Yasmine repetiu com uma censura.

Então Vikram emergiu da escuridão densa atrás de Yasmine el-Sharif, colocando sua adaga na garganta dela numa ameaça silenciosa. Ela paralisou por um instante e começou a se debater. Os soldados voaram em sua direção, sacando suas espadas.

— Deem mais um passo e se banharão no sangue dela. — Os olhos de Vikram brilharam, negros como a obsidiana.

Os soldados pararam onde estavam.

— Larguem suas armas — Sherazade ordenou aos homens.

Quando Yasmine concordou com a ordem, os soldados deixaram as espadas cair no chão.

Sherazade se abaixou para pegar uma delas.

— E é assim que as marés da sorte mudam. — Ela assumiu a pose de ataque, como Khalid e Vikram a haviam ensinado.

Despina cruzou os braços e sorriu com afetação.

— O que acha que devemos fazer com a princesa favorita da Parthia?

— Não sei ao certo. — Sherazade contemplou a ponta de sua espada, mantendo a atenção nos soldados o tempo todo. — O que você faria?

— Eu diria que ela é uma excelente moeda de troca.

Yasmine se debateu contra Vikram.

— Seus idiotas! Essa é exatamente a razão que me trouxe aqui.

— Cuidado — Sherazade se aproximou dela —, senão podemos acabar acreditando em suas mentiras.

Yasmine guinchou, irritada.

— Despina, diga a seu marido para me soltar imediatamente! — Ela continuou se debatendo contra o homenzarrão. — Ele está fedendo!

— Vikram Singh não é meu marido. Ele não me deve nenhuma obrigação — Despina respondeu. — E eu tomaria cuidado com quem insultar neste momento, irmãzinha. — Ela puxou outra adaga menor da manga.

Sherazade segurou um suspiro.

Teria sido bom saber dessa arma mais cedo, Despina.

Ignorando o cenho franzido de Sherazade, Despina levantou a segunda lâmina diante do belo rosto de sua irmã.

— O que está fazendo aqui, sua pestinha intrometida?

— Eu... eu vim para ajudar — Yasmine gaguejou.

— Com os guardas do palácio atrás de você? — zombou Sherazade. — Típico.

— É verdade! — Yasmine deu uma cotovelada com força em Vikram. Ele grunhiu, mas não se mexeu. — E eles não são guardas do palácio. São mercenários, contratados com o meu próprio dinheiro. Você acha que guardas do palácio hesitariam em lutar para me soltar? Além disso, não estão nem vestidos como guardas palacianos. Pergunte a Despina.

Sherazade trocou olhares com sua antiga camareira e viu que Yasmine falara a verdade.

Mesmo assim, Despina levantou sua adaga ainda mais alto.

— Como soube onde estaríamos?

O rosto perfeito de Yasmine estava bem distorcido pela irritação.

— Sabia que estava aprontando alguma coisa quando se recusou a deixar a cidade comigo hoje cedo. Aquela cena que fez no jantar era simplesmente boa demais, até mesmo para você.

— Então mandou me seguir? — Despina insistiu.

— Não. Paguei à sua camareira para ter informações sobre suas idas e vindas. Dinheiro é uma facilidade nesta cidade, como você sabe bem.

— Você contou ao sultão?

— Claro que não. — Uma ruga surgiu na ponte do nariz perfeito de Yasmine. — Você acha que estaria viva agora se papai soubesse o que fez?

Sherazade ficara de pé, assistindo a esse diálogo por tempo demais.

— Por que está aqui, Yasmine? Diga a verdade, se tem amor à vida.

Yasmine olhou de cima a baixo para a figura suja de Sherazade, ganhando tempo.

— Vim porque não quero ver nossos reinos em guerra.

— Essa é a desculpa que gostaria de dar. Qual é a verdade?

A princesa da Parthia tomou fôlego devagar.

— Porque não quero ver meu pai morrer. Nem quero ver Khalid ferido. Amo ambos, e, se entrarmos em guerra, um deles morrerá.

Sherazade analisou o rosto de Yasmine.

— Então, o que acha que podemos fazer para evitar isso?

— Quero que me leve com você. — A princesa não hesitou em responder.

— O quê? — Sherazade e Despina falaram juntas.

Yasmine esticou o queixo para a frente.

— Quero falar com Khalid.

— Por quê? — Sherazade perguntou, estreitando os olhos.

— Porque tenho uma ideia que pode ajudar a terminar com essa guerra sem um derramamento de sangue desnecessário.

Era um bando de almas enlameadas que atravessavam as areias em direção ao acampamento do califa de Khorasan.

Três mulheres — todas vestidas em roupas finas e rasgadas, duas cheirando a esgoto — se colocaram diante dos guardas que vigiavam naquela noite a entrada do acampamento. Quando um enorme guerreiro com a pele da cor do cobre queimado surgiu, os soldados sacaram suas espadas. Dois se puseram diante dele.

A menor das três garotas falou primeiro:

— Gostaria de falar com o califa. — Ela prendeu uma mecha do cabelo malcuidado atrás da orelha, espalhando ainda mais sujeira pelo rosto ao fazê-lo.

Diante disso, o chefe da guarda noturna começou a rir.

— E eu gostaria de ter um harém e um jarro de vinho, para acompanhar.

Os olhos da garota brilharam em uma miríade de cores antes de ficarem verdes.

— Não seja tolo.

— Não tente me dar uma lição, sua coisinha imunda...

O guerreiro brutamontes se moveu para atacar. Mas a menor das garotas o deteve.

— Cuidado com suas palavras, soldado — disse num tom imperioso a garota cheinha com uma coroa de cachos em desalinho. — Essa é a califa de Khorasan.

O senso de humor do soldado começou a perder força.

— E eu sou o *shahrban* de Rey.

— Temo que não — a garota imperiosa respondeu. — Ele é mais velho. E não tão burro.

Os outros soldados não seguraram a risada a seu comentário final.

— Basta! — A última garota, a mais bonita das três, finalmente deu um passo à frente. — Meu nome é Yasmine el-Sharif, e exijo falar com...

— E eu exijo um momento a sós com você. — Sorrindo, o soldado a puxou para beijá-la.

Antes que o guerreiro brutamontes pudesse detê-la, a garota pequenina com o cabelo malcuidado pulou em cima dele com a fúria de um macaco enlouquecido. Ela começou a socá-lo na cabeça e no pescoço com os dois punhos.

Os soldados caíram na gargalhada.

— Era só um beijo! — O soldado protestou. Quando ele não conseguiu que ela parasse imediatamente, outros soldados vieram ajudá-lo.

Num movimento indistinto, o homem enorme que as acompanhava desarmou os soldados. Ele soprou na espada de um deles e a pôs em chamas. E então segurou a espada em chamas diante do rosto do chefe dos homens.

— Espere... — Um dos soldados gaguejou.

Outro tropeçou na areia, na pressa de fugir.

— Este... este é o Rajput!

— Chame o capitão da Guarda! — ordenou o mais próximo do fogo. — Agora!

Ao longo de anos, muitas coisas interessantes acordaram Jalal al-Khoury no meio da noite.

Muitas de que gostou. Outras, não.

Ser acordado de repente em tempos de guerra não lhe parecia uma coisa boa.

Ele fez uma anotação mental de substituir o idiota responsável pelo acampamento à noite. Era óbvio que não estava à altura da tarefa, pois tinha o lábio sangrando, e era visível que se envolvera em algum confronto.

Jalal se armou e seguiu pelas areias atrás do imbecil que não se fazia entender. O idiota continuava resmungando sobre espadas em fogo e lindas mulheres cheirando a esgoto.

Se ele estivesse bebendo em serviço, Jalal com certeza encontraria uma maneira de puni-lo. Um modo que envolveria passar uma noite numa silveira espinhosa. Sem a calça.

Ao se aproximarem da entrada do acampamento, Jalal escutou vozes femininas.

Pelo menos o idiota não estava totalmente errado sobre isso. Embora a ideia de lindas mulheres cheirando a esgoto não fosse o tipo de coisa que excitasse Jalal.

Uma risada melodiosa e conhecida o fez estancar.

Sem pensar, Jalal começou a correr. Ele não queria saber se tinha deixado o idiota comendo poeira. Nesse instante, não se importava de deixar tudo o mais na poeira atrás de si.

Não era possível. Seus ouvidos deviam estar lhe pregando uma peça. Como vinha fazendo ultimamente.

Jalal virou a curva. E derrapou, parando, quase caindo na areia.

Ali estava ela.

Ele não enxergou ninguém além dela.

Tudo o mais podia ir para o diabo, menos ela.

Despina.

Ela sorriu. Devagar. Sorriso felino, as garras no quadril.

— Olá — ela disse. — Sua família sentiu saudades de você. Demais.

— Onde... — Jalal tomou fôlego, ainda incrédulo — você esteve?

Despina deu de ombros.

— Estou aqui agora. Está muito zangado comigo?

— Você... — Ele engasgou. — Você... esmagou meu coração.

— Eu sei. — Ela começou a andar na direção dele. — E vou passar o resto da minha vida tentando restaurá-lo.

Ele andou até ela. Devagar. Felinamente, suas garras ao lado do corpo.

— Sim — Jalal sussurrou, se aproximando, seu coração silenciosamente acelerado. — Vai.

O sorriso dela cresceu.

— Então, me aceita?

Jalal lhe segurou o queixo. Despina abraçou a cintura dele com ambas as mãos.

— Aceito.

E sacramentaram com um beijo.

Uma algazarra acordou Khalid de um sonho intranquilo.

A entrada de sua tenda fora aberta com ímpeto. Uma silhueta graciosa entrou. Sem hesitação, ele pegou a espada.

— Estou desarmada, *sayyidi*. Desta vez.

Khalid podia sentir o sorriso na voz dela. Ele não se mexeu, certo de que finalmente estava sonhando.

E esse era um sonho do qual não queria acordar. Sherazade atravessou a escuridão na direção da cama dele. Ajoelhou-se ao seu lado.

— Não vai me perguntar como cheguei até aqui? — questionou ela.

Ele podia discernir uma tristeza recente — um pesar — em sua voz.

— Não preciso saber disso. — Khalid pegou as mãos dela. — Não agora. A não ser que queira me contar.

— Querer e precisar são duas coisas distintas. Sempre pensei assim, mas não é o mesmo que saber isso. — Sherazade se encostou no peito dele e respirou fundo. — O livro de meu pai?

— Destruído.

Ela anuiu, a tensão deixando seu corpo. O cheiro do sabão *Nabulsi* impregnado na pele dela. Logo Khalid sentiu o calor das lágrimas molhando sua *qamis*.

E entendeu.

— Você encontrou Irsa? — Khalid perguntou.

Sherazade confirmou.

— Rahim...

— Será para sempre lembrado — Khalid terminou a frase com candura.

— Eu não estava aqui para consolá-la. — O remorso dela penetrou nele. — Não estava aqui quando ela precisou de mim. Estava ocupada demais com coisas que não podia controlar. — Ela se aninhou no peito dele. — Devia ter feito melhor.

— Como você disse, querer e precisar são coisas distintas. Agora que sabe, tenho certeza de que fará o melhor. — Khalid levantou as mãos para tocar o cabelo molhado dela. Sentindo a fúria acender no peito ao tocar as pontas decepadas. Pontas que mal chegavam aos ombros dela.

Pontas que remetiam a uma recente violência. Abuso nas mãos de Salim Ali el-Sharif.

— Está com raiva? — Sherazade sussurrou.

Khalid controlou sua ira.

— Sim.

Ela olhou para ele, os olhos brilhando, marejados.

— Vai fazer ele pagar por isso?

— Muitas vezes.

Sherazade respirou com cautela.

— Tenho uma ideia. — Seus lábios se entortaram para um lado. — Bem, não é apenas minha. E vamos precisar de sua ajuda.

— Você a tem, *joonam*. Sempre.

Os portões de Amardha

O dia começava a raiar.

Quando Khalid ordenou que seus arqueiros lançassem uma saraivada de flechas nas defesas da cidade.

Em resposta, os soldados de Amardha — os que guardavam os portões — fizeram chover flechas na fileira de arqueiros lá embaixo.

Uma advertência. Não avancem.

Os arqueiros de Khalid voltaram para o deserto em cavalos mais rápidos do que o vento. Cavalos Badawi emprestados por Omar al-Sadiq.

Mais tarde, os arqueiros de Khalid voltaram.

Desta vez em um número maior. E muitas flechas mais.

Khalid conhecia havia muito tempo o sentimento que sem dúvida rolava pela cidade de Amardha nesse momento.

Khorasan tinha mais soldados. Mais dinheiro. Mais armas.

Parthia só tinha arrogância. Uma arrogância da qual Khalid pretendia tirar vantagem.

Com o sol do meio da manhã às suas costas, seus arqueiros lançaram flechas para o céu. Assim, os que estavam em cima da muralha não podiam ver direito, o sol batendo forte nos olhos. Eles não podiam dar as ordens necessárias para seus soldados atirarem nos atacantes lá embaixo. Os tiros erravam o alvo, acertando a poeira, a areia, as pedras e os escombros. Um escudo ou outro. Mas nunca acertando os alvos.

Então...

Os soldados de Khalid cuidadosamente fizeram pontaria.

Nenhuma gota de sangue seria derramada em vão.

Os soldados designados para dar a ordem de disparo foram acertados em uma única onda. Caíram nas ameias. Outros caíram gritando para a morte.

As flechas lançadas contra eles eram marcadas pelo estandarte das espadas gêmeas. O estandarte de Al-Rashid.

Um aviso: Khorasan não teria piedade daqueles que continuassem lutando.

Khalid permaneceu fora das vistas, e seus soldados respondiam à defesa desorganizada de Amardha com firme ofensiva. Nenhum sinal do sultão. Nenhuma palavra de inspiração. Nenhuma liderança na vanguarda.

O inconcebível covarde.

Uma saraivada de flechas caiu vinda dos homens do sultão. Flechas que continuavam errando o alvo.

Flechas que eram imediatamente recolhidas. E queimadas.

Khalid deu ordens com calma. Apontar apenas para aqueles em posições de poder e influência. Depois de algum tempo, os soldados dele molharam as pontas das flechas em óleo e as acenderam. Ele assistiu à faísca do caos se instalar. E pegar fogo.

Ainda assim, os portões de Amardha permaneciam fechados.

No entanto, Khalid sabia que a notícia se espalharia entre os soldados de Amardha. O sultão da Parthia assistia do interior de seu palácio de joias enquanto sua cidade pegava fogo. E não retaliava.

Salim Ali el-Sharif tinha medo de Khalid Ibn al-Rashid.

Naquela tarde, Khalid mandou trazerem a balestra. Dez arcos gigantescos armados com flechas de metal capaz de lançar o valor equivalente a dois talentos de ferro. Metal pesado para ser usado no cerco. Cada balestra posicionada numa distância determinada dos muros de Amardha. Num ponto escolhido para infligir um dano significativo.

Um ponto selecionado pelo olho treinado de um engenheiro.

Os soldados nas ameias começaram a correr, gritos de alerta ecoando por suas patentes.

Medo crescendo de forma acelerada.

Khalid aguardou para ver se Salim tomaria alguma atitude. Quando o sultão nada fez — conforme a expectativa de Khalid —, ele se preparou para mandar outra mensagem sem palavras.

Estruturas cheias de grãos e outros alimentos foram o alvo. Khalid tinha a esperança de que abrigavam poucas pessoas, ou nenhuma. Porque ele não desejava ser responsabilizado por maior perda de vidas. A perda de qualquer vida nesta guerra seria profundamente sentida. E Khalid não queria derramar sangue inocente.

As balestras foram lançadas. E voaram numa trajetória retumbante, atingindo seus alvos e provocando tremores.

Gritos soaram por toda a Amardha.

Vários corpos caíram de uma torre, um deles trespassado nas ameias. O peito de Khalid se contraiu. Tantos já haviam morrido desnecessariamente... Por um segundo ele teve dificuldade de respirar. Então endureceu.

Assim era o caminho da guerra.

Espere para se emocionar quando não sobrar nada. Quando você tiver ganhado.

Ele sabia que Salim Ali el-Sharif nunca pensara que Khalid realmente atacaria Amardha. Afinal, ele nunca fizera isso. Nenhuma vez em todos esses anos. Nenhuma vez depois de incontáveis provocações.

Mas Salim precisava acreditar que ele faria isso.

Precisava acreditar que Khalid arrasaria a cidade inteira sem pestanejar.

O chão às suas costas tremia quando o sol começou a se pôr. Khalid não olhou para trás. Ele sabia o que estava no horizonte. Até Salim seria obrigado a reparar.

À distância, um mar de garanhões árabes envoltos por uma nuvem de poeira brilhante marchava para os portões de Amardha. Os homens montados nos cavalos estavam mascarados e encapuzados, brandindo cimitarras e *mankalahs* de couro largas em cada pulso. Eles eram o povo do deserto. Nascido e criado à luz de seu sol abrasador. Destemidos e orgulhosos. Conhecidos por fazerem poucos prisioneiros.

Conhecidos por terem menos misericórdia ainda.

Eles eram liderados por um rapaz com um falcão azul-acinzentado e um idoso de barba comprida.

O filho do emir Nasir al-Ziyad. E o xeque da tribo Al-Sadiq.

Eles pararam a um quarto de légua dos portões da cidade. Tariq Imran al-Ziyad levantou sua cimitarra para o céu. Um gemido ecoou entre as massas. Os homens levantaram suas espadas à medida que a gritaria alcançava um nível febril, quando a areia em torno dos cascos dos garanhões subiu numa nuvem de poeira e se misturou com o brilho do metal das armas.

Khalid podia sentir o medo tomando conta da cidade. Não era mais uma faísca a ponto de pegar fogo. Ela se alastrava como um incêndio, penetrando os becos mais escuros de Amardha.

Porque, como dissera Artan no dia anterior, guerras eram ganhas antes mesmo de começarem.

Assim, quando o sol se escondeu no horizonte, a serpente alada apareceu, carregando um embrulho embaixo de suas asas. Artan montado nela, mostrando um sorriso perverso e lançando olhares tenebrosos.

A serpente alada gritava ao se deslocar na direção dos portões da cidade. Os homens na muralha começaram a atirar flechas nela freneticamente. Flechas que resvalavam nas escamas que pareciam uma armadura. Em resposta às flechas, a serpente gritava ainda mais alto, e Khalid viu os homens embaixo tapar os ouvidos, berrando um com o outro, aterrorizados.

A serpente alada largou o embrulho por cima dos portões da cidade. Um líquido espesso escorreu pela muralha cinza, cobrindo-a com um fluido viscoso e brilhante.

Óleo.

A serpente deu mais um grito e desapareceu no céu noturno.

Com um estalar da língua, Khalid esporeou Ardeshir e saiu das sombras. Sua armadura de guerra incrustada em ouro e prata e sua *rida'* enfunada em baixo dela. Um batalhão inteiro da Guarda Real marchava atrás dele.

Várias sentinelas nas ameias deram alertas. Os soldados ali recomeçaram os embates.

A um quarto de légua de distância, Tariq molhou em óleo a ponta de uma flecha de obsidiana. Omar ateou fogo. Então o filho de Nasir al-Ziyad mirou nos portões da cidade.

Quando pegaram fogo, os gemidos se fizeram ouvir novamente.

Montado em seu árabe negro, Khalid observou os portões de Amardha arder. Viu a madeira escura brilhar em halos de azul e branco. Chamas dançantes de castanho e laranja.

Atrás das muralhas, a cidade entrava num pandemônio.

Quando Khalid escutou os gritos, os berros e os sons do pânico crescente, ele olhou para o mensageiro que aguardava a seu lado.

— Entregue a carta.

A lua estava alta no céu quando o sultão da Parthia entrou no acampamento de Khalid. Ele desceu do cavalo diante da tenda maior em silêncio, a raiva no seu rosto tão clara quanto um dia. Atrás dele vinham Jahandar al-Khayzuran e os dois generais mais antigos do exército da Parthia.

Quando Salim se acercou do caramanchão que levava para dentro, o capitão da Guarda Real deteve sua comitiva. E pediu que deixassem as armas do lado de fora.

A isso, Salim hesitou, em protesto evidente.

Jalal sorriu para ele com uma serenidade cortante.

— Sinta-se livre para voltar a seu palácio. — Ele fez uma reverência floreada. — Neste caso, o veremos em breve.

Com ar de desdém, o sultão da Parthia atirou ao chão a sua espada e a adaga curva que estava em sua cintura. Seus homens o imitaram antes de serem autorizados a entrar na tenda do califa de Khorasan. Ao entrarem, encontraram Khalid e seus homens aguardando por eles, sentados a uma mesa longa e baixa. Havia lamparinas penduradas em postes de ferro em cada ponta, e atrás da mesa havia um biombo entalhado que dividia a tenda em duas.

Khalid estava sentado ao centro da mesa. À sua esquerda estava o *shahrban* de Rey. E, ao lado dele, Tariq Imran al-Ziyad. Ao lado de Tariq estava Omar al-Sadiq. O capitão da Guarda sentou-se à direita de Khalid.

— Sente-se. — Khalid indicou as almofadas de seda diante dele. Salim se sentou, mal disfarçando seu menosprezo, seus generais de cada lado. Jahandar al-Khayzuran se moveu para um canto da mesa, sob o olhar atento de Tariq.

Khalid olhou para Salim por um momento, em silêncio.

— Agora que tenho a sua atenção...

— Onde está minha filha, seu bastardo filho da puta? — Salim perguntou.

— Filha? — Khalid hesitou, seu desdém palpável. — Você devia ao menos ter a decência de dizer *filhas* agora.

O queixo de Salim caiu por um breve instante. Seus olhos então se estreitaram numa súbita desconfiança.

— Porque você conta com Despina entre seus filhos — Khalid continuou, impassível. — Especialmente depois de tudo o que ela fez por você. — O silêncio pairou no espaço como se fosse um espectro. Os punhos de Jalal se cerraram, seu corpo se encolheu como se fosse dar um bote a qualquer minuto.

Pronto para fazer justiça.

— Conto. — A resposta de Salim, cortante.

— Bom — disse Khalid. — Pelo menos você fez uma coisa certa por ela.

— Não finja que se importa com Despina! — Salim retrucou. — Não depois que ela viveu como uma escrava em seu palácio todos aqueles anos. — Ele se ajeitou no assento. — De qualquer maneira, eu sabia que você não a trataria mal. — O sorriso dele era sarcástico. — Afinal, você reserva esse comportamento só para suas esposas, não para suas criadas.

Apesar de Jalal ter praguejado baixinho, Khalid não reagiu a essas palavras. Nem se deu ao trabalho de se defender.

— Você culpa os demais por suas transgressões. E, fazendo isso, você colhe o mesmo resultado... nada.

Salim escarneceu.

— Não vim aqui levar lição de moral de um garoto. Vamos ao que interessa: na sua carta, você me disse que tem Yasmine.

Khalid confirmou, então se recostou, pondo as mãos sobre a mesa. Ele esperou um instante e perguntou:

— Trouxe Sherazade?

O rosto de Salim endureceu.

— Eu lhe darei o que você ama em troca daquilo que eu amo.

Outra pausa.

— Novamente, é bom saber que se importa com alguma coisa. Além de si mesmo.

— Não brinque comigo, seu arrogante...

— E não minta para mim, seu covarde capcioso. — Os olhos de Khalid faiscaram.

— Como ousa...

— Ele ousa, tio Salim. — Uma voz soou por trás dos biombos entalhados. — Ele ousa com frequência.

Ao ouvir isso, Khalid curvou os lábios em um sorriso maligno, e Sherazade surgiu.

Ela estava vestida de forma simples. Uma *qamis* cor de creme e uma *sirwal* de um cinza pálido. O cabelo ondulado dela nos ombros, sem nenhum adorno, a não ser pela adaga com joias na cintura.

Mas ela parecia, mais do que nunca, uma rainha.

Khalid observou Salim tentando disfarçar em vão a sua surpresa.

— Está surpreso? — Sherazade perguntou, seus olhos avelã brilhando suavemente. — Imagino que tenha posto muitos soldados à minha procura. Ou talvez não tenha imaginado que eu encontraria uma maneira de sair da sua cidade? — Ela se sentou ao lado de Khalid.

O sultão da Parthia conseguiu disfarçar sua surpresa com presteza admirável. Tentou sorrir para Sherazade, mas seu sorriso não tinha a odiosa certeza de antes.

— Eu continuo me impressionando com você, Sherazade al-Khayzuran. Mas está claro que teve ajuda para escapar. Talvez possa me divertir com essa história algum dia, para que eu me certifique de melhorar as falhas na minha segurança.

— Ah, é uma história *e tanto*. E tive um bocado de ajuda. Mas, se não se importar, acho que vou deixar que suas filhas lhe contem.

A rosa

Sherazade assistiu com amarga satisfação enquanto Salim Ali el--Sharif era desmascarado por suas filhas. Primeiro uma, depois a outra.

Enquanto os planos dele ruíam completamente.

Apesar de pouco valer para preencher o vazio deixado em seu peito com a morte de Rahim, Sherazade sentiu uma satisfação sombria de ver Salim cair pelas mãos de mulheres. Especialmente pelas mãos daquelas que ele queria pôr para escanteio ou usar como peão.

Estava na hora de Salim aprender que suas filhas eram muito mais que objetos para serem usados e descartados a seu bel-prazer.

Mas a verdadeira dificuldade ocorrera quando Salim fora confrontado por Yasmine.

Era fácil para ele desprezar Despina. Ele fizera isso a maior parte da vida dela. Mas Yasmine? Yasmine era a filha amada de Salim. A filha de quem gostava.

Ela tinha sido o futuro dele.

— O que quer que eu faça, Yasmine? — Salim perguntou quando percebeu a extensão da traição dela.

Os lindos olhos de Yasmine estavam cheios de lágrimas. Mas ela não chorou. Como Sherazade suspeitara por muito tempo, tinha uma força que não se podia negar, mesmo nos momentos mais difíceis.

— Queria que parasse com isso, papai. Acabe com essa eterna luta. Essa eterna inquietação.

— Fiz isso por *você*. Para garantir o seu futuro.

— Não. — Yasmine sacudiu a cabeça. — Você fez isso por muitas razões, mas, se tivesse parado para escutar as minhas ideias, saberia que eu não queria nada disso. Você não sabe o que eu quero.

A expressão de Salim endureceu.

— O que você quer?

— Eu quero viver e não me arrepender de quem eu sou.

— Eu nunca...

— Você, sim. — Ela estava sentada e empertigada. — Se você não fosse quem é, talvez não tivesse repelido àqueles com quem realmente me importo. Talvez então eu tivesse encontrado a felicidade pela qual anseio.

Sherazade viu os olhos de Yasmine alcançar Khalid por menos de um instante. Não foi intencional. E Sherazade não se importou, porque entendia. Yasmine soubera o tempo todo que as ações deploráveis de seu pai tinham sido um obstáculo para sua união com Khalid.

Yasmine respirou fundo.

— Talvez então você não tivesse recorrido a meios tão primários para alcançar seus objetivos.

A raiva iluminou o olhar de Salim mais uma vez.

— E agora que estamos aqui, o que vai acontecer conosco, filha? Porque, ao fazer o que fez, você humilhou nossa família. Quer que eu me renda? Você nos faria perder tudo por seus sonhos infantis?

Ela não respondeu.

— Você pode fazer como quiser, Salim — Khalid respondeu então. — Você pode se virar e se afastar desta mesa agora, se é o que quer fazer — ele continuou. — Mas os portões da sua cidade queimarão até o amanhecer. E, uma vez que eles desapareçam, nada nos deterá de fazer um cerco a Amardha. — Khalid se inclinou para a frente. — Mas eu preferia não fazê-lo. Preferia não matar tantas pessoas por causa do meu orgulho e da sua presunção.

— Então você gostaria que eu me rendesse? — Salim sussurrou qual um espectro.

— Você se rendeu no momento em que apareceu diante da minha tenda.

Uma onda de fúria passou pelo rosto do sultão.

— E os outros envolvidos? Muitos dos seus porta-estandartes supriram essa causa com armas e fundos. O que acontecerá com eles? — A voz dele foi ficando mais forte. — E com Reza bin-Latief?

Foi Tariq quem respondeu a esse ataque:

— Não se engane: meu tio articulador receberá o que lhe cabe. Como todos os que estão alinhados com ele. Há muito a discutir. — Ele trocou um olhar com Sherazade. Um olhar que ela estava feliz de retribuir. Feliz por saber. Enfim.

— O que você quer, Khalid Ibn al-Rashid? — Salim cobrou. — A minha morte?

Khalid deixou o olhar pousado no sultão da Parthia enquanto parecia pensar.

— Eu devia matá-lo por tudo o que fez. Por todo o sofrimento, morte e destruição que causou aos que me eram mais queridos.

— Você não tem coragem para tanto. — Apesar de a resposta de Salim ser cortante, Sherazade podia sentir o medo por baixo dela.

— Não é preciso coragem para matar. Mas é preciso coragem para viver.

— Então o que quer de mim?

— Quero que abdique de seu trono — Khalid respondeu. — Eu lhe darei um lar nos arredores de Rey onde morará, com guardas de prontidão o tempo todo. Guardas escolhidos por mim.

A raiva distorcia o rosto de Salim novamente.

— E imagino que você se tornará o regente da Parthia? Regente de tudo o que a minha família defendeu por cinco gerações?

— Já lhe disse antes. Não tenho interesse em assumir o seu reino.

— Então quem reinará?

Khalid olhou para Sherazade. Ela olhou de volta para ele, saboreando como ele lhe delegara a divulgação do melhor de todos os segredos, em que haviam concordado na noite passada. Juntos.

Sherazade continuou olhando para Khalid.

— Acho que Yasmine el-Sharif seria uma ótima sultana para a Parthia, meu rei.

— Concordo, minha rainha.

Jahandar estava sentado no canto da mesa na tenda do califa e assistia a seu mundo se desfazer como uma meada de seda.

Ele escolhera mal. Achara que Reza bin-Latief seria a pessoa a ajudá-lo a voltar às boas graças do livro. Voltar ao poder. Ter influência.

Pensara que o sultão da Parthia o ajudaria a encontrar um jeito.

Jahandar estava muito, muito errado.

Ele não se atentara para quanta inimizade existia entre Sherazade e Salim Ali el-Sharif. Tolamente tinha acreditado que Sherazade o ajudaria a conquistar o apoio do sultão para a causa dele. Afinal, sua filha era casada com o sobrinho do sultão. Apesar de Jahandar saber que o sultão pretendia destronar o califa, Salim lhe assegurara que nenhum mal aconteceria a Sherazade. Essa fora a razão por que Jahandar estivera tão disposto a seguir o plano de Reza e raptar Sherazade e levá-la para Amardha.

Mas tudo ficara perdido naquela noite terrível durante o jantar.

Jahandar percebera que o menino-rei — o califa de Khorasan — já havia vencido a guerra. Conquistado o poder de que Jahandar precisava para vencer. Porque o califa já controlava tudo o que Jahandar considerava importante.

Quando Jahandar tentara achar Irsa no deserto, não fora capaz de fazê-lo. Agora ele ouvira do capitão da Guarda que ela estava entre os soldados do califa. Acomodada em segurança no acampamento dele. Longe do alcance do pai.

Quando Jahandar tentara conseguir cooptar Sherazade para recuperar seu livro, ficara claro que ela concordara em trabalhar com o califa para tirar o livro dele. Fora o califa que roubara o livro de Jahandar enquanto ele dormia.

Fora o califa que usara as filhas de Jahandar contra ele mesmo. Onde estaria o seu livro?

Ele perdera a esposa. Seu cargo em Rey.

Agora perdera as filhas.

Não era possível saber o paradeiro de Irsa. Sherazade nem sequer olhava para ele. Ela não olhara uma única vez em sua direção.

Sua filha mais velha só tinha olhos para o menino-rei.

Quando todos ficaram de pé para ir embora, Jahandar também se levantou. Ele observou os guardas do califa seguirem o sultão e seus generais para fora da tenda. Os que ficaram começaram a sair também, ignorando a presença de Jahandar.

Exatamente como antes. Exatamente como sempre.

Então Sherazade e o califa se aproximaram, e Jahandar sobressaltou-se diante da oportunidade de falar. De agir. De ser notado.

— Onde... — ele começou com a voz trêmula — está o livro?

— Isso é tudo o que realmente importa para você, *baba*? — Sherazade perguntou devagar.

— N-não.

O rosto dela se contraiu.

— Por que não perguntou por Irsa?

— Ela precisa de mim?

Sherazade desviou o olhar. Mas não antes que Jahandar visse a expressão de dor em seu rosto. O califa chegou mais perto. Ele olhou Jahandar com os olhos perfurantes e firmes. Um olhar que o fez se encolher.

Jahandar se ressentia disso. Porque, apesar de esse menino ser seu rei, ainda era um menino.

Um menino que lhe tirara muitas coisas. Que lhe tirara tudo.

— Seu livro não existe mais — respondeu o califa com a voz fria.

— O quê? — Jahandar sussurrou.

— Acabou. Destruído.

O ar em torno de Jahandar parou. Ficou quente.

— Como?

— Eu mesmo o destruí.

Jahandar juntou as mãos diante de si, o sangue subindo pelo pescoço.

— Por quê?

O califa olhou para ele mais uma vez, em silenciosa censura.

Depois se afastou.

Julgando-o. Com desprezo. Como muitos sempre fizeram.

Como todos continuariam a fazer. Por causa de um menino. Um menino que não tinha o direito de fazer isso. Um menino que tirara tanto de Jahandar.

Sua filha. Seu livro.

Seu respeito.

Jahandar explodiu de ódio. Numa torrente fervente. Numa enchente de raiva. Sem pensar, ele tentou pegar a adaga da cintura de Sherazade. Imediatamente o califa se interpôs para empurrá-la para o lado, mas Jahandar não estava tentando ferir a filha. *Nunca* a sua filha.

Jahandar ergueu a adaga bem alto.

O califa levantou o braço para repelir o golpe. Os guardas deram o alerta.

Indiferente a todos, Jahandar desceu a adaga com terrível precisão. A lâmina cortou o rosto do califa enquanto ele tentava empurrar Jahandar para longe.

Mas a adaga encontrou seu alvo.

O coração do califa de Khorasan.

A adaga

Khalid pensara com frequência em como ele encontraria seu fim. Com frequência desejou ter tido a escolha de morrer diante do pai de Ava. Morrer em vez de impor sua maldição ao seu povo.

Mas isso?

Ele não previra isso. Não pelas mãos de Jahandar al-Khayzuran.

Por um instante o olhar de Khalid se fixou no pai de Sherazade.

Seu assassino.

Contudo, Khalid não tinha tempo para ódio. Não tinha tempo para retribuir.

Seus olhos encontraram os de Sherazade.

Não. No fim, só há tempo para o amor.

Khalid caiu no chão, o choque perpassando seu corpo em ondas de calor e frio.

O aposento ficou em silêncio.

A dor se espalhava pelo peito de Khalid. Uma dor sem fim. Ele sabia que a ferida era mortal. Sua visão se embaçou, depois clareou quando o sangue quente jorrou a seu lado. Ele ouviu Jalal atirar o pai de Shazi no chão e chutar a adaga para longe do alcance de Jahandar.

A tenda ficou paralisada. Não se ouvia nada.

Khalid agarrou as mãos de Shazi, seu toque firme.

Esvanecendo.

— Não! — Sherazade começou a gritar. Ela se agarrou ao corpo prostrado no chão. Olhou o sangue que jorrava do peito dele.

Observou enquanto Khalid respirava com dificuldade, a boca se enchendo de sangue.

A última coisa que ele viu foi o rosto dela.

No fim, só havia amor.

Muito mais do que ele merecia.

O poder do amor

Os gritos de sua filha mais velha se transformaram em soluços.

Ninguém mais à sua volta se mexeu. A princesa da Parthia cobriu a boca com as mãos, seus olhos azuis brilhando com as lágrimas reprimidas. Sua irmã mais nova enterrara o rosto em seu ombro para abafar seus gritos.

Mas ninguém olhou na direção de Jahandar. Ninguém nem sequer pronunciou uma palavra para ele. Nem mesmo sua filha. Tampouco o *shahrban*. Nenhuma palavra de ódio, fúria ou retribuição.

Estavam todos perdidos na cena diante deles.

E Jahandar não se sentia diferente. Não se sentiu nem um pouco melhor por ter feito o que fez.

Ao contrário, ele aos poucos ficou arrasado ao ver sua filha orgulhosa quebrantada à sua frente. Ela nunca perdera o controle antes. Nem mesmo quando a mãe morrera. Nem quando tivera que assumir o controle do lar deles porque Jahandar estava perdidamente enlutado. Tampouco quando Shiva havia sido levada ao palácio.

Nem uma única vez Sherazade havia fraquejado.

Mas agora ela estava estilhaçada. Jahandar via isso. Viu seus olhos brilhantes. Ouviu seus soluços tristes, cada um mais alto que o outro.

O coração dele perdeu um compasso. E quebrou-se com ferocidade em seu peito.

Jahandar não podia aguentar ver a filha perdendo o controle.

Porque ele nunca tivera a intenção de magoá-la.

Não a Sherazade. Nunca a ela.

O sangue do califa correu na direção dele. Na direção das mãos de Jahandar, fechadas no chão.

E ele soube o que tinha que fazer. Ele decorara cada feitiço daquele precioso livro. Cada linha de texto que traduzira estava gravada em sua mente.

E esse feitiço?

Seria seu último. O melhor de todos.

O sangue que tocou a ponta de seus dedos ainda estava quente.

Nesse instante, Jahandar se lembrou do dia no palácio em que dera a Sherazade a última rosa de seu jardim. Uma flor em botão creme e carmim. Ele quisera dar a ela uma lembrança de casa que durasse.

Matara a rosa para dar a ela um momento de beleza.

Com o sangue do califa em suas mãos, Jahandar começou a recitar entre dentes o feitiço. Ele fez o pulso girar bem devagar.

Sua visão começou a ficar turva. Da ponta de seus dedos começou a brilhar uma luz hesitante. Uma onda de frio se instalou em seu âmago e desceu por sua espinha. Sua vista clareou e escureceu, como se uma gota de tinta tivesse caído em seus olhos. Apenas para desaparecer no nada.

A dor começou a crescer em seu coração. Começou a se abrir numa ferida.

Mas não doía. Não de verdade. Nem um pouco. Jahandar começou a sorrir.

Por ali... ali estava o verdadeiro poder. O poder que Jahandar quisera o tempo todo.

O poder de falar sem palavras.

O poder de amar.

***

Reza observou a aurora a oeste. O lento clarear de uma noite cheia de estrelas. Ele sempre fora um homem de infinita paciência. Construir amizades levava tempo. Fortificar a confiança levava tempo.

Paciência para destronar um rei.

Reza esperava no deserto, assistindo aos portões de Amardha queimarem. Alarmou-o pensar que o exército do sultão ainda revidaria, mas ele sabia que era uma questão de tempo. E Reza se recusava a demonstrar aos mercenários à sua volta que nada tinha além da incontestável fé em sua causa.

Homens cuja lealdade estava à venda não eram dignos da confiança de um coração questionador. Porque as questões seriam leiloadas, vencendo o maior lance.

Quando Reza viu a espiral de poeira do cavaleiro que se aproximava, ele se endireitou na sela. Os cavalos à sua volta relincharam com a aproximação dos homens.

O mensageiro Fida'i nada disse ao parar seu garanhão diante de Reza. O animal brilhava de suor, os olhos do mensageiro estavam sérios.

— O sultão se rendeu ao califa — o mensageiro falou, sem parar para respirar.

Reza escondeu sua surpresa. Mas não sua fúria.

— Como isso é possível? A batalha nem aconteceu ainda. Você falou com o sultão?

O mensageiro não respondeu. Ele trocou olhares rápidos com os outros homens em torno de Reza.

Antes de sentir o primeiro golpe, Reza compreendeu o que estava acontecendo.

Veio por trás. O golpe de uma espada.

Reza caiu para a frente em seu cavalo. O garanhão recuou com o segundo golpe no flanco de Reza.

Com falta de ar, Reza caiu na areia, apertando os ferimentos.

E rolou para ficar de barriga para cima, chiando por ar.

O mensageiro se aproximou, sua espada ensanguentada brilhando contra o sol.

— Tenho uma mensagem do filho de Nasir al-Ziyad. Ele disse que, da próxima vez que mandar um mercenário para matar alguém que ele ame, certifique-se de que ela não sobreviva para contar a história.

A última coisa que Reza bin-Latief viu foi o brilho da espada.

Epílogo

O menino irrompeu pelas portas duplas, direto para os braços abertos de seu pai.

— *Baba!* — ele gritou. — O tio Artan vai me ensinar a voar na serpente alada!

O califa de Khorasan olhou para o filho, dissimuladamente divertido.

— Acho que sua mãe pode ter algo a dizer a esse respeito.

— Não! — O menininho balançou a cabeça. — Você não pode contar à mamãe. Tio Artan me fez prometer.

— De novo, sua mãe pode ter algo a dizer a esse respeito.

O menino olhou em volta com seus grandes olhos cor de âmbar.

— Onde ela está?

— Acredito que esteja na estufa com sua tia.

— Mas ela vai demorar?

— Claro que não.

A ansiedade tomava conta do olhar do menino.

— Ela disse que tem uma nova história para hoje à noite.

— Eu ouvi dizer — Khalid sorriu.

Com isso, o menino correu para o centro da sua cama e agarrou sua almofada verde favorita. Khalid deitou-se ao lado dele.

Cuidadosamente, o menino se esticou para pôr a mão na cicatriz que marcava o rosto do pai.

— Isso dói?

— Às vezes.

— Tio Artan consertou meu joelho outro dia, depois que eu caí. Talvez você devesse pedir a ele que conserte isso.

— Não é preciso.

— E por que não?

— Não me incomoda.

— Por quê?

Khalid sorriu de novo.

— Porque me recorda que tudo tem um preço. Que toda decisão que tomamos tem consequências.

O menino concordou lentamente, como se fosse muito sábio para seus cinco anos.

— Eu só não gosto que você esteja machucado. — Seus dedinhos ainda tocavam a face do pai, roçando a cicatriz com maior gentileza ainda.

— Assim como eu também não gostaria de ver você machucado. Daí a preocupação com o voo na serpente.

O menino franziu o nariz.

— Eu te amo, *baba*.

— E nunca esqueça que meu coração está sempre em suas mãos, Haroun.

As portas do quarto se abriram, e Sherazade passou por elas numa cascata de cabelos soltos e seda bordada com joias.

Haroun correu para a ponta da cama para saudá-la.

— Mamãe, não diga ao tio Artan que lhe contei, mas ele disse que, quando eu aprender as minhas lições desta semana, ele vai me ensinar a voar!

Khalid contraiu os olhos.

— Haroun *jan*, você me disse que prometeu ao tio Artan que não contaria à sua mãe.

O menino olhou de canto de olho para o pai, envergonhado.

— Esqueci.

Sherazade riu.

— Você precisa aprender a manter suas promessas, minha estrela. Porque um homem que não cumpre suas promessas não vale nada. — Ela afagou os cabelos ondulados e negros dele. — E que história é essa de voar? — Sherazade se esticou para pegar uma das rosas murchas ao lado da cama do filho. — Se você está tão interessado em voar com o tio, talvez eu não deva contar a história que pretendia começar hoje. Pode ser que ela apenas o encoraje. — Com um gesto de mão, Sherazade fez a rosa reviver.

— Não! — Haroun pulou de volta para o seu lugar no centro das almofadas. — Não vou aprender a voar. — Ele sorriu, e era um sorriso tão grande, brilhante e perfeito que iluminou todos os ângulos de seu rosto perfeito. — Mesmo que Amira tenha dito que não é assustador e...

— Algumas vezes Amira al-Khoury gosta de embelezar a verdade. Tal como a mãe dela. — Sherazade segurou um suspiro.

— Eu sei. Mas eu confio nela porque é minha melhor amiga. — O sorriso de Haroun ficou ainda maior. — Não se preocupe, mamãe. Não vou voar... ainda.

Com um grande sorriso, Sherazade se acomodou ao lado das pessoas mais queridas de sua vida. Seu marido e seu filho. O menininho deitado ao lado dela era uma réplica miúda de Khalid, menos por seu nariz e seu cabelo ondulado.

Menos pela cicatriz branca que cortava a face de Khalid.

Uma das marcas da noite em que seu pai dera a vida dele pelo amor deles. Uma em seu rosto. Outra em seu coração. Essas marcas que a faziam que a cada dia agradecesse por estar viva. Por poder compartilhar essa vida com aqueles que amava.

Ela pensou por um instante em Shiva. E uma sensação de conforto se instalou nela.

Tudo o que Sherazade queria estava diante dela. Tudo de que Sherazade precisava estava dentro dela.

Ela acordava a cada aurora com o coração agradecido.

— Foi tudo bem com Irsa? — Khalid perguntou quando Sherazade se recostou nas almofadas.

— Sim — Sherazade respondeu, levantando a rosa para sentir seu perfume. — Ela ainda está ocupada na estufa estudando ervas medicinais na companhia de Artan. Mas ela talvez acompanhe Tariq em sua próxima visita a Amardha.

Khalid ergueu a sobrancelha.

— Ainda tentando arranjar um casamento? Vocês duas são piores que as fofocas nas esquinas do mercado. Sempre armando alguma coisa. — Um brilho carinhoso surgiu no olhar dele.

— Não estou fazendo nada! — Sherazade jogou as mãos para o alto. — Tariq viaja para Amardha por sua própria vontade. Se ele consegue passar uma expressiva quantidade de tempo na companhia de Yasmine enquanto está por lá, então...

Um canto da boca de Khalid se torceu para cima.

— De fato.

— Mamãe? — Haroun limpou a garganta, olhando para os pais. — A história...

— Ah, sim. Claro! — Ela o puxou para si. — Como o meu mais estimado *effendi* está tão encantado com a ideia de voar, pensei em começar esta história em uma terra não muito distante daqui. Nosso herói começa sua viagem numa noite escura, quando foge para o jardim pela janela de seu quarto, com apenas um pequeno tapete debaixo do braço. Um tapete gasto e horroroso, com um medalhão no centro e puído nas pontas.

— Um tapete? — Haroun perguntou, uma ruga se formando em sua testa.

— Sim. Um tapete. — Os olhos de Sherazade faiscaram. — Mas não é um tapete qualquer! É um tapete que pode levar nosso herói aonde ele quiser. Para qualquer tempo e qualquer lugar. A imaginação dele é o único limite. Se quiser ver as criaturas mágicas que nadam no mar azul a milhares de léguas, ele pode, se assim desejar. Se quiser descobrir qual o gosto que a neve nos montes mais altos tem quando se mistura com o melhor mel dos mercados de Damasco, ele só precisa pedir. Infelizmente, essas não são suas principais preocupações. Porque ele tem um sonho, e apenas um.

Sherazade fez uma pausa, encarando o menino a seu lado. Então ela olhou rapidamente para o homem nas almofadas de seda.

Seu coração era tão grande quanto o mar. E maior que os céus.

— Quer saber mais sobre nosso herói? — ela perguntou.

Os olhos de Haroun dançaram.

— Sim!

— Então comecemos com a primeira história... "Haroun e o tapete mágico".

Agradecimentos

Sinto como se tivesse escrito os agradecimentos de *A fúria e a aurora* ainda ontem, e aqui estou com outro volume nas mãos. Por mais prosaico que pareça, o tempo realmente voa.

Como sempre, não faria deste sonho uma realidade sem o incansável apoio de minha brilhante agente, Barbara Poelle. B, apenas o Cookie seria comparável. Também... boa sorte, bobo.

À minha editora, Stacey Barney: obrigada por sempre, sempre me desafiar e nunca permitir que eu aceite nada menos que o melhor. Trabalhar com você é um dos maiores presentes que esta incrível carreira me proporcionou. Obrigada por amar estes livros e seus personagens da mesma forma que eu, do início ao fim.

A todas as pessoas incríveis na Penguin: não há palavras que possam expressar quanto seu entusiasmo e apoio significaram para mim. Agradecimentos especiais para a indomável Kate Meltzer e para a maravilhosa relações-públicas Marisa Russell — obrigada por não fugir das minhas intermináveis perguntas e por cuidar de mim. Enormes obrigados a Carmela Iaria, Alexis Watts, Doni Kay, Anna Jarzab, Chandra Wohleber, Theresa Evangelista, Marikka Tamura, Jen Besser, Catherine Hayden, Lisa Kelly, Lindsay Boggs, Sheila Hennessey, Shanta Newlin, Mia García, Erin Berger, Amanda Mustafic, Colleen Conway, Judy Parks Samuels, Tara Shanahan e Bri Lockhart.

Para o pessoal da 2015 Bat Cavers: pelas muitas críticas compartilhadas e pelas risadas juntos no futuro próximo. Obrigada a Alan e Wendy Gratz por tornar esta magia possível. Gwenda Bond, sua voz narra a minha vida.

A todos os incríveis blogueiros, bibliotecários, YouTubers e amantes de livros que os defendem em todos os lugares... agradeço do fundo do meu coração.

Às minhas escritoras irmãs — Joy Callaway, JJ, Traci Chee, Sarah Lemon, Ricki Schultz e Sarah Henning —, obrigada por estarem juntas a cada passo do caminho.

A Marie Lu: não há agradecimentos suficientes no mundo. Estou tão grata por chamá-la de amiga! Haverá mais bules de chá no nosso futuro, e eu anseio por eles.

A Beth Revis e Lauren DeStefano: nunca, nunca deixem de ser as almas maravilhosas que são. É uma coisa gloriosa de testemunhar, e estou mais do que agradecida a cada uma de vocês na minha vida. Lauren, não sobraram emojis. Usamos todos. Eva também disse “oi”. Revis, esse marcador está demais.

A Carrie Ryan: muito obrigada por cada almoço, cada texto, cada riso, cada lágrima. Não sei quem foi o primeiro a dizer, mas, quando você encontra uma pessoa que odeia as mesmas coisas que você, agarre-se a ela, por isso me agarrarei a você, sempre.

A Marie Rutkoski: por sua bela crítica de *Rosa*, seus conselhos, seus e-mails, por tudo. Mas principalmente por ser assim, do seu jeito.

A todos os incríveis amigos que fiz no meu ano de estreia — Sona Charaipotra, Dhonielle Clayton, Victoria Aveyard, Adam Silvera, David Arnold, Becky Albertalli, Valerie Tejeda, Nicki Yoon, Melissa Grey, Virginia Boecker —, foi uma honra e tanto ter atravessado o turbilhão com vocês.

A Brendan Reichs, porque prometi. E também porque ele veste um terno laranja como ninguém.

A Sabaa Tahir: você é meu rochedo, e não tenho ideia de como escreveria este livro sem você. *Nenhuma*. Agradeço a cada dia que às sete horas nos encontramos.

A Heather Baror-Shapiro e o time todo da IGLA: toda vez que vejo uma capa estrangeira, eu me belisco. Obrigada, mais de mil vezes.

A Elaine: por me compreender melhor do que ninguém. Também por me aguentar depois. Obrigada, obrigada, obrigada. Infinitamente.

A Erica: ser sua irmã é uma das melhores coisas de ser eu mesma. Ah, e tem um furo na sua calça. Você talvez devesse dar um jeito nisso. Aos meus irmãos, Ian e Chris — estou certa de que ambos lerão este livro. Há personagens inspirados em cada um de vocês. Hahaha.

A Izzy: obrigada por ser tão bacana e compreensiva.

A meu pai: obrigada por me instilar o amor pela palavra escrita.

A minha *umma* — obrigada por pedir às pessoas na fila do mercado para comprarem meu livro. Nunca, jamais deixe de fazer isso. Obrigada também por ter tanto orgulho de mim.

A *mama* Joon e *baba* Joon: espero que, ao lerem este livro, sintam o que eu sinto quando estou perto de vocês — amor profundo e incondicional.

A Omid, Julie, Navid, Jinda, Evelyn, Isabelle, Andrew, Lily e Ella: obrigada pelo lindo presente que é nossa família. E por estarem sempre disponíveis, sem reservas.

E ao Vic...

Por não pertencer a ninguém. Mas pertencermos juntos.

Este livro, composto na fonte Fairfield,
foi impresso em papel pólen soft 80 g/m² na gráfica Lis.
São Paulo, Brasil, janeiro de 2017.